VIENNA

BLINDING LIGHTS

LARA
HOLTHAUS

VIENNA

BLINDING LIGHTS

CARLSEN

VORBEMERKUNG FÜR DIE LESER*INNEN:

Liebe*r Leser*in,

dieser Roman enthält potenziell triggernde Inhalte. Aus diesem Grund befindet sich hier eine Triggerwarnung. Am Romanende findest du eine Themenübersicht, die demzufolge Spoiler für den Roman enthält.

Entscheide bitte für dich selbst, ob du diese Warnung liest. Gehe während des Lesens achtsam mit dir um. Falls du während des Lesens auf Probleme stößt und/oder betroffen bist, bleib damit nicht allein. Wende dich an deine Familie, Freunde oder auch professionelle Hilfestellen.

Wir wünschen dir alles Gute und das bestmögliche Erlebnis beim Lesen dieser besonderen Geschichte.

Lara und das Carlsen-Team

Für Enya.
Weil du du und einfach wundervoll bist.

PLAYLIST

Vienna – Billy Joel
The Lucky One (Taylor's Version) – Taylor Swift
If I Wasn't Your Daughter – Lena
Fake Happy – Paramore
Pieces – Leony feat. VIZE feat. AVAION
Sober – Demi Lovato
I'm Fine – Ashe
Ich hass dich – Nina Chuba
Wenn du mich lässt – Lea
when the party's over – Billie Eilish
abcdefu – GAYLE
Look What You Made Me Do – Taylor Swift
Weapons – Ava Max
Eigentlich – Lea feat. 01099 feat. Zachi feat. Gustav
Tennis Court – Lorde
Beneath Your Beautiful – Labrinth feat. Emeli Sandé
Oh Wien – KAFFKIEZ
Vigilante Shit – Taylor Swift
Alleine bin – Wincent Weiss
You Say – Lauren Daigle
All Too Well (10 Minute Version) (Taylor's Version) (From The Vault) – Taylor Swift
Secret Love Song – Little Mix feat. Jason Derulo
Dance With the Devil – Katy Perry
Tinnitus – Nina Chuba
In The End – Tommee Profitt feat. Fleurie feat. Jung Youth

1. KAPITEL

TAUSEND-WATT-STRAHLELÄCHELN

Ich stehe auf der Empore des *Sapphire* und fange die Blicke auf, die sich wieder und wieder zu mir nach oben schleichen. Sie lecken an mir wie Flammen, sind allzeit bereit mich zu verschlingen. Doch ich tue, als würde ich nichts davon bemerken. Als würden die Flammen an meiner Fassade abrutschen und mein Innerstes nicht erreichen. Ich bleibe so kühl wie das Kristallglas in meiner Hand, das das Farbenspiel der Diskokugel oben an der hohen Decke reflektiert. Der Wechsel von Grün, Blau, Gelb, Rot tanzt in den Bläschen meines Champagners.

Ich schaue nach unten, beobachte die vielen Seelen, die ausgelassen feiern. Beobachte die zuckenden Körper, die von wirbelnden Lichtern durch die Nacht getragen werden. Jeder von ihnen hat das gleiche Lächeln auf den Lippen. Dieses O-mein-Gott-das-ist-meine-Nacht-Lächeln und dazu passende Ich-bin-so-frei-Moves. *Yeah.*

Sie bewegen sich alle gleich und doch jeder einzigartig zu den wummernden Bässen der Musik. Sie sind sorgenfrei und so ekelhaft schwerelos, dass ich den Blick abwenden muss.

Statt ihnen weiter zuzusehen, ziehe ich mein iPhone aus der Dior-Handtasche, die an meiner Schulter baumelt, und öffne Instagram. Unter meinem Profil *@livinglivia* springen mir unzählige Bilder entgegen. Okay, nicht wirklich unzählige. Eigentlich besteht mein Feed aus 2365 Beiträgen, wie mir die kleine schwarze Zahl neben meinem Profilbild verrät.

Ich mit dampfenden Kaffeetassen in verschiedenen Wiener Cafés, *#coffeetime*, voll beladen mit Tüten teurer Marken in New York und Paris, *#shoppingtrip*, und in luxuriösen Clubs, wie heute, *#partylife*.

Ich tippe auf ein Foto, das im Frühjahr gemacht wurde. Rechts und links von mir ragen zwei blühende Kirschbäume gen Himmel. Meine Lippen sind zu einem breiten Lächeln verzogen. Eine blonde Haarsträhne fällt mir ins Gesicht. Ich sehe perfekt unperfekt aus und erwecke den Eindruck, als wäre diese Kirschbaum-Grinse-Sache eine reale, nackte Momentaufnahme meines realen, nackten Alltags. Rein zufällig geknipst und hochgeladen, damit 400k Followerinnen und Follower an meinem superauthentischen Leben teilhaben können.

Bei dem Gedanken muss ich ein bitteres Lachen hinunterschlucken, das meine Kehle hinaufkriecht. O ja, ich bin *super*authentisch.

Ich berühre mein Profilbild, und die Frontkamera öffnet sich. Für einen flüchtigen Herzschlag starre ich in mein eigenes Gesicht. Ich schaue in meine eigenen grünen Augen und sehe den Schatten, der darin wohnt. Für eine Millisekunde blitzt mir das Zukunftsschwarz, das sich vor einem Jahr darin eingenistet hat und seitdem nicht mehr verschwinden will, so deutlich entgegen, dass sich eine Faust in meinen Magen rammt. Dann verstreicht der Moment und mir fällt wieder ein, dass mir nur das Hier und Jetzt geblieben ist.

Also tue ich, was ich immer tue. Ich stehe aufrecht, hebe das Kinn und pflastere mir ein Tausend-Watt-Lächeln auf die Lippen. Dann proste ich mit der Champagnerflöte in die Kamera. *Strahle, strahle, prost, prost.*

Ich stelle mein Glas auf die Brüstung und tippe mit schnellen, geübten Fingern einen Text in die Story.

So happy to be here #girlsnightout #champagne #livingthebest-life

Mehrmals lasse ich den kurzen Clip laufen und suche nach einem Makel, der mich zu einer neuen Aufnahme zwingen würde.

Ich kann nichts finden.

Mein hellblondes Haar fällt mir in leichten Wellen über die Schultern. Das dezente Make-up sieht noch genauso aus wie vor drei Stunden und mein schwarzes Prada-Kleid wirft keine einzige Falte.

Gut.

Nein. Perfekt.

Zufrieden drücke ich auf den kleinen weißen Pfeil und der Kreis um mein Profilbild dreht sich, bis er nach wenigen Sekunden stehen bleibt.

Am liebsten würde ich mein Strahlelächeln auf der Stelle sterben lassen. Aber es macht alles so viel leichter.

Wieder lasse ich den Blick über die pulsierende Masse tanzender Menschen unter mir wandern. Da ist eine gläserne Mauer zwischen mir und allen anderen. Ich bin sichtbar und doch unantastbar. So war es schon immer und so ist es auch heute. Ein Anflug von Bewunderung und Ehrfurcht flammt in ihren Mienen auf, jedes Mal wenn einer von ihnen verstohlen zu mir heraufsieht. Das und der leise Wunsch, der sich in ihren Blicken eingenistet hat. Der Wunsch, *ich* zu sein, Livia Hohenburg.

Living the best life.

»Na, beobachtest du deine Ergebenen, Königin?« Eine warme Hand legt sich auf meinen Rücken und streicht sanft über den glatten Stoff meines Kleides.

»Wien ist seit 1916 keine Monarchie mehr, Leander.«

»Das stimmt, aber spätestens seit dein Vater zum Bürgermeister dieser gottverdammten Stadt gekrönt wurde, kommst du dem Status einer Königin wohl näher als die meisten hier.«

Ich ziehe eine Grimasse. »Fragst du dich manchmal, wie es

wäre, einer von ihnen zu sein?« Die Frage verlässt unwillkürlich meine Lippen, ohne dass ich mich von den Feiernden abwende. Ich stelle es mir schön vor, irgendwie. Einfach eine von ihnen zu sein. Einfach zu *sein*. Ohne Druck, ohne Erwartungen, ohne die verschlingenden Flammen, aber dafür mit unendlich vielen Möglichkeiten.

»Nein. Nie«, beantwortet Leander meine Frage.

»Du hast dich nie gefragt, wie dein Leben verlaufen wäre, wenn du nicht Leander von Traun geworden wärst?«

»Warum sollte ich?« Er haucht mir die Frage ins Ohr und beginnt mit dem Zeigefinger meine Schultern entlangzufahren. »*Ich* zu sein hat Vorteile.« Wie zur Untermalung der Worte endet die Bewegung seiner Hand auf meinem Hintern.

Ich trete einen Schritt zur Seite.

»Heute nicht.« Meine Stimme klingt schärfer als beabsichtigt. Ich ringe mir ein Lächeln ab und gebe mir Mühe, meine Mimik weicher werden zu lassen, bevor ich fortfahre. Er kann nichts dafür. »Sorry, Leander. Aber mir ist heute nicht nach …« Ich deute mit dem Finger abwechselnd auf ihn und mich. »Was auch immer das ist.«

Ein Anflug von Enttäuschung und Unsicherheit huscht über seine markanten Züge. Nur für den Bruchteil einer Sekunde. Dann grinst er wieder und verbeugt sich vor mir.

»Wie Ihr wünscht, Euer Gnaden. Wenn ich Euch auf andere Weise Vergnügen bescheren kann, lasst es mich wissen.« Er klopft wie beiläufig auf die Tasche seines Jacketts und somit auch auf das Koks, das mit ziemlicher Sicherheit darin steckt.

»Nope, danke.«

Leander zieht verwirrt die Augenbrauen zusammen. »Was ist los? Du bist doch sonst die Erste, die ›Hier‹ schreit, wenn es um ein bisschen Spaß geht.« Er senkt die Stimme und zwinkert mir zu. »Und du weißt, wie viel Spaß wir beide zusammen haben können.«

Obwohl es stimmt, was er sagt, breitet sich bei seinen Worten Unbehagen in mir aus. Ich mustere Leander, der sein Gesicht zu einem frechen Grinsen verzogen hat und wie so oft dreinblickt, als wäre das ganze Leben ein Spiel. Denn obwohl wir nie darüber geredet haben, bin ich mir ziemlich sicher, dass auch in ihm Dämonen lauern, die nur mit einem Cocktail aus lautem Lachen, Koks und bedeutungslosem Sex zu bändigen sind.

»Lass gut sein, von Traun. Vielleicht nächstes Mal.« Ich versuche mich an einem entschuldigenden Lächeln.

»Na gut. Wir sehen uns, Königin.« Er seufzt theatralisch und verbeugt sich erneut.

»Nenn mich nicht so.«

Doch Leander grinst nur und geht zurück zu den anderen, die im hinteren Bereich der VIP-Lounge um mehrere Flaschen Champagner herumsitzen, die in silbernen Eiskübeln stecken. Die meisten von ihnen würden das Koks nicht abschlagen.

Ich greife nach meinem Glas, das noch immer golden schimmernd auf der Brüstung steht.

Nah am Abgrund.

Nur eine Unachtsamkeit, nur einen Fehltritt davon entfernt, zu fallen und unter den Blicken der Wiener High Society in eine Million Scherben zu zerspringen.

Kurz beobachte ich die kleinen Bläschen, die wieder und wieder vom Boden des Glases an die Oberfläche steigen, bevor ich den Inhalt in einem Zug hinunterstürze. Ich verziehe das Gesicht.

»Furchtbar, oder?« Vic steht plötzlich neben mir, lehnt sich an die Brüstung der Empore und deutet auf mein nun leeres Glas.

Ich schiebe die Dunkelheit zur Seite, die begonnen hat wie schwarzes Gift durch meine Venen zu kriechen, und werfe meiner besten Freundin einen belustigten Blick zu. »Schmeckt wie Ziegenurin.«

»Vielleicht ist es genau das.«

»Was?«

»Na, Ziegenurin.« Vic begutachtet kritisch das Glas. »Von wem hast du das?«

»Keine Ahnung. Ihm da, glaube ich.« Ich deute auf einen blonden Typen, der im hinteren Bereich der Lounge steht und gerade in schallendes Gelächter ausgebrochen ist.

Vic beäugt ihn skeptisch. »Hm, vielleicht ist das gar kein Champagner.« Sie hält ihr Glas prüfend gegen das Licht.

»Sondern?«

»Abgefüllter Billo-Sekt vom Discounter *getarnt* als Champagner.«

»Dein detektivisches Geschick ist beeindruckend.« Ich verschweige, dass mir Billo-Sekt vom Discounter manchmal lieber wäre als Dom Pérignon aus was-weiß-ich-welchem Jahrgang.

»Ich weiß.« Ihre Augen leuchten. »Und er …«, sie nickt wieder zu dem Kerl, der sich jetzt grölend auf die Schenkel klopft, »… ist ein Hochstapler, der seine Identität gefakt hat und nur so tut, als könnte er sich eine Runde für uns alle leisten.« Meine beste Freundin nickt bedächtig, als wären wir einer ganz heißen Sache auf der Spur.

»Wie Anna Sorokin?«

»Wie wer?«

»Diese Hochstaplerin aus Deutschland. Hat mit ihrer Masche halb New York infiltriert. Die Verfilmung gibts bei Netflix.«

»Ah, irgendwas klingelt da. *Inventing Anna*, oder so?« Vic legt den Kopf schief.

»Glaube schon«, bestätige ich und beide sehen wir verstohlen zu dem Blonden rüber.

»Eindeutig Hochstapler-Vibes. Das sagt mir mein Instinkt.«

»Alles klar, nicht zu übersehen, du Superprofi.«

»Warum starrt ihr Manu so an, als hätte er sich in Lady Gagas Kleiderschrank ausgetobt?« Bennet tritt an unsere Seite und hebt eine Augenbraue.

»Er ist ein Hochstapler«, erkläre ich.

Vic nickt zustimmend. »Ja, er verteilt Billo-Sekt und tut so, als wäre es Moët. Wie Anna Sorokin.«

»Wie wer?« Bennet schaut verwirrt zwischen Vic, mir, dem Champagner in seiner Hand und den immer noch grölenden Typen hin und her.

»Diese Hochstaplerin von Netflix.«

»Aha.« Bennet grinst. »Sorry, Leute, aber er ist kein Betrüger.«

»Nicht?«

»Nee. Das ist Manuel Gruber. Ein frischgebackener Nemo.«

Vic rollt mit den Augen. »Ein Hochstapler wäre mir lieber gewesen.«

Ich stöhne genervt. »Typisch. Wahrscheinlich hat er den teuersten Champagner der Karte genommen und keinen Plan von Qualität«

»Jap«, bestätigt Bennet. »Google hat letztens die IT-Firma seines Daddys gekauft.«

»O Gott, also ist er noch in der New-Money-Phase, in der er ständig alle zu irgendwas einlädt, um zu beweisen, dass er jetzt ›dazugehört‹?« Mit den Fingern zeichne ich Anführungsstriche in die Luft und werfe ihm einen genervten Blick zu.

»Dazugehören wollen sie doch alle.« Vic zuckt mit den Schultern. Denn sie weiß wie ich, dass sie das niemals werden.

»Was glaubt ihr?« Bennet schaut kurz zu den Nemos und verschränkt die Arme vor der Brust. »Würden Nemos wie Manu wirklich einen auf Rumpelstilzchen machen und ihr Erstgeborenes hergeben?«

»Rumpelstilzchen gibt kein Erstgeborenes her. Er *bekommt* eins«, korrigiere ich.

»Egal. Darum gehts nicht.« Bennet wirft mir einen belustigten Blick zu. »Ich meine ja nur, dass Nemos echt einiges hergeben würden.«

»Um Teil der *wirklichen* Elite zu werden? Hundertpro!« Meine beste Freundin nickt bekräftigend. »Vielleicht verheiraten sie auch ihre Töchter an irgendwelche alten Säcke. Wie bei *Bridgerton*.«

»Mit Sicherheit tun sie das.« Ich versuche in das scherzhafte Lachen meiner Freunde einzustimmen. Es gelingt mir nicht so richtig. Ich betrachte Manu, der jetzt aufgestanden ist und die Flasche Dom Pérignon direkt an seine Lippen setzt.

Jap, er würde für den Zugang zum Geldadel Wiens mit Sicherheit seine Seele verkaufen. Der Gedanke tut weh. Denn während er alles für eine Eintrittskarte geben würde, suche ich verzweifelt nach einem Notausgang.

Aber den gibt es nicht.

Denn es sind Familien wie meine, die in dieser Welt das Zepter in der Hand halten. Familien, die schon seit Generationen an der Spitze der Stadt stehen und deren Geld sich bis zur Kaiserin Sisi zurückverfolgen lässt. Familien, die es nicht dulden, wenn man aus der Reihe tanzt, und das mit allen Mitteln zu verhindern wissen.

»Bennet, der Club ist wirklich großartig geworden.« Vic reißt mich aus meinen finsteren Gedanken.

»Du hast es mal wieder geschafft, ein leer stehendes Gebäude in kürzester Zeit in *den* Wiener Luxus-Club zu verwandeln«, bekräftige ich und streiche über die kupferfarbenen Streben der Brüstung. »Der perfekte Industrial Look und trotzdem glamourös. Du hast es einfach drauf.« Mit dem Ellenbogen stupse ich ihm freundschaftlich in die Seite.

»Ja, oder? Und dabei habt ihr noch gar nicht den Keller gesehen.« Er zwinkert uns geheimnisvoll zu.

»Den Keller? Was ist im Keller?«

»Zum Undergroundbereich erhält man nur Zutritt, wenn man das Passwort kennt. Es gibt dort keine Handys, also kein Instagram, kein TikTok oder sonst was. Nichts, was dort passiert, wird jemals an die Oberfläche gelangen.«

»Wow«, machen Vic und ich gleichzeitig.

»Und was passiert in diesem dubiosen Keller ohne Handy?« Neugier und der Wunsch, etwas Verbotenes zu tun, flammen in mir auf.

»Tja, das bleibt ein Geheimnis.« Verschwörerisch wackelt Bennet mit den Augenbrauen. »Ihr müsst es schon selbst herausfinden.«

»Irgendwas sagt mir, dass es darin alles andere als jugendfrei zugeht«, vermute ich.

»*Das* hast du jetzt gesagt.«

»Ich glaube, das ist nichts für mich.« Vic winkt ab und ich sehe den Schatten, der für einen winzigen Augenblick über ihre Augen huscht. Den Schatten und den Hunger.

»Du könntest mit Clément zusammen hingehen. Die Franzosen mögen es doch ein bisschen ... äh ... verrucht.«

Vic lacht bei Bennets Vorschlag schockiert auf und schlägt ihn mit ihrer Clutch. Der Hunger in ihren Augen verschwindet. »Wenn ich ihm das vorschlage, überlegt er es sich mit dem Umzug nach Wien noch mal.«

»Oder er kommt gerade deswegen.« Ich schneide eine Grimasse in Vics Richtung und beiße mir feixend auf die Unterlippe.

Vic zeigt uns den Mittelfinger und schüttelt den Kopf, sodass ihr dunkler Bob ihr nur so um die Schultern peitscht. »Ihr zwei seid so bescheuert.«

»Okay, okay. Kein dunkles Kellerabenteuer für Vic. Was ist mit dir?« Bennet wendet sich mir zu. »Du bist doch bestimmt nicht abgeneigt. Ich verspreche dir, dass du es nicht bereuen wirst.«

»Ich wollte gleich gehen.«

»Was? Schon? Es ist noch nicht mal Mitternacht.«

»Papa ist heute aus München zurückgekommen und ich will nicht, dass er denkt, ich hätte mein Leben nicht im Griff.«

Meine Freunde nicken, schauen aber weiter skeptisch drein. *Ich kann kaum noch stehen, bin mittlerweile seit zwanzig Stunden wach und habe mich heute bereits mehrmals übergeben, weil ich gestern schon gefeiert habe,* wäre die ehrliche Antwort gewesen. Aber das verschweige ich geflissentlich.

»Hast du es denn?«, fragt Vic unvermittelt.

»Was?«

»Dein Leben im Griff. Gehts dir gut?«

Ich kann nicht sagen warum, aber ihre Worte berühren etwas in mir. Mir entfährt ein schallendes Lachen, das sich mit den schnellen Beats der Musik vermischt. »Mir gehts großartig. Wie kommt ihr auf so einen Scheiß?«

Vic und Bennet tauschen einen Blick, den ich nicht einordnen kann, der mir aber ganz und gar nicht gefällt. Vor allem, da dies in letzter Zeit immer häufiger vorkommt.

»Na jaaaa«, sagt Bennet gedehnt. »Du bist anders als früher.«

»Aha. Und was meinst du damit?« Obwohl ich alles dafür tue, locker zu klingen, kann ich die Anspannung nicht ganz aus meiner Stimme verbannen.

»Du wirkst … keine Ahnung … verloren. Irgendwie.«

»Alles klar, Dr. Freud. Gehts auch ein bisschen konkreter?«

Bennet stößt einen tiefen Seufzer aus. »Okay. Du feierst zu viel, lachst zu wenig, meldest dich manchmal tagelang nicht und hängst auf einmal mit Leuten rum, die komplett einen an der Murmel haben.«

»Hinzu kommt diese Sache mit Leander«, ergänzt Vic. »Früher hat dir Sex noch was bedeutet. Heute …«

Heute ist Lust dazu da, alle anderen Gefühle auf stumm zu stellen, ergänze ich in Gedanken.

»Du weißt, dass du mit uns reden kannst, wenn es nicht so wäre, oder?« Mitleid schlingt sich um Vics Worte und bohrt sich wie ein Säbel in meinen Magen.

Lässig winke ich ab. »Klar weiß ich das. Wirklich. Aber mir gehts gut! Macht euch keine Sorgen. Ich habe gerade einfach viel Spaß. Beim Feiern und so.«

Meine Freunde nicken langsam, doch die Skepsis, die sich in ihren Augen breitgemacht hat, bleibt.

»Ich gehe jetzt.« Denn besser, ich verschwinde und hindere meine Freunde daran, weiter in den Winkeln meines Herzens herumzuwühlen, die ich lieber unangetastet lasse. »Ich verabschiede mich nur schnell von den anderen und rufe dann Claus an, damit er mich abholt«, sage ich leichthin, bevor der Säbel, der jetzt in meinem Bauch steckt, noch tiefer eindringen kann. Um den Blicken meiner Freunde zu entkommen, wirble ich herum und gehe die wenigen Schritte zu Manu und den anderen.

»Wiederschau'n, ihr Lieben, feiert noch schön!« Meine Stimme klingt süß. In meiner Kehle ätzt Säure.

»Du gehst schon?« Trotz des schummerigen Lichts kann ich sehen, dass Manus Pupillen riesig sind. »Komm schon, noch einen Drink. Lass deine Freunde noch nicht allein, Livia.«

Er bezeichnet uns als Freunde, etwas, das ich nie tun würde. Denn wie bei allen Nemos kann ich nie sicher sein, ob sie wirklich mit *mir* befreundet sein wollen oder sich durch mich einen Vorteil erhoffen. Und am schlimmsten sind die, die mich ins Bett kriegen wollen, um später damit anzugeben, *die* Livia Hohenburg gefickt zu haben.

Also nein. Ein Nemo wie Manu wird sicher nie ein *Freund* werden.

»Nächstes Mal wieder«, sage ich dennoch mit einem engelsgleichen Lächeln auf den Lippen.

»Ach komm schon, du bist zwanzig Jahre alt, Livia. Mami wird schon nicht böse sein, wenn du noch zwei Stündchen länger bleibst.«

Die Musik in der Lounge ist so laut, dass niemand hört, wie mein Herz einen Knacks bekommt. Innerhalb einer Sekunde überzieht sich mein Inneres mit Frost. Wie von selbst graben sich manikürte Fingernägel in meine Handballen und hinterlassen kleine Halbmonde in der Haut.

Mami wird schon nicht böse sein. Mami. Mami. Mami. Die zwei Silben hallen in einem gnadenlosen Echo in meinem Kopf wider. Zerren Erinnerungen hervor, die ich mit größter Mühe in Ketten gelegt habe.

Alles in mir erstarrt.

Alles außer mein Herz, das unentwegt gegen meine Rippen hämmert.

Mami.

Anspannung schießt durch meine Beine bis in die Zähne. Wut rollt wie eine Dampfwalze aus Lava durch mich hindurch.

Es ist einfach zu viel. Dieses Leben. Diese falsche Freundlichkeit, mit der mich jeder überhäuft und die in meinem Lächeln lebt. Die Bedeutungslosigkeit meiner Existenz. Das Licht. Die Schatten. Der Glanz. Der Schmerz.

Alles zu viel.

Ein unbändiger Sturm aus Gedanken und Gefühlen tobt in mir und droht mich jeden Augenblick in Stücke zu reißen. Doch die steinerne Maske hält mich zusammen.

Wien verzeiht nicht.

Wien vergisst nicht.

Wenn du vor den Augen Wiens einmal fällst, lässt es dich nicht wieder aufstehen. Wien ergötzt sich an deinem Leid. Wien wäre schadenfroh, weil die unantastbare Livia Hohenburg doch nicht so unantastbar ist. Alle würden schockiert feststellen, dass die Königin am Ende doch nur ein ganz normales Mädchen ist.

»Na gut, überzeugt.« Ich spüre, wie die Worte meine Lippen verlassen. Höre, wie locker-leicht-lustig sie klingen. Und ich weiß, dass in meinem Gesicht nicht ein leiser Windhauch des Sturms zu sehen ist. Weil ich eine Meisterin darin geworden bin, ein Theater abzuziehen. *Hereinspaziert, hereinspaziert, meine Damen und Herren. Das hier ist die Livia-Hohenburg-Show.* Die lächerliche Veranstaltung, die sich mein Leben nennt.

Gejohle von Manu und den anderen Nemos dringt wie durch

Watte an mein Ohr und wie immer schenke ich den Menschen um mich herum ein breites Grinsen.

Ich sehe mich um. Scanne den VIP-Bereich Zentimeter für Zentimeter ab, bis ich ihn gefunden habe. In schnellen Schritten gehe ich auf ihn zu. Ich muss den Sturm zum Erliegen bringen.

Ich muss.

»Queen Liv, hast du es dir anders überlegt?« Leander hält einen Whiskey on the Rocks in der Hand und prostet mir spielerisch zu. Seine Wangen sind gerötet, seine Pupillen zwei glatte schwarze Pfützen.

»Das habe ich.« Und wie ich das habe. Ich trete nah an ihn heran. So nah, dass die Spitzen meiner Brüste seinen Oberkörper berühren. »Lass uns was von dem Zeug nehmen, das du in deiner Jacke versteckt hast.«

Er nickt nur und fragt nicht, woher mein Sinneswandel auf einmal kommt. Das tut er nie.

»Und dann …« Ich stelle mich auf die Zehenspitzen, sodass meine Lippen nur wenige Millimeter von seinem Ohr getrennt sind. Mein heißer Atem streicht über seine Haut.

»Dann?« Leander zieht hörbar die Luft ein.

»Dann will ich, dass du genau das mit mir tust, was du dir schon den ganzen Abend ausmalst.«

Ich schaue ihn an. Sein Bick hat sich verdunkelt, und doch ist da blanke Gier, die seine Iriden schimmern lässt.

»Ich weiß auch schon wo«, sage ich. »Wir brauchen nur das Passwort.«

Leander nickt stumm und folgt mir, als wir uns einen Weg durch den Club bahnen. Wieder spüre ich Blicke an mir haften und den Neid, der darin schlummert.

Sie alle wollen wie ich sein.

Sie alle wollen mein perfektes Leben.

#livingthebestlife.

2. KAPITEL

ZAUBERHAFTSCHMERZLICH

Ich werde wach, weil etwas an meiner Bettdecke zupft.

»Livia?«

»Mhm?« Ich bemühe mich meine Augen zu öffnen, doch jede meiner Wimpern muss mindestens eine Tonne wiegen.

»Livia? Kann ich zu dir ins Bett?« Die Stimme meiner Schwester Nora zittert.

Ich setze mich auf und schaffe es doch, meine Lider zu heben.

»Knödel, was ist los?« Trotz der Dunkelheit, die in meinem Zimmer herrscht, kann ich sehen, dass sie geweint hat. Ihr Haar steht an einer Seite ab und ihre linke Hand umklammert ein Ohr ihres Stoffhasen. Ich rutsche einen halben Meter zur Seite und hebe die Bettdecke an. »Komm her.«

»Darf Rudi auch?«

»Klar.«

Nora lächelt dankbar und kuschelt sich samt Rudi, dem Stoffhasen, zu mir ins Bett. Es dröhnt und kurz überlege ich ernsthaft, ob irgendein hirnverbrannter Nachbar mitten in der Nacht in die Wände bohrt. Ach nee, ist nur mein Kopf, der vor sich hin hämmert. Verfluchter Champagner.

Ich versuche es zu ignorieren und gebe Nora einen Kuss aufs Haar. »Was ist passiert, Knödel?«

»Schlecht geträumt.«

»Wieder von Mama?«

»Ja, von Mama.«

Ein Kloß bildet sich in meiner Kehle und Tränen beginnen in meinen Augen zu brennen. Ich ziehe meine kleine Schwester enger an mich. Für einige Sekunden sagt keine von uns etwas. Wir halten einander nur fest und starren in die Dunkelheit.

»Ich hab so eine Wut im Bauch auf Mama«, durchbricht Nora unvermittelt die Stille. Ihre Worte lassen den Kloß in meinem Hals derart anwachsen, dass ich daran zu ersticken glaube. Sie stockt, bevor sie weiterspricht. »Aber sie fehlt mir trotzdem.« Die Tränen meiner kleinen Schwester hinterlassen heiße Spuren auf meiner Wange und brechen mir das Herz. Mit ihren sieben Jahren sollte sie so etwas nicht sagen müssen. Nicht einmal denken müssen. »Ich vermisse sie und wünsche mir so doll, dass sie zurückkommt.«

»Ich weiß.« Meine Stimme ist kaum mehr als ein krächzendes Flüstern.

»Ich frage mich, was ich falsch gemacht habe. Warum sie mich nicht wollte …«

Ihre Worte entflammen meine eigene Wut auf unsere Mutter, und doch schiebe ich sie beiseite.

»Du hast nichts falsch gemacht, Nora. Hörst du? Nichts, nichts, nichts! Das musst du mir glauben, okay? Mama ist zu einhunderttausendtrilliarden Prozent nicht wegen dir weggelaufen. Ganz sicher!« Jetzt kullern mir ebenfalls die Tränen über die Wangen.

»Aber warum dann?«

Ja, warum? Das ist sie wohl, die Eine-Million-Euro-Frage. Warum verlässt eine Frau, die alles hat, ihren Mann und ihre zwei Töchter? Warum sorgt diese Frau dafür, dass ein kleines Mädchen denkt, es hätte etwas falsch gemacht? Warum?

»Ich weiß es nicht«, antworte ich wahrheitsgemäß. »Aber was ich sicher weiß, ist, dass es nicht deine Schuld war. Okay?«

»Zu einhunderttausenddrillionen Prozent?«

»Ganz genau.«

»Okay.« Nora drückt Rudi eng an sich. »Kann ich hier zu Ende schlafen?«

»Natürlich, Knödel.« Ich taste auf meinem Nachttisch nach meinem Handy. Das grelle Licht des Bildschirms lässt Blitze durch meine Augen schießen, die sich in einem stechenden Schmerz hinter meiner Stirn sammeln. 5:30 Uhr. Ich bin gerade mal vor einer Stunde nach Hause gekommen.

»Ich glaube, ich muss auch noch *zu Ende* schlafen.« Gähnend sperre ich den Bildschirm und sinke zurück in die Kissen. Noch immer toben Wut, Trauer und erschütternde Verzweiflung in meinem Herzen. Und ein Heavy-Metal-Konzert in meinem Kopf.

Ich versuche mich auf Noras gleichmäßigen Atem zu konzentrieren, die wieder ins Land der Träume abgedriftet ist. In ein schöneres, hoffentlich.

Als ich zum zweiten Mal an diesem Morgen erwache, ist von den dröhnenden Kopfschmerzen nicht mehr viel übrig. Zum Glück. Stattdessen wabert Übelkeit in meinem Magen und brennt in meiner Kehle. Warum habe ich auch gestern die Kontrolle verloren? Völlig zügelloser Partywahnsinn. Mal wieder.

Ich greife nach der Wasserflasche, die ich in weiser Voraussicht schon gestern neben mein Bett gestellt habe, und trinke gierig einige Schlucke.

Warmes Sonnenlicht fällt durch die Vorhänge. Noch immer trage ich das schwarze Prada-Kleid, das jetzt ganz und gar nicht mehr faltenfrei ist. Viel mehr sieht es aus, als hätte eine Horde Rinder darauf Salsa getanzt. Vic würde mir den Hals umdrehen, wenn sie das wüsste. Vor meinem inneren Auge kann ich ihren schockierten Gesichtsausdruck förmlich vor mir sehen und die Empörung in ihrer Stimme beinahe hören. *Livia Adele Charlotte Hohenburg, du bist schlau genug, dir eine verfluchte Flasche Wasser neben das Bett zu stellen, schaffst es aber nicht, ein Zweitausend-Euro-Kleid ordentlich in den Schrank zu hängen?* Bei dem Gedanken muss ich grinsen.

Mein Blick fällt auf Nora, die wie ein zusammengeschnürtes Paket auf der anderen Seite meines Bettes liegt. Ihr dunkelblondes Haar, das die gleiche Farbe hätte wie meins, wenn ich es nicht regelmäßig blondieren würde, hat sich über das gesamte Kissen verteilt. Ihr halbes Gesicht ist von einem von Rudis Ohren bedeckt. Bei dem Anblick meiner friedlich schlafenden Schwester ist es fast leicht, sich vorzustellen, dass das Leben schön ist. Als würde die Welt nur aus Licht und Lachen und Friede, Freude, Eierkuchen bestehen.

Aber das tut sie nicht. Denn je heller das Licht in unserer verdammten Welt scheint, desto dunkler und länger sind die Schatten. Nur, dass meine Schatten niemand sieht. Weil ich sie alle mit teuren Prada-Kleidern und funkelnden Diamanten blende.

»Hey«, flüstere ich und kuschle mich näher an Nora. »Guten Morgen.«

Sie schnauft und gibt einige zuckersüße Kinderlaute von sich, bevor sie die Augen aufschlägt. Mit verwirrter Miene sieht sie im Raum umher, bis sie sich offenbar an letzte Nacht und an ihren Umzug in mein Bett erinnert.

»Puh.« Nora zieht die Nase kraus und rutscht einige Zentimeter von mir weg. »Livi, du stinkst.«

Ich schnappe mir eine meiner Haarsträhnen und rieche daran. Himmel, sie hat recht. Geruchsfetzen von Rauch, Alkohol, Schweiß und diesem schwer zu definierenden Partyaroma haben sich in meinen Haaren und vermutlich auch in dem Kleid eingenistet.

Bevor ich etwas zu meiner Geruchsverteidigung sagen kann,

springt Nora aus dem Bett. Mit Rudi im Schlepptau, den sie an einem Ohr hinter sich herschleift, hüpft sie zum Erker meines Zimmers und zieht die Vorhänge auf.

»Wow.« Ich glaube Noras Augen leuchten zu sehen. So wie meine es früher getan haben, als ich mich noch nicht an den schier unendlichen Ausblick auf die Dächer Wiens gewöhnt hatte. Nora klettert auf die ausladende Fensterbank und hält für einige Sekunden ihr Gesicht in die immer wärmer werdende April-Sonne. Rudi platziert sie so neben sich, dass auch seine Knopfaugen von Licht geblendet werden.

Die Szene ist so schön, dass sich meine Lippen ganz wie von selbst zu einem Lächeln verziehen. Ein echtes Lächeln. Kein Instagram-Perfect-Life-Lächeln.

Einem Impuls folgend schiebe ich die schwere Daunendecke beiseite und stelle meine Füße auf das hölzerne Parkett. Der Positionswechsel sorgt dafür, dass durch meinen Körper eine Achterbahn rattert. Scheißkater. Ich schließe die Augen und zwinge mich zu ein, zwei tiefen Atemzügen. Die Achterbahn wird langsamer und die Übelkeit in meinem Magen einen Hauch weniger. Auf vom Tanzen noch schmerzenden Sohlen tapse ich zu Nora und setze mich neben sie.

»Wien ist so wunderschön, oder, Livi?«

Mein Blick wandert über die hellen, verzierten Fassaden und über die Gassen, in denen die Cafés langsam aus der Nacht erwachen. Miniaturmenschen hetzen hektisch über den Neuen Markt und ein Fiaker mit zwei Schimmeln bahnt sich klappernd einen Weg über das Kopfsteinpflaster.

»Das ist es«, antworte ich schließlich.

Als ich so alt war wie Nora, habe ich Stunden über Stunden hier gesessen und die Passanten beobachtet, die viele Meter unter mir ihr Leben lebten. Manchmal habe ich mir Geschichten zu jedem von ihnen ausgedacht und mir in bunten Fantasien ausgemalt, warum der Mann mit dem lustigen Hut jeden Morgen mit einer Aktentasche unter meinem Fenster vorbeilief. Es gab Geheimagenten, Prinzessinnen und Zauberer, bis sie irgendwann zu stinknormalen Menschen wurden.

»Irgendwann will ich dahin und tanzen.« Nora zeigt auf vier weiße Türme, die weiter hinten am Horizont zwischen den unzähligen Ziegeln hervorstechen. Die Wiener Staatsoper. Der Ort, wo unsere Mutter getanzt und sich unser Vater in sie verliebt hat.

»Das wirst du. Du wirst eine großartige Primaballerina.« Ich streichle ihr über das Haar. »Und ich werde bei jeder Vorstellung in der ersten Reihe sitzen, um dich mit Blumensträußen zu bewerfen. Bis du bis zum Hals in einem Blumenmeer versinkst.«

Nora nickt strahlend. Sie weiß noch nicht, dass Papa im Leben nicht zulassen würde, dass eine Hohenburg ihr Potenzial verschwendet und so etwas Belangloses wie Tänzerin wird. Schließlich hat er sogar unsere Mutter von der Bühne auf die roten Teppiche Wiens geholt, wo sie kein Star mehr war, sondern nur noch das glänzende Begleitmaterial des Immobilienmoguls Alexander Hohenburg.

Mein Magen gibt einen knurrenden Laut von sich und holt mich aus der Finsternis in meinem Kopf. Ich habe gar nicht gemerkt, dass sich die Übelkeit mittlerweile in Hunger verwandelt hat. Nora kichert.

»Wir sollten Frühstück machen«, schlage ich vor und reibe mir den Bauch. »Worauf hast du Lust?«

Meine kleine Schwester legt den Kopf schief und nimmt sich fast eine halbe Minute, um zu überlegen.

»Plätzchen.«

»Plätzchen? Wir haben April, Knödel. Weihnachten ist lange vorbei.«

»Na und? Schmecken Vanillekipferl im April schlechter als im Dezember?«

»Nein«, gebe ich mich Noras Kinderlogik geschlagen und seufze. »Dann backen wir Plätzchen.«

Bei meinen Worten hüpft sie flink von der Fensterbank und dreht vor Freude einige Pirouetten. Ganz die zukünftige Primaballerina.

»Ich schlage vor, dass du schon mal in die Küche gehst und die Zutaten suchst, während ich unter die Dusche springe.«

Nora nickt bekräftigend. »Du solltest duschen, du Stinktier.«

»Hey!« Behutsam werfe ich eines der Zierkissen von der Fensterbank nach ihr.

Nora streckt mir die Zunge raus, schnappt sich ihren Hasen und hopst fröhlich pfeifend aus meinem Zimmer.

»Hier riecht es ja wie auf dem Weihnachtsmarkt.«

Nora lässt sofort die Kugel Teig fallen und stürmt in schnellen Schritten zur Treppe.

»Papa!«

»Hallo, Liebes.« Er hebt sie hoch und wirbelt sie einmal durch die Luft. Ihr entfährt ein vergnügtes Quietschen.

»Wir haben Kipferl gebacken.« Als sie wieder auf den Füßen steht, schnappt sie sich stolz zwei besonders schöne Exemplare der Plätzchen und hält sie Papa zum Probieren hin.

»Kipferl? Im April?«, fragt dieser verwundert und schiebt sich eines davon in den Mund.

»Noras Idee.« Ich zucke mit den Schultern. »Wie war München?«

»Anstrengend.« Ich sehe, dass es ihn Überwindung kostet, auch mich in die Arme zu schließen. »Ich bin froh, wieder bei euch zu sein.« Er lügt und ich weiß das.

»Wir auch«, bringe ich hervor, bevor ich den Blick abwende

und mit mehr Kraft als notwendig den übrig gebliebenen Teig knete. In meinem Rücken spüre ich dennoch Papas Blicke, die mich wie eintausend kleine Messer erdolchen wollen.

Ich drehe mich wieder zu ihm um. »Ist was?«

Betreten schaut er auf seine Hände.

»Nein, nichts. Du siehst zauberhaft aus, Schatz.«

Zauberhaft. Ich sehe *zauberhaft* aus. Ich weiß genau, dass er nicht mein dunkelgrünes Leokleid und die passenden Overknee-Strümpfe meint. Auch nicht mein Haar, das ich im Nacken zu einem Knoten gebunden habe. Nein, ich sehe aus wie *sie.*

Mama und ich wurden oft für Schwestern und nicht für Mutter und Tochter gehalten. Ich bin die exakte Kopie von Melody Hohenburg und damit eine wandelnde Erinnerung an unseren Verlust. An ihren Verrat.

Ich sehe also nicht *zauberhaft* aus. Ich sehe verflucht *schmerzhaft* für ihn aus.

»Wie war deine Woche, Spatz?« Papa klingt so betont locker, so zwanghaft unbefangen, dass ich beinahe bitter aufgelacht hätte. »Hat Loretta sich gut um dich gekümmert?«, fragt er an Nora gewandt.

»Sie war okay.«

»Sie hasst ihre neue Nanny.« Sofort fange ich mir ein böses Funkeln von meiner Schwester ein.

»Ich hasse sie nicht. Sie ist nur …«

»Eine altmodische Schreckschraube mit ziemlich fragwürdigen Erziehungsmethoden«, beende ich ihren Satz.

»Na ja, ähm …« Plötzlich wirkt Nora bedrückt. »Sie erlaubt mir nichts zu essen, wo Istrudiezucker drin ist.«

»Was darfst du nicht essen?« Papa guckt verwirrt.

»Istrudiezucker.«

»Sie meint Industriezucker«, eile ich meiner Schwester zu Hilfe. »Dieses Biest gibt ihr nur Rohkost.«

»Und sie hat gesagt, dass nur Babys mit Kuschelhasen ins Bett gehen.« Sie wirft Rudi, der brav auf einem der Barhocker am Küchentresen sitzt, einen so traurigen Blick zu, dass ich sofort auf sie zulaufen und sie fest drücken möchte.

Papa kommt mir zuvor. Er stößt einen tiefen Seufzer aus und nimmt Nora ein zweites Mal in den Arm.

»Ich werde mit Loretta sprechen.« Er streicht ihr über den Kopf. »Und ihr erklären, dass Rudi zur Familie gehört und er *selbstverständlich* in deinem Bett schlafen darf.«

Nora schenkt ihm ein dankbares Lächeln.

»So.« Papa erhebt sich wieder und reibt sich die Hände. »Haben wir noch etwas anderes zum Frühstück im Angebot als Vanillekipferl?«

»Im Kühlschrank stehen noch Waffeln«, sage ich mit Unschuldsmiene.

»Loretta hat sie gemacht.« Nora grinst frech.

Papa schaut mit hochgezogenen Augenbrauen zwischen seinen Töchtern hin und her, öffnet aber dann, ohne weiter nachzufragen, die Kühlschranktür und zieht einen Teller mit Waffeln heraus.

»Die sind grau.« Seine Augenbrauen wandern noch weiter die Stirn hinauf. »Warum sind sie grau?«

»Das sind Vollkornwaffeln, ohne Gluten.«

»… und ohne Istrudiezucker.«

Skeptisch löst Papa eins der kalten Waffelherzen und beißt vorsichtig ab.

»Um Himmels willen!« Er spuckt den winzigen Bissen sofort in den Mülleimer. »Die schmecken wie Kleister!«

»Das habe ich Loretta auch gesagt!« Nora verschränkt die Arme vor der Brust. »Aber sie hat mich ausgeschimpft und gesagt, dass ich abhängig von der Zuckerlobby bin.«

Papas Mundwinkel zucken ebenfalls.

»Was haltet ihr davon, wenn ich unten bei Heinz anrufe und ihn bitte, uns ein Frühstück von *Leopolds* raufzuschicken?«

»Au ja!«

»Ich kann nicht«, sage ich entschuldigend. »Shooting am Franziskanerplatz.«

»Schade«, sagt Papas Mund. *Ein Glück*, sagen seine Augen.

»Ja, schade.« Schade, dass wir keine normale Familie sind

Schade, dass ich *ich* bin.

Ich will schon aus der Küche gehen, als Papa mich zurückhält. »Livia, warte.« Unsere Blicke treffen sich und für einen Wimpernschlag habe ich das Gefühl, er würde mich sehen. *Mich*. Nicht Mama. Doch dann räuspert er sich verlegen und sieht so demonstrativ an mir vorbei, dass sich ein Eiszapfen in mein Herz bohrt. »Ich würde gern morgen Abend mit dir und Nora essen gehen.«

»Essen.«

»Ja, ich möchte etwas mit euch besprechen.«

»Okay?«

»Halb acht? Im *le ciel*?«

»Gut«, stimme ich zu, obwohl nichts gut ist.

VIENNA SPOTLIGHT

Was für eine Nacht! Am gestrigen Samstag hat der wohl begehrteste Club Wiens endlich seine Tore geöffnet. Die Crème de la Crème der Wiener Elite versammelte sich, um die große Eröffnungsfeier des *Sapphire* gehörig mit Champagner zu begießen. Inhaber des brandneuen Schuppens ist Bennet Falk. Es ist mittlerweile der vierte Club des Jungunternehmers und Erben des Falk-Vermögens. Und er hat uns nicht enttäuscht. Das *Sapphire* besticht mit Eleganz einerseits und verbotenen Abgründen andererseits – ganz das Ebenbild unserer High-Society-Prinzessinnen und -Prinzen. Heute Party bis zum Morgengrauen, morgen Tanzen auf den edlen Bällen Wiens. Denn in wenigen Wochen steht schon der *Dance Against Cancer Ball* vor der Tür. Mit wem unsere Stars und Sternchen den roten Teppich betreten, bleibt noch ein Geheimnis. Aber wir von *Vienna Spotlight* bleiben dran.

3. KAPITEL

LIVIA-LIVESHOW

Ich fröstle, als ich vor die Tür des Gebäudes trete, dessen Penthouse Nora, Papa und ich bewohnen. Dabei passt diese eiskalte Brise nicht zu den Sonnenstrahlen, die sich in die engen Gassen Wiens ergießen. Gänsehaut bedeckt mein Dekolleté. Verdammt, warum habe ich keinen Schal mitgenommen?

Wegen meiner Haare, gebe ich mir selbst die Antwort. Wegen meiner perfekten Fotoshootingfrisur, an der ich gerade über dreißig Minuten gewerkelt habe. Blödes Shooting. Blöde Frisur.

Einmal mehr frage ich mich, warum ich das eigentlich mache. Dieses Instagram-Ding. *Weil du dir dadurch einen Hauch weniger egal vorkommst*, sagt eine gehässige Stimme in meinem Kopf. Ich grabe meine Hände tiefer in die Taschen meines Kaschmirmantels. *Und weil du ihr beweisen willst, dass du ein unglaublich tolles Leben führst. Auch ohne sie. Dass es dir superdupermegagut geht und sie dich nicht kaputtgemacht hat.*

Ach ja. Deswegen.

Mit hastigen Schritten gehe ich den Neuen Markt entlang. Zum Franziskanerplatz sind es nur wenige Minuten. Ein Fiaker fährt mit klappernden Hufen an mir vorbei. Ich verdrehe die Augen und beobachte die vielen Menschen, die es sich nicht nehmen lassen, an einem Samstagmorgen wie diesem eingekuschelt in Decken vor den Wiener Kaffeehäusern zu sitzen.

Wiener, Wienerin, Zugezogene, Tourist, Touristenfamilie, zähle ich im Kopf die Menschen ab. Es fällt mir nicht schwer, denn Letztere erkenne ich vor allem an den zahlreichen Stücken Fake-Sachertorte, die sie mit leuchtenden Augen bestellen, nur um sie dann in sämtlichen Positionen zu fotografieren. Sie hätten sich auch gleich ein Schild umhängen können, mit der Aufschrift: *Ich bin nur wegen Sisi, Kuchen und Schnitzel hier.*

»Livia Hohenburg?«

Ich zucke zusammen, sehe mich um und suche nach der Person, die meinen Namen getuschelt hat. Eine dunkelhaarige Frau mit Brille kommt auf mich zu. Sie wirkt unsicher. »Entschuldigen Sie, Frau Hohenburg, aber dürfte ich ein Foto mit Ihnen machen?«

Ich blicke in die schüchternen Augen der Frau und nicke. Durch meine Kopfbewegung gebe ich meinem Körper das Startsignal. *Let's go, let the show begin.*

»Natürlich.«

Die drei Silben schlüpfen hell und zwitschernd aus meinem Mund (erstens). Ich verwandle meinen skeptischen Gesichtsausdruck in ein glückseliges Strahlen (zweitens). Ich stelle mich neben die Frau. Sie legt einen Arm um meine Taille. Eigentlich mag ich es nicht, von fremden Händen angetatscht zu werden, aber ich halte den Mund (drittens). In der Selfiekamera begutachte ich mein Lächeln (viertens). Es ist breit, aber nicht zu breit. Meine Wangenknochen wirken rosig durch die Kälte und das Rouge, das ich heute Morgen aufgetragen habe. Perfekt.

»Cheese«, sagt die Frau und ich strahle in die Kamera (fünftens).

»Vielen, vielen Dank, Frau Hohenburg. Meine Tochter wird völlig ausflippen, wenn ich ihr erzähle, dass ich Ihnen begegnet bin.«

Jetzt folgt der letzte Part: bescheiden zu Boden blicken. Leise kichern. Eine scheinbar unbeholfene Handbewegung, mit der ich mir das Haar aus dem Gesicht streiche. So funktioniert sie. Die Livia-Show.

»Ich folge Ihnen auf Instagram«, plappert die Frau weiter und fuchtelt stolz mit ihrem Handy vor meiner Nase herum.

»Das freut mich.« Es stimmt. Ich bin dankbar, dass es so viele verrückte Seelen da draußen gibt, die sich aus unerfindlichen Gründen für das interessieren, was sie für mein Leben halten. Durch Menschen wie sie kommt es mir nicht völlig sinnlos vor.

»Wissen Sie, ich habe auch einen Instagram-Kanal.«

Mein Blick zuckt zur runden Standuhr an der Bushaltestelle. Noch zehn Minuten.

»Einen Strickkanal.«

»Das klingt, äh, sehr interessant.«

»Ich dachte ja, das wäre nichts für mich, aber mittlerweile habe ich 214 Abonnenten. Ich zeige es Ihnen.« Hektisch beginnt meine Gesprächspartnerin auf ihrem Handy herumzutippen und hält mir dann ihren Feed vor die Nase. »Haben Sie noch Tipps für eine Anfängerin? Wie war das bei Ihnen?«

Wie es bei mir war? Die ehrliche Antwort: Ich wollte etwas machen, das nur mir allein gehört. Worüber ich selbst die Kontrolle habe und das mir nicht wie alles andere im Leben geschenkt wurde.

Die Antwort, die ich der Strickliesel gebe: »Es hat mir einfach Spaß gemacht. Spaß ist das Wichtigste an der Sache. Die Follower merken, wenn man nur halbherzig dabei ist.« Lüge. Das tun sie nicht.

»Oh, Spaß habe ich wirklich.« Ihre Augen leuchten auf. »Ich habe gestern mein erstes Role hochgeladen.«

»Meinen Sie ein Reel?«

»Ähm, ja, genau.« Sie kichert verlegen. »Schauen Sie mal. Geht nur eineinhalb Minuten. Moment, bitte.«

»Das klingt wirklich verlockend, aber …« Ich sehe erneut zur Uhr. »Entschuldigen Sie, ich habe einen dringenden Termin.«

»Oh, natürlich, natürlich.« Die Frau hebt entschuldigend die Hände. »Ich will Sie selbstverständlich nicht aufhalten, aber wenn Sie mal auf meinem Profil vorbeischauen, würde ich mich sehr freuen.«

»Das werde ich«, sage ich, auch wenn ich schon jetzt weiß, dass ich es sicher nicht tun werde.

»Danke! Sie finden mich unter *@nachStrickundFaden*, ulkig, oder? Ein kreativer Name war mir wichtig. Weil das Profil ja auch, äh, eben kreativ ist.«

»Sehr ulkig, ja. Einen schönen Tag noch!« Ich hebe die Hand zum Abschied und wirble auf dem Absatz meiner Lederstiefel herum, bevor die Frau die Chance bekommt, noch länger mit mir über ihren *ulkigen* Strickaccount zu reden. Ich renne fast vor ihr weg, denn Menschen wie sie halten mir zu sehr ein Leben vor Augen, das ich nie werde haben können.

4. KAPITEL

DUNSTSCHLEIERWORTE

»Liv, die ersten Vorbereitungen für den Debütantenball beginnen in vier Wochen. Wie kannst du dich noch nicht für einen Partner entschieden haben?« Vic sieht mich aus fassungslosen Augen an. Ich weiß nicht, ob es der Schock oder der frische Saunaaufguss ist, der ihre Wangen zum Glühen bringt. »Hätte man sich nicht schon vor einer Woche mit einem festen Partner anmelden müssen?«

»Ja, schon.« Ich zucke mit den Schultern und schließe die Augen, während Schweißperlen meine Stirn hinabrinnen.

»Na ja«, lenkt Vic ein. »Den Tag will ich erleben, an dem einer Hohenburg nicht gestattet wird zu debütieren, weil sie eine Anmeldefrist verpasst hat.«

Ich brumme etwas Unverständliches und raffe mein Handtuch enger um meine Brust.

»Ich werde deinen Eltern auf ewig danken, dass sie diese Sauna auf die Dachterrasse gebaut haben.« Ein wohliges Seufzen entfährt mir. Vic und ich mussten beim Shooting mit jeder Minute unsere Zähne krampfhafter davon abhalten zu klappern, weshalb ich es jetzt mehr als genieße, dass die Wärme zurück in meine Knochen fließt.

»Lenk nicht ab.«

»Wovon?«

»Davon, dass du dich nicht für einen Tanzpartner entscheiden kannst. Was ist mit Leander?«

»Was soll mit ihm sein?«

»Was ist das mit euch? Gestern bist du doch noch mit ihm in Bennets dunklen Keller verschwunden.«

»Das klingt wie ein supergruseliger Horrorfilm.«

Vic ignoriert meinen Kommentar. »Warum wählst du ihn nicht?«

Ich stöhne genervt, doch ich kenne meine Freundin gut genug, um zu wissen, dass sie mich nicht ohne eine Antwort aus der Sauna lassen wird. Ich könnte verbrennen und es wäre ihr schnuppe. Livia Hohenburg stirbt Hitzetod durch Verschwiegenheit im Fall Tanzpartner.

»Leander ist …« Ich krame in meinem Kopf nach einer passenden Beschreibung. Meine Freundschaft Plus? Mein Gefühlsausschalter? Mein dunkler Seelenzwilling?

»Ich weiß nicht genau, *was* er ist, aber er ist kein Tanzpartner.« Ich reibe mir über die schweißnasse Stirn. »Ach, wer weiß, vielleicht gehe ich gar nicht hin.«

»WAS?« Vic rappelt sich so schnell auf, dass ihr Handtuch verrutscht und ich freie Sicht auf ihren elfenhaften und sehr, *sehr* nackten Körper habe.

»Du kannst mir deine Brüste so oft zeigen, wie du willst. Das beeinflusst meine Entscheidung in keinster Weise, du Luder.« Ich kann mir ein Grinsen nicht verkneifen.

Vic rafft das Handtuch wieder um ihren Oberkörper und verdreht bei meiner Bemerkung die Augen.

»Liv«, sagt sie jetzt sanfter. »Warum willst du plötzlich nicht mehr hingehen? Wir zwei haben uns diesen Ball ausgemalt, seit wir … keine Ahnung … sieben sind?«

»Keine Lust.«

»Keine Lust?« Vic zieht verwirrt die Augenbrauen zusammen.

»Ja. Ist doch ohnehin alles bescheuert. Männer dürfen nur einen Frack und Frauen nur diese schrecklichen weißen Kleider anziehen. Als wären wir im fünfzehnten Jahrhundert. Und was soll der Scheiß mit den Handschuhen?«

Vic sieht auf einmal betroffen aus. »Ja, der ganze traditionelle Kram ist albern und alles … aber wir wollten zusammen diese schrecklichen weißen Kleider und die scheußlichen Handschuhe tragen.«

Ja, das wollten wir. Das war früher. In einem anderen Leben. Bevor meines völlig den Bach runterging und bevor deine Eltern dich mit diesem Franzosen verkuppelt haben, als wären wir in einer trashigen Realityshow mit dem Namen Date My Mom *oder* The Mom-Matchmaker.

Früher hätte ich all das gesagt.

»Du hast doch Clément«, sage ich heute.

»Dem stehen keine weißen Kleider und Handschuhe erst recht nicht.«

»Ich würde es feiern.«

»Was?«

»Wenn Clément gegen das System rebelliert und als Dragqueen im weißen Partyfummel auftaucht. Kannst du ihn nicht noch mal fragen?«

»Nein.«

»Wieso? Hast du Angst, dass er zusagt?«

»Liv, Clément würde eher vom Eiffelturm springen, als *gegen das System zu rebellieren.*«

»Spießer.«

Wir müssen beide kichern, dann wird Vics Miene wieder ernst. »Es ist wegen deiner Mutter, oder?«

Die Frage erwischt mich so unvermittelt, dass mir schlagartig kalt wird. Dabei hat die Luft in der Sauna über siebzig Grad. Ich bleibe stumm. Starre nur auf die Dächer Wiens, die vor meinen Augen langsam zu verschwimmen drohen.

»Livia. Meinst du nicht, dass es dir helfen würde, wenn du mir irgendwann erzählst, was genau geschehen ist?«

Was genau geschehen ist. Was will sie hören? Dass meine Mutter eines Morgens einfach nicht mehr da war? Ohne ein Wort des Abschieds? Ohne Erklärung? Dass das einzige Lebenszeichen, das wir von ihr bekommen haben, eine lächerliche SMS war?

Mir geht es gut. Sucht nicht nach mir. Ich musste gehen, es ging nicht anders. Ich liebe euch. M.

Ich liebe euch. Ich liebe *euch.* Wenn das stimmen würde, hätte es diese SMS nie gegeben. Dann hätte sie Nora nicht mit sechs Jahren zurückgelassen. Und sie wäre es, die mit mir das Kleid für diesen verfluchten Ball aussuchen würde, wie sie es immer versprochen hat.

Aber all das sage ich Vic nicht. Niemand außer Papa, Nora und mir weiß von alldem. Seit über einem Jahr lassen wir die Presse und die gesamte Wiener High Society mit unklaren Aussagen à la *Melody wohnt nicht mehr bei uns* oder *Meine Mutter tut gerade endlich einmal etwas für ihre Gesundheit* im Unklaren. Das klingt schließlich viel weniger nach einem handfesten Skandal, als *Meine Mutter ist eine selbstsüchtige Bitch* es tun würde.

»Du kannst mit mir reden«, lässt Vic einfach nicht locker und rutscht auf der Saunabank näher an mich heran. »Du kannst das nicht ewig in dir vergraben, sonst erstickst du.«

»Bah, jetzt berührt mein Schweiß deinen Schweiß.« Ich kichere eine Spur zu albern und rutsche wieder von ihr weg. »Na gut, ich komme mit auf diesen bescheuerten Ball. Aber vielleicht färbe ich mir die Haare blau oder lasse mir die Oberarme tätowieren.« Ein glucksendes Lachen verlässt meine Lippen. Es verliert sich in dem Dunst, der uns umgibt, und war auch nie mehr als das.

»Das ist verboten.«

»Ich weiß, sonst wäre es ja nur halb so lustig. Wenn Clément schon nicht mitmacht …«

»Liv …« Die Besorgnis, die in Vics klaren Augen aufflammt,

verhöhnt mich und meine plötzliche Überschwänglichkeit. Sie zeigt mir, dass meine beste Freundin mich zu gut kennt. Zu gut, als dass sie sich von meinem Strahlen blenden lassen würde.

»Mit mir ist alles okay, Vic«, sage ich deshalb. »Mach dir keine Sorgen.« Wie von selbst macht meine Hand eine wegwerfende Bewegung, als könnte sie damit auch all das Ungesagte wegwischen, das sich zwischen Vic und mir ausgebreitet hat.

»Tue ich aber. Ich mache mir Sorgen um dich, egal wie oft du mir sagst, dass ich es nicht tun soll.«

Ich lächle sie so warm an, wie es mir die Kälte in meiner Brust ermöglicht. »Ich verspreche, dass ich zu diesem Ball gehe, okay? So wie wir es uns als Kinder immer ausgemalt haben.«

Vic seufzt, gibt sich dann aber geschlagen. »Okay. Auch ohne blaue Haare und Tattoos?«

»Das hängt davon ab, ob Clément doch noch als Dragqueen kommt.«

5. KAPITEL

STROBOLICHT-ERINNERUNGEN

Ein wohliges Prickeln rauscht über meine Haut, als ich den Innenraum des Restaurants betrete, dessen hohe gewölbte Decke von einer Million kleiner Lämpchen übersät ist. *Le ciel.* Der Himmel.

Suchend sehe ich mich um und lasse meinen Blick über die mit Kerzen bestückten Tische streifen. Kurz bleibe ich bei den verschiedenen Menschen hängen, die gemeinsam essen und sich mit gedämpften Stimmen unterhalten. Anderen wiederum ist es vollkommen gleichgültig, ob sie zu laut sind. Sie lachen einfach freiheraus. Und dann gibt es noch diejenigen, die lediglich versonnen auf ihre mit französischen Delikatessen gefüllten Teller schauen und ganz in Gedanken versunken scheinen.

Papa und Nora sind an keinem der Tische zu sehen. Damit habe ich gerechnet, schließlich bin ich zwanzig Minuten zu früh.

»Guten Abend, Fräulein Hohenburg.« Ein junger Kellner kommt zu mir und nickt mir höflich zu. »Ihr Tisch wird jeden Augenblick für Sie bereit sein. Darf ich Sie bitten, bis dahin noch an der Bar Platz zu nehmen?«

Ich schaue in große Augen und sehe die Furcht, die darin glüht. Einer Hohenburg nicht sofort einen Tisch anbieten zu können, steht wahrscheinlich in irgendeinem Kellner-Handbuch als No-Go.

»Natürlich.« Ich lächle ihn an. Er scheint sich etwas zu entspannen.

»Ein Lafite Rothschild?«, fragt eine freundliche Barkeeperin, als ich an den dunklen Tresen trete. »Wie immer?«

»Wie immer.« Wie immer der teuerste Rotwein der Karte. Wie immer der Lieblingsrotwein meines Vaters. Wie immer werde ich jeden Schluck verabscheuen und ihn trotzdem trinken, obwohl ich lieber einen Aperitif gehabt hätte. Aber von dieser *unnötigen Blubberpampe mit Botanikeinlage* hält Alexander Hohenburg nichts.

»Darf ich Ihnen eine Flasche öffnen und diese später auf die Rechnung des Tisches schreiben?«

»Klar.«

»Für mich einen Gin Tonic bitte.«

Ich fahre erschrocken zusammen, als plötzlich ein Kerl neben mir steht und seine Bestellung aufgibt. Mein Blick zuckt zu ihm und ich kann spüren, wie meine Augen sich weiten. Dieser Typ trägt ein ausgeblichenes Flanellhemd, das offensichtlich lange kein Bügeleisen mehr gesehen hat, und eine ... Jeans.

Er trägt allen Ernstes eine *Jeans*. Hier. Im *le ciel*. Einem Restaurant, in dem allein der Preis für die Vorspeise den seiner Hose mit hoher Wahrscheinlichkeit übertrifft.

Ich hätte ihn für einen Lieferanten gehalten oder jemanden, der sich hierher verlaufen hat, aber das passt nicht zu der puren Selbstsicherheit in seiner Stimme, mit der er eben seinen Drink bestellt hat. Ein Flanell-Arm ist lässig auf einen Barhocker gestützt, während er fast schon unbeteiligt durch sein Handy scrollt. Ein Hauch Bewunderung erhebt sich aus meinem Inneren und wabert für den Bruchteil einer Sekunde durch mein Herz. Bewunderung, weil dieser Kerl auf die Etikette scheißt und ich das auch gerne würde – auf alles und jeden scheißen.

Aber ich kann nicht.

»Ist was?« Offenbar ist ihm die Fassungslosigkeit, mit der ich ihn anstarre, nicht entgangen. Graue Augen blitzen herausfordernd zu mir herüber. Verflucht graue Augen, die so gar nicht zu seinem dunkelbraunen Haar passen wollen, das zerzaust nach allen Seiten absteht.

»Hallo?« Er sieht mich weiter an und hebt beide Augenbrauen.

»Du trägst eine Jeans.«

»Wow. Gut erkannt. Du solltest dein Wissen an die *Vogue* verkaufen.« Spott springt mir aus seiner Stimme entgegen und liegt auf seinen Lippen wie auf einem Präsentierteller. Unfassbar. Er macht sich über mich lustig. Er über mich. Dabei ist er es doch, der völlig unpassend gekleidet hier auftaucht. Gerne würde ich ihm eine gepfefferte Erwiderung entgegenschleudern. Doch wir sind in der Öffentlichkeit. Und hier gelten die goldenen Regeln meiner Familie. *Zeig niemals, was du fühlst.*

Also ringe ich mir nur ein Lächeln ab und schaue schnell weg. Weg von dem durchdringenden Blick der viel zu grauen Augen.

»Bitte schön.« Die Barkeeperin stellt mir ein bauchiges Glas vor die Nase. »Die Flasche werde ich gleich zu Ihrem Tisch bringen.«

»Danke.«

»Und hier ist Ihr Gin Tonic.«

Ich verkrampfe mich, weil der Jeanshosen-Rebell versehentlich meinen Arm berührt, als er nach dem Glas greift. Unsere Blicke kreuzen sich für einen kurzen Augenblick und wieder verzieht er die Lippen zu einem provozierenden Grinsen.

»Was kostet denn eine Flasche davon?« Er deutet auf mein Rotweinglas, von dem ich mir jetzt einen Schluck genehmige, um diese Situation irgendwie erträglicher zu machen.

»Tausendeinhundert Euro.«

»Über *tausend* Euro?« Er lacht so höhnisch auf, dass ich mich plötzlich furchtbar schäme. Was will dieser Kerl von mir? Warum schafft er es, dass meine Wangen anfangen zu glühen und ich mir wünsche, ich hätte ein weniger teures Getränk bestellt?

»Wow. Das ist echt heftig. So viel Geld für ein Getränk.« Fassungslos schüttelt er den Kopf.

»Sei bitte nicht so laut!«, quetsche ich durch zusammengebissene Zähne und schaue unauffällig zu den anderen Gästen, die glücklicherweise nichts davon mitbekommen haben. Denn Hohenburgs reden nicht über Geld. Niemals. Hohenburgs sind erhaben und kümmern sich nicht um eine Zahl, die auf einem Preisschild steht. Das würde sie angreifbar machen.

»Aber mal ehrlich, so gut kann der doch gar nicht schmecken. Also, dass jemand mal eben einen Gebrauchtwagen dafür hinblättert.«

»Er schmeckt hervorragend.« Die Lüge kommt mir leicht über die Lippen.

»Ist klar.« Wieder dieses Lächeln. Als wäre das alles für ihn ein Witz. Dieses Restaurant, der Wein und ich.

»Livi, hallo!«

Ich drehe mich um und sehe Nora und Papa das Restaurant betreten. Erleichtert wende ich mich vom Jeanshosen-Arschloch ab, lasse ihn einfach stehen und gehe ohne ein weiteres Wort auf meine Familie zu. Den *hervorragenden* Rotwein nehme ich mit.

»Du siehst hübsch aus, Knödel«, begrüße ich meine kleine Schwester und deute anerkennend auf ihr rotes Strickkleid. Ihr blondes Haar ist zu einem Zopf geflochten und um ihren Hals erkenne ich die zarte Goldkette mit einem L- und einem N-Anhänger, die ich ihr im letzten Jahr zu Weihnachten geschenkt habe.

»Schön, dass du da bist.« Papa schenkt mir ein leichtes, wenn auch distanziertes Lächeln.

Ich nicke ihm ebenso distanziert zu.

»Ihr Tisch ist jetzt bereit.« Der Kellner mit den ängstlichen Augen kommt wieder auf mich zu und bedeutet uns, ihm zu folgen.

Irgendetwas stimmt nicht. Ich spüre es sofort, als ich meinen Vater genauer mustere. Seine Körperhaltung ist eindeutig verkrampft. Er wippt mit dem Knie. Dabei ist er normalerweise viel zu seriös, um sich seine Nervosität derart anmerken zu lassen. Komisch. Skeptisch lasse ich mich auf den Stuhl neben Nora fallen.

»Erwartest du noch jemanden?«

»Ähm … nein. Doch. Ich meine …«

Fragend sehe ich zu Nora, die nur mit den Schultern zuckt und ebenfalls zwischen Papa, mir und der Tür hin und her sieht.

»Was denn jetzt?«

»Ach, da sind sie ja.«

Wie vom Blitz getroffen springt mein Vater auf. Sein Stuhl fällt um. Man hört es nicht, denn der Boden hier ist vollständig mit dunkelblauem Teppich ausgelegt. Verstohlen blicke ich umher, doch niemand scheint etwas davon mitbekommen zu haben. Nicht mal Papa selbst. Was zur Hölle ist mit ihm los?

»Tanja, hallo, hier sind wir!«

Tanja? Langsam wende ich den Kopf. Wer zum Geier ist Tanja?

Im Eingangsbereich des *le ciel* steht eine dunkelhaarige, zierliche Frau, die freudestrahlend auf uns zugeht.

»Hallo«, begrüßt sie uns flötend und macht eine alberne Bewegung mit der Hand. »Ihr müsst Livia und Nora sein.«

»Ähm, hi?«

Was soll das hier? Ein mulmiges Gefühl macht sich in meiner Magengegend breit, als würde mein Körper etwas spüren, das mein Kopf noch nicht versteht. Als ich den Blick bemerke, den diese *Tanja* mit meinem Vater tauscht, habe ich eine üble Vorahnung. Bevor ich den Mund öffnen und meine Vermutung in Worte fassen kann, bemerke ich jedoch den Typen, der von der Bar zu uns herüberschlendert. O nein. Irgendwer da oben im Himmel hat es offenbar auf mich abgesehen. Mit einem breiten, sehr breiten Lächeln starrt das Jeanshosen-Arschloch zu mir herüber. O Jesus, was tust du mir an?

Ich mustere ihn. Zum zweiten Mal an diesem Abend. Er muss

ungefähr in meinem Alter sein, vielleicht ein oder zwei Jahre älter. Die Ähnlichkeit zwischen der Dunkelhaarigen und ihm ist nicht zu leugnen. *Ihr Sohn,* schießt es mir durch den Kopf. Oder ihr Bruder hat eine Menge Schönheits-OPs hinter sich.

Irgendetwas an seinem Gesichtsausdruck ist nicht stimmig. Ich kann es nicht greifen. Als läge in seinen Augen ein dunkler Schatten, den er mit dem Strahlen seines Lächelns überdecken will.

Bevor ich länger darüber nachdenken kann, rutscht mein Herz zwanzig Zentimeter tiefer, weil mein Vater nichts Besseres zu tun hat, als dieser Frau, der Mutter des Typen – das mit den Schönheits-OPs habe ich verworfen –, die dünne Jacke abzunehmen.

»Bitte setzt euch.«

Sie tun wie ihnen geheißen. Zu meinem Missfallen lässt sich das Jeanshosen-Arschloch auf den Platz neben mir fallen. Ich leere mein Weinglas in zwei großen Schlucken und gieße mir sofort ein neues ein. Meine Nerven brauchen Hilfe, um irgendwie mit dieser Situation klarzukommen.

»Also …« Papa räuspert sich verhalten und sieht nervös zu Tanja, dann zu mir.

Auf einmal weiß ich genau, was er sagen wird, und doch könnte mich nichts darauf vorbereiten.

»Livia. Nora. Darf ich euch meine Freundin Tanja und ihren Sohn Nicolas vorstellen?«

Für einige Sekunden oder gar Minuten ist mein Hirn ein schwarzes Loch. Dann, als hätte jemand alle Schleusen aufgedreht, wird mein Kopf von der Bedeutung seiner Worte geflutet.

Meine.

Freundin.

Meine Freundin.

Freun-din.

Ein Wort. Zwei Silben. Acht Buchstaben. Unendlich viele Nadeln, die sich durch meine Haut in mein Herz bohren.

Der Raum beginnt sich zu drehen und ich falle. Nicht wirklich, aber es fühlt sich so an. Etwas rauscht durch mich hindurch und brennt in Form von Tränen in meinen Augen. Meine Finger graben sich in die dünne Strumpfhose, in der meine Beine stecken. *Meine Freundin*. Immer wieder hallen Papas Worte in meinen Ohren wider. Und mit einem Herzschlag, so laut wie eine Pauke, wird mir klar, was diese Worte bedeuten.

Sie wird nicht zurückkommen.

Niemals.

Die Tür ist zu.

Die dunkelhaarige Frau, die vor mir steht und mich so ekelhaft freundlich anlächelt, hat sie mit ihren billigen Pumps zugetreten. Es wird nicht mehr so werden, wie es einmal war.

Nie wieder.

Vor meinem inneren Auge flackern in schnellen Abfolgen Bilder meiner Kindheit und Bilder von Mama auf. Unaufhaltbares Erinnerungsstroboskoplicht, das mit einer Epilepsiewarnung versehen werden müsste. Ein Wirbelsturm, der immer schneller und schneller wird und mir mit jeder weiteren Momentaufnahme verdeutlicht, was ich in dem Moment verloren habe, als diese Frau das *le ciel* und meine Welt betreten hat.

Ich will aufspringen, wie eine Furie durch dieses verfluchte Restaurant rennen und die *Freundin* meines Vaters mit dem Rotwein, der vor mir steht, übergießen. Fast ist es, als könnte ich sie vor mir sehen. Die vor Schock geweiteten Augen der Wiener High Society, die zum ersten Mal Zeuge davon wird, wie Livia Hohenburg öffentlich die Kontrolle verliert. Und sie, die dasteht und lächelt, als hätte sie nicht gerade mein Leben dem Erdboden gleichgemacht, würde fassungslos an sich heruntersehen. Ihr weißes Kleid wäre von einer scharlachroten Flüssigkeit besudelt. Als wäre darunter eine klaffende Wunde, die alles in Blut ertränkt. Scherben, die sie von innen aufreißen. Fast ist es Wirklichkeit. Aber nur fast.

Denn ich bin es, die von Scherben zerschnitten wird. Aber meine Wunden bluten nur nach innen.

In Wien hat jeder einen Schutzpanzer, um die eigene Verletzlichkeit vor den Augen der Welt zu kaschieren. Manche sind zart wie Seide. Andere, wie meine, sind stahlhart, zentnerschwer und mauerdick. Also lasse ich meine Züge erkalten und nehme die Spannung aus meinen Fingern, die mit Sicherheit schon kratertiefe Halbmonde in meinen Oberschenkeln hinterlassen haben. Mein von Tränen verschleierter Blick zuckt hektisch durch den Raum. Sucht nach etwas, woran er sich festhalten kann, bis der Schimmer aus meinen Augen verschwunden ist. Er findet mein Rotweinglas.

Lafite Rothschild. 2018er Jahrgang. Trocken. Aus Bordeaux. Ich rattere diese Fakten innerlich herunter, während meine Augen in der dunkelroten Flüssigkeit ertrinken. Irgendwann kann ich wieder blinzeln, ohne dass die Gefahr von hinabkullernden Tränen besteht. Meine Brust ist noch immer zugeschnürt, doch mit etwas Anstrengung gelingt es mir, einige tiefe Atemzüge zu nehmen.

Dann mache ich den Fehler, zu meinem Vater zu schauen, der seiner *Freundin* einen zarten Kuss auf die Wange haucht. Doch das ist es nicht, was das Feuer in mir wieder zum Lodern bringt. Es ist der Blick, mit dem er sie betrachtet. Die Zuneigung, die in seinen Augen glitzert, als er sie anlächelt.

Die Lebendigkeit, die sich in ihnen spiegelt, lässt in mir alles ersterben.

Mit einer blitzschnellen Bewegung greife ich nach dem Glas vor mir und nehme einige gierige Schlucke. Es dauert mehrere Wimpernschläge, die sich wie Stunden anfühlen, bis die Schwere des Alkohols wie Nebel durch meinen Kopf wabert. Dann endlich, endlich kommen die rasenden Gedankenzüge zum Stehen und die Strobolicht-Erinnerungen verblassen.

Was bleibt, sind mein schweres Herz und die Hoffnungslosigkeit des Augenblicks.

6. KAPITEL

OHRFEIGENERKENNTNISSE

»Ähm, ist alles okay?«

Mein Kopf wirbelt nach links. Dank des Rotweinnebels in meinem Gehirn muss ich mich konzentrieren, um meine Augen scharf zu stellen. Der Kerl grinst mich schelmisch aus grauen Regenwolken heraus an.

»Ja, alles okay.« Nein, nichts ist okay, aber das verrate ich ihm doch nicht.

»Sicher? Du guckst nämlich gerade, als würde dein viel zu teurer Rotwein überhaupt nicht *hervorragend* schmecken.«

Ich blicke mich hektisch um, um zu überprüfen, ob jemand etwas davon mitbekommen hat, wie dieser Typ mit mir spricht. So ungefiltert.

»Pssst.«

»Oh, sorry.« Er senkt die Stimme, greift über den Tisch und schnappt sich die Rotweinflasche. Mit skeptischem Blick hebt er den Dekantierer an und lässt einige Zentiliter der roten Flüssigkeit in sein Glas laufen. »Na, dann probieren wir diesen edlen Tropfen mal«, sagt er und nickt bestätigend, nachdem er sich einen Schluck genehmigt hat. »O ja, absolut ausgezeichnet. Wenn du mich fragst, sind tausendeinhundert Euro noch zu wenig für diese Kostbarkeit des Himmels.« Er lacht übertrieben und zwinkert mir zu. Ich zwinkere nicht zurück.

Wut brodelt in mir auf. Helle, heiße Wut auf diesen Kerl, der über meinen Rotwein lacht. Und über mich und das Leben, das ich führe.

Wenn ich so könnte, wie ich wollte, würde ich auf der Stelle aufspringen und ihm die Meinung geigen. Kann ich aber nicht. Denn eskalative Wutausbrüche gehören nicht zu meinem Rollenrepertoire. Also presse ich die Lippen aufeinander und schaue, statt in den spöttischen Blick neben mir, in das leuchtende Gesicht meines Vaters. Ein spitzer Stich fährt direkt in meinen Magen, als ich feststelle, dass er zart mit dem Daumen über *ihren* Handrücken streicht. Ein glückliches Liebespaar in einer heilen, heilen rosaroten Liebeswelt. Ich bin kurz davor, *wirklich* auf den Tisch zu kotzen.

»Ich weiß, dass es für euch überraschend kommt«, beginnt Papa und hebt sein Glas, »aber ich freue mich außerordentlich, dass unsere Familien heute zueinanderfinden.«

Ja, welch außerordentliche Freude. Ich unterdrücke ein Augenrollen und schaue stattdessen zu Nora. Anders als ich scheint meine Schwester diese Situation ganz und gar nicht absurd zu finden. Sie sieht nicht unglücklich aus. Vielmehr blickt sie mit großen Kulleraugen zu Papa und dieser Frau, die sich an seine Hand klammert, als wäre sie der Heilige Gral.

»Herzlich willkommen bei den Hohenburgs!« Nora streckt ihre kleine Hand aus und hält sie meinem Sitznachbarn hin. »Ich freue mich, Sie kennenzulernen.«

Jeanshosen-Arschloch ergreift die Hand und schüttelt sie mit ernster Miene. »Vielen Dank. Das kann ich nur zurückgeben, Mylady.«

Sie alle lachen. Unser Vater strahlt, diese Frau strahlt und vor allem meine kleine Schwester strahlt heller als jeder Stern unseres Universums. Ich tue es nicht. Ich bin wieder ein schwarzes Loch.

Und auf einmal fühle ich mich unglaublich allein.

»Tanja und ich sind uns vor einem halben Jahr bei einem meiner Termine in München begegnet«, erzählt mein Vater, als würde sich irgendjemand dafür interessieren, wie er eine Frau kennengelernt hat, die nicht meine Mutter ist.

»Ich bin Politiklehrerin und war mit meinen Schülern bei diesem Vortrag.« Sie kichert albern. Natürlich ist sie auch noch Lehrerin. Als würde mir das Schicksal höchstpersönlich in die Fresse schlagen wollen. *Lehrerin ist kein Beruf für jemanden deines Standes,* höre ich die Stimme meines Vaters in meinem Ohr. Na ja, für die Frau, die er fickt, scheint es okay zu sein.

Ich nehme einen weiteren Schluck Wein und versuche den Schatten zu ignorieren, der mit jeder Minute mehr von mir einnimmt.

»Also wohnt ihr in München?«, fragt Nora unvermittelt und ich glaube Enttäuschung aus ihrer kindlichen Stimme herauszuhören.

»Haben wir. Bis letzte Woche.«

Ich zucke zusammen, als sich mein Sitznachbar plötzlich zu Wort meldet.

»Nick und ich sind gemeinsam nach Wien gezogen«, erklärt Tanja.

»Wie alt bist du, Nicolas?«, frage ich und verbanne jede Emotion aus meinem Gesicht.

»Dreiundzwanzig. Und du kannst mich ruhig Nick nennen.«

»Mit dreiundzwanzig lässt du dein gesamtes Leben in München hinter dir, um mit deiner Mutter in ein anderes Land zu ziehen? Das ist … ähm … ungewöhnlich.« Ich gebe alles, um einfach nur interessiert zu klingen, und lächle weiter mein hölzernes Ich-habe-keine-Gefühle-Lächeln. Wie strange ist das denn?

»Ich habe meine Gründe, okay? Nichts, was dich etwas angehen würde.« Er spricht ruhig, aber ihm gelingt es deutlich schlechter als mir zu verbergen, dass ich ihn aus der Fassung gebracht habe.

»Nick, bitte.« Seine Mutter sieht ihn warnend an. Er presst die Lippen zusammen. Sein Kiefer hat sich angespannt und etwas lodert in seinen Augen auf. Leider, leider ist sein Gesicht durch die Wut kein bisschen weniger attraktiv. Im Gegenteil. Es wirkt auf eine Art lebendig und voller Energie.

»Was ist?« Ein Muskel an seiner Wange zuckt, als er fragend die Augenbrauen hebt.

»Nichts.« Himmel, ich habe ihn angestarrt. Scham kriecht in meine Wangen. Mittlerweile hat sich die süße Schwere offenbar um mein logisches Denkvermögen geschlungen und meine Gefühle vernebelt. *Ja, er ist heiß. Verflucht heiß. Aber er ist ein Arschloch, das dich aufs Übelste verspottet. Lass dich von seiner Hotness nicht ablenken, Livia.*

Entschlossen wende ich meinen Blick zu den anderen.

»Ihr wohnt also in Wien?«, fragt Nora jetzt.

»Ja«, erwidert Tanja eine Spur zu überschwänglich. »Wir sind vor einigen Tagen hergezogen. Eine tolle Stadt. Ich habe bisher leider noch keine Anstellung finden können, aber Nick kann sein Studium glücklicherweise an der Wiener Universität fortsetzen.« Sie schenkt ihrem Sohn ein warmes Lächeln. Na großartig.

»Genau wie Livia.« Mein Vater nickt zu mir herüber. »Vielleicht könntest du Nick mal in der Uni herumführen, Schatz.«

Ganz sicher nicht.

»Was studierst du denn?« Belustigung umspielt seine Lippen, als Nicolas die Frage mit völlig übertriebenem und mit absoluter Sicherheit geheucheltem Interesse stellt.

Ich antworte nicht.

»BWL.« Mein Vater antwortet an meiner Stelle. »Im vierten Semester. Irgendwann wird sie in meine Firma einsteigen und die Immobilienbranche von Wien ordentlich aufmischen.« Er strahlt. Ich zwinge meine Mundwinkel sich ebenfalls zu heben. *Juhu.*

»Habt ihr euch gut eingelebt, Liebling?«, fragt Papa jetzt und sieht zu Tanja. Zu seinem *Liebling*.

Diese nickt zaghaft, seufzt dann und vergräbt den Kopf in den Händen. »Ehrlich gesagt ist die Wohnung eine Katastrophe. Die Wände sind feucht und leider ziemlich schimmelig.« Ihre Wangen erröten und Scham tritt in ihre Augen. »Aber das ist okay, ich habe deswegen bereits mit der Hausverwaltung Kontakt aufgenommen. Hauptsache, wir sind zusammen.« Sie schlägt die Augen nieder und fährt mit nervösen Fingern über den festen Stoff ihrer Serviette.

Sie spielt gut. Man könnte ihr diese selbstlose Verliebtheitsnummer fast abkaufen. Tue ich aber nicht.

»Wie furchtbar.«

»Ja, wirklich«, stimmt mir Tanja zu, der mein sarkastischer Ton offenbar entgangen ist. »Da wir keinen österreichischen Pass haben, haben wir leider keinen Anspruch auf eine Wiener Gemeindewohnung.«

»Na, wie praktisch, dass mein Vater circa jede Wohnung Wiens besitzt und obendrein als Bürgermeister sicher einiges für euch lockermachen kann.« Ich gebe dem dritten Glas Wein die Schuld, dass ich ihr das alles entgegenschmettere. Ohne Rücksicht auf … irgendwas. Da sind nur Wut und Enttäuschung. Angst und die Sehnsucht nach dem, was mal war.

»Falls du damit andeuten willst, dass Tanja und Nick mich um eine Wohnung gebeten haben, dann liegst du falsch, Liv. Bis gerade wusste ich nichts von den katastrophalen Zuständen, in denen sie leben.«

»Ich würde Alexander nie um etwas bitten. Das käme mir nicht richtig vor, schließlich kennen wir uns noch nicht lang.« Tanja lächelt meinen Vater so liebevoll und falsch an, dass ich ihr am liebsten ins Gesicht schlagen würde.

»Natürlich würdet ihr das nicht.« *Aber durch euer Mitleidsgetue wird er euch mit Sicherheit gleich das Schloss Schönbrunn vermieten.*

»Also diese Wohnumstände sind wirklich nicht tragbar.« Papa

schüttelt fassungslos den Kopf. Aha, *there it is.* »Ich würde mich freuen, wenn ihr zu uns zieht. Zu Livia, Nora und mir.«

Moment. Was? Ich verschlucke mich fast an dem Schluck Rotwein, der gerade in meinen Mund gewandert ist. Ich will lachen, weil das alles, dieser ganze groteske Abend, nichts anderes als ein Witz sein kann. Ich brauche ein, zwei, drei Sekunden, bis die Erkenntnis in meinem Kopf einrastest. Um genau zu sein, ist es eine ganze Reihe an Erkenntnissen, die mich trifft wie eine Ohrfeige.

1. Meine Mutter wird nie zurückkommen. Das kann sie nicht, weil mein Vater sie durch irgendeine dahergelaufene Lehrerin ersetzt hat.
2. Mein Vater hat der dahergelaufenen Lehrerin und ihrem Ich-rebelliere-mit-meiner-Jeans-gegen-die-Etikette-Sohn gerade angeboten, bei uns EINZUZIEHEN.

In Schockstarre sehe ich zwischen Tanja, Nicolas und meinem Vater hin und her.

»Papa, können wir kurz reden? Allein?«

Mein Vater seufzt, nickt aber. »Nora, Schatz, können wir dich fünf Minuten mit Tanja und Nick allein lassen?«

Meine Schwester wiegt den Kopf hin und her und scheint zu überlegen.

»Wenn du willst, zeige ich dir, wie man aus Bierdeckeln ein Kartenhaus baut, Mylady«, bietet Nicolas an und zwinkert ihr zu. »Also, wenn man das in so einem verstaubten Laden wie hier überhaupt darf.« Er blitzt mich provozierend an. Ich presse die Lippen zusammen.

»O ja, cool!« Nora schaut Papa fragend an. »Meinst du, das geht?«

Papa lacht. »Ich werde beim Kellner einen großen Stapel Bierdeckel bestellen.«

Ja, tu das. Als wären wir in einer heruntergekommenen Kneipe. Vielleicht bestellst du noch einen Humpen und 'ne Currywurst dazu. Doch Noras glückliches Leuchten lässt mich meine fiesen Gedanken vergessen.

Ich werfe Nicolas einen letzten verachtenden Blick zu und erhebe mich. Andere würden nach drei Gläsern Rotwein vermutlich nicht mit so geraden und selbstbewussten Schritten durch den Raum gehen. Aber ich schlängle mich durch die vielen Tische hindurch, als wäre es ein Catwalk.

Mein Vater öffnet die Tür zu einem kleinen Raum mit Kamin. Dorthin hat er sich bei Geschäftsessen öfter zurückgezogen, um mit seinen Klienten eine Zigarre zu rauchen. Ganz der alte, reiche weiße Mann.

Die Tür fällt hinter mir ins Schloss. Kurz hüllt uns die Stille ein, die nur von dem prasselnden Kaminfeuer gefüllt wird. Dann lässt mein Vater einen tiefen Seufzer verlauten.

»Livia, ich weiß, dass das alles nicht leicht für dich ist.« Nicht einmal jetzt kann er mich ansehen. Statt in meine Augen starrt er auf die Brokattapete hinter mir. »Ich weiß, dass du sehr unter dem leidest, was deine Mutter uns angetan hat. Das tue ich auch, glaub mir.«

»Ach ja? Und warum schleppst du dann nach nicht einmal einem Jahr irgendeine Münchner Tussi an?« Mir ist klar, dass ich mich nicht fair verhalte. Dass ich in dieser Sekunde misogyn und ein absolutes Arschloch bin, aber gerade habe ich nicht die Kraft, nach einer charmanteren Bezeichnung für diese Frau zu suchen.

»Livia!« Jetzt sieht mein Vater mich doch an. »Ich … ich liebe Tanja und ich bin mir sicher, dass sie mich auch liebt.«

Ich pruste los und lache wie diese eine durchgeknallte Hyäne aus *Der König der Löwen.* »Und was macht dich da so sicher? Denkst du nicht, sie hat gespürt, dass du eine Schwäche für Frauen hast, die *gerettet* werden müssen? Woher weißt du, dass sie dich nicht nur ausnutzt?« Meine schrille Stimme peitscht durch den Raum. »Eine Lehrerin, die bestimmt zehn Jahre jünger ist als du? Ich bitte dich.«

Die Wut und die Verzweiflung brennen in meiner Brust und lassen meine Worte hässlich werden. »Ich nehme ihr diese ganze Unsere-Wohnung-ist-so-schlimm-Mitleids-Nummer nicht ab. Du bist nur zu geblendet von ihren prallen Titten und ihrem schüchternen Lächeln.«

»Es reicht! Endgültig!«

Ich beiße mir auf die Zunge, denn mein Vater sieht mich an, als wäre er kurz davor, mir eine Ohrfeige zu verpassen. Auch jetzt schreit er nicht. Er spricht ruhig, aber ich kenne ihn gut genug, um zu wissen, dass auch in ihm gerade ein Feuersturm tobt. Doch er ist Alexander Hohenburg und Alexander Hohenburg lässt sich niemals, niemals in die Karten schauen. Nicht mal von seiner eigenen Tochter. Lieber schließt er für zwei Sekunden die Augen. Seine Brust hebt und senkt sich einige Male, ohne dass jemand von uns etwas sagt. Die Stille zwischen uns ist so laut, als würden wir uns anschreien.

Sie wird unser Geld nehmen und sich ein schönes Leben machen, könnte ich schreien. *Sie wird dich vor unseren Augen ausnehmen und sich Kleider kaufen, die ihr absolut nicht stehen, auf denen aber ein fettes Balenciaga-Logo prangt*, könnte ich sagen.

Du machst mich wütend, könnte er erwidern. *Du bist mir nicht egal*, könnte er sagen.

Wir bleiben stumm, stumm, stumm.

Seine Augen sind kalt, kalt, kalt.

Und mit ihnen mein Herz.

Irgendwann durchbricht er die Stille. Ruhig und mit einem Pokerface, das nur Alexander Hohenburg auf diese Art beherrscht. »Du benimmst dich jetzt. Du setzt dich wieder hin, isst und antwortest höflich, wenn du etwas gefragt wirst. Hast du mich verstanden?« Er ist in den Geschäftsmann-Modus gewechselt. Eiskalt und bestimmend. Auf diese Weise spricht er normalerweise nur mit Konkurrenten oder zu aufdringlichen Journalisten.

Und mit seiner Tochter.

Ich nicke, immer noch stumm, und folge ihm zurück in den Innenraum des *le ciel*. Gerader Rücken. Angehobenes Kinn. Ein leichtes Lächeln auf den Mund geklebt. Es verbirgt den Hass und die Abscheu. Und es verbirgt meine Entschlossenheit zu beweisen, dass Tanja nicht meinen Vater, sondern sein Geld liebt. Ich werde ihm die Wahrheit vor die Füße klatschen und die Tür für meine Mutter wieder aufstemmen. Damit eine winzige Chance besteht, dass mein Leben wieder so wird, wie es war.

Und ich weiß, wer mir dabei helfen kann.

7. KAPITEL

SEROTONINFLUCHT

Die Luft hinterlässt einen feuchten Film auf meinen Wangen, als ich aus der Limousine steige. Claus, mein Chauffeur, spannt einen schwarzen Schirm auf und begleitet mich die wenigen Schritte zum Eingang des *Hotels Sacher.*

Die weißen, mit Stuck verzierten Fassaden werden von Scheinwerfern beleuchtet und lassen sie strahlen. Das Licht wird von den goldenen Lettern des Hotelnamens reflektiert, die senkrecht zwischen den vielen Fenstern prangen. Große Flaggen, die direkt über dem überdachten Eingang angebracht sind, flattern von einer starken Windböe gepackt.

»Guten Abend, Fräulein Hohenburg.«

Ich nicke dem in einen roten Frack gekleideten Portier höflich zu und gehe an den marmornen Engelsfiguren vorbei, die rechts und links neben dem Eingang postiert sind. Die Absätze meiner Jimmy Choos hallen auf dem Marmorboden wider. Die Rezeptionistin begrüßt mich ebenfalls mit Namen und lächelt höflich. Ob sie weiß, dass das, was ich eigentlich vorhabe, das genaue Gegenteil von goldenen Kronleuchtern und höflichem Lächeln ist? Dass oben in der Superior Suite dieses edlen Hotels das Verderben auf mich wartet?

Ich glaube schon, dass sie es weiß, denn sie hat mich oft genug völlig zerzaust am nächsten Morgen durch die Lobby gehen sehen. Aber ich lasse mir nichts anmerken, als ich an ihr vorbei zum Aufzug gehe.

Die Türen schließen sich sanft und geräuschlos. Ich begutachte mich im Spiegel. Mein schwarzes Valentino-Kleid reicht gerade mal bis zur Mitte meiner Oberschenkel und schmiegt sich durch die hauchfeine Viskose angenehm an meine Kurven. Meine Beine sind durch den letzten Ibiza-Urlaub vor einigen Wochen noch mit einer leichten Bräune überzogen und enden in silbern funkelnden Jimmy Choos. In mein Kleid ist ein Bustier eingenäht, das ein wenig zu klein für mein C-Körbchen ist. Doch das ist mir egal. Mein Haar steckt in einem hohen Pferdeschwanz, aus dem einige Strähnen fallen, die mein Gesicht einrahmen.

Ich bin schön. Und ich weiß das.

Das Problem mit der Schönheit ist nur: Sie ist im Kern ihres Seins absolut bedeutungslos. Ja, sie öffnet Türen, und ja, manchmal öffnet sie sogar Herzen. Aber wenn man es genauer betrachtet, lassen die Menschen nie *mich* auf ihre Partys und in ihr Leben. Sie wollen nicht mich oder das, was wirklich in mir vorgeht. Sie wollen die bloße Vorstellung von mir. Sie wollen Livia Hohenburg.

Mein wahres Ich ist der Welt da draußen scheißegal.

Die Aufzugtüren öffnen sich im vierten Stock. Nach einem letzten Blick in den Spiegel gehe ich hinaus und betrete den mit dunkelrotem Teppich ausgelegten Flur. Der Bass, der mir entgegenschlägt, vibriert in meiner Brust. Ich begegne einem älteren Herrn vom Room Service, der mir höflich zunickt, als ich auf eine Tür zusteuere, aus der die Musik in einer unverhältnismäßigen Lautstärke dröhnt.

Entschuldigend lächle ich ihn an, dann klopfe ich. Einmal, zweimal. Ich seufze. Bei dem Getöse da drinnen wird mich mit Sicherheit niemand hören. Als ich die Hand erneut heben will, kommt mir jedoch jemand zuvor.

»Ähm, wer bist du?« Ich muss gegen die Musik anschreien, als ich den rothaarigen Kerl erblicke, der mir die Tür geöffnet hat. Ich bin mir sicher ihn noch nie zuvor gesehen zu haben.

»Sven«, brüllt er genauso laut.

»Und was machst du hier, Sven?«

»Keine Ahnung.«

»Keine Ahnung? Wo ist Leander?« Verwirrt versuche ich über *Svens* Schulter zu schauen. Das, was ich erblicke, ist abgefuckt. Verflucht abgefuckt, aber genau das, was ich jetzt brauche.

»Eigentlich bin ich hier als Arschsekt.«

»Als was?« Ich bin mir nicht sicher, ob ich mich verhört habe oder ob Leander jetzt völlig durchdreht.

»Ich bin Ar-chi-tekt!«

Alles klar, anscheinend nicht durchgedreht. »Und was machst du hier?«

»Ich sollte mir die Suiten anschauen. Die werden renoviert!«

»Und?« Meine Güte, wann lässt dieser Kerl mich endlich rein? Die Wirkung des Rotweins lässt nämlich langsam nach und öffnet somit die Schleusen für all den Schmerz, den ich bislang gekonnt unterdrücke.

»Und irgendwie bin ich jetzt hier.« Sven grinst schief und zuckt mit den Schultern.

»Lässt du mich jetzt rein oder nicht?« Langsam reißt mir der Geduldsfaden.

»Klar, klar, klar.« Erschrocken springt Sven beiseite und ich betrete das völlig verdorbene Leben des Leander von Traun. Ich kann nicht anders, als erleichtert zu seufzen. Weil ich weiß, dass ich hier genau das finde, was die Gefühlsschleusen ein für alle Mal zuzementiert.

»Sag mal ...« Sven ist plötzlich wieder neben mir. »Bist du nicht @*livinglivia*? Ähm ... Livia Hohenburg?«

»Die bin ich.« Leider.

»Geil.« Seine Augen wandern einmal meinen Körper hoch und runter, als wäre ich ein Barcode und er ein bescheuerter Warenscanner. Dann leckt er sich über die Lippen. Widerwärtig. »Du bist echt … heiß.«

»Das hat mir noch nie jemand gesagt.«

»Echt nicht? Alter, du bist 'ne Zehn von Zehn!«

Mir liegen ungefähr sechsunddreißig Erwiderungen auf der Zunge. Ich sage keine von ihnen. »Wo ist Leander?«

»Der ist eben mit zwei sehr heißen Frauen ins Schlafzimmer verschwunden.«

Ich nicke.

»Aber die waren nicht so heiß wie du. Ich schwöre.«

»Na, ein Glück«, sage ich trocken und Sven lacht dreckig. Ohne ein weiteres Wort drehe ich mich um und lasse ihn stehen. Mein Blick huscht einmal durch den Raum. Die Superior Suite, die Leander seit einigen Wochen bewohnt, ist kaum wiederzuerkennen. Eine große Musikanlage inklusive blinkender Partylichter steht direkt neben einem hölzernen Sekretär aus dem sechzehnten Jahrhundert. Auf dem Boden liegen zerfledderte weiße Rosen in einer Wasserlache und eine zerbrochene Vase. Es riecht nach Zigaretten und Alkohol. Nach Melancholie und der süßen Schwere des Rausches.

Ich blicke nach oben und grinse, als ich erkenne, dass ein BH an dem Kristallkronleuchter baumelt. Darunter springt seine ehemalige Trägerin auf einem weißen Sofa herum. Ihre Brüste wippen, auf und ab und auf und ab. Es scheint sie nicht zu kümmern. Sie legt den Kopf in den Nacken und lacht aus voller Kehle. In der einen Hand hält sie eine Zigarette, in der anderen ein randvolles Champagnerglas, dessen Inhalt sich bei jeder ihrer Bewegungen mehr auf dem Polster verteilt.

»Das ist Tayloooor«, quietscht sie, als ein neuer Song aus den Boxen dröhnt. Ich erkenne … *ready for it?* Und ja, ich bin so was von *ready,* mich in diese Nacht fallen zu lassen und endlich zu vergessen. Aber erst muss ich Leander finden.

Ich laufe mitten durch einige verschwitzte Gäste, die auf dem

Boden sitzen, und trete dabei fast auf das Pokerblatt, das zwischen ihnen ausgebreitet ist. Auf dem Esstisch zappeln völlig zugedröhnt ein paar Nemos.

»Liviaaaa, geil, dass du auch hier bist!« Manuel Gruber. In Boxershorts. Er lacht ein dreckiges Lachen. »Willst du mitspielen und den heißen Fummel verlieren?«

Vielleicht werde ich das. Meinen »heißen Fummel« verlieren. Aber nicht jetzt. Nicht mit ihm. Mit einem kühlen Lächeln auf den Lippen nicke ich ihm nur distanziert zu und bahne mir meinen Weg weiter zum Schlafzimmer.

»Weiß Vic, was du hier tust?«, frage ich geradeheraus, als ich das Zimmer betrete. Leander sitzt mit dem Rücken an das Kopfteil des Kingsize-Bettes gelehnt und fixiert mit gläsernem Blick zwei Frauen, die in Unterwäsche vor ihm knien. Beide tragen schwarze, ziemlich transparente Spitzenbodys und Overknee-Strümpfe. Die Luft ist aufgeheizt von schnellem Atmen und dem Stöhnen, das sich die zwei gegenseitig entlocken.

Ich räuspere mich, doch entweder bemerken sie mich nicht oder sie ignorieren meine Anwesenheit, weil sie zu versunken in ihr Gefummel sind. Die schlanken Finger der Dunkelhaarigen fahren in einer schnellen Bewegung über die Schultern der anderen und streifen die dünnen schwarzen Träger hinunter. Die Brüste der anderen springen ihr, und damit auch mir, entgegen. Beide geben eine merkwürdige Mischung aus Kichern und Keuchen von sich. Ich wende den Blick ab und schaue stattdessen herausfordernd zu Leander.

»Die ist in Paris, bei Clément«, beantwortet dieser endlich meine Frage, ohne die Augen von den fummelnden Frauen zu lösen.

»Und das heißt, dass du das Hotel ihrer Eltern auseinandernehmen darfst?« Kopfschüttelnd gehe ich zu der kleinen Kommode auf der anderen Seite des Zimmers, schnappe mir ein Glas, fülle es mit Whiskey und lasse zwei Eiswürfel in die honiggoldene Flüssigkeit fallen.

»Was soll passieren, Königin? Alles, was der Party zum Opfer fällt, werde ich ersetzen.« Endlich schaut er zu mir und nickt zwinkernd zu dem Glas in meiner Hand. »Und du? Du bist doch mit Sicherheit nicht hier, weil du mit mir Tee trinken willst.« Er steht auf und kommt die wenigen Schritte auf mich zu. »Nein, du bist hier, weil du fliehst.« Er streckt die Hand aus und streicht in einer sanften Bewegung über meine Taille. Zugleich sieht er mir tief in die Augen, das schmatzende Stöhnen des Paares auf dem Bett ignorierend. Er lacht leise. »Die Welt da draußen dreht sich schneller und schneller. Doch hier bei uns, bei uns, Königin, bleibt immer alles beim Alten, hab ich recht? Und aus diesem Grund bist du hier. Das ist es, was du jetzt brauchst.«

Ich schaue weg, doch als die brennende Flüssigkeit meine Lippen benetzt, weiß ich, dass es stimmt, was er sagt.

»Hey, Livia«, sagt plötzlich eine der beiden Frauen, die ihr Techtelmechtel offenbar unterbrochen haben. Ich kenne sie nicht, aber sie scheint mich zu kennen. Klar. »Willst du mitmachen? Leander hat bestimmt nichts dagegen.« Sie lächelt schief und winkt mich einladend zu sich herüber.

»Danke, ich verzichte.«

»Schade«, sagen sie und Leander unisono. Ich werfe ihm einen vernichtenden Blick zu.

»Könntet ihr das hier …«, ich mache eine unspezifische Bewegung mit der Hand, »in das andere Schlafzimmer verlegen? Ich brauche Leander allein.«

Sie widersprechen nicht, natürlich nicht, sondern stehen kichernd auf und gehen.

»Du brauchst mich also *allein.*« Als die Tür ins Schloss gefallen ist, tritt Leander wieder an mich heran. Seine rauen Finger streichen über meine Wange. Er drückt mich gegen die Kommode und unsere Becken treffen sich. Gier springt mir aus seinen geweiteten Pupillen entgegen und es wäre leicht, so leicht, sich seinem Verlangen hinzugeben. Seine Hände auf und in mir zu spüren und den Kopf auszuschalten. Es wäre leicht und ich weiß, dass ich nur einen Impuls davon entfernt bin.

»Warte«, sage ich dennoch. »Ich bin nicht *deswegen* hergekommen.«

Verwirrung ersetzt das Feuer in seinem Blick, als Leander seine Hand zurückzieht. »Warum dann, Königin?«

Ja, warum? Ich brauche einen Moment, um Ordnung in meine Gedanken zu bringen. In meinem Kopf herrscht ein konfuses Durcheinander aus Gefühlen. Und der alkoholgeschwängerte Dunstschleier macht es nicht gerade leichter, diese in Worte zu fassen.

»Ich brauche deine Hilfe«, bringe ich endlich hervor.

»Und wobei braucht Livia Hohenburg meine Hilfe, wenn nicht beim …?« Er lässt das Ende des Satzes unausgesprochen in der Luft hängen.

Ich nehme einen weiteren Schluck Whiskey und versuche mich zu sammeln. »Keine Fragen, okay?«

»Okay.«

»Mein Vater hat eine Freundin.« Es tut weh, diesen Satz auszusprechen. So unbeschreiblich weh.

Leanders Miene verzieht sich und ich weiß, welche Frage in seinem Kopf gerade in blinkenden Signalfarben aufleuchtet: *Wie kann ihr Vater eine Freundin haben? Wo zur Hölle ist ihre Mutter?* Doch sagen tut er nichts. Weil Leander weiß, wie es ist, seine Dämonen ständig als Rucksack mit sich herumzuschleppen und doch zu versuchen sie vor der Welt zu verbergen.

Seine Mutter ist schon vor Jahren gestorben und sein Vater ist seit letztem Jahr in Haft. Wir wissen nicht, warum. Wir haben nie gefragt. Weil es bei uns so nicht läuft.

Wir fragen nicht.

Wir trinken und tanzen und lachen und gehen kaputt.

»Mein Vater hat eine Freundin«, wiederhole ich mit festerer Stimme. »Und sie muss verschwinden, Leander.«

»Name?«

»Tanja Steiner. Sie ist Lehrerin aus München. Ihr Sohn heißt Nicolas. Auch Steiner.«

Leander nickt. »Ich kümmere mich darum.« Mehr sagt er nicht. Weil er nicht mehr sagen muss. Ich weiß auch so, dass Leander einen Privatdetektiv und einige andere Personen kennt, die zwar zwielichtig, aber effizient sind. Er wird irgendwas über sie ausgraben. Irgendeine Story, die meinen Vater dazu veranlassen wird, sie in den Wind zu schießen.

»Danke.«

Er deutet auf mein mittlerweile geleertes Glas. »Willst du noch einen?«

»Ja.«

»Willst du fliehen, Königin?«

»Wovor?«

»Vor der Brutalität unserer Verkommenheit. Vor der Welt da draußen.«

»Ja.«

»Dann komm. Lass uns heute Nacht auf der Flucht sein.« Er zwinkert und lässt von mir ab, um wieder Richtung Party zu gehen. »Flieh mit mir.«

Also tun wir das, was wir am besten können.

Ich folge ihm auf die Party und trinke mehr Whiskey. Ich ziehe eine Line und fühle mich unbesiegbar. Irgendwann fällt mein Valentino-Kleid zu Boden. Es fällt in die Scherben der zerbrochenen Vase und wird von stinkendem Blumenwasser getränkt. Kurz denke ich, dass das Kleid ist wie ich. Es glänzt und funkelt und kostet eine Menge Geld. Und doch liegt es am Boden im Dreck, übersät von scharfen Scherben. Und niemanden kümmert es.

Ich schiebe den Gedanken von mir, stopfe ihn weit nach hinten und begieße ihn mit Champagner. Dann drehe ich die Musik auf und warte, dass Glückshormone in die brennende Leere fließen. Es funktioniert.

Dopamin schwimmt im Alkohol.

Serotonin lebt im Koks.

Endorphine tanzen, wenn ich tanze.

Und genau das tue ich. Ungezähmt, nur in italienischer Unterwäsche und Jimmy Choos, trinke und tanze ich auf den Scherben des Vergangenen, obwohl ich eigentlich kaum laufen kann. Aber ich stehe aufrecht. Ich suhle mich in den lüsternen Blicken der vielen Männer und Frauen, die mich mit unsichtbaren Händen betatschen und ihr ganzes Vermögen für eine Nacht mit mir hergeben würden.

Pheromonnebel.

Ich denke nicht an morgen, nicht an das, was vor wenigen Stunden passiert ist. Ich lebe nur für diese Nacht. Ich lebe für das laute Lachen, für den euphorischen Rausch und für den Neid der anderen.

Irgendwann in den frühen Morgenstunden taumeln die letzten Gäste aus der Tür. Ich lehne an dem antiken Sekretär und setze die Flasche Weißwein an, die ich in der Hand halte. Mein Blick zuckt durch den Raum und ich begutachte die Überreste der Party. Scherben verschiedener Gläser liegen in dazugehörigen Alkoholpfützen. Kleidung liegt im gesamten Raum verteilt und am Kronleuchter baumelt der zurückgelassene BH.

Das leuchtende Feuer ist zu Asche geworden und Dunkelheit kriecht unter meine Haut.

Hastig nehme ich weitere Schlucke. Leander kommt aus dem Bad. Seine Augen sind groß und sein dunkles Haar fällt ihm in die Stirn. Die oberen Knöpfe seines Hemdes sind offen.

»Fick mich!«, fordern meine Lippen. *Rette mich vor der Dunkelheit*, schreit mein Herz.

Leander lächelt und kommt die wenigen Schritte auf mich zu. Ich stelle die Weinflasche neben mir ab.

»Zu Befehl, Königin.«

Unsere Münder prallen aufeinander. Seine Hände zerren an

meiner Unterwäsche und erwecken die Lust zum Leben, die meinen Körper überfällt. Er stöhnt in meinen Mund. Ich schmecke Whiskey und Rauch und wundervolles Vergessen.

Mit schnellen Fingern öffne ich seine dunkle Hose und lasse mich vor ihm auf die Knie sinken.

»Gott, Liv.« Leander knurrt, als ich seine Boxershorts herunterziehe und sachte, sehr sachte mit der Zunge über die Spitze seiner Härte lecke. Ich nehme sie zwischen meine Lippen und verankere meinen Blick in seinen runden tiefschwarzen Pupillen. Einige Male lasse ich seinen Schwanz in meinem Mund verschwinden. Sein Atem geht schneller und wird mehr und mehr zu einem haltlosen Keuchen. Ich nehme sein Stöhnen in mich auf und hoffe, dass es die Schatten noch für einige Minuten länger vertreibt.

»Komm hoch.« Seine dunkle Stimme klingt rau und hitzig und ich richte mich wieder auf. Mit einer hastigen Handbewegung zieht er mich zu sich, umfasst meine Oberschenkel und hebt mich auf den viel zu alten Schreibtisch hinter mir. »Ich will dich jetzt, Liv.«

Ich spreize die Beine. »Dann nimm mich.« *Füll die Leere in mir.*

Die Weinflasche fällt um und der übrig gebliebene Inhalt verteilt sich auf der hölzernen Oberfläche. Wir kriegen es nur am Rande mit, weil Leander in dieser Sekunde meinen Slip herunterzieht und tief in mich eindringt.

Mein Kopf fällt zurück. Die Spitzen meiner Haare werden von Weißwein getränkt. Sterne tanzen vor meinen Augen.

Leander stößt in mich. Er füllt mich und die verschlingende Dunkelheit aus. Ich will nicht, dass der Moment endet. Denn je höher wir gemeinsam fliegen, desto tiefer fallen wir. So ist es jedes Mal.

Der antike Tisch knallt mit jedem seiner Stöße gegen die Wand. Sie werden schneller, haltloser. Leanders Blick verschwommener.

»Fuck«, presst er hervor.

Bitte komm noch nicht. Lass uns noch für einige Minuten weiterfliegen. Doch Leander stößt ein letztes Mal hart in mich. Der Schreibtisch prallt erneut gegen die Wand.

Die Luft ist erfüllt von Keuchen und Sehnsucht, als ich auf dem Boden der Realität aufschlage.

Das hier ist mein Leben.

Ich lebe dafür, Livia *fucking* Hohenburg zu sein.

Doch als ich später mit sich drehendem Kopf und Leanders gleichmäßigem Atem im Ohr in die Dunkelheit starre, frage ich mich, ob sich so nicht eher das Sterben anfühlt.

8. KAPITEL

LEBENSKOTZE

King and Queens

Bennet: *@Livia* Alles klar bei dir? Ich habe 17 Snaps von Manu, die fast alle dich zeigen. Und ich sags mal so: Eskalation ist eine Untertreibung.

Victoria: Von wie eskalativ reden wir?

Bennet: Leander von Traun.

Victoria: Scheiße. Ich hoffe, mein Hotel steht noch.

Bennet: Davon ist nicht auszugehen.

Victoria: Ich bringe ihn um.
Victoria: Nein. Erst zwinge ich ihn, mit bloßen Händen seine Suite zu schrubben.
Victoria: Mit seiner Zunge.
Victoria: Dann bringe ich ihn um.

Bennet: Sag Bescheid, wenn du Hilfe brauchst😉
Bennet: *@Livia*? Lagebericht?

Bennet: Im Ernst, Livia, melde dich.

Victoria: So schlimm?

Bennet: Schlimmer.

Victoria: Hab versucht sie anzurufen. Geht nicht ran.

Bennet: Soll ich ins Sacher fahren? Sie suchen?

Victoria: Warte noch, sie pennt bestimmt einfach. Wenn sie sich in zwei Stunden nicht gemeldet hat, rufe ich im Sacher an und lasse die Suite aufbrechen.

Livia: Hat nicht jeder vom Room Service eine Zimmerkarte?

Victoria: Livia! Alles okay? Lebst du?

Livia: Mehr oder weniger.

Bennet: Scheiße, Liv. Was war da los?

Livia: Nichts. Party eben.

Bennet: Auf Manus Fotos sah es nach, keine Ahnung, mehr aus.

Livia: Und seit wann juckt uns, was irgendein Nemo sagt?

Bennet: *hat ein Foto gesendet*

Livia: Screenshots bei Snapchat sind ehrlos @*Bennet*.

Victoria: HOLY SHIT! LIVIA! AUF WEM SITZT DU DA? WEISST DU, WAS DIESER SESSEL KOSTET??

Livia: Sven.

Bennet: Wer ist Sven?

Livia: Der Typ, auf dem ich sitze. Er ist euer Architekt @*Vic*

Victoria: Wo bist du jetzt?

Livia: *hat ein Foto gesendet*

Bennet: Ist das Leander? Sieht ziemlich mitgenommen aus.

Victoria: MEINE SUITE SIEHT MITGENOMMEN AUS.

Livia: Sorry.

Victoria: Ich bin Montag zurück. Brunch bei dir @*Livia*?

Livia: Geht nicht.

Bennet: Warum nicht?

Livia: Weil Montag die Freundin meines Vaters und ihr Sohn bei uns einziehen.

Victoria: WAS?? WER?

Livia: Kommt dein Finger auch mal runter von der Feststelltaste @*Vic*?

Victoria: NEIN! WER ZIEHT BEI EUCH EIN?

Bennet: Was meinst du, Livia?

Victoria: Liv?

Bennet: Livia? Hallo?

Ich starre mein Handy an und weiß nicht, wie ich mich erklären soll. Schließlich habe ich ihnen nicht erzählt, was wirklich passiert ist, aber heute gibt es ohnehin kein Zurück mehr. Heute wird sie kommen. Die Wahrheit. Na ja, die ziemlich konstruierte, verdrehte Wahrheit, die alles völlig verharmlost.

Seit wir eines Morgens aufgewacht sind und die Welt eine andere war, hat Papa mir und Nora eingeredet, dass wir unter keinen Umständen jemandem sagen dürfen, dass unsere Mutter uns verlassen hat. Doch jetzt ist alles anders. Denn jetzt gibt es *sie*. Ich weiß, was das bedeutet. Und in dieser Sekunde, in der die Giftstoffe des Alkohols und der Drogen aus meinem Körper sickern, wiegt die Erkenntnis umso schwerer.

Er hat aufgegeben. Mein Vater hat fast ein Jahr die Tür für meine Mutter aufgehalten und dafür gesorgt, dass wir hätten weitermachen können, hätte sie sich entschieden zurückzukommen.

Das ist vorbei. Genau genommen wird es in sechs Minuten vorbei sein.

Die vergangene Nacht wabert in meinem Magen und drückt sich gegen meine Kehle. Ich muss hart gegen die Übelkeit anschlucken, während ich auf die kleine Zeitanzeige meines iPhones starre.

9:55

9:58
9:59
10:00
Mit zusammengekniffenen Augen, brennender Übelkeit im Hals und rasendem Herzen warte ich darauf, dass alles über mir zusammenbricht. Dann zeigt mir mein Handy eine Push-Benachrichtigung an, wie immer, wenn mein Name in irgendeiner Schlagzeile auftaucht. Google Alert sei Dank. Mit bebenden Fingern tippe ich auf die Headline.

VIENNA-SPOTLIGHT

HAMMER BEI DEN HOHENBURGS

Wie Bürgermeister und Milliardär Alexander Hohenburg soeben bekannt gab, haben er und seine Frau Melody sich bereits vergangenes Jahr getrennt. »Melody und ich sind im Guten auseinandergegangen und werden immer beide für unsere Töchter da sein«, so Hohenburg.
Alle Singles da draußen, die bereits mit den Hufen scharren, um bald die neue Mrs Hohenburg an der Seite des Mannes zu werden, dessen Vermögen zum aktuellen Zeitpunkt auf 750 Millionen Euro geschätzt wird, müssen wir leider enttäuschen. Gerüchten zufolge habe sich Alexander Hohenburg bereits wieder verliebt. Zumindest wurde er gestern Abend an der Seite einer dunkelhaarigen Schönheit gesichtet. Wie seine Töchter Nora (7) und Livia (20) mit der neuen Stiefmutter zurechtkommen, bleibt abzuwarten.

Das iPhone rutscht mir aus den klammen Fingern und wird glücklicherweise von dem skandinavischen Designerteppich aufgefangen, der unter dem Bett liegt. Leander gibt ein unzufriedenes Grunzen von sich, als ich aufspringe und durch die völlig zerstörte Suite ins Bad renne.

Meine Knie schlagen auf dem harten Marmorboden auf, als der Inhalt meines Magens gepaart mit der Bitterkeit meines verdorbenen Lebens in der Kloschüssel landet.

9. KAPITEL

MENSCHENMENGEN-TRUBELVERSTECK

Es klopft. Ich bin mir nicht sicher, ob in echt oder ob das ohrenbetäubende Hämmern Teil meiner viel zu schrillen Träume ist. Vielleicht ist es auch egal.

Müde drehe ich mich nach rechts, schnappe mir das Kissen, das unberührt auf der anderen Seite des Bettes liegt, und presse es mir auf die Ohren.

Klopf, klopf, klopf.

Argh. Es ist kein Traum, sondern bittere Realität, die laut und dröhnend gegen meine Schädeldecke knallt.

Mein Blick fällt auf mein iPhone. Zehn Uhr morgens, doch es kommt mir vor, als wäre es gerade mal Mitternacht. Ich seufze.

»Ja?« Meine Stimme klingt zerkratzt. Als ich gestern gegen Mittag aus dem *Sacher* gekrochen und in unser Penthouse gestolpert bin, habe ich mich sofort hingelegt und bis gerade durchgeschlafen. Von der Übelkeit, die mich gestern begleitet hat, ist glücklicherweise nichts mehr übrig. Einzig ein pochender Kopfschmerz lauert noch hinter meinen Schläfen. Aber den habe ich verdient, schließlich wache ich gerade das zweite Mal innerhalb weniger Tage mit einem Mörderkater auf.

Mit leicht verschwommenem Blick hebe ich den Kopf und blicke zur Tür, die sich aus irgendeinem Grund noch immer nicht öffnet. Stattdessen höre ich Stimmen, die in gedämpftem Ton diskutieren. Mehr oder weniger gedämpft, um ehrlich zu sein.

»Wir müssen behutsam mit ihr umgehen.«

»Wir müssen sie endlich zum Reden bringen, Vic.«

»Nein, nein. Wir müssen ihr *Zeit* geben.«

Ich springe aus dem Bett, gehe kopfschüttelnd zur Tür und öffne sie. »Erst einmal müsst ihr aufhören vor meiner Zimmertür herumzustehen und wie die Klatschpresse zu tuscheln.«

Vic und Bennet fahren erschrocken zusammen. Und dann noch einmal, als sie mein lädiertes Äußeres bemerken. Ohne in den Spiegel geschaut zu haben, weiß ich, dass meine Haare strähnig, mein Make-up seit fast zwei Tagen auf meinem Gesicht verteilt und meine Zähne ungeputzt sind.

»Livia, wir ...«, beginnt Vic. Ihr Blick wandert skeptisch über mich, dann über meine Schulter in mein Zimmer.

»Hast du ein neues Hobby, von dem wir noch nichts wissen?«, unterbricht Bennet sie und verzieht angewidert die Miene.

»Warum?«

»Weil aus deinem Zimmer ein Geruch kommt, als würdest du gerade ... keine Ahnung ... Tiere ausstopfen? Ein Kunstwerk aus Müll basteln? Gewinnerin des Ich-lüfte-nicht-bis-ich-ersticke-Cups werden?«

»Na, vielen Dank.« Ich verdrehe die Augen, gehe zurück in den Raum und öffne mein Fenster. Vor mir erstreckt sich Wien in all seiner Vollkommenheit. Frische Frühlingsluft strömt in meine Nase und scheint den bleiernen Dunst, der zwischen meinen Ohren hängt, ein wenig zu vertreiben. Ich schließe die Augen und atme. Einmal, zweimal, dreimal.

»Was machst du hier?«, frage ich an Vic gerichtet.

Sie tauscht einen Blick mit Bennet, der die Arme vor der Brust verschränkt hat. »Na jaaa ...« Sie dehnt das Wort wie Kaugummi. »Wir haben uns Sorgen gemacht. Deine Nachrichten. *Die* Nachrichten ...«

»Das ist mir klar, aber was machst du *hier*? In Wien? Solltest du nicht noch bis Samstag mit Monsieur in Paris sein?«

»Ja, schon, aber ich …«

»Sag mir bitte nicht, dass du deinen Love-Trip wegen ein paar lächerlicher Schlagzeilen unterbrochen hast.«

Vic sieht erst zu mir, dann Hilfe suchend zu Bennet und danach interessiert zur stuckverzierten Decke.

»Victoria Jolanda Everhofen Das ist nicht dein verfluchter Ernst?!« Schuld flutet mein Herz und gleichzeitig wird es von einer warmen Decke umhüllt, weil mir in dieser Sekunde bewusst wird, dass es sie gibt – die Menschen, denen ich nicht egal bin.

»Livia Adele Charlotte Hohenburg«, meldet sich nun auch Bennet zu Wort. »Jetzt hör auf so ein Theater zu machen. Wir haben einen Plan.«

»Einen Plan?« Meiner ist es eigentlich, mein Bett heute nur für das Nötigste zu verlassen, mir Essen zu bestellen und den ganzen Tag *The Bold Type* zu rewatchen. Mir gefällt mein Plan. Mein Plan ist besser als ihrer. Mein Plan zeigt ihrem Plan den Mittelfinger und lacht.

»Erst Frühstück in der *Keksmonarchie*, dann zum Shoppen in den Ersten. Bald ist die *Vienna Fashion Revolution Week*«, zählt Vic freudestrahlend auf.

Ich stöhne.

»Euer Plan beinhaltet eindeutig zu viele Menschen, zu viel Bewegung und zu viel … alles.« Wehmütig schaue ich zu dem Fernseher an der gegenüberliegenden Wand meines Bettes.

»Klappe, Liv.« Bennet legt mir seine Hände auf die Schultern. »Das wird dir guttun.« Er rümpft die Nase. »Aber erst wird dir eine Dusche guttun.«

»Ich hasse euch.«

»Und wir lieben dich, deswegen sind wir hier. Also schwing deinen viel zu perfekten Hintern ins Bad.«

Der Tag ist tatsächlich schön. Obwohl er so düster begonnen hat, wird er zu einem, an dem sich jede Sekunde in eine in Licht getauchte Erinnerung verwandelt. Während wir uns durch die engen Gänge des Naschmarktes schieben, lachen wir. Wir lachen so viel und so laut, dass sich einige Marktbesucher genervt zu uns umdrehen. Es ist uns schnuppe.

Obwohl es eigentlich ein nerviger Touristenort ist, liebe ich den Naschmarkt. In dem Trubel der Menschen, der vielen Gerüche und der unzähligen Stände finde ich immer etwas, das mich von meinem Leben ablenkt. Meine Freunde wissen das. Sie wissen, dass ich manchmal herkomme und mich in der Menge vor der Welt da draußen verstecke. Und heute verstecken wir uns zusammen.

»Danke«, sage ich schlicht an Vic und Bennet gerichtet. »Euer Plan ist vielleicht doch besser als meiner.«

»Klar doch.« Vic schenkt mir ein warmes Lächeln und hakt sich bei mir unter.

Ich lehne mich an ihre Schulter, halte meine Nase in die Luft und schnuppere. Mit jedem Meter, den wir uns an den Verkäufern vorbeischieben, schlägt mir ein neuer Geruch entgegen. Orientalische Gewürze, Tee, Käse, Schinken und vieles mehr.

Es klirrt, weil eine Gruppe Touristen vor einem Weinstand die Gläser aneinanderstößt.

»Mensch, Gabi. Wir sind doch im Urlaub. Da darf man sich auch mal schon mittags ein Weinchen gönnen.« Eine Mittfünfzigerin mit frecher Kurzhaarfrisur prostet ihrer Begleitung kichernd zu.

»Da hast du recht«, antwortet Gabi kichernd und hebt das Glas an die Lippen.

Bei dem Gedanken an Alkohol schwappt etwas in meinem Magen.

»Hier.« Ich drücke Bennet mein iPhone in die Hand, um mich von den Wein-Gabis und dem, was in meinem Bauch vor sich geht, abzulenken. Vic und ich posieren vor einem Obststand mit halbmondförmigen Wassermelonen. Wir nehmen jeder ein riesiges Stück in die Hand und halten sie uns vor unsere Gesichter.

»Perfekt. Danke, Bennet.« Ich schreibe *You're sweet like watermelon sugar* und markiere *@victoryglory*. Außerdem *@harrystyles*, weil es eben passt. Zwar glaube ich nicht, dass er diese Story jemals zu Gesicht bekommen wird, aber hoffen darf man ja.

Ein leises Lächeln legt sich wie von selbst auf meine Lippen, als wir schließlich vor der Tür der *Keksmonarchie* stehen. Ein vertrauter Geruch von Gebäck, Kaffee und Geborgenheit weht mir in die Nase. An den Wänden hängen unzählige alte Fotos in lauter unterschiedlichen Rahmen. Es gibt Bücherregale und unter jedem Tisch gemusterte Teppiche.

Eine winzige ergraute Frau mit einer Schürze, die bis auf den Boden reicht, winkt uns mit leuchtenden Augen zu sich herüber. »Bennet, mein Schatz. Ich freue mich, dich zu sehen. Du warst lange nicht hier.«

»Entschuldige, Martha, viel zu tun aktuell.«

»Immer fleißig, so fleißig. Lass dich ansehen.« Sie tritt einen Schritt zurück und begutachtet Bennet mit einem strengen Gesichtsausdruck. »Du bist ganz dünn geworden.«

»Bin ich nicht.«

»Doch, doch. Setzt euch, Kinder. Ich werde euch schon satt bekommen. Livia sieht aus, als bräuchte sie dringend eine Hühnersuppe.«

Vic gluckst neben mir. Ich widerspreche nicht, werfe aber prüfend einen Blick in den Spiegel. Auf Anhieb erkenne ich nichts, was auf die vergangenen zwei Tage hindeutet. Mein Haar fällt in ordentlichen Wellen über meine Schultern, das Make-up überdeckt die Augenringe und mein beiger Pulli und der Kragen der weißen Paco-Rabanne-Bluse sitzen tadellos.

»Ist unser Platz frei?« Bennet schaut sich suchend im Raum um.

»Selbstverständlich, mein Herz. Für dich wird hier immer dein Lieblingsplatz frei sein. Wenn du nicht gewesen wärst, hätte ich die *Keksmonarchie* schließen müssen.«

»Danke, Martha.«

Wir gehen begleitet von neugierigen Blicken durch das Café nach hinten, wo sich um eine Ecke eine weitere Sitzgruppe versteckt. Ich lasse mich neben Vic auf das rote Sofa im Vintage-Stil plumpsen. Bennet macht es sich auf einem breiten Ohrensessel bequem.

»Ich bringe euch Essen. Was wollt ihr trinken?« Martha zückt ihren Block. »Livia doch bestimmt einen großen Schwarzen, damit das Leben sie bald wiederhat.«

»Ich bin quicklebendig, Martha. Siehst du das nicht? Fit wie ein Turnschuh.«

»Mhm.« Sie hebt eine Augenbraue. »Zu dem Schwarzen dann etwas Herzhaftes, nehme ich an? Rührei mit Toast oder tatsächlich eine Suppe?«

»Rührei mit Toast.« Ich gebe mich Marthas Kater-Kennerblick geschlagen. »Wie macht sie das?«, frage ich, als sie zurück hinter den Tresen geht.

»Sie war Köchin auf der Jacht von irgendeinem monegassischen Fürsten, bevor sie nach Wien kam. Sie kennt sich mit versoffenen It-Girls aus.« Bennet zeigt auf mich.

»Wirklich?«, frage ich verwundert und ignoriere das mit dem versoffenen It-Girl.

»Martha hat schon viel erlebt. Mehr als wir alle zusammen und das soll was heißen.« Ich weiß, dass ihn und die Café-Besitzerin etwas ganz Besonderes verbindet, seit er die *Keksmonarchie* in der Corona-Pandemie vor dem Aus gerettet hat. »Sie war Ende der Sechziger mit den Beatles auf Tour. Mit gerade Mal neunzehn.«

»Jetzt verarschst du uns.«

»Nein.« Er lacht und hebt die Hände zum Schwur. »Oh, Vic, du hast 'ne Hummel im Haar.«

»Was?« Sie quietscht. »Mach sie weg. Los.« Hektisch wedelt sie mit der Hand in ihrem Haar herum.«

»Mein Gott, halt still.« Ich greife nach einer Serviette und lasse die Hummel daraufklettern. »Los. Flieg, kleine Hummel. Ignorier weiter, dass du physikalisch gesehen gar nicht fliegen kannst, und mach weiter einen auf Kämpferherz.« Mit der anderen Hand öffne ich das Fenster und entlasse das kleine Insekt in die Freiheit.

»Liv und ihr Insektenbefreiungsdrang. Irgendwie süß.« Bennet wirft mir eine Kusshand zu.

Ich ziehe eine Grimasse. Während wir über die anstehende *Vienna Fashion Revolution Week* quatschen, rumort mein Bauch mit jeder Minute lauter.

Endlich kommt Martha mit einem voll beladenen Tablett wieder auf uns zu.

»Stimmt es, dass du mit den Beatles auf Tour warst?«, fragt Vic sofort, als Martha die herrlich duftenden Speisen vor uns auf den Tisch stellt.

»O ja.« Sie nickt verschwörerisch. »George und ich hatten in Hamburg eine wilde Zeit.«

»Wer ist George?«, fragt Vic.

»George Harrison?«, antworten Bennet und Martha unisono und mit dem gleichen fassungslosen Ausdruck im Gesicht.

»Das ist der vierte Beatle. Der, den man immer vergisst«, erkläre ich und schiebe mir ein Stück Toast in den Mund. »Und mit dem hattest du was am Laufen, Martha? Respekt.«

»Nie gehört.« Vic zuckt mit den Schultern und nippt an ihrer Melange.

»Also hör mal, Victoria. Wer sollen denn deiner Meinung nach die vier Beatles sein?«

»Ähm. Paul McCartney, der Typ, der erschossen wurde … wie hieß er noch?«

»John Lennon.«

»Genau. Also Paul McCartney, John Lennon, dann anscheinend Marthas Kumpel Georgie uuuuund …« Sie legt den Kopf schief.

»Und?«, fragt Bennet.

»Und?«, fragt Martha.

»War es Mick Jagger?«

Für zwei Sekunden ist es still. Dann stemmt Martha die Hände in die Hüften und baut sich vor Vic auf wie mein Mathelehrer kurz vor der Matura, als ich die Integralrechnung noch immer nicht verstanden hatte.

»Victoria Everhofen, das nimmst du zurück. Sonst muss ich dir Hausverbot erteilen.« Diese sieht erschrocken zu Martha auf, die auf einmal ganz und gar nicht mehr winzig aussieht. »Wenn du das nächste Mal in mein Café kommst, nennst du mir alle Alben der Beatles in der richtigen Reihenfolge.« Sie wirbelt herum und stapft davon. »Ohne Google«, ruft sie noch hinterher.

Während ich das Rührei in mich hineinschaufle, versuche ich die Blicke zu ignorieren, die sich Vic und Bennet immer dann zuwerfen, wenn sie glauben, dass ich es nicht mitbekomme.

»Mir gehts gut, Leute.« Ich grinse und nehme einen großen Schluck Kaffee. Wieder misstrauische Blicke von allen Seiten. Seufzend stelle ich meine Tasse ab und lasse mich in das Polster des breiten Sofas zurückfallen. »Ja, mein Vater hat eine neue Freundin. Na und? Ist doch alles cool.«

»Cool?« Bennet hebt eine Augenbraue.

»Supercool«, bestätige ich und lache. »Und jetzt hört endlich auf mich so anzusehen.«

»Wie denn?«

»Als hättet ihr Angst, dass ich gleich anfange zu heulen. Mir gehts gut.«

Vic richtet sich auf und verzieht einige Male den Mund, während sie so laut überlegt, dass ihre Gedanken mich beinahe anschreien. »Hör mal, Liv«, bringt sie dann endlich hervor. »Es ist jetzt über ein Jahr her, dass ich Melody zum letzten Mal gesehen habe. Wir wissen, dass da was nicht stimmt. Was ist *wirklich* los?«

»Ja, mein Gott. Dann ist sie eben nicht mehr in Wien. Wen kümmert das?« Mein Ton wird patzig. Sie sollen aufhören mit diesen nervigen Fragen, von denen sich jede wie eine Faust in meinen Magen bohrt.

»*Dich* kümmert es«, sagt Bennet. »Und weil wir Freunde sind, kümmert es uns auch.«

»Ihr seid so nervig.«

»Kann sein.« Bennet zuckt mit den Schultern. »Aber wir wollen dir nur helfen. Jeder, der Augen im Kopf hat, sieht, dass es dir *nicht* gut geht.«

»Doch, tut es!« Ich frage mich, wie oft ich ihnen das noch sagen muss, bis sie mich endlich in Ruhe lassen. »Ja, meine Mutter ist weg. Ja, mein Vater hat eine neue Freundin. Soll er doch. Mir egal.«

Vic öffnet den Mund, doch ich schneide ihr mit einer Handbewegung das Wort ab. »Es ist alles gut. Ich weiß zu schätzen, dass ihr euch sorgt, aber es ist wirklich alles in Ordnung. Lasst uns dieses Frühstück vernichten und dann endlich ins Goldene fahren.«

Vic und Bennet tauschen einen weiteren flüchtigen Blick und in ihren Augen sehe ich, dass sie mir nicht glauben. Und doch reichen meine Lügen, damit sie mich vorerst in Ruhe lassen. Gut so. Und wer weiß? Vielleicht werden meine Lügen wahr, wenn sie nur immer, immer wieder meine lächelnden Lippen verlassen.

10. KAPITEL

WÖLFIN IN UNTERWÄSCHE

Die Aprilsonne ergießt sich in die engen Gassen des goldenen Quartiers und macht somit seinem Namen alle Ehre. Mit voll beladenen Tüten schlendern wir an den glänzenden schwarzen Fassaden der Boutiquen entlang, die sich wie zäher Teer auf die beigefarbenen Mauern im Barockstil gelegt haben. Auf ihnen prangen ebenfalls goldene Lettern: Prada, Hermès, Chanel, Louis Vuitton.

Eine Taube flattert panisch aus dem Weg und lässt fast die Pommes fallen, die in ihrem Schnabel steckt, als wir in den Tuchlaubenhof einbiegen. Mein Blick folgt ihr.

»Irgendwie mag ich Tauben«, sage ich und beobachte sie weiter dabei, wie sie die Pommes zerpflückt.

»Bah, nein.« Vic folgt meinem Blick und verzieht angewidert das Gesicht. »Sind Tauben nicht die Ratten der Lüfte?«

»Na ja, sie haben einen echt miesen Ruf.« Ich zucke mit den Schultern. »Aber es ist ihnen scheißegal. Guck dir Lola an.«

»Wen?«

»Die Taube.«

»Okay?«

»Lola, stolziert hier herum. Auf den teuersten Straßen Wiens. Mit 'ner Pommes im Schnabel und schert sich um nichts.«

»Ich glaube, du hast die letzten Nächte zu wenig geschlafen,

Liv.« Bennet beäugt mich kritisch und schüttelt kichernd den Kopf.

»Hallo? Lass mir meine Taubenphilosophie.«

»Bevor wir uns weiter mit dem stolzen Auftreten eines Vogels beschäftigen, schlage ich vor, dass wir hier reingehen.« Vic zeigt nach links zu *Miu Miu*. »Du hast immer noch kein Outfit für das Opening der *Revolution*.«

»Ich wette, Lola würde einfach nackt kommen.«

Vic schlägt sich die Hand vor die Stirn.

Warme Luft umhüllt mich, als wir die Boutique betreten. Ich lasse meinen Blick über die wenigen Kleidungsstücke wandern, die ordentlich drapiert an bronzefarbenen Stangen hängen. Handtaschen und Schuhe stehen auf beleuchteten Sockeln wie Skulpturen in einem Museum.

Eine Dame mittleren Alters kommt strahlend wie ein Honigkuchenpferd auf mich zu. Auf ihrer spitzen Nase thront eine riesige schwarz umrandete Brille. Sie hat Ähnlichkeit mit einer Eule. Einer bebrillten Eule mit schwarzem Blazer und knallrotem Lippenstift auf dem Schnabel. Bei dem Bild, das in meinem Kopf auftaucht, muss ich mir ein Grinsen verkneifen.

»Grüß Gott, es ist mir eine Freude«, zwitschert Eulen-Frau. »Fräulein Hohenburg, Fräulein Everhofen und Herr Falk.« Sie nickt jedem von uns bei der Nennung unserer Namen zu. »Wie kann ich Ihnen behilflich sein?«

Während Vic mit der Verkäuferin über unser Anliegen und ihre Vorstellungen spricht, zücke ich mein iPhone. Ich greife nach einer Sonnenbrille, setze sie auf und mache einen Kussmund in die Kamera: #shoppingismytherapy #oldmoney. Ich speichere das Bild unter meinen Entwürfen, damit ich es später hochladen kann. Nicht noch einmal würde ich den Fehler machen und meinen Standort verraten, solange ich noch an diesem zu finden bin.

»Und Sie, Fräulein Hohenburg?«

»Hm?« Ich wende mich wieder Eulen-Verkäuferin zu.

»Was haben Sie für Vorstellungen für das Opening? Ich stelle Ihnen gerne eine Auswahl zusammen.«

»Klassisch, elegant mit einem Hauch Moderne. Nicht zu verspielt.«

Eulen-Frau nickt bei jedem meiner Worte bestätigend. »Ich habe da genau das Richtige für Sie!« Sie stolziert geschäftig durch den Laden. »Folgen Sie mir.«

»Ich gehe rüber zu Armani«, sagt Bennet und will sich schon Richtung Tür umdrehen. »*Miu Miu* hat ja keine Männermode.«

»Stopp«, hält Vic ihn auf. »Wir brauchen dich als Berater. Komm schon.« Sie zieht einen Flunsch. »Wir tun später das Gleiche für dich, versprochen.«

Unser bester Freund öffnet den Mund, um zu protestieren, schaut dann in unsere flehenden Gesichter und schließt ihn wieder.

»Ich bringe Ihnen gerne einen Kaffee.« Eulen-Frau weist auf einen breiten Polstersessel, der weiter hinten im Geschäft vor den Umkleiden steht.

Er seufzt grinsend und lässt sich darauf fallen. Vic und ich werfen ihm Kusshände zu und gehen jede in eine Kabine. Wie so oft bei Boutiquen dieser Klasse sind sie vom Rest des Ladens getrennt und somit vor neugierigen Blicken geschützt.

Ich schlüpfe aus meiner beigen Chino sowie meinem weißen Kaschmirpullover und warte auf die Kleider, die die Verkäuferin für uns zusammenstellt. Als ich so dastehe, in meiner Unterwäsche, und mich im Spiegel betrachte, muss ich plötzlich lächeln. Ganz sanft. Ganz leise. Weil dieser Tag so schön und hell ist. Und das, obwohl gestern Abend noch alles nachtschwarz schien.

Vielleicht ist alles doch nicht so hoffnungslos. Kurz, ganz kurz, lasse ich diesen Gedanken zu. Einen Gedanken, der aus meinem Leben mehr und mehr verschwunden ist, seit ich eines Morgens ohne Mutter aufgewacht bin. Jetzt ist er zurück. Nur für einen flüchtigen Herzschlag.

Dann nehme ich eine Stimme wahr. Vor meiner Umkleide. Vielleicht drei Meter von mir entfernt. Getrennt durch einen schweren Vorhang. Ich kenne diese Stimme. Der flüchtige Herzschlag ist vorüber.

Zurück ist die dunkelste Nachtschwärze.

»Vielen Dank, dass Sie mir bei der Auswahl meines Outfits behilflich sind. Für mich ist das alles so neu.« Ein schüchternes Lachen, gefolgt von einem Seufzen. »Sie haben hier wirklich wunderschöne Kleider.«

Ich stehe hinter meinem Vorhang und sehe sie dennoch vor mir: Tanja, wie sie mit großen Augen dasteht. Wie ein Reh geblendet vom Scheinwerferlicht der Kostbarkeiten um sie herum.

Der Boden meiner Umkleide scheint plötzlich zu vibrieren. Mein Puls pocht in meiner Kehle und pumpt Wut in jede Ader meines Körpers. Ich weiß nicht mal, warum sie so plötzlich da ist. Die Wut. Und warum es sich auf einmal so anfühlt, als würde diese Frau jedes Kapitel meines Lieblingsbuchs umschreiben wollen. Als würde sie mit fettem Rotstift alles überkrakeln, was mir Halt und Geborgenheit verleiht.

Mein Blick zuckt zum Spiegel. Rote Flecken kriechen meinen Hals hinauf und mit der Schärfe in meinen Augen könnte ich wahrscheinlich jemanden erdolchen.

»Was haben Sie sich denn vorgestellt, Frau Steiner?«, vernehme ich Eulen-Frau. Die alte Verräterin.

»Oh, das weiß ich gar nicht so genau.« Wieder ein albernes Kichern. »Alexander möchte mich nächste Woche zu einer Gala seiner Firma mitnehmen und mich dort vorstellen.«

Aha. Will *Alexander* das? Galle brennt in meinem Hals und kurz spiele ich mit dem Gedanken, hier in die Umkleide zu kotzen. Auf den teuren Teppich. Einfach so.

»Ich suche gern einige Kleider für Sie aus«, sagt Eulen-Frau. »Das trifft sich hervorragend. Ihre Stieftochter ist auch gerade hier. Vielleicht können Sie sich gegenseitig beraten.«

Das Wort trifft mich wie eine Panzerfaust in den Magen.

Stieftochter.

Jeder einzelne Buchstabe dieses ekelhaften Wortes blinkt in meinem Kopf auf. An jedem baumelt ein Schild, auf dem mit leuchtender Farbe geschrieben steht: *Deine Mama ist weg, für immer.* In meinen Ohren klingelt es.

In einer hektischen, unüberlegten Bewegung reiße ich den Vorhang beiseite.

»Huch, Livia.« Tanja sieht mich an. Genau wie ich sie mir vorgestellt habe, wie ein scheues Reh vor einem Wolf. Und der Wolf bin ich. Zugegeben, einer in schwarzer Empreinte-Unterwäsche, aber dafür mit einem unzähmbaren Willen, mein Revier zu verteidigen.

»Wusste gar nicht, dass man als arbeitslose Lehrerin so gut verdient.« Meine Stimme ist ein kaum hörbares, giftiges Flüstern.

Eiskalt.

Säbelscharf.

Irgendwo tief in meinem Inneren weiß ich, dass es nicht *sie* ist, auf die ich wütend bin. Dass meine Gefühle mir einen Streich spielen und dass es nicht Tanja ist, die ich verletzen will. Aber ich dränge die mahnende Stimme zurück, bis sie leiser und leiser wird. Denn irgendwo muss ich hin mit meinen Gefühlen. Irgendwen muss ich verantwortlich machen. Sonst würden sie mich von innen heraus verätzen wie Säure.

»Wie bitte?« Die große Brille der Eulen-Verkäuferin rutscht einen Zentimeter tiefer, als sie erschrocken zu mir herumwirbelt.

»Livia, bitte«, sagt Tanja leise.

»Das Kleid in deiner Hand kostet mehr als dreitausend Euro«, fahre ich unerbittlich fort. »Also gehe ich davon aus, dass mein Vater dir eine Kreditkarte gegeben hat?«

Ha, sie sieht schuldbewusst aus. Ich wusste es.

»Alexander … also … er …«

»Livia? Was ist hier los?« Vic ist plötzlich neben mir und auch Bennet ist aufgestanden. Die Ausdrücke der Verwirrung in ihren Gesichtern gleichen einander.

»Darf ich vorstellen?« Meine Stimme ist zuckersüß. »Das ist Tanja Steiner.«

Verständnis gepaart mit Sorge blitzt jetzt in den Mienen meiner Freunde auf. Vic umklammert meine Hand.

»Sie ist seit zwei Tagen offiziell mit meinem Vater zusammen und hat direkt die Gelegenheit ergriffen, um ordentlich zu shoppen.« Die Sätze hinterlassen den widerlichen Geschmack nach Asche auf meiner Zunge. »Ist das nicht schön für sie?« Ein irres Lachen löst sich aus meinem Mund, in das niemand einstimmt. Alle starren mich nur an. Die angespannte Stille beginnt den Raum zu fluten. Sie wird schwerer und schwerer, bis sie eine weitere Stimme innerhalb eines Wimpernschlags zerreißt.

»Mama, ist alles okay?«

O nein. Nicht auch noch er. Das ist zu viel.

Nicolas Steiner ist hinter seine Mutter getreten. Trockenheit breitet sich in meinem Mund aus und betäubt die messerscharfen Worte für eine Sekunde. Heute trägt er kein ausgeblichenes Flanellhemd, sondern ein schlichtes schwarzes T-Shirt, unter dem sich deutlich seine Brustmuskeln abzeichnen.

Danke, lieber Karma-Gott. Vielen Dank, dass du meinen frisch ernannten Erzfeind so attraktiv gemacht hast.

»Sag mal, was stimmt nicht mit dir?« Sein provokanter Ton reißt mich aus meiner Hilfe-er-ist-so-heiß-Starre und ich verschränke wütend die Arme vor der Brust. Kurz huschen seine hellgrauen Augen über meinen Körper und bleiben den Bruchteil einer Sekunde zu lang auf meinen Brüsten hängen. Dann treffen sie auf meine und wir liefern uns ein stummes Blickduell. In meinem Magen startet ein Flugzeug. Großartig.

»Schon gut, Schatz.« Tanja legt ihrem Sohn eine Hand auf den Arm.

»Komm, Livia, wir gehen«, sagt Vic und tut es ihr nach.

»Was glaubst du, wer du bist?« Die Schärfe in Nicolas' Stimme kann meiner glatt Konkurrenz machen.

»Wer *ich* bin?« Ich lache schrill. Die verhaltensgestörte Hyäne aus *Der König der Löwen* ist zurück. *Welcome back.* »Wer stolziert denn hier rein und verprasst Geld, das ihm nicht gehört?«

»Wer steht hier halb nackt rum und macht einen auf Ich-bin-so-viel-besser-als-ihr?«

Wieder funkeln wir uns an, sodass die unsichtbaren Zornesfunken nur so sprühen.

»Liv.« Jetzt ist es Bennet, der sachte einen Arm um mich legt.

Ich unterbreche den Blickkontakt und sehe zu Boden. Dahin, wo ich offenbar meine Würde habe liegen lassen. Und plötzlich, ganz plötzlich sickert der Zorn aus meinem Herzen. An seine Stelle tritt eine tiefe Traurigkeit, die mir augenblicklich die Tränen in die Augen schießen lässt.

»Können wir gehen?« Meine Stimme ist belegt.

»Ja, du solltest dich nur vorher wieder anziehen.«

Jäh wird mir bewusst, dass ich noch immer nur meine Spitzenunterwäsche trage. Scham verwandelt meinen Kopf in einen Hydranten. Schnell gehe ich einen Schritt zurück und reiße an dem schweren Vorhang. In der Umkleide lasse ich die Tränen stumm über meine Wangen rollen. Meine Hände zittern, als ich nach meinem Pullover greife und ihn mir über den Kopf ziehe. Kurz versinke ich in flauschig weichem Kaschmir und will am liebsten nie wieder daraus hervortauchen. Ich will hierbleiben, in meiner kuschligen Welt, in der Mama mich nicht verlassen, mein Vater sie nicht ersetzt und ich mich nicht gerade wie eine Verrückte aufgeführt habe. Die Realität kann mich mal. Aber irgendwann muss ich den Pulli auf meine Schultern rutschen lassen und wieder raus in die verfluchte Wirklichkeit.

Seufzend schließe ich die Finger um meine Handtasche und hindere sie auf diese Weise daran, so stark zu zittern, als wäre das hier die Antarktis. Ich straffe die Schultern, wische mir einmal über die nassen Wangen und schiebe den Vorhang beiseite.

Sofort sehe ich, dass Nicolas seine Mutter im Arm hält. Sie tupft sich vorsichtig eine Träne aus dem Augenwinkel, offenbar bemüht, ihre Kränkung hinter einem entschuldigenden Lächeln zu verbergen. Er streicht über ihren Rücken und aus irgendeinem Grund tut es mir weh, das zu sehen. Wie er sie tröstet. Wie sie zusammenhalten. Sie bilden eine Einheit, ein Team, und sind füreinander da.

»Wollen wir dann?«, frage ich an Vic und Bennet gerichtet und wende den Blick von Nicolas und Tanja ab.

»Geht schon mal vor.« Vic macht eine eindeutige Bewegung mit der Hand. Sie und Bennet tauschen einen Blick. »Ich komme in zwei Minuten nach.«

Ich zucke mit den Schultern und entscheide mich, ihr Verhalten einfach nicht zu hinterfragen. Bennet legt wieder einen Arm um mich und wir wenden uns zum Gehen.

»Moment.« Alles in mir erstarrt, als sich Nicolas' Stimme in mein Trommelfell bohrt. *Nein, bitte nicht,* flehe ich stumm. *Ich kann nicht mehr.* »Ich würde gerne kurz mit dir reden.«

Meine Beine laufen einfach weiter Richtung Ausgang, aber ich kann spüren, dass er mir folgt.

»Ähm, Liv. Ich lass euch dann mal kurz allein.« Bennet geht einige Schritte weiter und tut so, als würde er sich brennend für den Schmuck in der Auslage von Tiffany & Co. interessieren.

»Was ist?«, frage ich leise und biege nach links in den Tuchlaubenhof. Weg von den neugierigen Augen der Menschen, die sich an den Schaufenstern vorbeischieben.

»Wenn das hier …«, er deutet einmal auf ihn und mich, »irgendwie funktionieren soll, kannst du nicht so mit meiner Mutter sprechen! Denkst du, für sie ist das leicht? Diese neue Welt? Dieses neue Leben?«

»Ich habe sie nicht in dieses Leben eingeladen.« Mein Gesicht ist eine steinerne Maske, meine Stimme gedämpft. Niemand darf etwas von diesem Streit mitbekommen.

»Aber es geht hier nicht um dich.« Er kommt einen Schritt auf mich zu. Erst jetzt fällt mir der kleine Ohrring auf, der in seinem linken Ohrläppchen steckt. Wie lächerlich. »Meine Mutter hat alles aufgegeben, um der Beziehung zu deinem Vater eine Chance zu geben. Du wirst ihr das nicht kaputtmachen, nur weil du selbst so unglücklich bist, dass du anderen ihr Glück nicht gönnst.«

Seine Worte schlagen mir so kalt entgegen wie Polarwind. Ich will etwas erwidern und seinen Scheißwind mit meinem Feuer bekämpfen. Doch aus irgendeinem Grund kommt mir kein Wort über die Lippen. Als hätte sein Polarwind mir alles, was ich sagen könnte, von der Zunge geweht.

»Weißt du, ich kann dir nicht mal einen Vorwurf machen«, fährt er ungehindert fort. »Wenn man so aufwächst wie du, bleibt einem ja fast keine Wahl.«

»So aufwächst wie ich?« Anscheinend hat sich meine Zunge daran erinnert, wie man spricht.

»Du bist in einem Leben groß geworden, in dem alles, wofür andere Leute hart arbeiten und kämpfen müssen, innerhalb von Sekunden mit einer Überweisung erreicht werden kann. Und wenn es nichts gibt, für das man kämpfen kann, was bleibt einem dann noch?«

Der Eiswind wird zu einem Schneesturm und überzieht mein Herz mit Frost.

»Dir bleibt nichts anderes übrig, als dich über verfickt teure Kleider wie diese zu definieren.« Er deutet auf den Laden hinter uns. »Denn in deiner Welt haben Träume keinen Platz.«

Seine Worte zerreißen meine Haut und legen mein rohes, nacktes Inneres frei. Ich kann nicht atmen. Ich kann nicht mehr von seinen grauen Augen durchbohrt werden.

Gerne würde ich ihm eine Erwiderung entgegenschleudern.

Ihn anbrüllen. *Du laberst Bullshit,* würde ich gerne schreien. Aber das kann ich nicht, denn es wäre eine Lüge.

In deiner Welt haben Träume keinen Platz.

Sieben Worte und jedes einzelne ist wahr.

11. KAPITEL

WOLLDECKENWAHRHEITEN

»Liv, was war los?«

Ich meide den Blick, mit dem mich meine Freunde mustern, seit wir das *Miu Miu* verlassen haben, konsequent. Lieber fahre ich mit den Augen an der Brokattapete entlang, die in Bennets Wohnzimmer an den Wänden klebt und viel zu sehr nach Geldadel aussieht. Ich schweige. Vielleicht würde ich das für immer tun.

Die gesamten zwanzig Minuten, die wir vom ersten Bezirk bis zu Bennets Apartment nach Wieden in den vierten gebraucht haben, hat keiner von uns auch nur ein Wort gesagt. Wir sind bloß schweigend nebeneinander hergelaufen, haben auf das Pflaster unter unseren Füßen gestarrt und den eigenen Gedanken gelauscht. Ich hätte Claus anrufen können, der uns mit der Limousine sicher abgeholt und bis vor die Haustür kutschiert hätte, wie es sich für eine Hohenburg gehört, doch ich wollte lieber zu Fuß gehen.

Manchmal ist es, als hätte Wien eine beruhigende Wirkung auf mich. Als würden mir die edlen verzierten Fassaden, die in all den Jahrhunderten nichts von ihrem Glanz verloren haben, Halt geben und mir zuflüstern: *Alles wird gut.*

Die Welt da draußen dreht sich schneller und schneller. Doch in Wien, da bleibt immer alles beim Alten, sind mir Leanders Worte durch den Kopf geschwirrt. Und vielleicht hat er recht.

Wien ist beständig.

Wien ist alt.

Wien fragt nicht, was du vom Leben willst, was deine Pläne und nie zu erreichenden Träume sind.

Wien ist einfach da.

Und mit jedem Meter, den ich durch die Straßen gegangen bin, vorbei an Kutschen, an wuselnden Touristen und vielen Gangmitgliedern Lolas, wurden sie weniger, die Gefühle. Sie flossen Tropfen für Tropfen, Herzschlag für Herzschlag aus mir heraus. Bis da nur noch eine alles erstickende Leere war.

»Liv?«, wiederholt Vic die Frage behutsam. Ich begutachte weiter die Wand und hoffe, dass sie mich endlich in Ruhe lässt. »Komm schon, Livia.«

Verdammt. Ich löse meinen Blick von der Ich-bin-so-rich-Tapete und sehe zu Bennet, der auf dem Sessel seines Wohnzimmers vorrutscht. Besorgnis lässt ihn die Augenbrauen zusammenziehen. Schnell schaue ich wieder weg. Diesmal zu einer dekorativen, ähm, was soll das sein? Ein Kerzenständer, eine Skulptur?

»Glaubst du nicht, dass du endlich mit uns reden solltest?«

»Was ist das?« Ich deute auf das Deko-Dings.

»Ein Teelichthalter aus Indien, aber lenk nicht ab, Liv.«

»Sieht aus wie 'ne Frau, die gerade eine Waschmaschine gebärt. Stellt euch das mal vor, eine Waschmaschine ist so ungefähr das Unhandlichste, was es gibt. Wenn die durch meine –«

»Livia!« Vic und Bennet unterbrechen mich, bevor ich mich in weiteren Ausführungen über eine Waschmaschinengeburt verlieren kann. »Was. Ist. Los.«

»Sprich endlich mit uns!«

Statt zu antworten, nehme ich die Alpaka-Wolldecke, die ordentlich gefaltet neben mir auf dem Sofa liegt, und ziehe sie mir über den Kopf. Ich benehme mich vielleicht wie eine Fünfjährige – ziemlich sicher sogar –, aber ich glaube nicht, dass ich ihre bohrenden Blicke und besorgten Seufzer noch eine Sekunde länger ertragen kann.

»Also, diese Frau eben im Laden …«, beginnt Vic, meine Wenn-ich-euch-nicht-sehe-seht-ihr-mich-auch-nicht-Aktion ignorierend. »Sie ist die, ähm, neue Freundin deines Vaters?«

Ich nicke, auch wenn sie mich unter meiner Alpaka-Schutzschicht nicht sehen können.

»Und wo …« Meine beste Freundin stockt, scheint sich die Worte genau zurechtlegen zu wollen.

»Wo ist deine Mutter, Livia?«, kommt Bennet ihr zuvor.

Die warme Alpaka-Decke verwandelt sich in einen eisernen Mantel. Ich antworte nicht.

»Rede mit uns.« Vic zupft vorsichtig an der Decke.

Ich stöhne, gebe mich aber geschlagen und schiebe sie beiseite. »Es ist nichts.«

»Hör auf uns zu verarschen. Wir sind nicht dumm. Wir sehen, dass du dich verändert hast«, sagt Bennet sanft, aber bestimmt.

Meine beste Freundin nickt bekräftigend. »Liv, du gehst kaum noch in die Uni und wenn du mal da bist, schläfst du fast ein, weil du einen Kater hast.«

»Ich hab die Uni schon immer gehasst und feiern gehe ich auch schon seit Jahren.« *Nur warst du früher dabei*, ergänze ich in Gedanken. *Früher, als du noch nicht die perfekte Hotelerbinnentochter warst.*

»Das stimmt«, fährt Vic fort. »Aber nicht so.«

Nicht so? Nicht so eskalativ? Nicht so betäubend? Nicht so ich-will-mich-vergessen?

»Du ziehst dich zurück. Innerlich.« Bennet lehnt sich vor und legt mir eine Hand auf die Schulter. »Du brauchst es nicht abzustreiten. Denkst du, wir kriegen das nicht mit?«

Ja, vielleicht dachte ich das.

»Klar, wir haben viel um die Ohren.« Vics Augen glitzern verdächtig. »Bennet mit seinem neuen Club und ich mit dem Einstieg ins Hotel … Aber wir sind immer für dich da, okay?«

Ich muss die Tränen mit aller Kraft zurückhalten, die sich hinter meinen Augen sammeln. »Sie ist weg.« Ich weiß nicht, woher die Worte auf einmal kommen. Aber sie schneiden in mein Herz wie Glas. »Meine Mutter«, schiebe ich nach und gebe alles, um die Schluchzer aus meiner Stimme zu verbannen.

»Wie, weg?«

Ich zwinge mich einmal tief durchzuatmen. Ein Kloß in der Größe einer Wassermelone drückt gegen meine Kehle, aber aus irgendeinem Grund weiß ich, dass jetzt der Moment gekommen ist, vor dem ich mich seit dreizehn Monaten und vier Tagen drücke.

»Letztes Jahr im August ist sie abgehauen.« Meine Stimme klingt wie die einer sechzigjährigen Kettenraucherin. Rau und heiser. Ich schaue in meinen Schoß. »Am 23. August, um genau zu sein. Wir sind aufgewacht und sie war weg. Papa war auf irgendeinem Politikertreffen, keine Ahnung, wo genau, aber Nora und ich waren allein.« Die Worte klingen jetzt fester, auch wenn es weiterhin unbeschreiblich wehtut, sie über meine Lippen purzeln zu lassen. »Wir haben uns erst nichts dabei gedacht. Ist ja eigentlich normal, wenn jemand auch mal früh morgens das Haus verlässt.« Mein Knie beginnt wie von allein zu wippen. »Dann haben wir ihren leer geräumten Kleiderschrank entdeckt, ihr fehlendes Make-up im Bad und dann …« Ich muss mich räuspern, weil die Wassermelone in meinem Hals sonst die Kontrolle übernehmen würde. »Dann … kam die SMS.«

»Eine SMS?«, fragt Bennet verwundert nach.

»Ja, eine verfluchte SMS. Keine Ahnung warum, aber ihr WhatsApp-Kontakt ist deaktiviert. Anrufen kann man sie auch nicht.«

»Was stand drin?«

»*Mir geht es gut. Sucht nicht nach mir. Ich musste gehen, es ging nicht anders. Ich liebe euch. M.*«, rattere ich herunter. Ich kann sie auswendig, habe ich sie doch auch noch Wochen später wieder und wieder gelesen. Ich erinnere mich gut daran, wie ich in meinem Himmelbett gelegen, die Nachricht angestarrt und mich immer wieder gefragt hab: Warum? WARUM?

»Und habt ihr es wirklich nicht gemacht?«, fragt Bennet und fährt sich nachdenklich übers Kinn.

»Was?«

»Sie gesucht.« Er schaut irgendwo schräg über den Kamin und scheint zu überlegen. »Na ja … auf dem Konto der Hohenburgs herrscht nicht gerade ein Minus, außerdem ist dein Vater der Bürgermeister Wiens, Livia.«

»Du denkst an eine Entführung.«

»Genau.«

»Hab ich auch, aber nope.« Ich schüttle den Kopf.

»Okay, und woher weißt du das?«

»Papa hat seine Kontakte auf sie angesetzt und die haben sie gefunden. Auf den Bahamas. Mit einem Kerl, der so alt ist wie du.« Ich habe die Fotos gesehen. Von ihr mit ihm. Der Privatdetektiv meines Vaters hat sie uns mit einem so entschuldigenden Blick überreicht, dass jede Hoffnung, meine Mutter könnte ihre Kinder doch nicht für einen dahergelaufenen Mittzwanziger in der Karibik verlassen haben, zunichtegemacht wurde.

»Scheiße, Livi«, sagt Vic, die in den letzten Minuten geschwiegen hat, und legt ihren Kopf auf meine Schulter. »Das ist wirklich ein riesiger Haufen Scheiße.«

»Ja«, stimme ich ihr schlicht zu und spüre wieder eine einzelne Träne meine Wange hinunterkullern. Obwohl ich seit Monaten nicht geweint habe, hat sich mein Körper anscheinend heute dazu entschieden, sich in einen Springbrunnen zu verwandeln.

»Warum hast du nie mit uns geredet? Das Ganze ist über ein Jahr her. Diese Sache mit der Ayurveda-Kur, die Melody ganz plötzlich besucht hat, habe ich dir ohnehin nicht abgekauft.«

»Wir haben uns schon lange gedacht, dass mehr dahintersteckt. Auch wenn du jedes Mal abgeblockt hast, wenn wir nachgefragt haben. Warum hast du dich uns nicht anvertraut, Liv?« Vier liebevolle, warme Augen schauen mich an. Hilflosigkeit und Kummer schimmern darin und ich komme mir plötzlich furchtbar bescheuert vor.

Ja, warum habe ich nicht mit ihnen geredet? Mein Vater wollte die Presse aus allem raushalten. Er wollte nicht, dass die Geschichte mitten im Wahlkampf durch die Medien wandert, aber das war nicht der Grund. Denn ich vertraue meinen Freunden.

»Ich glaube«, beginne ich jetzt wieder mit Kettenraucherstimme und versuche irgendwie das Gefühls-Gedanken-Chaos, das schon so lange mein Herz bestimmt, in Worte zu fassen. »Ich glaube, ich wollte nicht, dass es wahr ist.«

»Verstehe«, sagt Bennet bedächtig.

»Wirklich?«

Er nickt. »Ich weiß, man kann es schlecht vergleichen, aber als Bonnie gestorben ist, konnte ich es lange nicht aussprechen.« Mitgefühl für Bennet, dessen ältere Schwester vor einigen Jahren an Leukämie verstarb, brandet in mir auf. »Da war irgendwas, das mir sagte: Wenn du es aussprichst, wenn du es zulässt, *dann* ist sie tot.«

»Dann ist es wahr«, ergänze ich und drücke kurz die Hand meines besten Freundes. »Ein Teil von mir dachte immer, dass sie eines Tages zurückkommen würde und wir einfach weiterleben könnten, wenn ich es niemandem sage. Als wäre nichts passiert.«

Für einige Sekunden schweigen wir und ich glaube, unter den mitleidigen Blicken meiner Gegenüber zu zerfließen.

»Tja, aber es ist passiert«, durchbreche ich die Stille und zucke bedauernd mit den Schultern. »Und dank … *ihr* … weiß es jetzt auch ganz Wien.«

»Deswegen oder weil du gerade im *Miu Miu* völlig ausgetickt bist.« Bennet beißt sich leicht grinsend auf die Unterlippe.

»Halb nackt«, ergänzt Vic.

Ich entscheide mich dafür, meinen Kopf wieder unter der Alpaka-Decke verschwinden zu lassen, und erwidere nichts.

»Aber nein, niemand wird davon erfahren. Ich habe der Verkäuferin, die erschreckend viel Ähnlichkeit mit einer Eule hatte, deutlich zu verstehen gegeben, dass sie den Vorfall lieber für sich behält.« Vics Stimme wird durch die dicke Wolldecke abgedämpft. Die Dankbarkeit, die sich in meinem Herzen ausbreitet, nicht.

»Danke«, murmle ich und hoffe, dass sie mich unter meinem Stoffhaufen trotzdem versteht. »Und am Montag zieht sie ein. Einfach so.«

»Shit«, sagt Vic.

»Jap. Shit.«

»Warum ziehst du nicht aus? Wenn dir das zu viel ist mit vier Leuten bei euch? Ich kenne wen, der gerade einen Käufer für ein Apartment am Parkring sucht.« Bennet zückt sein Smartphone. »Ein Anruf und du könntest morgen einziehen.«

»Danke, aber nein.« Ich strecke den Kopf unter der Decke hervor und lasse geräuschvoll Luft aus meiner Nase entweichen. »Ich kann Nora nicht in dem Chaos allein lassen. Sie braucht Beständigkeit.«

»Verstehe.« Bennet nickt. »Ach, Scheiße, Liv. Das ist alles …«

»… scheiße? Das habt ihr schon erwähnt.« Ich versuche zu ignorieren, dass meine Brust immer enger und enger wird.

»Können wir irgendwas für dich tun?« Vic sieht mich so mitleidig an, dass mir schlecht wird.

»Ihr könntet vor allem aufhören mich so anzusehen.«

»Wie denn?«

»Keine Ahnung … so halt.« Ich imitiere ihren Gesichtsausdruck, so gut ich kann. »Ich komm schon klar. Seid einfach wie immer.«

»Okay.« Bennet verzieht den Mund zu einem schalkhaften Grinsen. »Dann eine andere sehr wichtige Frage.«

»Ja?«

»Wer war der Typ?«

»Welcher Typ?«

»Welcher wohl?« Bennet verzieht missbilligend das Gesicht. »Dunkle Haare, Ohrring«, zählt er auf. »Du hast ihn angesehen, als würdest du ihn am liebsten boxen.«

»Ach, Nicolas.«

»Aha.« Vic wackelt verschwörerisch mit den Augenbrauen. »Und wer ist *Nicolas*?«

Ich stöhne. »Tanjas Sohn. Dreiundzwanzig, unselbstständiges Muttersöhnchen und … ach ja, er verachtet mich bis aufs Messer.«

»Warte mal.« In Bennets Augen glimmt etwas auf, das mir gar nicht gefällt. »Heißt das … du wirst bald mit diesem unfassbar heißen Kerl *zusammenwohnen*? Inklusive eines gemeinsamen Badezimmers und der Möglichkeit, ihn nur in Jogginghose zu sehen? O Mann, ich steh auf Männer in Jogginghosen.«

»Zusammenwohnen ja, gemeinsames Badezimmer nein und er ist nicht heiß.«

»Ahhhh!« Bennet kreischt höher, als ich es von ihm erwartet habe. »Doch, ist er und du weißt das!«

»Objektiv betrachtet vielleicht«, gebe ich zu. »Aber er ist nicht mein Typ.«

»Na klar«, sagt Vic und presst die Lippen zusammen, um sich ein Grinsen zu verkneifen.

»Ist wirklich so! Ich stehe auf Charakter!«

»Das mag sein, aber die Luft zwischen euch hat so was von gebrannt, Liv.« Bennet mimt kleine Explosionen mit den Händen. »Bum, bum, bum. Das reinste Feuerwerk.«

»Weil wir uns gegenseitig anzünden wollen, vielleicht.«

»Er hat dich auf jeden Fall abgecheckt«, wirft Vic ein.

»Ja, oder?« Bennet springt auf. »Er hat sie *voll* abgecheckt. Ich wette, er hat sich vorgestellt, wie sie nackt aussieht.«

»Das war ja nicht besonders schwer.«

Ich verziehe die Augen zu Schlitzen und bewerfe meine beste Freundin für ihre freche Aussage mit einem Kissen. »Er hat mich *nicht* abgecheckt. Er hasst mich.«

»Na und? Er muss dich nicht mögen, um sich *Dinge* mit dir vorzustellen«, beharrt Vic auf ihrer Meinung.

»Ganz im Gegenteil.« Bennet verzieht den Mund zu einem schelmischen Grinsen. »Hass ist ein sehr intensives Gefühl. Hass und Sex können manchmal wunderbar miteinander harmonieren.«

»Leute«, stöhne ich. »Könnt ihr bitte aufhören über Hass-Sex mit meinem Future-Stiefbruder zu fantasieren? Das wird nie passieren.«

Ich meine jedes meiner Worte bitterernst.

12. KAPITEL

AVOCADOSCHLAFANZUGECHT

Heute ziehen sie ein, schießt es mir als Erstes durch den Kopf, als ich am Montag die Augen öffne. *Heute ziehen sie ein. Heute ändert sich alles.*

Meine Eingeweide verschlingen sich bei dem Gedanken zu einer Brezel. Am liebsten würde ich den Tag einfach verstreichen lassen. Ich könnte mich für immer in mein Himmelbett verkriechen und nie wieder einen Schritt vor meine Zimmertür setzen. In dieses komische neue Leben da draußen. Soll es einfach ohne mich stattfinden.

Mir egal.

Ich seufze, weil mir wieder einfällt, warum ich meinen Lebensraum nicht plötzlich nur noch auf mein Zimmer beschränken kann.

Als ich gestern nach Hause kam, wollte Papa mit mir reden. *Ein ernstes Wörtchen, junge Dame.* Junge Dame. Fast hätte ich bei seiner so offensichtlichen Boomerhaftigkeit genervt die Augen verdreht. Doch der Blick, mit dem er mich musterte, verriet mir, dass die Lage tatsächlich ernst war. Also setzte ich mich ins Wohnzimmer und hörte ihm zu. Ganz die brave Tochter.

Ich verstehe, dass es dir wegen dem, was deine Mutter getan hat, nicht gut geht, Livia, sagte er. Ich glaubte ihm nicht, dass er es wirklich verstand. Und doch saß ich stumm da und nickte.

Tanja kann aber nichts für das, was geschehen ist. Sie verdient deine Wut nicht, sprach er weiter und ich erwiderte nichts. *Du musst Tanja nicht mögen. Aber ich will, dass du höflich zu ihr bist. Wenn nicht für mich, dann wenigstens für Nora. Sie braucht ein Zuhause und keinen Boxring.*

Und damit hatte er mich. Denn Nora ist mein Kryptonit. Dass es ihr gut geht, ist wichtiger als meine Kämpfe. *Ich werde mich bemühen,* versprach ich ihm also und werde mich, so gut ich kann, daran halten. Das ist zumindest der Plan. Nach vorne hin werde ich zuckersüß sein. Höflich, wohlerzogen, reizend und … nett. Hintenrum jedoch werde ich weiter alles dafür tun, damit mein Vater versteht, dass sie nur eine falsche Schlange ist. Sogar Vic und Bennet konnten mich in dieser Hinsicht verstehen. Es liegt auf der Hand. Mein Vater ist nur zu geblendet, um die Fakten zu sehen.

Tanja ist gerade mal über vierzig, hat ein glockenhelles Lachen und ein makelloses Gesicht. Mein Vater wiederum wird dieses Jahr sechzig, ist verdammt, *verdammt* reich und hat ein ebenso verwundetes Herz wie ich, das nach Heilung schreit. Da muss man kein Genie sein, um zu erkennen, was sich jemand wie Tanja von dieser Beziehung erhofft. Die große Liebe? Sicher nicht. Und genau das werde ich meinem Vater beweisen. Ich muss.

»Was riecht hier so?« Verwirrt schnuppere ich einige Male in der Luft, als ich barfuß aus meinem Zimmer in die Küche tapse.

»Papa hat gebacken!«, erklärt Nora strahlend, die auf der Arbeitsfläche sitzt und dem Inhalt des Backofens dabei zuschaut, wie er aufgeht.

»Hat er das?« Ich stelle mich neben sie und spähe in den Ofen. Ich glaube Buchteln zu erkennen, die sich in einer roten Auflaufform zu großen fluffigen Teigkugeln verwandeln. In meinem Hals wächst bei dem Anblick eine Kugel in einer ähnlichen Größe heran.

»Hat er.« Mein Vater kommt aus der Vorratskammer und kurz

bin ich der festen Überzeugung, noch zu träumen. Mein Hirn muss die Geschehnisse der letzten Tage in einen schrillen, völlig abgedrehten Tim-Burton-Film verwandelt haben. Aber nein. Vor mir steht Alexander Hohenburg und sieht aus wie die männliche, etwas zu jung geratene Version von Mrs Doubtfire. Ich reibe mir über die Augen, aber der Anblick bleibt. Der Bürgermeister Wiens, Immobilienmogul und Unternehmer trägt allen Ernstes eine hellblaue, rüschenverzierte Kochschürze, auf der in geschwungenen Lettern *Queen of the Kitchen* prangt. In der linken Hand hält er eine Packung Puderzucker, in der rechten ein dazugehöriges Sieb.

»Was ist das hier?« Ich mache eine schwer definierbare Handbewegung, die die gesamte Situation einschließen soll.

»Oh, die?« Mein Vater legt den Puderzucker auf die Kücheninsel und zupft einmal an der Kochschürze. »Die hat eine von Noras Nannys hier vergessen. Lustig, hm?«

»Zum Totlachen.« Skeptische sehe ich einmal zu den Buchteln im Ofen, dann in Noras leuchtende Kinderaugen und wieder zurück zu Papa. »Nein, was machst *du* hier? Seit wann *backst* du?« Ich kann nicht anders, als die Frage zu stellen, obwohl ich glaube, die Antwort bereits zu kennen. Mein Vater backt, weil er Tanja beeindrucken will. Er mimt ihr den fürsorglichen Vater und Ehemann, der an einem Montag keine wichtigeren Termine hat, als für seine Familie etwas in den Ofen zu schieben. *Oh, seht her, ich werfe mit Puderzucker um mich. Wusch-wusch. Das mache ich immer so. Das ist voll normal für mich. Ich stehe in der Küche und lache und backe. Ich bin the best dad ever.*

Das ist alles so lächerlich. Denn ich bin mir ziemlich sicher, dass mein Vater bis vor drei Minuten nicht einmal wusste, wo sich der An- und Ausschalter unseres Backofens befindet. Geschweige denn, wo der Puderzucker steht.

»Ich will, dass sich Tanja und Nick bei uns willkommen fühlen.« Die Stimme meines Vaters ist fest, als er meine Vermutung bestätigt. Etwas kratzt an meinem Herzen. »Das willst du doch auch, oder, Liv?«

»Klar«, sage ich wie ferngesteuert und der scharfe Schnitt gräbt sich tiefer in mein Herz. Ich schlucke hart, um die gepfefferte Erwiderung, die mir auf der Zunge liegt, zu unterdrücken. Noch nie, nie, nie in meinen zwanzig Jahren hat mein Vater etwas für mich gekocht oder gar *gebacken*. Dafür gibt es schließlich Hauspersonal, Nannys oder den Lieferservice. Seine Worte.

Stumm beobachte ich ihn dabei, wie er sich übergroße Topfhandschuhe über die Finger streift und die duftenden Buchteln aus dem Ofen hebt. Nora quietscht vergnügt. Wüsste ich es nicht besser, könnte die Szenerie vor mir direkt aus einem kitschigen Heimatfilm stammen. Oder aus dem *Bergdoktor*. Meine Finger krallen sich am Saum meines Oberteils fest. Mir drängt sich der Gedanke auf, mir diesen Heile-Welt-Schwachsinn nicht länger anzutun und mich stattdessen den Rest des Tages bei Vic zu verschanzen. Dieses ganze Getue ist ja nicht auszuhalten. Bevor sich der Entschluss in meinen Gedanken festsetzen kann, werde ich jedoch von einem schrillen Klingeln in die Wirklichkeit zurückgeholt.

»Kommen die etwa *jetzt*?« Schockiert zuckt mein Blick zu dem nun schwarzen Backofen. In der dunklen Scheibe begegnet mir mein Spiegelbild. Zerzauste Haare, ungeschminkte Augen, Avocado-Schlafanzug. Fuck, fuck, fuck.

Ich will schon zurück in mein Zimmer sprinten, als Papa mich zurückhält. »Bleib bitte hier, Livia. Ich möchte, dass die ganze Familie versammelt ist, wenn unsere neuen Mitglieder ankommen.«

»Papa«, flehe ich. »Hast du mal gesehen, wie ich ausschaue? Was ich *anhabe*?« Nicolas darf mich unter gar keinen Umständen so zu Gesicht bekommen. Nein. Ich bin viel zu ramponiert. Viel zu … echt.

»Tanja und Nick wohnen jetzt hier. Sie werden dich ohnehin

bald so …«, er deutet auf meinen Pyjama, »sehen. Also stell dich nicht so an.«

Ohne einen Widerspruch von mir zuzulassen, der mir vor Schock sowieso nicht eingefallen wäre, geht er auf das Telefon zu, das neben dem Aufzug hängt. »Ja bitte?«, höre ich ihn sagen. »Schick Sie rauf, Heinz. Frau Steiner und ihr Sohn werden bei uns einziehen. Ich werde das heute noch mit Ihnen besprechen.«

Er hängt den Hörer wieder ein. Kurz darauf nehme ich das leise Zischen des Aufzugs wahr. Ich bewege mich nicht, sondern stehe unschlüssig herum und bin zu nichts anderem fähig, als wie hypnotisiert auf die Aufzugtür zu starren, welche in wenigen Sekunden mein Verderben freigeben wird.

Im Kopf zähle ich die wenigen Sekunden, die mir noch von meinem alten Leben bleiben.

Eins.

Zwei.

Drei.

Vier.

Ping.

Mein Herz spielt Tennis in meinem Brustkorb. *Bum, bum, bum,* hämmern die Schläge gegen meine Rippen. Nahezu geräuschlos öffnen sich die Aufzugtüren. Ich halte die Luft an.

Tanja, gekleidet in einen schwarzen Wollmantel und mit einer beigen Pudelmütze auf dem dunklen Haarschopf, tritt als Erste in unser Penthouse. *Und in mein Leben,* ergänze ich in Gedanken. Sie fällt meinem Vater um den Hals, was ihm ein albernes Kichern entlockt. Mein Vater *kichert.*

»Wir freuen uns ja so!« Ihr glockenhelles Lachen flutet den Raum und ich glaube, daran zu ersticken.

Nora hopst auf sie zu. »Wir freuen aus auch!« Sie hebt die Hände und macht eine Pirouette.

Ich stehe rum. Mehr tue ich nicht. Ich stehe rum und versuche nicht durchzudrehen.

»Wo soll ich die hier hinstellen?«

Ich wende meinen Blick von Nora ab und sehe zu Nicolas. Er sieht leider echt heiß aus in seinem grauen Pullover und seiner Jeans.

O Gott, habe ich das gerade wirklich gedacht? Er sieht *heiß* aus? Shit, habe ich. Ich betrachte ihn genauer. Da ist etwas Dunkles, ein Schatten in seinem Gesicht, der mir heute zum ersten Mal auffällt. Ganz offensichtlich versucht er ihn hinter einer kühlen Fassade zu verbergen. Aber mir macht er nichts vor. Wenn es eine Meisterschaft im Hinter-kühlen-Fassaden-Verstecken gäbe, wäre ich die Rekordhalterin.

»Nick!« Nora stürmt jetzt in Richtung Aufzug und winkt ihm zu. »Ich habe Kartenhäuserbauen geübt. Aber sie fallen immer um. Zeigst du mir später noch mal, wie das geht? Bitte?«

»Na klar!« Er lächelt sie breit an. »Wir bauen ein Kartenhaus bis zur Decke, okay?«

Meine Schwester blickt ihn ehrfürchtig an und nickt strahlend.

Trockenheit breitet sich in meinem Mund aus und etwas pikst unter meinen Rippen. Er bringt sie zum Lächeln. Wäre er nicht *er*, fände ich das verdammt süß …

Kurz treffen sich unsere Blicke, als er zwei große Koffer unsanft vor sich her aus dem Aufzug bugsiert. Um seine breiten Schultern baumelt außerdem eine Sporttasche.

»Ist das alles?«, frage ich verdutzt und begutachte das Gepäck.

»*Manche* Menschen brauchen eben keinen Hausstand im Wert von mehreren Millionen Euro, um glücklich zu sein.« Er klingt genervt und ich höre den Vorwurf, der zwischen den Worten mitschwingt. *Alles klar, Mr Minimalist.* Ich verdrehe die Augen. Tanja wirft ihrem Sohn einen mahnenden Blick zu.

»Also? Wohin soll ich unser Gepäck bringen?«

»Tanjas und mein Zimmer ist oben.« Papa deutet auf die frei stehende Treppe.

»Und meins auch! Komm, ich zeigs dir.« Meine kleine Schwester greift überschwänglich nach Tanjas Hand und zieht sie hinter sich her. Diese lacht schallend, folgt Nora aber bereitwillig.

»Dein Zimmer wird dieses hier werden.« Papa deutet auf die besagte Tür. »Neben dem von Livia.«

»WAS?«, kommt es aus meinem Mund, ohne dass ich ihm den Befehl dazu gegeben habe. Nein, nein, nein. Nicolas Steiner aka das Riesenarschloch mit Mutterkomplex wird mit Sicherheit nicht direkt neben mir wohnen. Erst jetzt fällt mir auf, dass ich mir bisher keine Gedanken über seinen Schlafplatz gemacht habe. Ich war so auf Tanja und die Tatsache fixiert, dass sie den Platz meiner Mutter einnimmt, dass ich diesen Teil des Albtraums völlig vergessen hatte.

»Livia, bitte.« Papas Tonfall klingt warnend. »Es ist unser Gästezimmer. Wo sonst soll Nick unterkommen? Das hier ist der erste Bezirk, keine Villa am Stadtrand.«

»Keine Ahnung?« Ich klinge schrill wie eine verstimmte Geige. »Aber nicht da. Was, wenn uns Gäste besuchen? Wo sollen die dann hin?«

»Dieses Zimmer ist in den letzten drei Jahren nur ein Mal benutzt worden. Und sollte sich Tante Britt noch einmal entscheiden uns zu besuchen, wird sie sich auch mit einem Hotel zufriedengeben.« Papa fährt sich einmal über den Bart und sieht dann flehend zu mir. »Ihr habt kein geteiltes Bad oder andere Berührungspunkte, also *bitte*, zeig Nick jetzt einfach sein Zimmer.«

Hilflosigkeit, die sich rasend schnell in Anspannung verwandelt, rauscht durch meine Venen. Ich spüre, wie sich eine turmhohe Welle aus Schmerz, Wut, Angst und Trauer in mir aufbaut und droht mich mit sich zu reißen. Ich wünschte, ich hätte einen Drink und könnte auf irgendeiner Party den Horror dieses Tages vergessen. Aber es ist noch nicht mal Mittag und ich trage einen Avocado-Schlafanzug, wie mir in diesem Moment wieder einfällt. Shit. Zu meiner Monster-Emotionswelle gesellt sich jetzt auch noch Scham, die sich verräterisch auf meinen Wangen bemerkbar macht.

»Also, Livia?« Mein Vater sieht mich kalt an.

Irgendwie schaffe ich es, in seine Richtung zu nicken.

»Okay«, sagt er zufrieden, bevor er sich Tanjas zurückgelassenen Koffer schnappt und ihn die Treppe hinaufhievt.

»Ähm, Alexander?«, ruft Nicolas ihm hinterher. Papa bleibt auf der Treppe stehen. »Habt ihr zufällig einen fensterlosen Raum hier? 'ne Abstellkammer oder so?«

»Warum? Willst du hier 'ne Shades-of-Grey-Folterkammer bauen?« Die Worte verlassen meine Lippen, bevor ich sie bremsen kann.

Papa sieht mich scharf an.

Schon wieder.

»Nein.« Nicolas seufzt genervt. »Ich fotografiere. Analog. Und brauche eine Dunkelkammer zum Entwickeln.«

Er fotografiert und dann auch noch analog? Er ist ja *so* retro. Innerlich verdrehe ich die Augen.

»Wir können gerne die Wäschekammer dafür freiräumen.« Papa wirkt zufrieden mit sich. »Klingt nach einem interessanten Hobby. Ich würde mir bei Gelegenheit gern einige deiner Arbeiten ansehen.«

»Danke und klar, gern.«

Papa nickt und verschwindet im zweiten Stock.

Plötzlich sind Nicolas und ich allein. Keiner von uns sagt etwas. Wir stehen nur wie bestellt und nicht abgeholt im Flur herum und sind darauf bedacht, überall hinzusehen, nur nicht in die Augen des anderen.

»Nettes Outfit«, durchbricht er schließlich die Stille. Ein schelmisches Grinsen umspielt seine Lippen.

Ich verenge die Augen zu Schlitzen. »Wahrscheinlich immer noch hochwertiger als deins.« Das ist eine knallharte Lüge. Der Pyjama ist von Primark und ich habe ihn vor Jahren für eine

Motto-Übernachtungsparty gekauft. Aber das braucht er nicht zu wissen.

»Wusstest du, dass ein Kilo Avocados ungefähr eintausend Liter Wasser verbraucht?« Er mustert mich abschätzig. »Im Ernst, in Chile gibt es krassen Wassermangel deswegen.«

»Aha. Aber das sind Bio-Avocados aus Europa.«

»Das sind gar keine Avocados, sondern ein Aufdruck auf einem Schlafanzug.«

»Ja. Von europäischen Bio-Avocados.«

Wir liefern uns ein Blickduell und ich muss zugeben, dass der Schlagabtausch mich von meiner Gefühlswelle ablenken konnte. Ich straffe die Schultern, in Erwartung der nächsten Erwiderung und meiner Möglichkeit zu kontern. Leider bleibt sie aus. Nicolas grinst nur belustigt.

»Also. Zimmer?«

»Gästebereich.« Ich zeige auf die Tür links neben der offenen Küche. Die Tür direkt neben meiner.

Nicolas dreht sich immer noch still um und steuert auf sein Zimmer zu. Ich nehme mir die wenigen Herzschläge, die sein Rücken mir zugewandt ist, Zeit und zwinge mich tief in den Bauch zu atmen. Die Emotionen werden leiser. Die Hilflosigkeit bleibt.

Letztlich folge ich ihm in das Gästezimmer. Es ist kleiner als meins, hat keinen Erker und ihm fehlt diese ganz bestimmte persönliche Note, die es zu einem Zuhause machen würde. Ich deute auf das Boxspringbett, das mit schlichter weißer Bettwäsche bezogen ist. »Wehe, du schnarchst. Das hier ist ein Altbau. Die Wände sind dünn und ich habe keine Lust, von dir aus dem Schlaf gerissen zu werden.«

Während ich ihn vorwarne, wird mir bewusst, dass sein und mein Bett nur durch eine Wand getrennt sind. Seins steht mit der Kopfseite genau spiegelverkehrt zu meinem. Unsere Köpfe werden nur lächerliche zehn Zentimeter auseinanderliegen. In meinem Magen breitet sich bei dem Gedanken ein merkwürdiges

Gefühl aus. Vielleicht werden wir uns in unseren Träumen begegnen oder gemeinsam einsam in die Dunkelheit starren.

Kopf an Kopf.

Atem an Atem.

Herz an Herz.

Vielleicht. Aber eher nicht.

Ich schüttle leicht den Kopf, um diesen völlig bescheuerten Gedanken loszuwerden. Um irgendwas zu tun zu haben und mich von den merkwürdigen Spinnereien abzulenken, gehe ich in schnellen Schritten auf die breite Fensterseite zu und ziehe die mintfarbenen Vorhänge beiseite. Auch von hier hat man einen fantastischen Blick auf die Dächer Wiens, die in der gleißenden Frühlingssonne funkeln.

Nicolas stellt seinen Koffer und die Sporttasche ab und ich sehe seinen Blick über das weiße Sofa, den gemusterten Teppich auf die hölzernen Dielen bis hoch zur stuckverzierten Decke wandern, an der ein prachtvoller Kronleuchter hängt. Unbeholfen bleibe ich neben dem Fenster stehen, eine Hand noch immer um den Stoff des Vorhangs geklammert. Ich suche in seinem Gesichtsausdruck nach Abscheu, weil dieser Raum so gar nicht *minimalistisch* ist. Vielmehr schreit er nach Prunk, Geld und Luxus.

»Sags schon.«

»Was denn?«, fragt er mit hochgezogenen Augenbrauen.

»Irgendwas Verurteilendes.«

Seine Augenbrauen wandern einige Millimeter höher.

Ich seufze. »Na, niemand braucht Bettwäsche für sechshundert Euro. Allein im Kleiderschrank könnte eine ganze Großfamilie schlafen. Ein Fernseher im Bad ist albern, bla, bla, bla.«

»Dieses Bad hat einen Fernseher? Das ist nicht dein Ernst.«

»Doch, über der Badewanne.«

»O Gott.« Er schlägt sich die Hand vor die Augen, kann jedoch das Grinsen nicht verbergen, das sich ganz klar auf seinen Lippen abzeichnet.

Ich erwidere nichts, durchquere nur schnell den Raum und öffne die Flügeltüren, die sich an der gegenüberliegenden Seite des Raumes befinden. Je schneller ich diese bescheuerte Wohnungsbesichtigung hinter mich gebracht habe, desto schneller kann ich verschwinden.

»Komm.« Er folgt mir. »Hier ist das Ankleidezimmer.« Ich deute nach rechts. »Obwohl ich glaube, dass du mit deinem Winzkoffer nicht mal ein Viertel davon füllen kannst.« Wahrscheinlich nicht mal ein Achtel. »Und hier ist dein Bad.« Wir gehen durch eine weitere Tür und betreten den sandsteingefliesten Boden. »Da!« Ich zeige auf den Bildschirm, der gegenüber einer frei stehenden Badewanne in die Wand eingelassen ist.

»Okaaay.« Er dehnt das »a« in die Länge. In seiner Miene spiegelt sich Fassungslosigkeit im Duett mit schockierter Belustigung. »Das *ist* dekadent.«

»Das Urteil kommt überraschend.«

»Come on.« Nicolas deutet demonstrativ auf die mattgoldenen Armaturen. »Goldene Wasserhähne? Was soll das hier sein? Schloss Versailles?« Ich suche in seiner Stimme nach einem gemeinen Unterton, aber kann zu meiner Überraschung nichts finden.

»Ja. Du darfst dich ruhig wie Cinderella fühlen. Aus der Asche in ein Märchenschloss«, gifte ich ihn an und bin schon auf eine ebenso gehässige Erwiderung gefasst, als Nicolas nur grinst.

»Exakt da sehe ich mich. Obwohl ich mir gläserne Schuhe unfassbar unbequem vorstelle.«

Sein Lächeln ist schön. Klar und ehrlich. Mein Herz macht einen Sprung und will mehr davon sehen. Dummes Herz.

»Da musst du durch. Gehört nun mal zum Image der Märchenprinzessin, sorry. Aber du würdest den Prinzen doch eh aufgrund seines dekadenten Lifestyles verurteilen, ohne dass du ihn richtig kennenlernst.« Ich sehe ihm in die Augen und funkle ihn nieder, mein hüpfendes Herz ignorierend. »Zack, das war's dann wohl. Und wenn sie nicht gestorben sind, rebellieren sie noch heute gegen das System.«

Ich kann seinen Blick nicht deuten. Es könnte Abscheu sein, die er mir entgegenschleudert. Abscheu gemischt mit einer Prise Anerkennung.

»Und wer bist du in diesem unkonventionellen Märchen?«, fragt er schließlich und unsere Blicke kreuzen sich, als wären meine Augen von seinen wie magisch angezogen. Kurz glaube ich, in der Farbe seiner Iriden zu ertrinken. In diesem allumfassenden Grau. Ohne Vorwarnung prickelt eine Gänsehaut über meine Arme. Seine Iriden sind unbeschreiblich hell. Sie strahlen wie der Sommer und verbergen gleichzeitig eine tiefe Traurigkeit.

Ich schlucke hart und fühle mich unter seinem Blick plötzlich verwundbar. Nicht wie Livia Hohenburg, die Königin der Wiener High Society. Nein. In diesem kurzen Zeitfetzen bin ich nur ein Mädchen, das mit trommelndem Herzschlag dasteht. Roh und verletzlich. Echt und authentisch.

In einem Avocado-Schlafanzug.

»Meine böse Stiefschwester oder der Prinz, der mich rettet?« Seine Worte klingen dunkel und kratzig. Noch immer durchbohrt er mich mit diesem Blick, der mir das Gefühl gibt, meine Hände schützend vor meine Seele halten zu müssen. Mein Herz gerät kurz aus dem Takt. Als müsste es sich an einen neuen Rhythmus gewöhnen, der seit heute mein Lebenstempo vorgibt.

»Oder Rapunzel, die in ihrem hohen Turm sitzt und von der wirklichen Welt nichts mitbekommt?« Er geht einen winzigen Schritt auf mich zu und hält meinen Blick fest. »Wer ist Livia Hohenburg?«

»Das wirst du wohl nie ganz herausfinden«, bringe ich hervor und lasse den Blickkontakt abreißen, indem ich mich umdrehe. Sogleich stülpt sich meine glitzernde Hülle wieder über mich.

Das Mädchen ist weg.

Es ist Livia Hohenburg, die mit festem Schritt aus der Tür geht und Nicolas allein in seinem dekadenten Cinderella-Bad zurücklässt.

13. KAPITEL

GLOCKENLACHENEISKRISTALLE

@katiiih93 hat dein Foto kommentiert: Wow, ich wünschte, ich hätte solche Beine!

@tamaras_world456 hat dein Foto kommentiert: Kannst du mal wieder einen full day of eating machen?

@laura.your.dream hat dein Foto kommentiert: Ihre Lippen sind doch safe nicht echt. Das sieht man sofort.

@ayona009: promote it on our page.

@ralfthetorpedo73: Da wäre mein bestes Stück gerne der Strohhalm, höhö.

Seufzend scrolle ich durch die Kommentare, die sich in Sekundenschnelle unter meinem soeben geposteten Bild sammeln. Ich trage einen Bikini, eine Sonnenbrille und ein breites Lächeln. Meine Lippen sind um einen Strohhalm gelegt, der in einer Kokosnuss steckt. Es ist bereits letzten Winter entstanden, als Vic, Bennet und ich für zwei Wochen auf die Seychellen geflogen sind.

Vermisst ihr den Sommer auch schon jetzt?, habe ich in die Caption geschrieben, denn am späten Nachmittag haben sich dunkle Wolken vor die Wiener Sonne geschoben. Seitdem liefern sich dicke Tropfen ein Wettrennen an meiner Fensterscheibe. Die Stadt unter mir verschwimmt zu einem trüben, nassen Dunst. Angewidert lösche ich den Kommentar des Bots und den von *@ralfthetorpedo73* und frage mich einmal mehr, was in den Köpfen dieser Männer vorgeht.

Ich nehme einen Schluck Cappuccino, spüre, wie der Milchschaum meine Haut benetzt, und blicke wieder nach draußen in den Regen. Eigentlich könnte ich jetzt eine ästhetische Insta-Story aufnehmen. Kuscheldecke, Kaffee und der weite Ausblick würden die Views sicher nach oben schießen lassen. Aber ich habe keine Lust. Ich will nur hier sitzen, den Regen anschauen und melancholische Musik hören. Billie Eilish säuselt leise aus der HiFi-Anlage meines Fernsehers.

Ich habe den gesamten Nachmittag in der Uni verbracht. Die Vorlesung war so unendlich langweilig, dass ich meine gesamte Willenskraft zusammenkratzen musste, um nicht einfach aufzustehen und zu gehen. Nach einem Telefonat mit Vic und meiner Social-Media-Managerin bin ich nun hier gelandet. An meinem verregneten Fenster. Allein mit meinen verregneten Gedanken.

Ich kann mir nicht helfen, aber die Traurigkeit, die in Nicolas' Augen aufgeblitzt ist, als er mich so durchdringend angesehen hat, lässt mich einfach nicht los. Den gesamten Tag über hat es mich begleitet, dieses merkwürdige Gefühl, das ich hatte, als sie auf mich gerichtet waren. Als wäre meine Haut plötzlich gläsern und mein verkümmertes Innenleben auf dem Präsentierteller.

Es gefällt mir nicht. Es gefällt mir überhaupt nicht, denn Glas ist viel zu anfällig für Risse. Trotzdem komme ich nicht umhin mich zu fragen, was sie dort hineingetrieben hat. Die Traurigkeit in seine sommergrauen Augen. Was er wohl erleben musste, dass sie sich derart in seinem Blick festgesetzt hat?

Mir doch egal, versuchte ich mir im selben Moment einzureden. *Er ist zum Kotzen.* Denn ich will bitte nicht aus Glas, sondern aus Beton sein, bitte.

Als es klopft, fahre ich zusammen. Kaffee schwappt über den Rand meiner Tasse und tropft auf meinen Handrücken. Mist. Ich wische sie an der Kuscheldecke ab, die über meinen Beinen liegt.

»Livia?« Die glockenklare, freundliche Stimme schneidet wie ein Messer durch mein Trommelfell.

»Mhm?« Ich wende mich Tanja zu, die den Kopf in mein Zimmer gesteckt hat.

»Ich wollte mir auch einmal dein Zimmer ansehen, wenn du erlaubst. Dann kenne ich endlich die ganze Wohnung.«

Geh raus, lass mich allein, denke ich. »Klar, komm rein«, sage ich, weil ich an mein Versprechen denke.

»Schön hast du's hier.« Sie begutachtet meinen Schreibtisch und die Pinnwand, die darüber hängt. Sie ist übersät mit Fotos von Vic, Bennet und mir.

»Oh, war das dein Abiball?« Tanja deutet auf ein Bild, auf dem ich neben Papa und meiner Mutter stehe und mein Zeugnis in die Kamera halte.

»Bei uns heißt es Matura, aber ja.«

»Ein traumhaftes Kleid hattest du an.« Bewundernd streicht sie mit dem Finger darüber. Gerne würde ich ihr erzählen, dass ich an dem Tag 38 Grad Fieber und die Grippe hatte. Ich wollte nichts mehr als im Bett bleiben. *Eine Hohenburg ist nicht krank,* höre ich die Stimme meines Vaters im Ohr, als wäre er mit uns im Raum. *Eine Hohenburg kann es sich nicht leisten, Schwäche zu zeigen.* Also habe ich den Tag lächelnd und aufrecht stehend überstanden. Bis in die Fußsohlen vollgepumpt mit Medikamenten. Wie es von mir erwartet wurde.

Wie es immer von mir erwartet wird.

Ich sage nichts davon, sondern beobachte Tanja weiter dabei, wie sie an dem einzigen Bild hängen bleibt, das Nora und mich zeigt. Darauf bin ich dreizehn und halte ein etwas verschrumpeltes Baby auf dem Arm. Ich weiß noch, wie stolz ich darauf war, *große Schwester* zu sein. Schließlich wendet sie sich von der Pinnwand ab und kommt auf mich zu.

»Oh, du spielst?« Sie deutet auf mein verstaubtes Klavier. Es ist Monate her, dass meine Finger die weißen Tasten berührt haben. Dreizehn Monate, um genau zu sein.

»Nicht mehr.« *Wozu,* ergänze ich in Gedanken, *wenn ich doch nie Musiklehrerin werden kann und mich jeder Ton nur auf schmerzlichste Art daran erinnert?*

»Wie schade.«

Ja, wie schade. Ich weiche ihrem Blick aus.

»Der Erker sieht wahnsinnig gemütlich aus.« Sie hat von meinem Klavier abgelassen und kommt stattdessen auf mich zu. »Darf ich?« Sie deutet neben mich.

Ohne einen Kommentar rutsche ich etwas zur Seite. Sie setzt sich.

»Hör mal, Livia.« Ich höre das Zögern, höre die Verunsicherung in ihrer Stimme.

»Es tut mir leid«, komme ich ihr zuvor. »Die Sache im *Miu Miu.*« Ich hole tief Luft. »Ich weiß auch nicht, aber irgendwie ist mir eine Sicherung durchgebrannt.«

Sie schenkt mir ein verständnisvolles Lächeln. »Das verstehe ich. Ich weiß ja, wie es dir aktuell geht.«

DU WEISST GAR NICHTS, hätte ich am liebsten geschrien. Sie weiß nichts, *nichts* über meine Gefühle, über den Sturm, der zu oft in mir tobt, und sie weiß nicht, wie es ist, Livia Hohenburg zu sein. Wie erdrückend, wie schwer und wie anstrengend. Und wie weh alles tut. Doch natürlich halte ich meine Klappe. Auch wenn meine Nägel sich bei ihren Worten in meinen Oberschenkel bohren. Sie sieht es nicht, weil die Kuscheldecke alles verbirgt. Also nicke ich nur und schaue wieder aus dem Fenster. Tanja bleibt sitzen und glotzt mich an wie ein Einhorn mit Regenbogenmähne.

»Ist noch was?« Ich gebe mir Mühe, den scharfen Unterton aus meiner Stimme zu verbannen.

»Ich wollte nur fragen, ob du mit uns zu Abend essen möchtest. Ich habe Lasagne gekocht … aber ohne Tomaten.« Sie schmunzelt. »Das war Noras Wunsch.«

»Danke, ich habe schon gegessen«, lüge ich. »Außerdem bin ich gleich verabredet.« Lüge Nummer zwei.

»Okay.« Sie steht auf und geht in Richtung Tür. »Dann hab einen schönen Abend.«

Kurz darauf höre ich sie, Papa und Nora in der Küche reden. Geschirr klappert und immer wieder ist da Noras Kinderlachen, das gleichzeitig Freude und Wehmut in mein Herz spült.

Wie sie da alle sitzen und essen und lachen, als wären wir eine richtige Familie. Als wäre Tanja unsere Mutter und Papa ein richtiger Vater, der Lasagne isst und Buchteln backt und dem nicht alles egal ist.

Das alles ist so fake, fake, fake.

Aber ohne mich.

In einer schnellen Bewegung greife ich nach meinem iPhone und tippe auf den Chat mit Leander.

Livia: Will feiern. Geht heute irgendwo was?

Er antwortet sofort.

Leander: Es ist Montag, Königin.

Livia: Na und? Seit wann interessiert dich, welcher Wochentag ist?

Keine Antwort. Ich spüre, dass die Welle sich erneut aufbaut. Sie schlägt gegen meine Mauern und ich muss mich anstrengen, um meine Lungen mit Luft zu füllen. Mit bebenden Fingern tippe ich eine weitere Nachricht.

Livia: Ich muss fliehen. Heute Nacht.

Livia: Bitte.

Er schreibt. Meine Gefühle toben. Wut. Trauer. Verzweiflung. Und Einsamkeit, die schlimmer ist als alle anderen Gefühle zusammen. Ich bekomme keine Luft.

Leander: Acht Uhr. Privatparty von José im *delirium*.

Ich zögere. José Sanchez ist nicht gerade dafür bekannt, dass es auf seinen Partys gesittet zugeht, sondern eher ziemlich abgefuckt. Leanders Partys sind dagegen ein Kindergeburtstag mit Topfschlagen und Blindekuh. Ich habe immer einen großen Bogen um diese Art von Party gemacht, denn eigentlich wollte ich kein Teil der Geschichten werden, die man sich darüber erzählt.

Meine Daumen schweben über der Tastatur. Noras kreischendes Lachen schallt von der Küche her in mein Zimmer. Dann ein glockenhelles und ein dunkles. Gelächter erfüllt die gesamte Wohnung. Die Einsamkeit überrollt mich plötzlich und unaufhaltsam. Meine Finger tippen.

Livia: Ich bin dabei.

Wallende Lockenmähne, geschwungener Lidstrich, dunkelrote Lippen, schwarze Overknee-Heels und ein hautenges Kunstleder-Kleid. Für andere ein ganz normales Partyoutfit. Für mich eine Kampfausrüstung.

Zufrieden werfe ich einen letzten Blick in den Spiegel und greife nach meiner Clutch von Alexander McQueen. Ich bin bereit. Bereit vor der Einsamkeit zu fliehen und mich selbst zu vergessen. Nach einem letzten Nicken in Richtung meines Spiegelbildes öffne ich meine Zimmertür.

Sofort schaue ich in drei auf mich gerichtete Augenpaare. Eins davon wird ziemlich schmal.

»Was soll das, Livia? Wo willst du hin?«, fragt Papa, dessen Stimme scharf durch das Wohnzimmer peitscht.

»Ich geh noch aus.« Offensichtlich.

»Es ist Montag.« Fassungslosigkeit spiegelt sich in seiner Miene wider.

»Ja. Und?« Mit langen Schritten gehe ich am Esstisch vorbei, auf dem eine riesige Auflaufform mit einer zugegebenermaßen köstlich aussehenden, wenn auch sehr hellen Lasagne steht. Mein Herz klopft im Takt meiner klackernden Absätze.

Ich will nur raus, raus, raus und fliehen.

»Hast du morgen keine Uni?« Ich spüre seine Blicke stechend in meinem Rücken.

»Doch, aber erst um elf. Ich werde also brav in die Vorlesung gehen.«

»Dann ist gut.« *Gut*. Solange ich diesen Scheiß studiere und die Nachfolge seines ach so wichtigen Imperiums antrete, ist alles *gut*.

Unter meinen Rippen wachsen Eiskristalle. Ich drücke den Aufzugknopf fester als nötig.

»Warte!« Nora ist vom Tisch aufgesprungen und folgt mir in den Flur. Mit runden Augen sieht sie zu mir auf. »Du siehst wunderschön aus.«

»Danke, Knödel.« Ich gehe in die Hocke und drücke sie fest.

»Livia?«

»Hm?«

»Bist du böse, weil ich mit Tanja Lasagne gekocht habe?« Hinter mir öffnen sich die Aufzugtüren, aber ich schaue nur in Noras vor Sorge verzerrtes Gesicht.

»Nein! Natürlich nicht!« Ich umfasse ihr Gesicht.

»Weißt du, ich bin traurig, dass Mama weg ist. Aber Tanja ist echt lieb und Kochen mit ihr macht Spaß.«

Die Eiskristalle in meiner Brust werden zu spitzen Zapfen. *Tanja ist echt lieb.* Es ist so schmerzhaft, das zu hören, und ich bin versucht zu sagen, dass Tanja mich mal am Arsch lecken kann. Dann fällt mein Blick wieder auf Nora und ihre flehende Miene. *Sie braucht das,* sage ich mir selbst. *Sie braucht jemanden, der für sie da ist und alltägliche Dinge mit ihr tut.*

»Das ist doch schön«, höre ich mich selbst sagen und streiche ihr einmal übers Haar. »Ich finde es toll, wenn du mit Tanja Spaß hast. Ich will, dass du glücklich bist.« Tränen wollen in meinen Augen brennen, aber ich halte sie zurück.

»Ganz wirklich?«

»Ganz wirklich!«

Sie wirkt erleichtert und ich drücke ihr zum Abschied einen Kuss auf die Wange.

»Viel Spaß.« Nora lächelt, als ich mich aufrapple und mich zum Aufzug drehe.

Vor Schreck kreische ich fast laut auf, denn er ist nicht leer. In der Kabine steht Nicolas. Mit einem wissenden Ausdruck in den hellen Augen und einem leichten Lächeln auf den Lippen. Er hat alles mitbekommen und keinen Ton von sich gegeben, wie ein verfluchter Ninja.

»Ist Aufzugfahren ein verrücktes Hobby von dir oder steigst du heute noch mal aus?«, blaffe ich ihn an und hoffe, dass er den glänzenden Schimmer in meinen Augen dadurch nicht bemerkt.

»Bin schon weg.« Er tritt ins Penthouse. »Viel Spaß auf deiner Party«, schiebt er nach, doch der wissende Ausdruck auf seinem Gesicht bleibt.

Hektisch trete ich ein, drücke auf das *E* und kann erst wieder atmen, als sich die Aufzugtüren schließen.

14. KAPITEL

MASKENRISSE

Huch. Ich stolpere über die Schwelle des Aufzugs und muss das Kichern herunterschlucken, das in meiner Kehle aufsteigt. Aber gerade ist alles so lustig. Lustige Aufzugtüren, lustiges dunkles Wohnzimmer, lustiger Schwindel in meinem Kopf. Alles zum Totlachen.

Die digitale Zeitanzeige am Kühlschrank flimmert vor meinen Augen. Ich trete etwas näher heran – nicht ohne bedrohlich zu schwanken – und konzentriere mich. 3:42 Uhr.

Ich suche nach Müdigkeit in mir und kann sie nicht finden. Denn da sind eine Milliarde Krabbelkäfer, die in meinen Zellen eine wilde Party feiern. So wie ich es bis vor einer halben Stunde getan habe. Josés Party war noch kränker, noch verdorbener, als ich erwartet habe.

Und sie war genau das Richtige.

Irgendwo weit hinten in meinem Hirn meldet sich eine Stimme. *Der Kater morgen wird dich umbringen*, verhöhnt sie mich. *Du wirst nicht in die Uni gehen können und Papa enttäuschen. Mal wieder.*

Ich schubse die Stimme zurück in den dunklen Schlund, aus dem sie gekommen ist, und nestle stattdessen an der Verpackung einer Tiefkühlpizza herum. Das sind die Probleme von Zukunfts-Livia. Soll sie sich mit dem Mörderkater auseinandersetzen. Ge-

genwarts-Livia hat Hunger und ist noch viel zu angeknipst, um rational zu denken.

Trotz der Krabbelparty in meinen Zellen gebe ich mir Mühe, leise zu sein, während die Vier-Käse-Pizza im Ofen vor sich hin brutzelt. Ich will Nora und Papa nicht wecken. *Und die anderen beiden,* fällt es mir siedend heiß ein. Ach ja, mein Zuhause, meine Festung, wurde ja von zwei Eindringlingen eingenommen. Diese Tatsache habe ich irgendwo zwischen unzähligen Cocktails, Shots und dem Blowjob, den ich Leander in einer dunklen Ecke des Clubs gegeben habe, vergessen. Doch jetzt, wo ich von meiner Flucht zurückgekehrt und wieder in dieser komischen neuen Realität angekommen bin, trifft sie mich wie die Abrissbirne aus Miley Cyrus' Wrecking-Ball-Video. Nur dass ich nicht beinebaumelnd auf ihr sitze, sondern sie mich mit voller Wucht umnietet.

Übelkeit sammelt sich als bitterer Geschmack auf meiner Zunge. Der Raum beginnt sich zu drehen. Shit. Ich stolpere gegen den Küchentresen. Galle drückt gegen meine Kehle. Mir ist heiß. So heiß. Der Boden unter meinen Füßen wird zu einem tosenden Ozean. Aber die Geschehnisse der vergangenen Stunden, der vergangenen Tage, der vergangenen Monate zerren an mir. Ich wanke und gebe schließlich auf. Meine Beine sacken unter mir zusammen, als hätten sie sich entschieden, die Last meines verkümmerten Lebens nicht mehr länger tragen zu wollen. Die Kühle der Fliesen brennt auf meiner Haut.

Sterne tanzen vor meinen Augen.

Mein Herz hämmert gegen meine Brust.

Blut rauscht in meinen Ohren.

Schweiß bildet sich auf meiner Stirn.

Ich bin ein Wrack. Zerschmettert von der Unbedeutsamkeit meines Lebens liege ich auf dem Küchenboden und hoffe, dass ich dort für immer bleiben kann. Dieses Mal schaffe ich es nicht aufzustehen. Dieses Mal bleibe ich einfach liegen. Für immer.

»Alles okay?«

Eine dunkle Stimme zerreißt die Stille und Schock jagt durch meine Glieder. Nein. Bitte nicht. Ich will nicht, dass er mich so sieht. So verletzlich.

»Scheiße, Livia, du bist weiß wie 'ne Wand.«

Ich wende mich von Nicolas' Augen ab, die mich prüfend durchbohren, und setze mich auf. Lichter blinken vor meinem inneren Auge. »Alles gut«, bringe ich hervor. Wie oft ich das wohl sagen muss, bis ich es mir selbst glaube?

»Das sehe ich.«

Er glaubt mir jedenfalls nicht. So ein Mist. Ich versuche aufzustehen, aber Schwärze wabert vor meinen Augen und verschleiert mir die Sicht. Durch die dunklen Fetzen sehe ich Nicolas an mir vorbei zur Spüle gehen. Wasser plätschert aus dem Hahn.

»Hier. Trink mal was.« Zu meiner großen Verblüffung reicht er mir ein Glas Wasser und setzt sich kurz darauf zu mir auf den Küchenboden.

Ich trinke einige gierige Schlucke. Gott, das tut gut. »Danke.«

»Vielleicht sollten wir in die Notaufnahme fahren. Nicht, dass du noch kollabierst oder so.« Die Sorge in seiner Mimik ist trotz der Dunkelheit klar zu sehen.

»Auf keinen Fall. Mir gehts gut.« Außerdem darf mein Vater nichts von diesem Aussetzer mitbekommen.

»Warum sagst du das immer?« Seine Schulter berührt meine und hinterlässt an der Stelle ein leises Prickeln.

»Was?«

»Dass es dir gut geht, obwohl doch klar ist, dass es nicht so ist.«

»Keine Ahnung. Ist einfach so.« Mein Leben ist so. »Aber ich komme klar. Du kannst ruhig gehen.«

Doch er geht nicht. Er bleibt neben mir auf den kalten Fliesen sitzen. Mehrere Minuten, die sich wie Stunden anfühlen. Irgendwann wird der Ozean unter mir wieder zu einem seichten See. Das Zittern in meinen Händen erstirbt. Mein Atem beruhigt sich.

»Oh, meine Pizza.« Ich schaue hoch zum Ofen.

Nicolas steht auf. »Bisschen braun, aber ich glaube, das geht noch«, stellt er mit einem Blick aufs Blech fest. »Kannst du aufstehen?«

»Ja.« Ich rapple mich hoch. Ein leicht verbrannter Käseduft steigt mir in die Nase.

»Ich denke, das wird dir guttun.«

»Denke auch.« Ich beobachte ihn dabei, wie er die Pizza aus dem Ofen holt und sie auf einen Teller schiebt. Beladen mit dem Wasserglas und der dampfenden Pizza schleichen wir gemeinsam durch die dunkle Wohnung zu unseren Zimmertüren. Er steht vor seiner. Ich vor meiner.

»Wirklich alles gut?«, fragt er wieder und wieder sieht er mich so an. So wissend. So ich-weiß-dass-du-lügst.

»Ja, alles perfekt. Gute Nacht.« Ich will raus aus dieser Situation. Sie ist zu gefährlich. Meine Maske hat einen Riss bekommen und ich muss ihn dringend wieder zuzementieren.

»Nacht.« Er bleibt stehen, bis ich in meinem Zimmer verschwinde.

Erleichtert lasse ich die Tür hinter mir ins Schloss und meine Fassade in sich zusammenfallen. Zum zweiten Mal an diesem Tag beziehungsweise in der Nacht kuschele ich mich auf die Fensterbank meines Erkers und verliere mich in den Schatten der Nacht. Winzige kleine Lichter tanzen unter mir. Die Stadt schläft. Wien ruht sich aus und tankt Kraft, um morgen wieder strahlend schön zu erwachen, in all seiner Pracht und all seinem Glanz.

Unwillkürlich werde ich von einer Woge Melancholie gepackt. Weil Wien und ich so gleich sind.

Und weil ich gerade einfach nur hier sitzen und Pizza essen und nicht an morgen denken will. Die Sanftheit des Anblicks unter mir kriecht nach und nach in meine Zellen und schmeißt die Krabbelkäfer endlich raus. Müdigkeit legt sich wie Gewichte auf meine Lider. Ich lehne den Kopf an den Fensterrahmen und schaue hinaus in die Dunkelheit der Stadt. Genieße die Abwesenheit der Anspannung und schmecke Käse und Tomatensoße im Mund. Kurz erlaube ich mir die Augen zu schließen. Süßer Nebel wabert durch mich hindurch und macht alles schwerelos.

»Jaaaaa.«

Wie vom Blitz getroffen fahre ich zusammen. Das letzte Stück Pizza rutscht mir aus den Fingern und landet auf dem Dielenboden.

»O Gott, jaaaa.«

Mein Blick zuckt zu meinem Bett. Nein. Zur Wand dahinter.

»Mhmmmm.«

Das. Ist. Nicht. Sein. Fucking. Ernst.

Doch. Ist es.

Im Zimmer neben mir, nur zehn Zentimeter entfernt von meinem Bett, stöhnt eine Frau.

In *seinem* Zimmer stöhnt eine Frau.

In *meinem* Zuhause stöhnt eine Frau. Um 4:07 Uhr. Was fällt ihm ein? Hat Nicolas Steiner es tatsächlich gewagt, am ersten Abend in unserem Apartment eine Frau abzuschleppen? Fickt er jemanden, nur wenige Minuten nachdem er einen Riss in meine Maske geschlagen hat? Fuck, tut er.

»Scheiße, ja«, vernehme ich jetzt ganz deutlich seine vor Lust verzerrte Stimme.

Dann wieder ihre. Diesmal schreit sie fast. »Ja, Nick!«

Ich springe auf, laufe einige Male ziellos in meinem dunklen Zimmer umher. Dann setze ich mich wieder hin. Diese Situation überfordert mein Fassungsvermögen. Und auf einmal ist da wieder Wut. Wut, die meine Hände zum Beben und mein Herz zum Rasen bringt. Dabei weiß ich nicht mal warum. Warum macht es was mit mir, wenn mein neuer … »Mitbewohner« (mein Verstand weigert sich Bezeichnungen wie Stiefbruder zu konstruieren) »Besuch« hat.

Weil es nicht nur Besuch ist, gebe ich mir selbst die Antwort.

Weil er die Frechheit besitzt, an seinem ersten Abend hier, in meinem Zuhause … Sex zu haben. Zu vögeln. Und das in voller Lautstärke und mit einer beachtlichen Ausdauer, wie ich mit einem Blick auf die Uhr feststelle. Mein Zusammenbruch, unser Moment der Verbundenheit, war für ihn wohl völlig belanglos. Eine Minute später ging es back to business. Back to bumsness.

Ein dumpfer Schmerz sammelt sich in meinem Herzen. Denn oben liegt Tanja, eng an meinen Vater gekuschelt. Neben mir fickt Nick seiner mutmaßlichen Freundin gerade die Seele aus dem Leib.

Und ich bleibe allein.

Alles, was mir bleibt, sind die Melancholie der Nacht, die erdrückende Einsamkeit und das verlorene Stück Pizza, das ich vom Boden aufkratze, bevor ich es in meinem Mund verschwinden lasse.

Es schmeckt salzig von den Tränen, die mir unentwegt über die Wangen laufen.

15. KAPITEL

LICHT-UND-SCHATTEN-FREUNDIN

»Das hat er nicht getan!« Vic läuft fast gegen einen Pfeiler, so schockiert sieht sie mich an.

»Vorsicht«, sage ich und ziehe sie einige Zentimeter zur Seite, um sie vor dem Zusammenstoß zu bewahren. Sonnenlicht fällt durch die Arkaden der Universität. Wir haben gerade eine Vorlesung in Konzernrecht hinter uns, die an staubtrockener Langeweile kaum zu überbieten ist. Nach drei PowerPoint-Folien, die der Prof in der Stimmlage und Geschwindigkeit eines Sterbenden vorgelesen hat, habe ich es bereits bereut, mich hierhergeschleppt zu haben. Der Kater drückt gegen meinen Schädel und das flaue Gefühl in meinem Magen will einfach nicht nachlassen. Selbst schuld.

»Livia!« Die Fassungslosigkeit, mit der Vic mich betrachtet, hat sich durch ihren Beinahe-Unfall mit Mr Pfeiler nicht geschmälert.

»Ja?«

»Sag mir, dass er das nicht getan hat! Er hat nicht wirklich in seiner ersten Nacht bei euch eine Frau abgeschleppt.«

»Doch. Hat er.« Ich zucke mit den Schultern. Dass Nicolas kurz vorher Zeuge meines Zusammenbruchs geworden ist, verschweige ich. »Ich war quasi live dabei. Wenn du willst, schicke ich dir nächstes Mal eine Sprachnachricht in Originalqualität.«

»Bah, bitte nicht.«

»Ohhhh, Nick, jaaaaa«, imitiere ich die schrille Stimme, dich mich in der Nacht vom Schlafen abgehalten hat. Vic hält sich die Ohren zu. »Uhhh, Franziska.«

Eine Studentin, die vor uns den Innenhof betritt, dreht sich zu uns um, als ich jetzt mit tieferer Stimme Nick nachahme. Sie hat rotes Haar und eine verblüffende Ähnlichkeit mit Candace aus *Phineas und Ferb*. Wir kichern. Sie schüttelt missbilligend den Kopf.

»Sie heißt Franziska?«, fragt Vic glucksend. Candace wendet sich von uns ab.

»Weiß ich nicht, aber ich stelle sie mir eben so vor.«

»Du stellst dir also deinen Stiefbruder dabei vor, wie er es *Franziska* so richtig besorgt? Irgendwie klingt das falsch.«

»Glaub mir, bei der Geräuschkulisse ist Kopfkino vorprogrammiert … Einen Flat White, bitte. Mit Hafermilch.« Letzteres ist an den jungen Kerl mit Schiebermütze gerichtet, der hinter einem Coffee-Bike steht. Er nickt.

»Ich komm nicht drauf klar, dass er wirklich *so* dreist war.« Vic beißt in einen Apfel, den sie soeben aus ihrer Lederumhängetasche gezogen hat. »Ich mein, wenn er so unbedingt bumsen wollen würde, hätte er doch wenigstens zu ihr gehen können.«

Der Barista räuspert sich leicht. Vic sieht ihn kurz an, fährt dann aber unbeirrt fort. »Er muss da auch an Nora denken, finde ich. Sie musste schon eine Menge durchmachen, bevor sie gewissermaßen Teil eines Pornos wurde.«

Wieder ein verhaltenes Räuspern von Schiebermütze. Wieder ignoriert Vic ihn. »Wie alt ist sie jetzt? Fünf?«

»Sieben.«

»Schon? Crazy, gefühlt ist sie noch ein Baby. Aber auch mit sieben ist sie zu klein, um zu verstehen, warum es sich nachts in ihrer Wohnung so anhört, als würden zwei Yorkshireterrier Tennis spielen, oder siehst du das anders?«

»Ich?« Der Barista sieht sich um, offenbar unsicher, ob Vic wirklich ihn so direkt angesprochen hat. Die warme Milch, die er gerade zu einem Herzen in meinen Kaffee gegossen hat, reißt er mit sich. Sie verteilt sich auf dem Tresen. »Scheiße, ey.« Fluchend wickelt er etwas Küchenpapier ab.

»Also«, macht meine beste Freundin weiter, ohne mit der Wimper zu zucken. »Findest du nicht, man sollte so viel Anstand haben und den ONS außer Haus verlegen, wenn sich Kinder im Haus befinden?«

»ONS?« Der Typ guckt immer verwirrter, während er mir meinen Kaffee reicht.

»One-Night-Stand«, erkläre ich.

»Ähm, ja … denk schon.«

»Siehst du.« Vic fühlt sich offenbar bestätigt. »Florian sieht es wie ich.«

»Ich heiße Jonas.«

»Wirklich? Du siehst nicht aus wie ein Jonas. Findest du, er sieht aus wie ein Jonas?«

»Er sieht *zero* aus wie ein Jonas«, pflichte ich ihr bei. Wir mustern ihn, die Hände vor der Brust verschränkt. »Eher wie ein Hannes.«

»Oder wie ein Joe.«

»Du solltest darüber nachdenken.«

»Worüber?«, fragt Jonas-Florian-Hannes-Joe und verzieht die Lippen zu einem Schmunzeln.

»Über eine Umbenennung«, erklärt Vic mit ernster Miene.

»Oder einen Künstlernamen.«

Der Typ legt den Kopf schief, als wüsste er nicht so recht, ob wir das ernst meinen oder ihn verarschen.

»Nenn mich, wie du willst, Baby. Wenn du mir deine Nummer gibst«, entscheidet er sich anscheinend für Option drei: Flirten.

Vic kichert und zwinkert ihm zu. »Vielleicht komm ich drauf zurück.«

»Machs gut, Joe.« Ich verabschiede mich und lege einen Fünfeuroschein auf den Tresen.

»Bis dann, Hannes.« Vic winkt ihm zu und hakt sich bei mir unter.

»Eigentlich ist er ziemlich hot«, sagt sie, als er sich nicht mehr in Hörweite befindet. »Ich steh auf dieses Schiebermützending.«

»Ja, voll. Das ist *so* vintage.«

Wir prusten los. Und auf einmal bin ich froh, heute hergekommen zu sein.

»Hast du schon eine Idee, welches Wahlfach du nimmst?« Sie steuert auf eine Bank zu, die im Innenhof des imposanten Unigebäudes unter einem Baum steht. Es ist unsere Bank. Nicht wirklich, aber fast. Weil wir jede Mittagspause dort verbringen und die anderen Studierenden das mittlerweile wissen.

»Kein Plan, klingt alles grässlich.«

»Ich bin mir auch noch nicht sicher. Muss mal Mama fragen, was am sinnvollsten ist.«

»Wenn du nicht hier wärst, hätte ich das Studium schon längst geschmissen.« Tatsächlich habe ich bereits Pläne gemacht, nach Australien auszuwandern, als ich von Fächern wie *Internationale Steuerplanung* oder *Grundzüge der Finanzwissenschaft* gelesen habe. Zu meinem Glück haben Vic und ich gemeinsam mit dem BWL-Studium angefangen, als sie sich entschieden hat, ebenfalls ins Hotelgewerbe einzusteigen. Wie ihre Eltern eben. Wie jeder von uns. Von einer Entscheidung kann also nicht die Rede sein, denn eigentlich liegen wir an einer Leine. Und je mehr wir daran zerren und versuchen uns zu befreien, desto enger zieht sich die Schlinge, die um unseren Hals liegt. Die Welt hat ihre Erwartung, ihre Ansprüche, und wir liefern.

Wir funktionieren. Vic funktioniert, ich funktioniere. Sogar Leander funktioniert auf seine eigene Weise.

»Was macht er eigentlich sonst den ganzen Tag? Außer bumsen?«, lenkt Vic mich von meinen finsteren Gedanken ab.

»Wer?«

»Na, dein rumstöhnender Stiefbruder Schrägstrich Mitbewohner?«

»Er studiert irgendwas mit Umwelt im Master.«

»Echt? Hier? Dann treffen wir ihn vielleicht mal auf dem Campus.«

»Bitte nicht.« Ich stöhne genervt. »Was er sonst so macht … Keine Ahnung, ehrlich gesagt. Er fotografiert, glaube ich, und geht mit Sicherheit irgendwelchen antikapitalistischen Gruppierungen nach oder organisiert Demonstrationen gegen korrupte Politiker.«

»Eigentlich ziemlich cool.«

»Findest du?«

»Ja, er hat seine Überzeugungen und zieht sein Ding durch. Ist doch mega.«

Ich nicke nur stumm. »Wie wars eigentlich in Paris? Sorry, wegen meinem ganzen … ähm … Kram habe ich gar nicht mehr gefragt.«

»Schön«, antwortet Vic schlicht.

»Schön.«

Stille. Der Wind lässt die Blätter über uns rascheln. Von Weitem dringt das Lachen einer Gruppe Jungs zu uns.

»Kommt da noch was?« Ich verenge die Augen und betrachte meine beste Freundin. Etwas an ihrem Gesichtsausdruck ist dunkler geworden.

»Nein. Es war … schön.« Sie zuckt mit den Achseln. »Croissants im Montmartre, ein Besuch im Louvre, Shoppen auf den Champs-Élysées, Dinner im *Le Marais*.«

»Verstehe.« Ich nehme einen Schluck Kaffee und schaue dann zu Vic. »Was für andere nach dem perfekten Rosa-Herzen-Liebesurlaub klingt, ist für Victoria Everhofen zu … *langweilig*.«

Sie stößt einen tiefen Seufzer aus und bestätigt somit meine Vermutung. Vic braucht das Feuer, den Kick, das Gefühl, im

Hier und Jetzt zu leben. Sie braucht das Dunkle und das Helle. Die Ecken und die Kanten. Früher sind wir zusammen vom Licht in die Schatten gesprungen. Hand in Hand und mit Lachen im Bauch. Heute lebe ich fast nur in den Schatten und Vics Besuche dort sind weniger geworden. So wie meine im Licht.

Clément ist die personifizierte Helligkeit. Er ist so ein Morgens-Yoga-und-Grünkohl-Smoothie-Typ. Er hat einen Fünf-Jahres-Plan und würde nie aus der Reihe tanzen. Niemals. Clément Savoir tanzt jeden Schritt in perfekter Ausführung. Links, rechts, links, rechts.

Vic ist früher oft aus der Reihe getanzt. Links, rechts, Sprung, Drehung, umfallen, lachen. Wild und ungezähmt. Doch er hat es getan – sie gezähmt.

»Wann zieht er noch mal nach Wien?«

»Nächstes Jahr.«

»Und dann arbeitet er für ein Jahr in der Firma deines Vaters?«

»So ist es geplant, ja.« Geplant. Was für ein hässliches Wort.

»Aber glaubst du nicht, dass es in der Liebe um mehr gehen sollte als eine Zweckverbindung? Wir sind nicht mehr im Mittelalter, Vic. Du musst das nicht tun. I mean, eure Eltern haben euch verkuppelt, weil eine Hotelerbin aus Österreich und ein Hotelerbe aus Frankreich ja so ein hübsches Paar abgeben.« Ich reibe mir über die Stirn. »Also warum verlässt du ihn nicht?« Diese Frage habe ich ihr schon unzählige Male gestellt und nie eine zufriedenstellende Antwort bekommen. Denn Clément bringt sie dazu, eine Seite an sich tief zu verstecken, dabei sollte er jede Seite an ihr vergöttern.

Vic nippt nur stumm an ihrem Kaffee. Ich seufze tief und lege ihr einen Arm um die Schulter. »Versteh mich nicht falsch«, sage ich sanfter. »Ich will nur, dass du glücklich bist.«

»Ich bin glücklich«, sagt sie dann und klingt dabei genau wie ich, wenn ich eine glatte Lüge erzähle. »Und ich liebe ihn.«

Liebe. Wenn Liebe bedeutet, mich selbst aufzugeben, sage ich gerne: *Nein danke, ich hab schon.* Sollte der unwahrscheinliche Fall eintreten und mir die Liebe jemals ein Angebot machen.

»Aber liebst du ihn so sehr, dass du Wild Vicky in die Wüste schickst?« So nannten uns die Leute. Früher in der Schule. Wild Vicky und Living Livia.

»Es wird Zeit, erwachsen zu werden, Liv.«

Ich antworte nicht. Fixiere nur die übrig gebliebene Kaffeepfütze in meinem Becher. Gedankenverloren lasse ich die lauwarme Plörre hin und her schwappen.

Ein bisschen erinnert sie mich an das Erwachsensein. Und ich habe keinen Bock auf lauwarme Plörre.

16. KAPITEL

FREIE SICHT AUF FINSTERNIS

Die Absätze meiner Dolce-&-Gabbana-Stiefel hinterlassen auf dem Holzdielenboden unserer Altbauwohnung ein lautes *klack, klack, klack*.

Meine Schritte werden von Entschlossenheit beherrscht.

Mein Herz von Zorn.

Ich steuere geradewegs auf die Tür zu, hinter der Nick gestern verbotene Dinge getan und mich um den Schlaf gebracht hat. *Er muss da auch an Nora denken*, habe ich Vics Stimme im Ohr. Ganz genau. Er muss an Nora denken. Und an mich und meinen Schlaf und die bedrückende Einsamkeit, die mich überkommen hat.

Bähm. Genau das werde ich ihm jetzt sagen. Also das mit Nora und dem Schlaf. Nicht das mit der Einsamkeit natürlich. Aber das hier ist immer noch meine Wohnung.

Ohne anzuklopfen, reiße ich die Tür auf. »Jetzt hör mir mal gut zu, du …« Die unschöne Bezeichnung, die mir auf der Zunge lag, bleibt irgendwo zwischen Hirn und Mund hängen.

Das Zimmer ist leer. Verdammt.

Unschlüssig bleibe ich stehen. Lasse meinen Blick über das Gästezimmer wandern. *Sein* Zimmer. Es hat noch immer diesen unpersönlichen Touch. Die Kissen liegen geordnet auf dem Sofa. Das Bett ist gemacht. Ein einzelnes T-Shirt liegt verloren auf dem Schreibtischstuhl herum. Ich gehe darauf zu und weiß nicht warum. Es hat eine Sogwirkung auf mich. Als der dunkle Stoff meine Fingerkuppe berührt, fühlt es sich an, als würde ich etwas Verbotenes tun. Ich nehme es hoch. Es ist ein Konzertshirt. Merchandise von irgendeiner Band, von der ich noch nie gehört habe. Auf der Rückseite blättern die Tourdaten langsam ab. Es ist von 2018. München, Berlin, Düsseldorf.

Für einige Sekunden betrachte ich es. Lasse meinen Blick immer wieder über die Städte und Daten huschen. Dann tue ich etwas sehr, *sehr* Dummes. Ohne wirklich darüber nachgedacht zu haben, nehme ich das T-Shirt, lasse meinen Kopf nach vorn schnellen und … schnuppere daran.

Es riecht nach Freiheit. Ich weiß nicht warum, aber das ist, was mir in den Kopf schießt. Nicolas riecht nach Meeresrauschen und kopflosem Lachen. Nach Rennen am Strand und nach Sonne auf Schnee.

Ich ziehe den Geruch ein weiteres Mal ein. Freiheit. Ganz klar. Ich muss lächeln.

Okay, ich bin offiziell durchgeknallt. Völlig irre. In einer hastigen Bewegung werfe ich das Shirt wieder auf den Stuhl. Nicht auszudenken, was passieren würde, sollte mich jemand dabei erwischen, wie ich in seinem Zimmer herumstehe und Geruchsproben seiner getragenen Kleidung nehme.

Ich will das Zimmer schon verlassen, als mein Blick auf etwas anderes fällt, das auf dem Schreibtisch liegt. Eine Polaroidkamera. Kein pastellfarbenes, fancy Insta-Modell, sondern eine richtige. Ich greife danach.

Durchgeknallt und irre, ich sage es ja.

Sie ist schwarz und liegt schwer in meiner Hand. Schlagartig gleitet eine Idee in mein Bewusstsein. Hmm … Ich zögere, überlege, ob ich wirklich *so* dreist sein kann. Dann denke ich an gestern Nacht, an das Chihuahua-Gestöhne und die Kälte in meinem Bauch. *Ja,* entscheide ich mich. Ich kann so dreist sein.

Kurzerhand drehe ich die Kamera so, dass die Linse auf mich gerichtet ist, und strecke die Kamera mit einer Hand von mir. Mit der anderen zeige ich ihr den Mittelfinger.

Ich bemühe mich um einen Gesichtsausdruck, der meine Entschlossenheit widerspiegelt, und drücke ab. Ein lautes Klicken ertönt, dann ein mechanisches Rattern. Die Kamera spuckt ein weißes Foto aus, das auf den Schreibtisch segelt. Ich erkenne mich noch nicht. Über mir und meinem Mittelfinger liegt ein nebulöser Schleier und erst nach und nach werden die Farben sichtbar.

Wie in echt.

Auf der Suche nach einem Kuli öffne ich einige Schubladen. Bei der dritten halte ich inne. Ein goldener Kuli liegt auf … was ist das? Ohne länger darüber nachzudenken, ziehe ich eine schwarze Mappe hervor und öffne sie. Fotos. Circa ein Dutzend Aufnahmen fallen mir in die Hände. Auf jeder ist dieselbe, blonde und wunderschöne Frau zu sehen. Ihr sinnlicher Mund ist mal zu einem Lächeln verzogen, mal leicht geöffnet. Ich bin mir sicher, dass er sie gemacht hat. Nicolas. Und er ist gut. Verdammt gut. Jedes dieser Bilder zeigt eine andere Facette des Models. Es zeigt ihr wahres Ich. Ohne Schutzpanzer.

In mir melden sich mehrere Stimmen zu Wort. Mein Herz sagt: *Vielleicht ist das seine Superkraft. Das verborgene Innere von Menschen sehen.* Mein Kopf sagt: *Vielleicht ist das seine Waffe.*

Zu viel Gefühl. Zu viel Chaos. Hastig schlage ich die Mappe wieder zu und stopfe sie zurück in die Schublade. Dann lasse ich den Kuli klicken. Die Tinte formt sich zu Worten, die ich auf die Rückseite des Fotos schreibe.

Es ist albern, ich verhalte mich kindisch. Aber das hier ist mein Haus, mein Leben, und ich lasse es mir nicht von Nicolas Steiner kaputtmachen.

Zumindest nicht noch kaputter.

Mit einem triumphierenden Grinsen hänge ich das Foto an die Pinnwand. Dann höre ich Schritte. Shit. Ich höre Schritte, die sich ganz klar auf diesen Raum zubewegen. Panik überrollt mich. Denn wenn ich das Zimmer jetzt verlasse, renne ich geradewegs in Nicolas hinein. Er würde mich fragen, was ich darin zu suchen hatte, und ich müsste ihm alles erklären. Meine coole Foto-Racheaktion wäre dann überhaupt nicht mehr cool. Ich würde wie eine Stalkerin rüberkommen, die sie nicht mehr alle hat.

Du hast an seinem T-Shirt geschnüffelt, du hast sie ohnehin nicht mehr alle. Stimmt, sage ich mir selbst, aber das darf er nicht wissen.

Die Schritte werden lauter, kommen näher. Ich renne Hals über Kopf zu den mintfarbenen Vorhängen – auf Zehenspitzen, um das laute Klackern der Stiefel abzufedern. Keine Sekunde zu früh, denn kaum bin ich hinter dem Stoff verschwunden, geht die Tür auf. Mein Herz klopf so laut, dass es mich mit Sicherheit verraten würde, dieses ehrlose Ding.

Nicolas betritt den Raum. Das Parkett knarrt unter seinen Schritten. Ich höre, dass er etwas auf den Boden stellt. Einen Rucksack oder so. Es raschelt einige Male, dann lacht er. »Ich sehe dich, Livia.«

Verdammt, verdammt, verdammt.

»Oh, ähm, hi.« Ich kämpfe mit dem Stoff des Vorhangs, in dem ich mich irgendwie verheddert habe, und bemühe mich um einen selbstbewussten Gesichtsausdruck.

Fuck. Das selbstbewusste Lächeln erstarrt. Er trägt Boxershorts. Nur Boxershorts. Ich kann nicht anders, als ihn anzustarren. Ihn und … diese Muskeln. Ich spüre meine Augen größer werden, als ich jeden Zentimeter seines Oberkörpers inhaliere. Ja, ich gaffe ihn an. Wie eine hirnverbrannte Idiotin. Aber ich kann nicht damit aufhören. Ein schimmernder Film benetzt seine Haut. Vielleicht Schweiß. Vielleicht Regen.

Hitze breitet sich in rasender Geschwindigkeit in mir aus. Auf seinem linken Oberarm erkenne ich eine kleine weiße Linie. Eine

Narbe, unter der in geraden Buchstaben *Justice for five* in seine Haut gestochen wurde.

Gerechtigkeit für fünf. Was es wohl damit auf sich hat?

»Was machst du hier?« Er schaut mich herausfordernd an und fährt sich einmal durch das Haar. Ich will das auch tun. Meine Finger durch seine Wuschelhaare gleiten lassen.

Nein. Will ich nicht. Ich hasse ihn.

»Livia?«

Ich bleibe in den mintfarbenen Fängen stehen und glätte meine blonden Strähnen, die mit Sicherheit aussehen, als hätte ich in eine Steckdose gefasst. »Mhm?« Ich stolpere, als sich jetzt der Absatz meines Stiefels in dem verfluchten Stoff verfängt.

»Was machst du hier?«

»Ich, ähm, bügeln.«

»Bügeln?«

»Ja, die Vorhänge. Konnte ja nicht wissen, dass du mitten am Tag halb nackt hier herumrennst.«

Ich kann meinen Blick nicht von einem Schweiß- und/oder Regentropfen losreißen, der sich einen Weg über seinen Hals, entlang seiner Brust, über sein Sixpack bis zu seinem … *Stopp.*

Das muss aufhören.

»Ich komme vom Sport und das ist mein Zimmer.«

»Eigentlich ist es mein Zimmer. Du bewohnst es nur.« Ich kämpfe noch immer mit dem Saum dieses beschissenen Vorhangs.

»Und wo ist dein Bügeleisen?«

»Was?«

»Dein Bügeleisen. Deswegen bist du doch hier.«

»Ich mache es mit der Hand.«

»Mit der Hand?«

»Das hier ist marokkanische Seide. Die können wir unmöglich mit einem Bügeleisen malträtieren.«

»Okay.« Verständnislos sieht er von mir zum Vorhang. »Du

bist also in meinem Zimmer, um die Vorhänge zu bügeln. Mit deinen Händen.«

»Ganz genau.« Ich nicke, als wäre es das Selbstverständlichste aller Zeiten, und schaffe es schließlich, endlich den Stoff beiseitezukicken.

»Und wie lange dauert das noch?«

»Ist schon fertig. Ging ganz fix.« Ich schlendre an ihm vorbei Richtung Tür. »Also, ähm, Wiederschau'n.«

»Stopp.«

Ich verharre in meiner Bewegung und drehe meinen Kopf zu Nicolas. Dieser hat sich der leeren Pinnwand zugewandt, die über dem Schreibtisch hängt.

Der *fast* leeren Pinnwand.

Denn Nicolas hat in dieser Sekunde das Foto bemerkt. Das Foto, das ich vor wenigen Minuten an ebenjene Pinnwand gesteckt habe und das jetzt ganz klar mich und meine Mittelfinger-Geste zeigt. Der Nebelschleier ist verschwunden.

»Was ist das?« Er zupft das Bild ab und begutachtet es mit zusammengezogenen Augenbrauen.

Ich entscheide mich nichts zu tun und stehe da wie eine Eisskulptur. Wie Anna, als Elsa es nicht geschafft hat, sie rechtzeitig von diesem Eiszauberdings zu befreien. Also vor dieser Schwestern-Kuss-Sache. In meinem Kopf suche ich hilflos nach einer Erklärung für meine coole Racheaktion, die mir auf einmal komplett hirnrissig vorkommt. Nicolas schaut immer noch mit prüfendem Blick zwischen dem Foto und mir hin und her. Dann wendet er es und … prustet los. Ich verharre weiterhin in meiner Eisskulpturen-Stellung.

»Ich habe keine Objektophilie, Livia.«

»Hä?« Wie von selbst finden meine Glieder zurück in die Bewegung. Dafür scheint mein Verstand einzufrieren. Denn jetzt verstehe ich gar nichts mehr.

»Ich stehe nicht auf … na ja, Sachen.«

»Das ist gut, denke ich mal.«

»Und selbst wenn, fände ich es unangemessen, dass du mir für meinen Fetisch den Mittelfinger zeigst.«

Hä?, sage ich wieder. Diesmal aber in Gedanken. Ich trete an ihn heran und rupfe ihm das Foto aus den Fingern. Dann verstehe ich.

In meiner geschwungenen Schrift steht dort: *Don't fuck my house.*

Ich habe das *in* vergessen.

Ich habe das *in* vergessen und mich bis auf die Knochen blamiert. Das Foto beginnt in meinen Händen zu beben. Ich fühle mich so unwohl, so bloßgestellt, dass ich schreien möchte.

»Das ist eine Warnung«, bringe ich hervor und blitze Nicolas direkt in die Augen. Die mir schon bekannte Traurigkeit schlägt mir entgegen, aber ich lasse mich von ihr nicht verunsichern. »Eine Metapher.«

»Eine Metapher.«

»Jep. Dass du hier …«, ich wische einmal durchs Zimmer, als würde ich eine Fliege verscheuchen, »nichts kaputt machst.«

»Du kommst also *ungefragt* in mein Zimmer, nimmst dir *ungefragt* meine Kamera und machst ein Foto? Um mich daran zu erinnern, dass ich euer wertvolles Zeug nicht zerstören soll?«

»Und um zu bügeln.«

Er sieht mich so belustigt an, dass ich mich klein fühle. Klitzeklein. Messerscharfe Worte sammeln sich auf meiner Zunge, denn ich hasse dieses Gefühl.

»Außerdem wollte ich dir sagen, dass du Franziska nicht mitten in der Nacht herbringen und bumsen sollst.« Zack. Schon fühle ich mich einen Zentimeter größer. »Denk mal an Nora«, schiebe ich nach. »Die checkt doch gar nicht, warum es im Untergeschoss jault, als würde jemand abgestochen.«

»Ich kenne keine Franziska.«

»Diese Frau. Von gestern Abend.«

»Und die heißt Franziska?«

»Keine Ahnung. Du musst doch wissen, wie die Frau heißt, die du f…« Der Rest des Wortes bleibt in der Luft hängen und wird von den Blitzen gegrillt, die aus meinen Augen schießen.

»*Ich* weiß auch, wie sie heißt.« Sein selbstgefälliges, amüsiertes Grinsen ist so unfassbar nervig.

»Es ist mir scheißegal, wie diese Frau heißt, die hier gestern rumgejault hat. Mir geht es um meine Schwester!«

»Wirklich?« Er hebt so spöttisch eine Augenbraue, dass ich ihm am liebsten eine reingehauen hätte. Mache ich aber nicht. Würde nur Ärger geben.

»Was, wirklich?«, blaffe ich ihn stattdessen an und versuche all meine rasende Wut in meinen Blick zu legen und ihn damit niederzubrennen.

»Gehts hier wirklich um Nora oder um dich?«

»Nora natürlich.«

»Ich frag sie später, ob sie wirklich was gehört hat. Ich glaube nicht. Die Decken hier sind superdick.«

»Die Decken vielleicht, aber ich kann nicht schlafen.«

»Also geht es doch um dich.«

Gott. Die Art, wie er die Lippen verzieht. Die kleinen Falten neben seinen Augen. Das alles macht mich nicht nur rasend, sondern bringt mich durcheinander. Meine Licht-Fassade blendet ihn nicht. Er denkt nicht: *O mein Gott, Livia. Die ist so schön und perfekt und unverwundbar.* Nein, er denkt: *Livia ist eine verkümmerte Seele, über die ich schallend lache, hehe.*

»Okay, vielleicht hat es mich *extrem* genervt, dass ich wegen deiner …« Ich suche nach den richtigen Worten. »… nächtlichen Aktivitäten nicht schlafen konnte.«

»Schlafen kannst du, wenn du alt und knochig bist. Jetzt ist die Zeit zu leben. Aber das kannst du ja nicht, *@livinglivia*.«

Alles in meinem Bauch verknotet sich zu einem dicken, schweren Klumpen.

»Wie bitte? Ich bin das *pure* Leben. Gestern war ich bis zwanzig vor vier feiern.« Ich fasse es nicht, dass ich mich rechtfertigen muss. Dass ich tatsächlich hier stehe und mich verteidige. »Ich lebe mehr als jeder andere.« Ich bin so außer mir, dass ein Spucketröpfchen auf Nicolas' Oberkörper landet. Meine Wangen glühen und mein Puls pocht schnell in meiner Kehle.

»Ja, habe ich gesehen.« Er spielt auf meinen Zusammenbruch an und das macht mich wahnsinnig.

»Du hast keine Ahnung von meinem Leben. Du kennst mich nicht.« Mein Herz springt mir in die Kehle. »Du bist so ein überhebliches Arschloch, Nicolas Steiner!«

»Ein überhebliches Arschloch, das recht hat, ja.«

Ich muss mich ernsthaft davon abhalten, ihm ins Gesicht zu schlagen. Ohne ein weiteres Wort von ihm zuzulassen, drehe ich mich auf meinen Dolce-&-Gabbana-Absätzen rum und haste zur Tür.

Tränenblind und mit blutendem Herzen.

17. KAPITEL

TRÄNENARMEE

Rums. Die Tür fällt laut scheppernd hinter mir ins Schloss. Vor lauter Wut und in der Hoffnung, sie würde nie wieder aufgehen und mich für immer von Nicolas und seinen erdolchenden Worten trennen, habe ich sie zugeknallt.

Kochend heiße Tränen hasten wie getrieben über meine Wangen.

Aber das kannst du ja nicht @livinglivia.

Leben. Du kannst nicht leben.

Die Sätze rattern in Endlosschleife durch meinen Kopf.

Ein ungnädiges Echo.

Ich zittere. Überall. Jeder Muskel meines Körpers ist zum Zerreißen gespannt. Da ist rauschendes Blut in meinen Ohren und ein hämmerndes Herz hinter meinen Rippen. Ein Gefühlstornado Stufe zehn hat mich erfasst und lässt mich nicht mehr los. Alles verschwindet, löst sich auf, während ich mit vierhundertfünfundsechzig Stundenkilometern umherwirble und den sicheren Boden unter mir aus den Augen verliere.

In meiner Hilflosigkeit lasse ich mich in mein Himmelbett fallen und verkrieche mich unter der Decke. Meine Stiefel verheddern sich wieder im Stoff der Satinbettwäsche.

Egal.

Ich weine. Gedämpft von dicken Daunen, damit er mein

Schluchzen nicht durch die viel zu dünne Wand hören kann, weine, weine, weine ich, bis kein Milliliter Flüssigkeit in mir übrig ist. Sie ist vollständig in meine Daunendecke gesickert. Irgendwann – ich weiß nicht, ob es Minuten, Stunden oder einige schwarze Tage waren – setze ich mich auf. Sauerstoff flutet meine Lungen, als ich tief einatme und mir einmal übers Gesicht wische. Die dunkle Farbe meiner Wimperntusche bleibt an meinem Handrücken hängen.

Schwarze Tinte auf blasser Haut.

Traurigkeit auf meiner schillernden Maske.

Die Maske, durch die Nicolas aus irgendeinem Grund hindurchsehen kann.

Es macht mir Angst, dieses Du-bist-kaputt-und-ich-habs-gecheckt-Ding. Das ist neu. Normalerweise funktioniert meine Maske hervorragend. Ich kann sie alle damit blenden, meine Schatten verbergen und so tun, als wäre ich … *unverwundbar.*

Nicht bei ihm. Er ist immun gegen mein blendendes Licht. Vielleicht trägt er irgendwelche Space-Kontaktlinsen mit Seelenchaosröntgenfunktion.

Auf jeden Fall bin ich es bei ihm nicht – unverwundbar. Im Gegenteil. Ich bin so verletzlich, dass seine Worte ausreichen, um meine strahlende Hülle in eine Million Scherben zerplatzen und mich daran verbluten zu lassen. Und das macht mir eine Scheißangst.

Ich ziehe mein iPhone aus der Jeans und tippe mit schwarzen, von Wimperntusche verschmierten Fingern auf Leanders Namen.

Livia: Hast du schon was gefunden? Über Tanja und Nick?

Ich bete, flehe, hoffe.

Leanders Privatdetektiv muss einfach irgendetwas ausgraben. Etwas Schmutzig-Brisantes, das meinen Vater davon überzeugen würde, sie wieder vor die Tür zu setzen.

Ich fixiere den Online-Status unter Leanders Namen, der sich beharrlich weigert, sich zu verändern. Schließlich lasse ich das Handy frustriert sinken. Müde geweint und mit pochendem Kopfschmerz hinter den Augen sinke ich zurück in die Kissen und die Stille des Moments.

»O ja, das würde mir gefallen«, zerfetzt Nicolas' Stimme hinter der Wand die Ruhe.

Ist dieses Scheißding aus Papier? Nein, das hier ist eine verdammte Luxuswohnung. Aber er legt es darauf an, mich zu provozieren, und spricht mit Absicht so laut, dass jedes seiner Worte so deutlich zu verstehen ist, als würde er hier neben mir im Himmelbett liegen. Was natürlich niemals passieren wird.

»O Gott, Stef. Weißt du, wie geil mich das gerade macht?«

Aha. Stef also. Wahrscheinlich Stefanie. Auf jeden Fall nicht Franziska. Oder ist die Person, mit der er nur wenige Zentimeter von mir entfernt spricht, eine andere als gestern Abend?

Ein dunkles, heiseres Lachen schlüpft durch die Wand und gräbt sich schmerzhaft in meinen Brustkorb. Es ist ein Ich-will-dich-Lachen und kein Ich-verachte-dich-Lachen, wie er es mir ins Gesicht gefeuert hat. Stef bekommt keine Verachtung. Stef bekommt ein bewunderndes »Oh« und kurz darauf ein »Fuck«.

Ich will das nicht mehr hören. Was findet diese Stef nur an ihm? Sieht sie denn nicht, dass er in anderen nichts als Chaos anrichtet? Den gestrigen Lauten zufolge nicht. Ich werfe der Wand einen wütenden Blick zu. Nicolas lacht erneut.

Um nicht noch mal Zeugin eines Live-Pornos, von Live-Telefonsex oder was auch immer Nicolas da treibt zu werden, krame ich in meiner Nachttischschublade nach meinen On-Ear-Kopfhörern mit Noise-Cancelling-Funktion. Meine Hände sind noch immer mit Tränen und Wimperntusche verschmiert. Als ich sie aufsetze, verschlucken sie jedes Stöhnen, jedes Lachen und jedes sonstige Geräusch, das durch die Wand in mein Ohr bis in mein Herz dringt. Sie verschlucken die hämische Stimme, die mir meine Einsamkeit zuwispert. Immer dann, wenn er Franziska eine weitere anzügliche Bemerkung ins Telefon säuselt.

Ich lasse mich fallen in die himmlische Stille, die nur noch von meinen Gedanken gestört wird. Um auch sie zum Schweigen zu bringen, tippe ich auf die neuste Folge *Mord auf ex*, meinen Lieblings-True-Crime-Podcast.

Brutale Serienkiller und eine Menge Blut erscheinen mir gerade sehr passend. Schade, dass ich nicht auch einen Drink vor mir habe, der alles erträglicher macht, wie die beiden Podcasterinnen.

Wirklich schade.

Während Leo und Linn über die abscheulichen Taten von BTK berichten, versuche ich mein inneres Chaos in Worte zu fassen und an Vic und Bennet zu schicken.

Unschlüssig tippe ich auf meiner Tastatur herum.

King and Queens

Livia: lks<hdglSGHÖLJsdhglöjSDHG

Victoria: Ist das ein Hilferuf oder Wutanfall?

Livia: Das ist mein Leben.

Bennet: Wie dramatisch. Was ist los?

Livia: Nicolas.

Victoria: Habt ihr's getan?

Bennet: Genau das habe ich auch gedacht.

Livia: Nein, habt ihr sie noch alle? Er tut es gerade mit Franziska.

Victoria: Nicht dein Ernst? Der Typ ist so dreist.

Livia: Kompletter Ernst. Er besorgt es ihr übers Telefon.

Victoria: Das ist heiß.

Livia: Nein. Das ist ekelhaft.

Bennet: Wer ist Franziska?

Victoria: Seine Freundin oder so.

Livia: Eigentlich heißt sie Stef.

Bennet: Und wer ist Stef?

Livia: Stef ist Franziska.

Bennet: Ich checke gerade null, was hier abgeht.

Victoria: Stef passt nicht zu ihr. Komischer Name irgendwie.

Livia: Hab ich auch gedacht.

Victoria: Sie sollte über eine Umbenennung nachdenken.

Livia: Oder einen Künstlernamen.

Bennet: WER IST DENN JETZT STEF? ODER FRANZISKA?

Livia: Nicolas schläft mit ihr. Sehr laut.

Bennet: Ah, jetzt bin ich im game.

Ich muss kichern. Leo und Linn kichern auch über irgendwas. Irgendwie tun sie das oft. Sie reden im Podcast über die brutalsten Morde und finden immer etwas, worüber sie lachen können. Verrückt irgendwie.

Ich wünschte, ich wäre mehr wie sie.

Als ich Bennet gerade mehr über Franziska, Nick und den Telefonsex im Zimmer neben mir erzählen will, zeigt mein iPhone mir eine Nachricht an.

Papa hat dich zur Gruppe Steiner-Hohenburg-Familie 🏔️⬆️🏰 *hinzugefügt*

O nein.

Ohne es zu wollen, tippe ich auf den Chat. Außer mir gibt es noch drei weitere Mitglieder: Papa und zwei Nummern, die ich nicht eingespeichert habe. Eine von ihnen hat in dieser Sekunde ein lächerliches Winke-Emoji geschickt. Mein Blick fällt auf das *T* hinter der Nummer und auf zwei Stifte und ein Heft, wieder als Emoji. Tanja. War ja klar.

Ich starre mit klopfendem Herzen auf das alberne Winke-Emoji. Ich will dir nicht zuwinken, Tanja. Höchstens dann, wenn es um einen Abschied geht.

Einen Abschied für immer.

Trotzdem tippe ich auf den Kontakt. Das Profilfoto hat eine ziemlich miese Qualität, aber ich glaube Berge im Hintergrund zu erkennen. Und im Vordergrund Tanja mit ihrem glockenhellen Lachen.

Ich bin Lehrerin, lasst uns also annehmen, dass ich immer recht habe.

Der Spruch ihres WhatsApp-Status könnte kaum passender und kaum peinlicher sein. Vielleicht wäre ich auch irgendwann so peinlich gewesen. *Studiere erst mal BWL, wie Papa es will. Danach kriegen wir das mit dem Lehramtsstudium schon hin. Versprochen.*

Die Stimme meiner Mutter hallt zwischen den Wänden meines Schädels wider. *Versprochen.* Aber sie hat ihr Versprechen nicht gehalten. Sie ist abgehauen und hat mich und meine schwarze Zukunft zurückgelassen.

Ich seufze und schaue wieder auf den Chat. Kurz zögere ich, dann siegt aber doch die Neugier und ich tippe auf die andere Nummer. Kein Profilbild und nur ein *Hey there, I'm using WhatsApp* als Status. Wahrscheinlich hat er Angst um seine ach so wertvollen Daten und treibt sich stattdessen lieber auf Telegram rum. Oder Facebook, wie so ein Mittfünfziger mit Verschwörungskomplex.

Ich mache einen Screenshot vom Chat der Steiner-Hohenburg-Familie und schicke ihn in die Gruppe meiner *wirklichen* Familie.

King and Queens

Livia: *hat ein Foto geteilt.*

Victoria: Oha. Alexander scheint das mit dem Familiending ja echt ernst zu nehmen.

Livia: Das ist alles so lächerlich.

Bennet: Fühlt sich scheiße an, weil es mit deiner Mutter nie so war, was?

Livia: Ja.

Victoria: Shit. Da hilft nur eins.

Livia: Ein Doppelmord? Sehe ich auch so.

Vielleicht bekäme ich dann meine eigene Mord-auf-ex-Folge. *Tragischer Tod in der Wiener High Society. Was ist wirklich bei den Hohenburgs passiert? Linn und Leo nehmen euch mit in die Abgründe der schillernden Welt des Reichtums.*

Wäre eine gute Folge.

Victoria: Nein, du musst es austanzen.

Ich grinse, als ich die Nachricht meiner besten Freundin lese. Das *Austanzen* haben wir vor Jahren von *Grey's Anatomy* geklaut. Immer wenn es Meredith oder Christina schlecht ging, haben sie getanzt. Einfach so. Im Zimmer. Nicht im Club auf High Heels. Und wir haben es ihnen nachgemacht.

Als sich Vics erster Freund Keno als Vollversager und betrügerisches Arschloch herausgestellt hat, sind wir in ihrer Suite auf den edlen Polstergarnituren herumgesprungen und haben *Gotta Go My Own Way* auf Lautstärke zehn laufen lassen. Und als der Typ, dem ich meinen ersten Blowjob verpasst habe, genau das nachher an die Presse verkaufte, haben wir jeder eine Flasche Moët gekillt, auf meinem Himmelbett getanzt und zu *Fight Song* gekreischt. Mein Vater hätte mich für den Skandal am liebsten umgebracht, wäre das nicht der größere Skandal gewesen.

Victoria: Komm schon, tanz es aus, Liv. Mach die Musik so laut, dass Nicolas und Franziska ihren Telefonporno vergessen können.

Wärme überspült mein kaltes Herz, weil Vic mich so gut kennt.

Ich überlege nicht mal eine Viertelsekunde, dann springe ich vom Bett auf. In mir erwacht eine Armee, von der Sohle bis an die Zähne bewaffnet.

Ich habe genug geweint.

Weg mit der Einsamkeit.

Weg mit Gedanken an Nicolas' verachtenden Blick.

Schluss mit diesem Er-sieht-mich-wirklich-Gefühl.

Schluss. Aus. Ende.

Ich werfe alles in einen tiefschwarzen Abgrund und ziehe stattdessen in einen blutigen, blutigen Kampf. Wenn schon nicht gegen Tanja, dann eben gegen ihn.

In einer schnellen Bewegung springe ich vom Bett auf und verbinde mein iPhone über Bluetooth mit den Boxen meiner HiFi-Anlage. Danach drehe ich die Musik bis zum Anschlag auf.

A-B-C-D-E, F-U
And your mom and your sister and your job
And your broke-ass car and that shit you call art
Fuck you and your friends that I'll never see again
Everybody but your dog, you can all fuck off

Ich bin mir sicher, dass er es hören kann. Dass er jedes einzelne Wort des Songs versteht. Und auch, dass ich jedes einzelne genau so meine.

Und das ist gut so.

Denn heute war das letzte Mal, dass ich wegen Nicolas Steiner eine Träne vergossen habe.

Ab jetzt sind da keine Tränen mehr.

Fuck you and your mom, singt Gayle und die Armee, die in mein Herz eingezogen ist, singt aus voller Kehle mit. *And don't fuck IN my house!*

Fuck you, Nicolas!

Ab heute herrscht Krieg!

VIENNA-SPOTLIGHT

In dieser Woche heißt es wieder Bühne oder vielmehr Laufsteg frei für die *Vienna Fashion Revolution Week*. Diesmal werden unter dem Motto *Vienna Runs the Green Way* Kollektionen präsentiert, die nachhaltig produziert und klimaneutral sind. Endlich öffnet das Schloss Belvedere wieder seine Türen für Modedesigner, Fashionistas, Lifestyleblogger und alle, die es noch werden wollen. Frei nach dem Motto »Sehen und gesehen werden« sind auch in diesem Jahr wieder zahlreiche internationale und lokale Designer und Designerinnen vertreten. Der Startschuss fällt bereits heute Abend bei der großen Openingshow. Welche bekannten Namen dort ihre Kollektionen präsentieren, ist bisher jedoch ein streng gehütetes Geheimnis.

»Wir werden in diesem Jahr alles etwas geheimnisvoller und spannender gestalten und die Topdesigner und -designerinnen erst nach dem Opening bekannt geben«, so der Veranstalter und Programmleiter des Events. »Eines kann ich den Besuchern jedoch versichern. Sie werden nicht enttäuscht.«

Zu den Gerüchten, dass Model, Lifestyle-Influencerin und High-Society-It-Girl Livia Hohenburg die Show eröffnen wird, wollte sich der Veranstalter nicht äußern. Außerdem müssen wir uns noch gedulden, bis wir erfahren, ob auch ihr Vater, der Bürgermeister unserer geliebten Stadt, samt neuer Partnerin im Schlepptau die Show besuchen wird oder ob er nach der mysteriösen Trennung von Melody Hohenburg die Öffentlichkeit weiter meidet.

Fest steht jedoch, dass *Vienna Spotlight* über alle Tops und Flops der *Fashion Revolution Week* und die Skandale der After-Show-Party berichtet, die direkt im Anschluss in der Kuppelhalle des Kunstmuseums stattfinden wird.

18. KAPITEL

PRALINEN-VERFÜHRUNGSOPERATION

Pffffft. Pfffffft. Pft. Pft.

Der Geruch von Haarspray benebelt mein Gehirn.

»Bitte noch mal die Augen schließen.« Sie klingt gestresst, also tue ich brav, was die Stylistin sagt, und lasse mein Spiegelbild, das ich bis gerade angestarrt habe, hinter meinen Lidern verschwinden.

Sie sprüht eine weitere Tonne Haarspray auf meine Locken. Vielleicht ist das ihre Art, diesen Stress abzubauen, indem sie all ihre Anspannung in den Zeigefinger wandern lässt, der mit voller Kraft den Inhalt der silbernen Dose in ihrer Hand auf meinen Kopf feuert. Meine Haare müssen mittlerweile hart wie eine Backsteinmauer sein und ich kurz davor, an dem Chemienebel zu ersticken.

»Und wieder öffnen. Fertig.« Die Stylistin blickt mit einem zufriedenen Gesichtsausdruck auf mich herunter, offenbar nun weniger angespannt. Haarspray-Therapie, ich sags ja. »Perfekt. Herr Ostertag wird begeistert sein.«

Perfekt.

Ich öffne meine Augen und schaue in die meines Spiegelbildes. Zumindest glaube ich, dass es meine sind. Sicher bin ich mir nicht, denn sie sind so *orange*. Lidschatten: orange. Kajal: orange. Mascara: orange. Alles sehr orange. Meine Haare liegen oben am Kopf eng an und sehen irgendwie nass aus. Wahrscheinlich wegen des gestressten Zeigefingers der Stylistin und des Kilos Haarspray. Auf der Höhe der Ohren explodieren sie förmlich und stehen wild nach allen Seiten ab. Eine Spange trennt den nassglitschigen oberen Teil vom Stromschlag-Teil meiner Frisur. Ich drehe den Kopf und betrachte sie genauer. Sie ist riesig, glitzernd und ebenfalls … orange. Na klasse. Ich sehe aus wie das Sams.

»Passt so weit alles?«

»Klar«, sage ich an die Stylistin gewandt. Mittlerweile weiß ich, dass es keinen Sinn hat, über den Look zu diskutieren, den die Designer sich vorgestellt haben.

»Sie können rüber zum Fitting gehen, Frau Hohenburg. Welche Schuhgröße tragen Sie noch gleich?«

»Neununddreißig.«

Sie legt den Kopf schief und sieht sofort wieder gestresst aus. Ich überlege, ihr die silberne Haarspraydose, die jetzt vor mir auf dem Schminktisch steht, zuzuwerfen, damit sie noch mal 'ne Runde Anspannung abbauen kann.

»Wir haben nur noch vierzig, aber das wird schon gehen. Für ein Model haben Sie zu kleine Füße.« Sie versucht offensichtlich zu lächeln, sieht dabei aber eher aus, als würde sie Gesichtsyoga machen.

Ich nicke nur, um ihr Stresslevel nicht noch höher zu treiben, und stehe auf. Um mich herum herrscht heilloses Gewusel. Unzählige Models sitzen in Bademäntel gehüllt vor beleuchteten Spiegeln. Neben ihnen ein Heer aus Stylisten, die hektisch um sie herumhühnern und allesamt den gleichen gestressten Ausdruck im Gesicht haben. Ein junger Typ schubst mich fast zur Seite, als er sich darum bemüht, eine Kleiderstange auf Rollen durch die Menge zu schieben. Überall wird getuschelt, gesprüht, gepinselt und gefittet. Die Anspannung, die in der Luft liegt, kann man beinahe schmecken.

Und doch ist da noch etwas anderes. Neben der kribbeligen Nervosität und dem Druck ist da *Freude*. Ich sehe sie in jedem Augenpaar, das mir begegnet, als ich mir einen Weg durch die Menge bahne. Dieser verheißungsvolle Funken, der in jedem hier glüht. Das Wissen, Teil von etwas ganz Großem zu sein und das eigene Gesicht womöglich morgen in den Modemagazinen dieser Welt zu sehen, leuchtet in jedem der vielen klopfenden Herzen.

Denn das hier ist das Opening der *Vienna Fashion Revolution Week*. *Des* nachhaltigen Modeevents des Jahres.

Ich schaue mich um. Lasse meinen Blick über die vielen strahlenden Gesichter wandern und bleibe für einen kurzen Moment an zwei Models hängen, die sich an den Händen halten. Sie sind jünger als ich. Vielleicht gerade volljährig. Sie lächeln einander breit an und sprechen aufgekratzt über etwas, das ich nicht hören kann, weil das Geraune um mich herum viel zu laut ist. Aber ich bin mir sicher ein *Wir haben es geschafft* von ihren Lippen ablesen zu können. Auch an ihnen erkenne ich die prickelnde Aufregung, die jeden hier zum Strahlen bringt.

Jeden außer mich.

Denn ich habe es nicht *geschafft*. Ich habe einen Anruf bekommen.

Hallo, hier ist die Sekretärin von Marcel Ostertag. Möchten Sie die Show eröffnen?

Zack. Das wars. Kein Casting. Keine Modelmappe. Kein *Wir melden uns.*

Nur ein Anruf.

Dabei bedeutet mir das alles hier nicht mal annähernd so viel wie den anderen. Ich bin undankbar und ich weiß das. Ich bin verflucht undankbar, weil ich so verflucht privilegiert bin und trotzdem nicht genug kriege.

Mein Blick huscht wieder zu den zwei Mädchen, die sich noch immer an den Händen halten, und ich bin neidisch.

Weil ich nicht strahle.

Weil mir das hier egal ist.

Weil ich mich schon wieder einsam fühle und mir klar ist, dass ich nur so tue, als würde ich hierhergehören. Als würde ich *dazugehören*.

Zu meiner Erleichterung sehe ich, dass Vic ebenfalls mit dem Make-up durch ist und auf den Fitting-Room zusteuert. In schnellen Schritten eile ich ihr entgegen.

»Du siehst großartig aus«, begrüßt sie mich und lässt ihren Blick anerkennend über mein Make-up wandern.

»Ich sehe aus wie das Sams.«

»Nein, das ist High Fashion.« Sie rollt mit den Augen.

»Jaja, du Modeopfer. Vielleicht solltest du dir das mit dem Fashion-Studium doch noch mal überlegen.«

»*Das ist brotlose Kunst*«, zitiert Vic ihre Eltern in einem blasierten Ton und schneidet eine Grimasse.

»*Du kannst doch nicht von Luft und Liebe leben, Victoria*«, äffe ich ihre Mutter nach und hake mich bei ihr unter. »Dabei könnten wir das eigentlich schon.«

»Was?«

»Von Luft und Liebe leben.«

»Davon und von unseren Treuhandfonds.«

Könnten wir, tun wir aber nicht. Natürlich tun wir es nicht. Für uns gibt es keine Abenteuer. Nur lange geschmiedete Pläne.

»Himmel, ist das laut hier. Schlimmer als in jedem Hühnerstall.« Meine beste Freundin sieht sich um. »Kann man sich denn hier nirgendwo ungestört unterhalten?«

»Willst du mit mir in eine dunkle Ecke verschwinden, Wild Vicky?« Ich wackle verschwörerisch mit den Augenbrauen.

»Genau. Ich wills dir so richtig besorgen. Komm da rein.« Sie deutet mit ihrem schlanken Finger auf eine schwere Tür.

»Ich dachte schon, du fragst nie.« Kichernd folge ich ihr und finde mich in einer kleinen Kammer wieder. Es müffelt ein wenig und um uns herum stehen einige Gerätschaften, denen ich keinen spezifischen Zweck zuordnen kann.

»Wie machen wir's?«, frage ich, als die Tür hinter mir ins Schloss fällt und den lauten Hühnerhaufen herrlich abdämpft.

»Was?«

»Du wolltest es mir ›so richtig besorgen‹.«

»So verlockend das Angebot auch ist, in die Tiefen deiner, ähm, Yoni einzutauchen, muss ich dankend ablehnen.«

»Meiner was?«

»Deiner Vagina.«

»Und wieso hast du ihr einen Namen gegeben?«

»Nicht nur deiner. Alle Vaginen heißen so.«

»Du hast alle Vaginen der Welt nach diesem Drachen aus *Mario Kart* benannt?«

»Nein, das ist Yoshi.«

»Ach ja.«

»Yoni ist neu. Das sagt man so.«

»Aha. Und wer sagt das?«

»Keine Ahnung. Ich bin nicht hier, um mit dir über Yonis zu reden.«

»Nein. Du wolltest es mir besorgen.«

Obwohl es dunkel ist, höre ich, dass Vic sich die Hand vor die Stirn schlägt. »Himmel, Liv.«

Ich muss kichern.

»Wie liefs mit *ihm*?«

Gute Frage. Wie lief es mit Nicolas? Seit ich ihm den Krieg erklärt habe – in meinem Kopf, versteht sich –, ist mittlerweile eine Woche vergangen. Natürlich bin ich nicht vor sein Zimmer gestapft und habe irgendeine bescheuerte Kriegserklärung ausgerufen oder ihm einen Brief unter der Tür durchgeschoben, in dem ich meine Forderungen stelle.

Du hörst auf mich mit deinem Gebumse um den Schlaf zu bringen oder ich trete dir in die Eier.

Nein, ich bin eher der Typ schleichender Angriff. Was bisher jedoch nicht so wirklich funktioniert.

»Nichts lief. Alles, was ich tue, geht ihm am Arsch vorbei.« Frustriert lehne ich mich an die Wand neben Vic.

»Wie, alles?«

»Ich höre laut Musik. Er ignoriert mich. Ich esse mit Absicht sein zurückgelegtes Essen. Er ignoriert mich. Ich werfe Dinge gegen die Wand, die unsere Zimmer trennt. Er ignoriert mich.« Es stimmt. Nicolas Steiner straft mich mit Ignoranz, mit verächtlichem Schmunzeln und mit diesen Du-bist-mir-scheißegal-Fältchen neben seinen Augen.

Keine Regung.

Kein Kontrollverlust.

»*Das* sind die Dinge, die du bisher versucht hast?« Vic bricht in lautes Gelächter aus. »Laute Musik und kindische Machtkämpfe?« Sie lacht weiter und weiter und kriegt sich dabei gar nicht mehr ein.

»Was soll ich denn deiner Meinung nach tun?«

Sie antwortet nicht, sondern gackert immer noch.

Plötzlich geht die Tür auf. Die Lautstärke des Backstagebereichs geht schlagartig in die Höhe, als hätte man den Pegel aufgedreht. Vic und ich fahren vor Schreck zusammen.

»Vic? Livia?« Bennets Kopf gefolgt vom Rest seines Körpers schiebt sich durch die Tür.

»Mein Gott, Bennet. Hast du mich erschreckt.«

»Ich habe euch gesucht. Was macht ihr hier?«

»Vic besorgt es mir … in meiner Yoshi.«

»Okaaaay?« Bennet sieht verwirrt aus. »Und warum siehst du aus wie das Sams?«

»Das habe ich mich auch gefragt.«

»DAS IST HIGH FASHION! Mal ehrlich, Liv, wie kannst du diese Show eröffnen und nicht mal ein kleines bisschen Respekt für die Kunst der Mode haben?«

Weil ich das hier gar nicht will. Weil ich nur nicht weiß, wer ich ohne diesen ganzen Scheiß bin.

»Ich habe vollsten Respekt, okay? Und wenn du nicht ein bisschen netter bist, wünsche ich mir mit meinen blauen Punkten, dass dir grüne Ohren wachsen.«

Vic stößt einen tiefen Seufzer aus. »Eigentlich diskutieren wir gerade, wie ihr Rachefeldzug gegen ihren hotten Stiefbruder läuft.«

»Und?«

»Ja, Livia, und?« Vic blitzt mich herausfordernd an.

Ich stöhne. »Es läuft schlecht. Sehr schlecht.«

»Ach, es hat nicht funktioniert, sein Müsli aufzuessen? Das wundert mich jetzt aber.« Meine beste Freundin schmunzelt. Ich zeige ihr den Mittelfinger.

»*Das* sind deine Pläne?« Bennet stößt ein schallendes Lachen aus. »Du futterst sein Müsli weg? Der Arme.«

»Vielleicht versuchst du es mal mit Juckpulver und Zahnpasta unter der Türklinke«, schlägt Vic vor. »Wie bei den Wilden Hühnern.«

»Genau«, stimmt Bennet zu, immer noch kichernd. »Alles ist gut, solange du wild bist.«

»Das sind die Wilden Kerle«, sage ich trocken.

»Ach ja.«

»Also, ihr Superbrains, was habt ihr für Ideen? Ich kann ihn ja schlecht im Schlaf erwürgen oder so.«

»Stimmt, du kannst ja nicht mal 'ne Mücke töten.« Vic zuckt mit den Achseln.

»Na ja.« Bennet wiegt den Kopf hin und her wie ein Wackeldackel. »Ich dachte, das liegt auf der Hand.«

»Dachte ich auch«, sagt Vic.

»Hä? Was zum Geier meint ihr?«

»Meine Güte, Liv.« Bennet vergräbt das Gesicht in den Händen. »Du bist heiß. Ich weiß das. Vic weiß das.«

»Da hat er recht«, wirft meine beste Freundin ein.

»Und?«

»Und ich bin sicher, dass Nicolaus es auch weiß.«

»Nicolas.«

»Meine ich ja.« Bennet legt seine Hände auf meine Schultern. »Dein Körper ist deine Waffe. Das musst du nutzen. Mach ihn verrückt. Lass ihn spüren, dass er mit der schönsten Frau Wiens –«

Vic räuspert sich.

»Okay, mit einer der schönsten Frauen Wiens zusammenwohnt«, berichtigt Bennet sich, wirft Vic einen genervten Blick zu und fährt dann mit einer Ernsthaftigkeit fort, bei der meine Mundwinkel nach oben wandern. »Lass es ihn so richtig spüren. Sei die größte Versuchung, die er niemals haben kann.«

»Sei eine Milka-Praline.«

»Mann, Vic, du ziehst meine flammende Rede voll ins Lächerliche.«

»Sorry.« Vic hebt die Hände. »Bennet hat recht, Liv. Du bist Livia *fucking* Hohenburg. Jeder Mann lechzt danach, sein Teil in deine hübsche Yoshi zu schieben.«

Ja, weil sie alle nur die Hülle sehen und das darunter ihnen völlig schnurz ist, sagt die gehässige Stimme, die es sich in meinem Kopf offenbar gemütlich gemacht hat. Ich versuche sie zu ignorieren.

»Nein, Nicolas nicht. Er würde mich nicht mal mit einer Grillzange anfassen.«

Bennet und Vic werfen sich einen vielsagenden Blick zu und brechen dann wieder in lautes Gelächter aus.

»O doch, das will er. Ich schwöre dir, dass er es will.« Vic macht eine alberne Geste. »Es ist für ihn die Hölle auf Erden, dass die heißeste Frau der Welt vor seiner Nase herumtanzt und er sie nicht haben kann.«

»Kein Scheiß?«

»Hundertpro«, bestätigt auch Bennet. »Das ist jetzt der neue Plan. Sei eine Versuchung. Mach ihm Hoffnung darauf, dass ihr es vielleicht doch irgendwann tun werdet.«

»Und dann lässt du ihn fallen wie eine heiße Kartoffel.« Ein irres Lächeln breitet sich auf ihren Lippen aus. »Es wird ihn wahnsinnig machen.«

»Was stimmt nicht mit dir?« Ich schüttle missbilligend den Kopf. Der überzeugte Ausdruck in den Gesichtern meiner Freunde bleibt. Ich überlege. »Ich weiß nicht. Vielleicht ist der Müsli-Plan doch der bessere Plan oder ich packe rohe Eier in seine Schuhe. Auch 'ne Idee.«

»*Livia.*«

»Schon gut, schon gut. Operation Milka-Praline wird morgen gestartet«, gebe ich mich geschlagen.

»Warum bis morgen warten? Ich dachte, er wäre heute hier?«

»Erinnere mich nicht daran.« Gerne hätte ich die Tatsache verdrängt, dass nicht nur mein Vater und seine neue Freundin heute bei der Show sein werden, sondern auch mein neuer Cinderella-Mitbewohner Schrägstrich Stiefbruder. Hurra.

»Dann weißt du doch, was du zu tun hast!« Vic nickt siegessicher. »Sprich mir nach.«

Ich rolle mit den Augen, tue aber, was sie von mir verlangt.

»Ich.«

»Ich.«

»Werde.«

»Werde.«

»Heute die heißeste Versuchung sein und Nicolas so lange reizen, bis er freiwillig aus meiner Wohnung auszieht.«

Ich hole tief Luft. »Nicolas sein Müsli wegessen und sein Shampoo verstecken, damit seine Haare richtig fettig werden. Bähm, ich gebs ihm richtig.«

»Du machst mich wahnsinnig.«

»War nur Spaß. Ich werde eine Milka-Praline sein, okay?«

Bevor einer meiner Freunde etwas erwidern kann, wird die Tür zu unserem Versteck aufgerissen.

»Frau Hohenburg, Frau Everhofen.« Ein wieder einmal sehr gestresst aussehender Kerl inklusive Headset und Klemmbrett steht vor uns und sieht missbilligend auf uns herab. »Die Show beginnt in fünfzehn Minuten und Sie waren noch nicht mal beim Fitting. *Mamma mia.*«

»Sorry, Fabio.« Vic schiebt sich an ihm vorbei und schenkt ihm ein breites Lächeln. »Wir beeilen uns.«

»Ich heiße Adriano.«

»Echt? Du siehst gar nicht aus wie ein Adriano.«

»Tut er echt nicht«, stimme ich ebenso breit lächelnd zu und folge Vic gemeinsam mit Bennet zurück in den lärmenden Hühnerstall. Diesmal sind meine Schritte fester. Mein Herz wärmer. Mein Ich beschwingter. Denn ich weiß, dass die beiden recht haben. Ich kann für Nicolas eine Versuchung sein. Ich bin zart und heiß und er wird mich *vernaschen* wollen.

Aber das wird er nie dürfen.

Niemals.

19. KAPITEL

SCHAUFENSTERPUPPE IM FUNKENREGEN

Die Träger meines himmelblauen Kleides jucken fürchterlich auf meinen Schultern. Außerdem schwitze ich, weil es im Vorraum des Laufstegs unerträglich heiß und stickig ist.

Nicht weil ich nervös bin oder so.

»Sitzt alles?« Marlis LeBlanc wartet meine Antwort nicht ab, sondern geht höchstpersönlich mit prüfendem Blick einmal um mich herum. Ich traue mich ohnehin nicht zu sagen, dass das Kleid entsetzlich kratzt.

Irgendwie macht sie mir Angst. Obwohl ihre grauen Spitzen mir gerade mal bis zur Brust reichen, genügt die Entschlossenheit, mit der sie mich und das Kleid, in dem ich stecke, anglotzt, um mich auf Meerschweinchengröße schrumpfen zu lassen. Außerdem trägt sie eine schrille Brille, so groß wie ein Fahrrad, durch die ihre Augen *riesig* wirken.

»Das wird ein phänomenaler Auftritt.« Sie nickt zufrieden. »Haben Sie den Öffnungsmechanismus des Kleides verstanden?«

Ich nicke und fahre einmal mit dem Zeigefinger über den Verschluss, der unauffällig an meinem Rücken versteckt ist.

»Sie sehen wunderbar aus.« Die Designerin lächelt mir zu. Es wirkt gekünstelt. Professionell distanziert. Weil es sie einen Scheiß interessiert, wie ich aussehe. Wichtig ist, dass das Kleid an mir gut aussieht. Ich bin eine Schaufensterpuppe, die hübsch drapiert die Ware der Saison präsentiert.

Mein Blick huscht zum Spiegel. Das Kleid steht mir tatsächlich gut. Es ist hochgeschlossen und eng anliegend. Ab der Taille explodiert der Stoff förmlich. Der Rock hat bestimmt vier Meter Durchmesser und raschelt bei jeder kleinen Bewegung. Er verbirgt die Überraschung, die sich darunter versteckt. Die große Show. Und mich.

Marlis LeBlanc war unzufrieden mit der glitschigen Strohfrisur, weshalb mein Haar kurz vor Showbeginn in Windeseile gekämmt und mit einem Band in der gleichen Farbe zu einem hohen Zopf gebunden wurde. Es hat furchtbar geziept, aber ich habe mich nicht beschwert. Hätte ohnehin niemanden interessiert.

Ich starre in meine eigenen Augen und stelle fest, dass ich nicht mehr aussehe wie das Sams. Zwar sind meine Lider immer noch orange geschminkt, aber jetzt stehen sie buchstäblich in Flammen.

Gut so. Dann kann ich sie alle niederbrennen.

»Sind Sie bereit?« Die Designerin sieht mir abwartend in die Flammenaugen.

»Ja.«

»Stellen Sie sich dahin. Es geht gleich los.« Sie zieht unsanft an meinem Arm. Es pikst, als sich ihre Nägel in meine Haut bohren, aber ich beschwere mich wieder nicht.

Schaufensterpuppen bleiben eben stumm.

Sie schiebt mich durch eine Tür. Dunkelheit umhüllt mich und die Luft hier ist so unglaublich stickig, dass ich ein Husten unterdrücken muss.

»Die Begrüßung läuft noch zwei Minuten, dann kommt die Lichtshow und dann …« Sie wackelt mit den Augenbrauen. »Let the magic happen.«

»Mhm.« *Ich geb dir gleich magic.*

Sie lächelt noch mal ein breites Du-bist-meine-perfekte-

Schaufensterpuppe-Lächeln und schließt dann die Tür hinter sich. Ich bleibe in der stickigen Dunkelheit allein. Kenne ich ja schon.

Ein schmaler Lichtstreifen fällt durch den Spalt des schweren Vorhangs. Er dämpft die Stimme des Moderators ab, der im Begriff ist, die Leute zu begrüßen. Ich höre ihm ohnehin nicht richtig zu. Meine Schulter juckt schon wieder höllisch. Wieder kratze ich mich. Die Haut unter diesen in der Hölle erschaffenen Trägern muss mittlerweile von roten Striemen übersät sein. Im nächsten Jahr würde ich nur wieder modeln, wenn die Topdesigner dieses Landes sich um etwas mehr Bequemlichkeit bemühen.

Ich fahre zusammen, als mein Name fällt, laut und deutlich in ein Mikro gesprochen, und gehe einen Schritt näher an den Vorhang heran. Jetzt konzentriere ich mich doch auf die begrüßenden Worte des Direktors.

»… große Ehre, dass seine Tochter Livia diese Show eröffnen wird. Herzlich willkommen, Herr Bürgermeister. Und auch ein herzliches Willkommen an Ihre Begleitung.«

Ja, herzlich willkommen in meinem Leben, Tanja. Ich verdrehe die Augen, obwohl mich niemand sehen kann.

Das Publikum klatscht. Mein Herz rutscht mir in den Magen und löst dort ein unangenehmes Stechen aus. Auf einmal schwitze ich doch, weil ich nervös bin. Nicht auszudenken, was passieren würde, wenn ich stolpere und mich der Nase lang hinlege. Ich könnte mich vor den Augen der Wiener High Society völlig zum Deppen machen.

Und vor *ihm*.

Adriano steht plötzlich neben mir. Anderes Klemmbrett, gleicher gestresster Gesichtsausdruck. »Frau Hohenburg? Bitte stellen Sie sich in Position.«

Ich unterdrücke ein Seufzen, tue aber, wie mir geheißen.

»Meine Damen und Herren, ich wünsche Ihnen viel Freude bei der Opening Show der diesjährigen *Fashion Revolution Week*.«

Applaus brandet auf. Dann geht das Licht aus.

Stille.

Ein Raunen geht durch die Menge, als die Musik aufgedreht und die Lichtshow gestartet wird. Es blitzt und blinkt. Blitzt und blinkt. Dann wieder schlagartige Dunkelheit.

Ich halte die Luft an und plötzlich ist ein Scheinwerfer auf mich gerichtet. Jedes Augenpaar in diesem Saal ist in dieser Sekunde auf mich fixiert. Mein Gesicht ist kühl und mein Rücken kerzengerade. Ich mache den ersten Schritt. Die Musik geht in der gleichen Sekunde wieder an. Es ist eine säuselnde, langsame Melodie. Wie der Soundtrack eines Fantasyblockbusters. Mit gezielten Schritten gehe ich den Catwalk entlang. Die Angst zu fallen ist verschwunden. Ich weiß genau, was ich hier tue. Denn so etwas wie heute habe ich schon Dutzende Male getan.

Auf der riesigen LED-Wand hinter mir und auch auf jedem anderen Monitor im Saal erscheint der geschwungene Name von Marcel Ostertag, dem Designer, dessen Kleid sich wie ein himmelblaues Meer auf den Laufsteg ergießt. In der schwarzen Zuschauermasse vor mir regiert das Blitzlichtgewitter. Ich starre direkt hinein. Gehe immer weiter auf das Ende des Laufstegs zu.

Schließlich bleibe ich dort stehen. Das Licht der Kameras ist so hell, dass ich einige Gesichter im Publikum erkennen kann.

Ihre Blicke kleben auf mir.

Niemand sieht *mich*.

Sie starren mich zwar an – manche durch ihre Kameras, manche in echt – und betatschen mich vom Saum bis zu meinen feurigen Sams-Augen mit ihren Blicken. Vielleicht sehen einige von ihnen sogar zu mir auf. Trotzdem sehen sie nur mein Licht, das alles verbirgt, und sind davon angezogen, wie kleine, lächerliche Motten. Sogar Papa und Tanja, die ehrfürchtig in der ersten Reihe sitzen, sind so geblendet, dass sie eigentlich die Augen zupressen müssten.

Ich posiere in einer starren, zarten Haltung an der dafür vorgesehenen Stelle. Bewunderung schlägt mir aus jedem der zahllosen Gesichter entgegen und trifft mich wie eine Faust in den Magen. Ich frage mich, ob noch ein Funken davon übrig bleiben würde, wenn ich nicht reich, hübsch anzusehen und die perfekte Vorzeigetochter des Bürgermeisters wäre.

Meine düsteren Gedanken erreichen die Fassade vor meinem Gesicht nicht. Dafür bin ich zu geübt darin, diese Rolle zu spielen. Ich suche unter den vielen Augenpaaren vor mir nach einem einzigen, das *mich* sieht. Aber da ist keins. Überall nur Begeisterung hier und Verehrung da.

Fast überall.

Denn plötzlich ist da doch ein Gesicht, das nicht vor Verzückung strahlt. Sondern vor blanker Ablehnung und purem Hass. Nicolas Steiner sitzt im Publikum und verabscheut alles daran. Die feinen Kleider, die Extravaganz, die Dekadenz … und mich, die all das vereint. Ich versinke in seinen hasserfüllten Augen, als das Licht plötzlich wieder ausgeht. Finsternis überschwemmt den Saal. Finsternis und Stille.

Ich höre einige »Hää«s und ein »Was geht hier vor sich?«.

Sei die größte Versuchung, die er niemals haben kann. Es ist für ihn die Hölle auf Erden, dass die heißeste Frau der Welt vor seiner Nase herumtanzt und er sie nicht haben kann. Bennets Worte spuken mir im Kopf herum und wirken beinahe lächerlich angesichts der Verachtung, die in Nicolas' Augen festzusitzen scheint.

Versteckt in der Dunkelheit greife ich an meinen Rücken und öffne den Verschluss. Das Kleid fällt zu Boden. Das Licht geht wieder an.

Ein Funkenregen rauscht auf mich herab und wo vorher elegante Zurückhaltung war, ist es jetzt grell und bunt und laut. Taylor Swifts *Look What You Made Me Do* ersetzt die trällernde Herr-der-Ringe-Musik. Während jetzt das Emblem von *Dessous by Marlis LeBlanc* auf den Monitoren aufleuchtet, tost und johlt das Publikum. Denn mit einer Kooperation zwischen Ostertag und LeBlanc hat niemand gerechnet.

Ich stehe noch immer im Funkenregen und trage nun nur noch atemberaubende Unterwäsche. Das meine ich ernst. Ich sehe, dass einige der Leute nach Luft ringen. Ich leuchte wie ein verdammter Victoria's-Secret-Engel und tue alles, damit mein Lächeln genauso strahlt. Die Spitze des Balconette-BHs hat die gleiche Farbe wie das Ostertag-Kleid und hebt meine üppigen Brüste hervor. In einer Reihe weiter links hat ein Kerl den Mund so weit aufgerissen, dass man meinen könnte, sein Kiefer fällt jede Sekunde auseinander. Er starrt auf die ebenfalls hellblauen Strümpfe und den Strapsgürtel, der um meine Taille liegt.

Wenn das hier ein Comic wäre, wäre es ziemlich klar, was in der Denkblase über dem Kopf des Mannes stehen würde. Und in denen der Männer und Frauen neben ihm.

Sie sieht scharf aus.

Ich will sein wie sie.

Ich will mein Teil in ihre Yoshi schieben.

Ihre lauten, oberflächlichen Gedanken bohren sich in meinen Bauch. Der Drang, meine Hände schützend vor mich zu halten, macht sich in mir breit. Ich widerstehe ihm, zwinkere für die Kameras und werfe meinen Zopf frech zurück. Die Luft im Raum vibriert.

Aber ich suche nur nach einem Gesicht. *Dein Körper ist deine Waffe.* Eine Waffe, die ich nie gewollt habe, die ich aber jetzt mit Munition belade.

Als ich Nicolas' Augen finde, verhake ich meinen Blick mit seinem. In einer fließenden Bewegung fahre ich einmal mit den Händen über meine Brust, entlang meiner Kurven und beiße mir leicht auf die Unterlippe. Dabei schaue ich ihn an. Nur ihn. Für den Splitter einer Sekunde sind da nur er und ich und seine sommergrauen Iriden. Etwas beginnt in mir zu glühen, aber ich schiebe es beiseite. Denn in Nicolas Steiners Augen sehe ich etwas, das mir sagt, dass Bennet mit jedem seiner Worte recht hatte. Etwas, das mir eine neue Waffe in diesem Krieg verschafft.

Nackte Begierde.

20. KAPITEL

SOMMERGRAUE FUCK-YOU-VIBES

»Du warst großartig, Livia!« Tanja strahlt mich an und ist offenbar kurz davor, mir um den Hals zu fallen.

Zum Glück tut sie es nicht.

Ich ringe mir ein Lächeln ab und nicke nur. Tanja und ich stehen allein an einem der vielen Stehtische, weil ich mich nicht rechtzeitig retten konnte. Papa spricht mit irgendwelchen wichtigen, wichtigen Menschen und Nicolas ist verschwunden.

»Also diese Wendung bei deinem Auftritt habe ich wirklich nicht erwartet.«

»Mhm.« Ich scanne den Raum nach jemandem ab, der mich aus dieser schrecklichen Small-Talk-Situation befreien kann. Aber wie Nicolas sind auch Vic und Bennet wie vom Erdboden verschluckt. So ein Mist.

»Mensch, ist das schön hier.« Tanja, die offenbar nicht aufhören kann zu plappern, schaut zur Decke der Kuppelhalle, mit Augen so groß und rund wie Kuchenteller. »So edel. Wirklich eine gute Idee, den Sektempfang nach der Fashionshow hier im Kunstmuseum zu veranstalten.« Ihr Blick wandert weiter über die mit Engeln, Göttern und weiß der Geier womit noch verzierte Decke und die Dachfenster, bis er staunend an einer der marmornen Säulen hängen bleibt, die rundherum stehen und all dieser Pracht als Fundament dienen.

Ich folge ihren Augen und betrachte selbst für einen Moment die Umgebung. Nur mit weniger Staunen. Dafür war ich schon zu oft hier. Der Nachthimmel über den Fenstern der Kuppel ist pechschwarz. Dafür sind unzählige Kerzen aufgestellt, die das Gesicht von jedem Anwesenden in ein warmes Licht tauchen und strahlen lassen. An einem riesigen Flügel sitzt eine Pianistin und klimpert vor sich hin. Überall im kreisrunden Saal sind von weißen Hussen überzogene Tische aufgestellt, an denen die feine Gesellschaft steht und mit Champagner auf diesen *großartigen* Abend anstößt. Zwischen ihnen wuseln Dutzende Kellner umher, räumen die leeren Gläser ab und bringen neue.

Fast finde ich es schade, dass Nicolas nicht mehr hier ist. Ich wette, diese Situation hätte ihn zur Weißglut gebracht. Denn jeder Zentimeter dieses Raums schreit nur so nach dekadentem Reichtum. Bei dem Gedanken an seine bissigen Kommentare und seinen verkniffenen Mund muss ich beinahe lächeln.

»Allein der Boden …« Meine Stiefmutter in spe – bei dem Gedanken macht mein Magen einen Satz – ist jetzt mit der Untersuchung des Raumes am Boden angelangt. Ich sehe, wie sie mit der Spitze ihrer brandneuen High Heels einmal über den schwarz-weißen Marmorboden fährt. Nur ganz kurz. Als würde sie eine zugelaufene Katze streicheln und wäre sich noch nicht sicher, ob sie sie behalten möchte.

»Weißt du …« Sie tritt einen Schritt näher an mich heran und senkt die Stimme. »Mir macht das alles echt Angst. Es fühlt sich an, als würde ich nur so tun, als gehöre ich dazu. Irgendwie glaube ich, dass jeder dieser Leute weiß, dass ich eigentlich keine Ahnung habe, wie der Designer meines Kleides heißt, und dass mir meine Füße schon jetzt furchtbar wehtun. Diese Schuhe müssen von Satan persönlich erschaffen worden sein.« Sie schenkt mir ein unsicheres Lächeln.

Ich schlucke hart, weil mein Mund auf einmal trocken ist. Unfreiwillig muss ich zugeben, dass mich ihre Ehrlichkeit beeindruckt. »Mach dir keinen Kopf«, höre ich mich sagen. »Du wirst in diese Welt hineinwachsen. Die Angst wird weniger und so lange tust du einfach so, als wüsstest du, wer Vivienne Westwood ist. *Fake it till you make it?*«

Ich weiß nicht, warum ich ihr so gut zuspreche. Denn eigentlich will ich ja, dass sie aus dieser Welt wieder verschwindet, bevor sie es *maked*. Aber vielleicht weiß ich zu gut, wie es ist, *nur so zu tun*.

»Hey, ich weiß, wer Vivienne Westwood ist.« Sie lacht wieder ihr glockenhelles Lachen.

»Wirklich? Eben, als sie kurz hier war, um mit mir zu reden, wusstest du nicht, wer sie ist.«

»*Das* war Vivienne Westwood?« Sie schlägt sich eine Hand vor den Mund. »Scheiße. Ich glaube, ich habe nur was Lahmes zu ihr gesagt. Hi oder so.«

»Ich war schon verwundert, dass du so locker warst.«

»O nein.« Sie vergräbt ihr Gesicht in den Händen. »Ich habe mich vor *der* Modeschöpferin Englands total blamiert.«

»Hast du nicht.«

»Doooch.« Sie lässt die Hände wieder sinken, schaut aber weiterhin ziemlich verzweifelt drein. »Ich hätte sagen müssen: ›Es ist mir eine große Ehre, Sie kennenzulernen, Ms Westwood.‹« Tanja stöhnt frustriert. »Aber ich habe nur ›Hi‹ gesagt.«

»Dann hättest du dich blamiert.«

»Womit?«

»Mit diesem Große-Ehre-Quatsch.«

»Warum?«

»Weil das nicht Vivienne Westwood, sondern meine Dozentin aus der Uni war. Frau Glander.« Ich presse die Lippen zusammen, um das Lachen zu unterdrücken.

»Du hast mich …?«

»Ich hab dich verarscht.«

»Livia Hohenburg, du …« Tanja scheint noch nach der richtigen Bezeichnung für mich zu suchen, kichert aber dabei. Ich kichere auch.

Crazy.

»Das bekommst du zurück.« Sie blitzt mich bedrohlich an, grinst aber weiter, bis sie ihre Aufmerksamkeit plötzlich auf etwas oder jemanden hinter mir richtet. »Oh, hallo, Schatz, ich dachte, du wärst schon weg.«

Ruckartig drehe ich mich um. Nicolas' Gesichtsausdruck sieht in etwa so aus, wie ich ihn mir vorgestellt habe. Hasserfüllt und angewidert. Da ist keine Spur mehr des glühenden Verlangens.

»'ne Nummer kleiner hatten sie es nicht?« Er schaut verbittert hoch zur Decke und verharrt dann kurz bei einem Kellner, der mit einem Tablett voller Champagnerflöten beladen durch die Menge aus Abendkleidern schreitet und dabei immer wieder Ellenbogen ausweicht.

»Na, Cinderella, lebst du deinen Märchentraum?« Ich streue unsichtbaren Zucker auf meine Stimme.

»Höchstens einen Albtraum.«

»Du hast ja noch gar nichts zu trinken. Soll ich den Kellner rufen?«

»Untersteh dich. Ich bin durchaus in der Lage, zur Bar zu gehen und mir selbst etwas zu holen.«

»Meine Güte, könnt ihr euch bitte zusammenreißen?« Tanja sieht missbilligend von mir zu ihrem Sohn. Bevor wir etwas erwidern können, wird sie jedoch von meinem Vater herangewunken. Sie wirft uns einen letzten warnenden Blick zu, bevor sie sich zu Papa und einigen Herren im Anzug gesellt. Wahrscheinlich will er seine schöne Frau den ach so wichtigen Leuten präsentieren. *Tadaaa, seht her. Meine alte Frau ist weg, aber kein Thema, ich habe schon eine neue. Schaut nur, wie toll sie ist.* Bei dem Gedanken macht sich ein Schmerz in meiner Brust breit und gibt der Wärme, die durch das Gespräch mit Tanja langsam begonnen hatte durch mein Herz zu kriechen, keine Chance.

Argh. Ich seufze tief und wende mich wieder Nicolas zu. »Dieser Sektempfang ist doch genau dein Ding, oder?« Provozierend sehe ich ihn an.

»Ich hasse es.«

»Wirklich?« Ich reiße gespielt schockiert die Augen auf. »Aber die Kuppelhalle ist doch *so* schön. Und all die feinen Menschen.«

»Ich wünschte, du würdest sehen, wie falsch das alles ist.«

Glaub mir, das weiß ich, würde ich am liebsten erwidern. »Also mein Kleid ist ein Original, kein Fake«, sage ich stattdessen, obwohl ich ganz genau weiß, dass es nicht das ist, was er mit *falsch* meint. »Gefällt es dir?«

Ich sehe Nicolas direkt in die Augen, bevor ich in der gleichen Bewegung wie kurz zuvor auf dem Laufsteg mit meinen Fingern über meine Brüste bis zu meiner Taille gleite. Der schwarze Stoff des bodenlangen Kleides ist eng anliegend und schmiegt sich an meine Kurven. Wie beiläufig fahre ich mit der Zunge einmal über meine dunkelroten Lippen.

»Ich dachte erst, dass es vielleicht zu freizügig für diesen *formellen* Anlass ist …« Zur Untermalung meiner Worte strecke ich ein Bein durch den Schlitz, der den Stoff fast bis zur Hüfte trennt. Mein Blick bleibt mit seinem verankert. Da ist immer noch Abscheu, immer noch Hass. Und doch kann ich beinahe hören, wie das Verlangen in ihm erwacht und gegen all die Bitterkeit ankämpft, die ihn umgibt.

Ich gehe noch einen Schritt näher an ihn heran, sodass uns nur noch Millimeter trennen, wir uns aber nicht berühren. Für einige Sekunden sagen wir beide nichts, sondern liefern uns nur ein stummes Blickduell. Meine Brust hebt und senkt sich schneller, von hastigen Atemzügen getrieben. Die Umgebung scheint zu einem undefinierbaren Farbenmeer zu verschwimmen.

Alles verschwimmt. Nur Nicolas' sommergraue Iriden sind gestochen scharf. Als hätte eine Kamera das Bild fokussiert. Porträtmodus.

Sommergrauer Augenfokus.

Mein Herz. Dreht. Durch.

Es macht einhundert Saltos und boxt dann heftig gegen meine Rippen, als wolle es endlich heraus aus dem Knochenkäfig, in dem es steckt. Völlige Rebellion.

Na toll.

Scheißpheromone. Scheißhormone oder was auch immer in mir gerade aktiviert wurde. Es muss an irgendeiner biochemischen Reaktion liegen, dass mein Körper so bescheuert eskaliert.

Toll, Livia, ein verlangender Blick und ein aufgeladener Moment reichen aus, damit du die Fassung verlierst? Großartig. Wirklich großartig.

Ich schlucke gegen die Trockenheit an, die sich in meinem Mund gebildet hat. Es ist so heiß hier. Ich bin mir sicher, dass meine Wangen leuchten wie eine Ampel. Also rot, nicht grün oder so. Und das alles, weil er mich *ansieht*. Ich lasse mir nicht anmerken, was gerade in mir abgeht, und schiebe die aufkommende Erregung weit, weit weg.

Konzentration. Verführung. Milka-Praline.

Noch immer schwimme ich in dem grauen Meer seiner Augen und versuche all das, was in mir passiert, in meinen Blick zu legen. Jetzt schluckt Nicolas. Zwei Mal. Sein Adamsapfel hüpft auf und ab. Die Klimpermusik ist so leise, dass ich hören kann, wie er Halt suchend Luft holen muss.

Ha! Diese Körper-Waffen-Sache funktioniert.

»Aber dann dachte ich, das ist schon okay.« Ich zucke wie beiläufig mit den Schultern und beende den Satz, den ich begonnen habe, bevor es zwischen uns angefangen hat zu *brennen*. »Bisher gab es zumindest keine Beschwerden. Oder siehst du das anders?« Ich lächle ihn frech an und hebe mein Glas an die Lippen. Der Champagner fließt meine Kehle hinab und prickelt in meinem Magen.

Sein Blick verändert sich. Feuer wird zu Eis. Verlangen wird zu

Verachtung. »Mit dem Wert deines verfickten Kleides könnten wir eine Menge Leute aus dem Mittelmeer holen und vor dem Ertrinken retten.« Seine Worte sind scharf wie eine Rasierklinge. Sie zerschneiden das glühende Band, das uns bis eben verbunden hat. Es tut ein bisschen weh, obwohl ich weiß, dass er jetzt so gemein sein muss, um seine Würde zu bewahren. Um sich nicht einzugestehen, dass er gerade an die Yoshi eines verwöhnten High-Society-Girls gedacht hat.

Trotzdem. Es nervt mich, dass jetzt nicht mehr die Ich-will-dich-, sondern die Fuck-you-Vibes seine Augen zum Glühen bringen.

»Starke Worte für jemanden, der in einem Armani-Anzug steckt«, fauche ich zurück.

»Den trage ich nur, weil ich wenigstens so tun muss, als würde ich die Leute hier nicht verachten.«

Ein *und dich* hängt so deutlich zwischen uns in der Luft, als hätte er es geschrien. Mir wird schlagartig kalt, was komisch ist, weil ich eben noch in Flammen stand. Vielleicht habe ich Fieber. Bestimmt habe ich Fieber. Dieses heiß – kalt – heiß – kalt ist ja nicht normal.

»Aha, und warum haust du nicht einfach ab? Wenn du das alles so ›verachtest‹?« Ich hebe die Hände und setze Anführungsstriche in die Luft. Mir erschließt sich einfach nicht, warum er sein Leben in München hinter sich gelassen hat, um hier mit seiner Mutter ein neues zu beginnen. Eins, das er *hasst*.

»Weil mir die Menschen auf dieser Veranstaltung sonst nicht zuhören würden.«

»Und was hast du so Wichtiges zu sagen?«

»Ich suche Sponsoren, aber das verstehst du nicht.«

»Weil ich ein dummes, verwöhntes Blondchen bin?«

»Nein, weil das hier deine Welt ist. Verkniffene Münder, gestelzte Gespräche und das vierte Glas Dom Pérignon? Das ist das Leben, das du lebst.«

»Das dritte.«

»Was?«

»Es ist das dritte Glas Dom Pérignon.« Eigentlich ist es das fünfte, aber das sage ich Nicolas nicht. »Und vor ein paar Tagen hast du mir noch vorgeworfen, dass ich *tot* sei! Also hör auf so eine Scheiße zu reden!« Jetzt ist da wieder Hitze. Diesmal jedoch befeuert durch rasende Wut. Ich sag es ja, er ist ein Virus, der einem nichts bringt außer nervigen Schüttelfrost.

»Meine Güte, Livia, warum checkst du nicht, was das eine mit dem anderen zu tun hat?«

Ich stiere ihn nur fassungslos an und verstärke den Griff um mein leider leeres Champagnerglas, als könnte es mir Halt geben. In meinem Hirn suche ich nach einer badass Erwiderung, aber finde keine. Jetzt ist er es, der den Abstand zwischen uns verkleinert. Ein Teil von mir will zurückweichen, aber ich schaffe es, an Ort und Stelle aufrecht stehen zu bleiben. Das Kinn gereckt, eine Hand in die Hüfte gestemmt. Er beugt sich zu mir herab, sodass sein Atem über mein Ohr weht. Gänsehaut rauscht über meinen Körper. Meine Finger beben am schmalen Stiel des Glases.

»Du bist die Königin dieser Stadt.«

»Und?«

»Du erstickst fast in Privilegien, Geld und Macht.«

»Und?«

»Du spielst eine Rolle, dabei sind all diese Dinge für dich so verflucht bedeutungslos.«

»Ah, da ist ja wieder das oberflächliche Arschloch, das denkt, die Lebensweisheiten anderer zum Frühstück gegessen zu haben.« Ich schüttle missbilligend den Kopf. Was bildet er sich ein? Er weiß nichts, nichts, nichts über mich. Ich will ihm genau das sagen, doch halte inne, als ich seinen spöttischen Blick bemerke.

»Ach nein? Lass mal überlegen. Du bist Livia Hohenburg …«

»Wow. Scharf kombiniert.« Er ignoriert meine sarkastische Bemerkung.

»Du bist die Tochter des Bürgermeisters dieser verfluchten Stadt, aber hast diesen verfickten Ring, deine verfickte Glamourwelt nie verlassen.«

»Das ist nicht –«, setze ich an, werde jedoch sofort unterbrochen.

»Also warst du schon mal in den Randbezirken dieser Stadt? Da, wo der richtige Scheiß abgeht? Meidling? Leopoldstadt?«

Ich bleibe stumm. Obwohl sich dieser Vorwurf eng um meine Brust schlingt, weiche ich noch immer nicht zurück. Unsere Gesichter, unsere vor Zorn funkelnden Blicke sind nur Zentimeter voneinander entfernt. Unser beider Körper beben, von schnellen Atemzügen getrieben.

»Du warst im letzten Jahr auf vier Charity-Events zu Gast, hast auf einem eine Rede gehalten und irgendeine kranke Summe für die Brustkrebsstiftung gespendet.«

»Du bist so ein irrer Stalker.« Ich starre weiter in seine Augen und bin derart außer mir, dass ich kurz davor bin, das Sommergrau mit meinen Nägeln zu zerkratzen. »Und? Was willst du von mir, Nicolas?« Meine Stimme ist nur mehr ein Zischen.

»Warum checkst du das nicht? Du tust diese Sachen, Charitys, Spenden und den ganzen Scheiß, weil du weißt, dass es von dir erwartet wird.«

»Na und?«

»Du hast Macht. Du hast eine Stimme, die gehört wird. Da sind mit Sicherheit eine halbe Million Menschen in dieser Stadt, die zu dir aufsehen, Livia.« Sein Atem streicht über meine Lippen. Fast glaube ich, seine Worte schmecken zu können. Den Zorn und die Wahrheit darin. Vielleicht habe ich eine Stimme. Vielleicht würde ich sie gern nutzen. Aber die Bühne, auf der ich gerne stehen würde, vor einer Klasse, vor neugierigen Kinderaugen, wurde schon gesprengt, bevor ich auch nur einen Schritt daraufsetzen konnte.

In meiner Welt haben Träume schließlich keinen Platz.

»Du könntest so viel erreichen. So viel Einfluss haben und diese Stimme nutzen für … keine Ahnung … irgendwas mit Bedeutung …« Er schüttelt missbilligend den Kopf. »Aber nein. Du machst dir selbst was vor und tust so, als interessiere dich nur dein nächstes Outfit, die nächste Party und dein ach so unantastbares Instagram-Vorzeige-Life.«

Er zielt mit Worten auf mich. Eine geladene Waffe direkt auf meine Brust. Und dann drückt er ab.

»Und eigentlich richtet dich dein bedeutungsloses Leben zugrunde und du merkst nicht mal, wie kaputt du bist!«

Peng.

Ich bin getroffen.

Dein bedeutungsloses Leben richtet dich zugrunde und du merkst nicht mal, wie kaputt du bist.

Peng, peng, peng. Die Kugeln bohren sich durch meinen Brustkorb direkt in mein Herz. Es verkrampft sich und fällt dann in sich zusammen, bis es nicht mehr ist als ein verkümmerter, halbtoter Muskel. Kaum fähig, mich am Leben zu erhalten.

Erschossen und bedeutungslos. Zerfetzt und *kaputt.*

Und was das Schlimmste ist: Die Worte sind wahr.

Ich wirble auf meinen Louboutins herum und werfe mir mein Haar über die Schulter. Elegant und als wäre nichts gewesen, stolziere ich durch den Saal. Weg von Nicolas und seinen Pistolenkugel-Wahrheiten. Ich will ihn stehen lassen. Ihn und seine hässlichen Worte. Aber die Wahrheiten folgen mir, als wären sie mein eigner Schatten. Ich spüre den Schmerz, den sie in meiner Brust hinterlassen. Sie treten ungnädig weiter auf mein Herz ein, obwohl es bereits zuckend und blutend am Boden liegt.

Ich will sie betäuben. Ich *muss* sie betäuben. Sonst verliere ich diesen Kampf und es wirklich tun. Zugrunde gehen.

»Ein Glas Champagner bitte!«

21. KAPITEL

CHAMPAGNERNEBEL

»Liv, da bist du ja. Ähm, ist alles okay?«

»Viiiic. Ich dachte, du bist schon weg.« Ich falle meiner besten Freundin um den Hals. Ein Schluck Champagner schwappt dabei über den Rand meines Glases und ergießt sich über mein Miu-Miu-Kleid. Ich kichere, hell und laut.

»Ich hab Clément von der Tür abgeholt. Sein Flieger hatte Verspätung.«

Suchend sehe ich mich um, schwanke dabei leicht, kann aber Vics Freund nirgendwo entdecken. »Und wo ist er?«

»Er hat einen Geschäftspartner seines Vaters getroffen, die wohl gemeinsam ein Hotel in Dubai eröffnen wollen.« Sie nickt zu einigen Menschen, die weiter rechts an einer Säule lehnen. Zwischen zwei Männern im Smoking und einer Frau in einem dunkelblauen Abendkleid glaube ich, Cléments blonden Haarschopf zu erkennen. Einer der Männer schüttelt ihm gerade die Hand und macht zusätzlich eine alberne Schulterklopfgeste.

Wir starren die Gruppe für einige Sekunden an, bis Vic sich abwendet. »Er tut eben, was er tun muss.« Sie zuckt die Schultern und klingt dabei so betont locker, dass ich weiß, dass sie das alles ganz und gar nicht locker sieht.

Ich hebe eine Augenbraue. »Aber du wärst lieber direkt mit ihm nach Hause abgehauen und hättest ihm noch im Taxi die

Kleider vom Leib gerissen, was?« Ich konzentriere mich auf meine Zunge und bringe sie so dazu, weniger zu lallen.

»Erzähl keinen Quatsch, Liv«, sagt sie, aber ihre Augen sagen etwas anderes. Außerdem weiß ich, dass ich recht habe. Vic hasst solche Stehrum-Veranstaltungen fast genauso sehr wie ich.

»Sag mal, bist du betrunken?« Vic sieht mich unvermittelt an. Ich glaube, dass sie schockiert guckt, aber sicher bin ich mir nicht, weil ihre Rehaugen immer wieder vor meinen verschwimmen und zu Bambisuppe werden.

»Das merkst du jetzt erst? Huch.« Ich stolpere und klammere mich an ihren Schultern fest. Shit. Normalerweise stolpere ich nie.

»Leander, holst du ihr mal ein Glas Wasser?«

»Leander? Wo ist der?«

»Hier, Königin. Ich pass auf, dass du nicht hinfällst«, vernehme ich seine Stimme von hinten. Ah, dann gehört ihm die warme Hand, die sich auf meinen Rücken gelegt hat. Dachte schon, Vic wären Monsterhände gewachsen.

Ich lehne mich an ihn und genieße, dass er mir so standfest und stark Halt gibt. Weil alles andere gerade im Chaos versinkt.

»Schon gut.« Vic wirft uns einen genervten Blick zu. »Ich hole das Wasser.« Sie schüttelt missbilligend den Kopf und geht in Richtung Bar.

Ich sehe, dass Leander ihr hinterhersieht, und glaube, plötzlich in seinen Augen etwas aufblitzen zu sehen. Etwas Liebevolles und Fürsorgliches. Als wolle er jetzt gleich zu ihr gehen, ihr eine Wärmflasche machen, sie in eine Flauschedecke wickeln und sie vor unserer Welt beschützen.

Ich mustere ihn und frage mich plötzlich, ob ich all die Jahre etwas nicht mitbekommen habe. Doch dann schiebe ich den Gedanken weit von mir. Denn das, was ich glaube gerade gesehen zu haben, wäre absolut Anti-Leander.

Ich muss wieder kichern.

»Worüber lachst du, Königin?«

»Über einen Witz.«

»Und welchen?«

»Kennst du nicht.«

»Okay.«

»Hat dein Privat-Monk schon was gefunden? Über Tanja und Nicolas? Du hast meine letzte Nachricht einfach ignoriert«, entfährt es mir unwillkürlich, denn nie war es dringender, dass dieser Typ aus meinem Leben verschwindet.

Und seine hässlichen Wahrheiten kann er gleich mitnehmen.

»Nichts Handfestes.« Leander nimmt einen Schluck von seinem Whiskey on the Rocks. »Tanja hat offenbar wirklich an einer Gesamtschule irgendwo in einem bayrischen Kaff gearbeitet. Über Nicolas gab es bisher wenig. Er ist Mitglied bei einigen Umweltschutz- und Menschenrechtsorganisationen. Greenpeace, Amnesty International, so was eben.«

»Hm, also nichts Auffälliges?«

»Doch.«

Ich richte mich auf. Der Dunst in meinem Kopf verliert etwas von seiner Schwere. »Ja?«

»Auf ihren Konten sieht es nicht besonders rosig aus.«

»Das dachte ich mir schon.« Ich rolle mit den Augen. Schließlich muss die Beziehung mit meinem fünfzehn Jahre älteren Vater für Tanja ja irgendwelche Vorteile haben.

»Ja, aber etwas daran ist komisch. Tanjas Gehalt wurde in den letzten Jahren von einer Schweizer IBAN überwiesen, obwohl sie ja in Bayern gearbeitet hat.« Er zuckt mit den Schultern. »Das kann aber auch ganz banale Gründe haben.«

Ich nicke langsam und überlege. »Irgendwas sagt mir, dass mit ihr was nicht stimmt.« Mein Blick huscht wieder zu Tanja, die noch immer wie ein schwarzer Engel neben meinem Vater steht und so heftig strahlt, dass die Leute um sie herum aufpassen müssen, nicht radioaktiv verseucht zu werden.

»Wem dieses Konto genau gehört, konnte Vanessa bisher nicht rausfinden. Aber sie ist dran.«

»Vanessa ist dein Monk?«

»Sie ist Privatermittlerin.«

»Also dein Monk.«

»Hier trink das.« Vic ist wieder da und drückt mir unwirsch ein Glas Wasser in die Hand.

»Jawohl, Ma'am!« Ich salutiere, woraufhin mir meine beste Freundin einen strengen Blick zuwirft. Ich ihr wiederum einen Luftkuss.

Das Wasser tut gut. Es breitet sich in einer angenehmen Kühle in meinem Magen aus. Der Champagnerdunst kommt jedoch mit doppelter Schwere zurück und plötzlich bin ich todmüde.

Müde vom Alkohol.

Müde von diesem Leben.

»Sind sie das eigentlich?« Leander reißt mich aus dem bleiernen Nebel.

»Wer?« Ich folge seinem Blick und erkenne Tanja und ihren Sohn, die über irgendwas lachen, weil ihr Leben gerade ja so unglaublich lustig ist. Zum Totlachen.

»Ja«, antwortet Vic an meiner Stelle. »Oh, oh, er kommt rüber.«

»WAS?« Shit. Sie hat recht. Nicolas nickt meinem Vater und seiner Mutter weiterhin dämlich grinsend zu und bahnt sich dann seinen Weg durch den Saal. Geradewegs auf mich zu.

Seine hässlichen Wahrheiten hämmern noch immer in meinem Kopf und stechen bei jedem Schlag tief in mein Herz. Der Champagner hat dafür gesorgt, dass ich den Schmerz kurz vergessen konnte. Doch jetzt, wo dieser belustigte Blick und sein leichtes Lächeln sich Meter für Meter auf mich zubewegen, ist er mit doppelter Kraft zurück.

Hektisch krame ich in meinem Hirn nach einer Möglichkeit zu verschwinden oder – und diese Option wäre mir in diesem

Augenblick lieber – den Schmerz wieder in den Nebel zu werfen. Mit irgendwas.

Für beides bleibt mir keine Zeit. Verdammt.

»Alles okay?« Leander dreht sich besorgt zu mir. Das schmerzende Echo von Nicolas' Worten sieht man mir also an. Wundervoll.

Ich kann nur schnell nicken. Mit jedem Meter, den er näher kommt, wird ein weiteres Gefühl in mir laut.

Noch sieben Meter – Wut.

Noch sechs Meter – Hass.

Noch fünf Meter – Verletzlichkeit.

Noch vier Meter – Traurigkeit.

Noch zwei Meter – Einsamkeit.

Noch ein Meter – *Sehnsucht.*

»Hi.«

Ich schaue zur Seite und versuche das ohrenbetäubende Gefühlsorchester, das scheppernd und jaulend in mir wütet, zu überspielen, indem ich so tue, als wäre Leanders dunkelrote Fliege das Spannendste, was ich jemals zu Gesicht bekommen habe.

»Servus.« Leander streckt die Hand aus. Nicolas ergreift sie zögernd und mir entgeht nicht, dass es nicht Leander ist, den er ansieht. Ich schaue nicht zurück, sondern verliere mich lieber weiter in dem marokkanischen Stoffmuster von Leanders Fliege.

»Ich bin Nick, Livias … ähm … also meine Mutter und ihr Vater …«

»Wir wissen, wer du bist.« Leanders Stimme ist kühl. »Ihr neuer *Mitbewohner* aus München.«

Meine Finger krallen sich wie von selbst in seine Haut, woraufhin er den Druck seiner Hand auf meinem Rücken leicht verstärkt. Als würde er mir sagen wollen: *Ich bin hier. Du bist nicht allein.*

»Ja. Ähm, genau.« Mein *Mitbewohner* hört sich verunsichert an. Geschieht ihm recht. Schließlich ist er ein Meister darin, *mich* zu verunsichern. Als hätte er Livia-Hohenburg-in-tiefe-Verunsicherung-treiben-Wissenschaften studiert.

Vic, die links von mir steht, kneift jetzt wiederum mich in die Seite. Eine steile Falte bildet sich zwischen ihren Augenbrauen, als sie zwischen Leander und Nicolas hin und her schaut, die einander so frostig ansehen, dass die Temperatur im Raum um mindestens fünfzehn Grad fällt. Niemand sagt etwas. Die stummen Sekunden ziehen sich wie schwarzer Teer.

Schließlich seufzt meine beste Freundin und schüttelt genervt den Kopf. »Ich bin Victoria. Aber die meisten sagen Vic.« Sie lächelt höflich und geht einen Schritt auf meinen neuen Stiefbruder zu. »Schön, dich kennenzulernen.« Sie gibt ihm die Hand. »Wir haben uns schon mal gesehen. Bei *Miu Miu*.«

Ich werfe meiner Freundin einen strengen Blick zu. *Danke, dass du ihn gerade jetzt an meine peinliche Aktion erinnern musst.*

»Hi, Vic«, sagt Nicolas und lässt den Miu-Miu-Vorfall glücklicherweise unkommentiert, aber starrt noch immer Leander an.

Dieser sagt nichts, was Vic einen erneuten Seufzer entlockt. »Und dieser schweigsame Kerl da ist Leander.« Sie rollt mit den Augen, weil sich die beiden so kindisch benehmen.

»Können wir dann?« Meine Frage ist an Leander und Vic gerichtet. Ich muss kurz gegen die Übelkeit anschlucken, die in meiner Kehle brennt, weil ich meinen Kopf zu schnell bewegt habe, und bemühe mich um einen festen Stand. Ich hoffe, Nicolas kriegt nichts mit.

Und wennschon. Ich ignoriere ihn weiter geflissentlich und verhalte mich ebenso kindisch wie er, aber das ist mir gerade egal.

»Wohin?«, fragen Vic und Nicolas gleichzeitig.

»Ähm, weiter? Zur richtigen After-Show-Party? Oder willst du den ganzen Abend auf dieser höllisch langweiligen Fete verbringen?« Wieder spreche ich nur Vic an und tue so, als wäre Nicolas genauso lebendig wie die Marmorsäule neben ihm.

»In fünfzehn Minuten kommt ein Wagen. Wir wollten mit ein paar Leuten zum *Sapphire.*« Leander sieht mich fragend an. »Bist du dabei, Königin?«

»Klar. Hast du was zum Wachwerden da?«

»Im Wagen gibts 'ne Menge.«

Ein Laut verlässt Nicolas' Lippen, der direkt in meinen Bauch schießt. Ich gucke weg.

»Liv, ich glaube, das ist keine gute Idee.« Die Besorgnis aus der Stimme meiner Freundin ist schon schwerer zu ignorieren. »Du bist, ähm, *müde*«, drückt sie sich vage aus. »Du solltest lieber ins Bett.«

Ins Bett. Nach Hause. Wo nichts außer Einsamkeit und ein Exklusivkonzert des Gefühlsorchesters auf mich warten.

Auf keinen Fall.

»Und die Party des Jahres verpassen? Bist du irre?« Ich kichere laut und schrill. »Ich bin so was von am Start.«

Die steile Falte zwischen Vics Augen vertieft sich. Nicolas schüttelt den Kopf.

»Komm mit, Vic. Das wird super.« *Komm mit in die Dunkelheit. Lass Clément und das Licht hier. Lass uns diese Nacht wieder Wild Vicky und Living Livia sein,* flehe ich sie stumm an.

Und ich sehe, dass Vic kämpft. Dass sie eigentlich *JA!* kreischen und mit mir die Vernunftsklippe hinunterspringen will. »Das geht nicht«, sagt sie aber und betrachtet Clément, der noch immer neben den wichtigen Menschen steht. »Wirklich. Ich kann nicht, Liv.«

Mein Herz fällt. Es stürzt alleine in den dunklen Abgrund. Vics bleibt oben stehen und winkt nett zum Abschied.

Ich nicke ihr kurz zu und versuche verständnisvoll zu lächeln. Das stumme *Es tut mir leid* in ihrem Blick zeigt, dass ich es gehörig vergeige.

»Alles gut. Geh und reiß deinem Freund verflucht noch mal die Kleider vom Leib.« Ich zwinkere ihr zu.

Sie umarmt mich. »Pass auf dich auf. Ruf mich an, wenn was ist.«

»Vic, nur weil meine Mutter sich verpieselt hat, musst du noch lange nicht ihren Platz einnehmen.«

Vic drückt mich ein letztes Mal an sich, bevor sie sich umdreht und mit einem Winken zurück zu Clément geht.

»Okay, dann ohne sie.« Leander sieht auf die silberne Rolex an seinem Handgelenk. »Bennet treffen wir dort. Der Wagen holt uns am Burgring ab. Was ist mit dir?«

»Mit mir?«, frage ich.

»Nein, mit deinem neuen Stiefbruder.« Er sieht herausfordernd zu Nicolas. »Bist du dabei oder musst du zurück zu Mami?«

»Ich komme mit.«

»Er bleibt hier!«

Leander lacht schallend. »Klärt das unter euch. In der Limo ist genug Koks für alle.« Damit dreht er sich um und lässt mich und Nicolas, der bei dem Wort *Koks* schockiert die Augen aufgerissen hat, einfach stehen.

»Du kommst auf keinen Fall mit. Bist du komplett durchgeknallt?« Ich spüre, wie die Wuttrompete in meinem Gefühlsorchester zu einem Solo ansetzt, denn ich will auf gar keinen Fall, dass Nicolas Zeuge davon wird, wie ich … *falle*. Nicht noch einmal. Ich will nicht die sein, für die er mich hält. »Wohn bei mir, leb von meinem Geld, mir egal. Aber verpiss dich verflucht noch mal aus meinem Leben.« Ich fauche und verenge meine Augen zu wutverzerrten Schlitzen.

»Dein … was auch immer er ist, hat mich eingeladen. Schon vergessen?«

»Nein, aber … aber …« Der Zorn rauscht so ungezähmt durch meine Venen, dass ich keinen Zugriff mehr auf mein logisches Denkvermögen habe. »Was willst du da überhaupt? Du wirst es hassen. Du gehörst nicht hierher.« Unsere Blicke treffen sich und der Boden unter meinen Füßen beginnt zu beben. Denn da sind

Flammen in unseren Augen, die alles um uns herum niederbrennen.

»Denkst du, das will ich? In deine beschissene Welt gehören? Das ist das Letzte, was ich will.«

»Dann bleib doch weg!« Jetzt schreie ich fast. Eine ergraute Frau in einem schrecklichen schlammfarbenen Kleid zuckt erschrocken zusammen.

»Und dich betrunken und hilflos mit diesen Menschen alleine lassen?«

Stille.

Jeder Buchstabe, den ich ihm entgegenschleudern wollte, prallt von innen gegen meine Zähne. Ich schlucke. »Du bist nicht mein verschissener Bruder.« Jetzt rede ich ganz leise. Leise und bedrohlich. »Ich lebe in dieser Welt schon mein Leben lang und brauche keinen Mann, der plötzlich meint, einen auf Beschützer machen zu müssen.«

»Ich komme mit.«

Für den Bruchteil einer Sekunde schließe ich die Augen und zwinge mich zu zwei tiefen Atemzügen. »Okay«, sage ich dann und zucke mit den Schultern. »Aber ich werde mich nicht um dich kümmern oder so, sondern einfach tun, als wärst du nicht da.« Betont gleichgültig verschränke ich die Arme vor der Brust.

Er wird schon sehen.

Vielleicht will er mit dieser Aktion den nächsten Treffer in diesem blutigen Kampf landen.

Vielleicht denkt er, er kann mich mit meinen eigenen Waffen schlagen oder so ein Scheiß. Aber ich beherrsche meine Waffen und ich bin bereit zum Gegenschlag auszuholen.

Er lacht kurz und bitter auf. »Ts. Ein bisschen Champagner und ein paar mehr dieser Möchtegern-Wolves-of-Wall-Street werde ich schon schaffen.«

»Na dann.« Ein leises Lächeln legt sich auf meine Lippen.

Wenn er nur wüsste …

22. KAPITEL

SCHUTZSCHILDTANZ

»Liv, willst du 'ne Nase?« Irgendein Nemo wedelt mit einem kleinen weißen Tütchen vor meinem Gesicht herum. Seine Wangen leuchten bereits so rot wie die grässliche Krawatte, die um seinen Hals baumelt.

Die Hummer-Limo fährt unerwartet scharf um die Kurve, sodass er unsanft gegen mich prallt. Er lacht dreckig. »Ups, das mit dem Körperkontakt ging jetzt schneller als geplant.«

Ich verziehe das Gesicht und rutsche auf der schwarzen Lederbank von ihm weg. »Bist du Flugbegleiter oder so?«

»Ähm, nein?« Er guckt verwirrt. »Wieso?«

»Die Krawatte. Siehst aus wie jemand von Austrian Airlines.«

Der Nemo sieht kurz verunsichert an sich herunter, bis er wieder schmutzig auflacht. »Wenn du das willst.« Er zwinkert mir zu. »Ich fliege mit dir zu den Sternen, Liv.«

»Nein danke.«

Ich blicke ihn finster an, denn ich hasse es, wenn mich Menschen, denen ich eigentlich nichts bedeute, Liv oder Livi nennen. Sie benutzen freundschaftliche Spitznamen, weil sie sich auf diese Weise vormachen können, wir wären wirklich Freunde.

»Okay, okay.« Er hebt die Hände und gluckst, als hätte ich nur Spaß gemacht und würde in Wahrheit wirklich mit ihm »zu den Sternen fliegen« wollen.

Wie ferngesteuert wird mein Blick von Nicolas angezogen. Er sitzt bei Manu und einer Rothaarigen, die ich noch nie gesehen habe. Ich suche in seinem Gesicht nach etwas, woran ich mich festhalten kann. Nach Abscheu gegenüber den vielen reichen Menschen in dieser Limousine. Nach einem abschätzigen Blick auf die mit Eis gefüllten Champagnerkühler zwischen den Sitzen. Danach, dass er angewidert das Gesicht verzieht, als jemand kreischt und die Musik aufdreht.

Doch da ist nichts.

Keine Regung. Keine Emotion. Nicht mal ein Wimpernzucken, als die Rothaarige aufsteht und anfängt sich um die Stange zu schlängeln, die in der Mitte des Hummers positioniert ist. Es sieht komisch aus, was sie da macht. Abgehackt irgendwie und unbeholfen. Weiß sie denn nicht, dass so ein Tanz an der Stange nur wirkt, wenn man mit dem Selbstbewusstsein vom Kim Kardashian auftritt? Man muss so tun, als wäre man pure Sexyness. Pure Versuchung.

»Also.« Der Kerl vom Typ Flugbegleiter hat mir seinen Arm um die Schultern gelegt. »Fliegst du jetzt mit mir?« Er haucht mir die Frage ins Ohr. Sein Atmen riecht erstaunlicherweise nach Pfefferminz. Wieder fuchtelt er mit dem Koks-Tütchen vor meiner Nase rum.

Ich löse den Blick von Nicolas, der weiter in die unbeholfenen Stangen-Wackel-Bewegungen versunken ist. »Ich hoffe, dein Zeug ist gut.«

»Aber klar doch, Babe.«

Babe. Ich verdrehe die Augen, doch Austrian Airlines kriegt es nicht mit, da er jetzt konzentriert das weiße Pulver auf dem Mini-Klapptisch zwischen uns verteilt. Mit einer goldenen Kreditkarte schiebt er es zu zwei gleich langen Linien und reicht mir dann einen Hunderteuroschein. Ich nehme ihn und rolle ihn gekonnt zu einem Röhrchen.

»Ladies first, Liv.«

»Nenn mich nicht so«, fauche ich ihn an, bevor ich mich runterbeuge und ansetze.

Kurz bevor ich das Koks durch die Nase ziehe, zuckt mein Blick zu Nicolas. Ich kann ein Grinsen nicht unterdrücken, denn jetzt glotzt er nicht mehr zu der rothaarigen Möchtegern-Stripperin, sondern schaut mich an.

Mit weit aufgerissenen Augen.

Jetzt ist da ein Meer aus Emotionen. Fassungslosigkeit tanzt einen feurigen Tango mit blankem Entsetzen. Ich weiß, dass ich gerade exakt das bin, was Nicolas Steiner unter einem verwöhnten, versoffenen Partygirl aus der Wiener High Society versteht. Ich meine, *hallo*, wir sitzen in einer Limo und koksen durch verfluchte Hunderteuroscheine. Klischeehafter geht es wohl nicht und das ist es, was ihn zur Weißglut bringt. Da bin ich mir sicher.

Du denkst, in mir steckt mehr als ein verlorenes Partygirl? Überraschung, tut es nicht. Ich bin genau das. Verloren, versoffen und am Abgrund.

Ich will gerade tief durch die Nase einatmen, als er kaum merklich den Kopf schüttelt. Als würde er sagen: *Ich bin enttäuscht von dir.*

Tja, stell dich hinten an. Die Reihe der Menschen, die ich enttäusche, ist länger, als du dir vorstellen kannst. Noch immer verharre ich vor meiner Line. Die Limousine ruckelt einmal bedrohlich, doch mein Blick ist weiter an seinen gefesselt.

Ohne Vorwarnung prasseln seine Worte, die nicht mal eine Stunde zurückliegen, auf mich ein wie tonnenschwere Hagelkörner.

Da sind mit Sicherheit eine halbe Million Menschen in dieser Stadt, die zu dir aufsehen.

Ich ziehe das Pulver scharf durch die Nase und lege den Kopf in den Nacken. Doch die Gedankenhagelkörner hören nicht auf.

Dich interessiert nur dein nächstes Outfit, die nächste Party und dein ach so unantastbares Instagram-Vorzeige-Life.

Der beißende Geschmack des Koks läuft bitter meinen Rachen hinab. Meine Augen beginnen zu brennen.

Merkst du nicht, wie kaputt du bist?

Jetzt mach schon, du blödes Zeug. Mach, dass ich glücklich werde.

Du bist innerlich tot.

Hektisch greife ich nach der Moët-Flasche, die vor mir in einem Sektkühler steckt, um gierig einige Schlucke zu trinken. Und endlich, endlich verzieht sich der schwere Nebel aus meinen Gliedern. Die Müdigkeit macht tanzenden Party-Krabbelkäfern Platz, die zu zuckenden Beats über meine Haut flitzen. Ein hibbeliges Lachen blubbert meine Kehle hinauf.

Nicolas lügt. Denn in dieser Sekunde bin ich innerlich alles andere als tot. Ich bin lebendiger als lebendig.

Nur am Rande kriege ich mit, dass der Flugzeugtyp neben mir nach der Geldrolle greift und sich ebenfalls zu dem Koks runterbeugt. Nicolas schaut wieder zu der rothaarigen Tänzerin. Sie dreht sich noch immer um die Stange und sieht dabei so unbeholfen aus wie ein Storch in High Heels.

Es gefällt mir nicht, wie er sie ansieht. So hingerissen.

Er soll nicht sie anschauen. Sondern mich. Er soll mich anschauen und irgendwas fühlen. Von mir aus wieder *Fuck you*. Von mir aus Milka-Pralinen-Verlangen. Er soll denken, dass ich unverwundbar bin, wie der Rest der Welt es tut. Er soll denken, dass mir seine beschissenen Wahrheiten nichts ausmachen.

#livingthebestlife. Von mir aus soll er das denken. Er soll nur nicht *nichts* denken.

»Wer macht die Musik?«

»Leander, glaube ich.« Der Kerl, der aussieht wie ein Steward, hat jetzt kleine Schweißperlen auf der Stirn und Pupillen so groß wie Murmeln – die coolen großen, um die dich jeder im Kindergarten beneidet hat. Ohne Hemmungen und mit Verlangen im Blick starrt er mir auf die Brüste.

Aber ich will dieses Verlangen nicht von ihm. Ich will, dass sommergraue Iriden vor Begierde flackern.

Ich stehe auf und lache und springe einmal auf und ab, weil die Party-Krabbelkäfer auf meiner Haut es so wollen. Leander steht ein wenig wackelig auf den Beinen gegenüber von Nicolas und öffnet gerade eine weitere Flasche Moët. Ich stolpere ein-, zweimal, weil die Limousine so ruckelt. Dann bin ich bei ihm.

»Kann ich mal dein Handy haben?«

Er zieht sein iPhone aus der Hosentasche und fragt nicht, wofür ich es brauche. Ich tippe auf Spotify und suche den Song, den ich für dieses Kriegsmanöver brauche.

»Kannst du mir bei was helfen, ohne Fragen zu stellen?«

»Immer«, antwortet er. Ich wusste, dass er das sagen würde. Weil wir keine Fragen stellen, wenn es darauf ankommt, aber doch füreinander da sind.

»Er hat mir wehgetan.« Ich spreche es aus, einfach so. Den Party-Krabbelkäfern sei Dank. »Jetzt will ich ihm wehtun und zeigen, dass es mir nichts ausmacht. Ergibt das irgendwie Sinn?«

»Du willst, dass er dich will, dich aber nicht haben kann.«

»Ähm, ja, genau.«

»Ich bin dabei, Königin.«

Ich lächle ihn dankbar an und tippe auf *Play*. Eine Sekunde später dröhnt Ava Max' Stimme aus den Boxen.

Stop using your words as weapons.

Ja, Nicolas. Hör auf deine Scheißwahrheiten als Waffe gegen mich zu richten. Ich ersteche ihn mit meinem Blick und presse dabei meinen Hintern an Leanders Schritt. Seine Hände wandern ungestüm über meinen Körper.

Got a bulletproof vest under my dress, singt Ava und ich singe mit. Schreie ihn an, auch wenn er es nicht hört, weil die Musik viel zu laut ist.

Endlich sieht er zu mir. Ha. Genugtuung breitet sich in mir aus. Ich reibe mich weiter an Leander, doch halte Nicolas' Blick fest.

Stop using your words as weapons. They're never gonna shoot me down.

Deine Worte kriegen mich nicht klein. Niemals.

Leanders Hände fahren über meine Brüste. Ich schließe kurz die Augen und tue so, als ob ich voller Lust und Genuss bin, spüre, wie er an meinem Po hart wird. Als Ava *Stop, it's time that you learned a lesson* singt, öffne ich die Augen.

Brennendes Verlangen schlägt mir entgegen. Und das zu sehen, ist genau, was ich brauche.

Leander küsst wild meinen Hals und fasst mit der Hand zwischen meine Beine. Mein Blick bleibt fest verbunden mit Nicolas'. Kurz zuckt die Vorstellung durch meinen Kopf, dass es seine Finger sind, die die Innenseiten meiner Oberschenkel entlangfahren. Ein Keuchen löst sich aus meiner Kehle und ich falle immer tiefer in Nicolas' lodernde Gier, unter die sich nun ein Funken Zorn mischt. Weil er weiß, dass er mich niemals so berühren wird.

Stop using your words as weapons. They're never gonna shoot me down.

Tja, Nicolas. Sei lieber vorsichtig mit deinen verbalen Waffen.

Ich drehe mich um, presse mich enger an Leanders Erektion und fange an ihn zu küssen. Unsere Zungen tanzen. Unsere Hände streicheln, packen, zerren. Ich spüre beißende Blicke in meinem Rücken. Den Hass und das Verlangen darin. Ich spüre seinen drängenden Wunsch, an Leanders Stelle zu sein.

Träum weiter.

Shoot me down, shoot me down, baby, baby.

Ja, *großer Bruder*. Schieß ruhig weiter auf mich. Ich werde immer, immer wieder aufstehen.

'Nother round, 'nother round, baby, baby.

Der Punkt geht an mich. Diese Runde habe ich gewonnen.

Ich reibe mich weiter an Leanders Schwanz und suche Halt in seinen Küssen. Als die Limo an einer Ampel hält, schreckt Nicolas wie von der Tarantel gestochen hoch und reißt die Tür auf. Ich verharre in meiner Bewegung und schaue tatenlos dabei zu, wie er aus dem Wagen springt wie ein Tier, das zu lange in Gefangenschaft gelebt hat.

Ich habe ihn vertrieben und sollte eigentlich happy darüber sein. Komischerweise bin ich es nicht. Ich bin leer und kann nichts anderes tun, als auf seinen leeren Platz zu starren, mit Leanders Händen auf meinem Körper und trommelndem Herzen.

Dabei kann ich nicht aufhören an sommergraue Traurigkeit zu denken.

23. KAPITEL

MELODIE DER MASKERADENSCHÖNHEIT

Ich habe es versucht. Ich habe es wirklich versucht, aber nachdem Nicolas aus der Limo geflüchtet ist, war es nicht mehr möglich, mich in die Nacht fallen zu lassen, als wäre nichts passiert. Als hätte es nicht dieses Funkensprühen zwischen uns gegeben und als hätte ich nicht ununterbrochen daran gedacht, ihn zu *spüren*.

Ich drehe mich auf die andere Seite und warte darauf, dass die Dunkelheit mich in den Schlaf trägt. Ein Ding der Unmöglichkeit. Die Koks-Krabbelkäfer sind nämlich noch deutlich mehr in Partylaune als ich und hopsen auf und unter meiner Haut herum.

Was Nicolas wohl gerade denkt? Hat er gehört, dass ich allein nach Hause gekommen bin? Oder denkt er, ich bin bei Leander, anstatt hier, kaum zehn Zentimeter von ihm entfernt, in der Einsamkeit zu liegen?

Ich schlucke. Quatsch, wahrscheinlich denkt er überhaupt nicht an mich. Doch irgendwas habe ich in ihm ausgelöst. Irgendwas war da, das mir stumm ins Gesicht geschrien hat: *Du bist mir nicht egal!*

Oder?

Argh. Wieder wälze ich mich herum und versuche mich irgendwie auf den Podcast zu konzentrieren, den ich mir angemacht habe, um mich von den Krabbelkäfern abzulenken. Keine Chance. Ich bin so wach, wie man es nach einer Menge Champagner und Koks eben ist. Sehr wach also. Die Einsamkeit ist es auch. Sie drückt auf meinen Brustkorb und brennt in meinen Augen. In meinem Kopf wirbeln Abermillionen Gedanken umher, von denen ich nur zusammenhanglose Worte zu fassen bekomme und die mich doch seit über einem Jahr belagern.

Hoffnungslos
Leer
Falsch
Phantomherz
Zukunftsschwarz
Marionette
Ersticken

Sie schreien mich an. Die Gedanken. Sie flüstern und brüllen und bilden mit der Einsamkeit ein gnadenloses Team, das mich fertigmachen will. Und die Dunkelheit feuert sie an.

Stopp. Innerlich kreische ich, aber ich muss durch die Oberfläche der Buchstabensuppe in meinem Kopf tauchen, bevor ich darin ertrinke. Ich zwinge meine Lungen zu einem tiefen Atemzug und setze mich auf. Mit schweißnassen Händen taste ich nach dem Schalter meiner Nachttischlampe. Warmes Licht nimmt der Dunkelheit ihre Macht, aber die schreienden Gedanken bleiben. Mein Puls klopft bis in meine Ohren.

Mit steifen Fingern umklammere ich meine Bettdecke, auf der Suche nach irgendwas, das mir Halt gibt. Die Abschlussmelodie des Podcasts dröhnt aus meinem Handy. Danach ist es still.

Zu still.

Ich greife danach und bereite mich innerlich darauf vor, die ganze Nacht nicht zu schlafen und stattdessen durch TikTok und unzählige heimlich gefilmte Aufnahmen von Taylor Swifts *The Eras Tour* zu scrollen. Erst jetzt bemerke ich, dass meine Zähne klappern, und ich lasse mich zurück in mein Kissen sinken.

»Ich kann sehn, dass dir's nicht gut geht und dein Lächeln falsch ist. Ich weiß es genau.«

Vor Schreck rutscht mir fast das Handy aus der Hand, als ich die dunkle Männerstimme singen höre. Ein Song dringt dumpf und leise durch die Wand hinter mir in mein Zimmer. Ich kenne ihn, es ist *Eigentlich* von LEA und einigen Rappern, deren Namen ich gerade nicht zusammenkriege. Ich lausche weiter und bemerke, dass meine Zähne nicht länger aufeinanderschlagen.

»Deine Lippen bleiben stumm und die Menschen im Raum sind dir alle zu laut«, singt die Männerstimme.

Nicolas.

Ich bin mir sicher, dass er es ist.

Also natürlich singt nicht er, sondern der namenlose Rapper. Aber ich bin davon überzeugt, dass er den Song für mich spielt.

Er ist wach. Vielleicht konnte er nach diesem völlig verrückten und emotionsgeladenen Abend auch nicht schlafen. Oder er ist wach, weil ich ihn geweckt habe, als mir meine elektrische Zahnbürste ins Waschbecken gefallen ist. Auf jeden Fall weiß er, dass ich es ebenfalls bin, und der Song, der gerade durch die viel zu dünne Wand in mein Herz fliegt, ist seine Antwort auf meinen in der Limo.

»Denn so, wie du bist, wie du eigentlich bist, fällt keinem hier auf.«

Wieder eine Wahrheit. Dieses Mal hat er sie hübsch verpackt in einer sanften, traurigen Melodie.

Zum Teufel mit seinen verfluchten Wahrheiten.

Ich will das nicht.

Ich will nicht, dass er recht hat. Ich will nicht, dass mir jetzt unentwegt Tränen über die Wangen strömen. Ich will das alles überhaupt nicht.

Seine Worte, beziehungsweise die des Rappers, wickeln sich wie heiße Drähte um meinen Brustkorb und ziehen alles darin fest zusammen.

»Du bist schön, auch wenn du's gerade nicht glaubst.«

Ich schluchze auf und presse mir einen Herzschlag später die Hände auf den Mund. Nicolas soll nicht wissen, was dieser Song, was seine Worte mit mir machen.

Aus.

Die Musik ist aus und alles, was ich höre, mein rasendes Herz, das wummert und wummert und wummert.

Du bist schön, auch wenn du's gerade nicht glaubst. Die Zeile des Songs echot in meinen Ohren. Unentwegt rauschen die Tränen über mein Gesicht und verwandeln mein Kissen in einen nassen Waschlappen. Schluchzer über Schluchzer bahnen sich ihren Weg aus den Tiefen meines Herzens bis über meine Lippen und verlieren sich in der Bettdecke, die ich über meinen Kopf gezogen habe. Wahrscheinlich hört Nicolas mein Chaos klar und deutlich durch die beschissene Wand.

Ich fühle mich ihm ausgeliefert. Er drückt Knöpfe, die andere gar nicht finden, und entfesselt damit etwas, das ich normalerweise in Ketten lege.

Und das macht mir eine Scheißangst.

Kontrolle. Ich muss Nicolas die Kontrolle wieder entreißen, sonst …

… breche ich auseinander und verliere auch das letzte bisschen Kraft, das ich brauche, um den leuchtenden Panzer aufrechtzuerhalten.

Du bist schön, auch wenn du's gerade nicht glaubst.

Ich entsperre mein iPhone. Kontrolle. Ich brauche Kontrolle und wenn Nicolas mich deshalb für eine eingebildete Kuh hält, ist mir das egal. Alles, was ich in dieser Sekunde will, ist, dieses Gefühl loszuwerden.

Dieses Deine-Wahrheiten-zerkratzen-mich-und-meinen-Schutzpanzer-Gefühl.

Ich tauche unter der Decke hervor und wische mir einmal über das Gesicht. Ein Kilo Wimperntusche bleibt an meinen eiskalten

Fingern hängen. Ich tippe auf Nicolas' Namen und beginne mit bebenden Daumen eine Nachricht zu schreiben.

Livia: Ich weiß, dass ich schön bin. Wenn du mir mit diesem Lied irgendwas beweisen willst, liegst du verdammt falsch.

Ich halte für einen Moment inne, weil erneut Salz in meinen Augen brennt. Kontrolle. Ich brauche die verfickte Kontrolle. Also weiter.

Livia: Ich weiß, dass ich schön bin, oder hast du nicht gesehen, wie mich die Menschen angeglotzt haben? Heute auf dem Laufsteg? Ich bin heiß. Ich weiß das. Also spar dir deine bescheuerten Lieder, die irgendwas in mir auslösen sollen.

Hastig, bevor die Zweifel alles zunichtemachen können, tippe ich auf *Senden*.

Ein Haken unter meiner Nachricht. Zwei.

Ein Herzschlag. Zwei.

Nicolas ist online. Nicolas schreibt.

Ein Herzschlag. Zwei. Drei. Hundert.

Nicolas: Du bist schön. Verdammt schön. Und ja, das weißt du. Aber ich meine nicht deine Maskeradenschönheit. Sondern die, die du vor der Welt und vor dir selbst verbirgst. Und auch das weißt du.

Nicolas ist offline.

Und ich irgendwie auch.

24. KAPITEL

GEWITTERGEFÜHLE

»Und sechs Krapfen, bitte.« Nora hält sechs ausgestreckte Finger in die Luft und strahlt den Verkäufer hinter der Ladentheke an.

Dieser lässt sich von ihrem Lächeln so gar nicht anstecken und zieht nur mürrisch die Augenbrauen zusammen. »Welche Füllung?«

»Alle! Oder nein …« Nora stellt sich auf die Zehenspitzen, um die Backauslage noch besser begutachten zu können. »Dreimal Schoko und dreimal Marille.«

»Warum sechs, Schatz?«, fragt Tanja verwundert. »Wir sind doch nur fünf.«

»Ich esse zwei!« Meine kleine Schwester reibt sich über den Bauch. »Ich kann zwölfhunderttausend Krapfen essen. Wusstest du das?«

»Wusste ich nicht.« Tanja nickt beeindruckt. »Dann muss ich ja aufpassen, dass du mir meinen nicht wegschnappst.« Sie tippt Nora einmal auf die Nase und nimmt dann die Tüte mit den Krapfen und den Semmeln entgegen. Ich unterdrücke ein Augenrollen und will weg von hier.

Als Nora heute früh vor meinem Bett stand und mich anbettelte mit ihr das Gebäck für das neu eingerichtete Hohenburg-Steiner-Familienfrühstück zu kaufen, habe ich zugesagt, bevor ich wusste, dass Tanja mit von der Partie sein würde.

Familienfrühstück. Ab jetzt jeden Sonntag Pflicht. Juhu.

»Kommt Nicolas eigentlich auch?« Ich räuspere mich und bemühe mich um einen beiläufigen Ton. »Zu dieser Frühstückspflichtveranstaltung.«

»Ich denke schon«, sagt Tanja, während wir nach draußen in den kalten Oktoberwind treten. »Wieso?«

»Nur so.« Ich mache eine wegwerfende Handbewegung.

Was soll ich auch sonst sagen? *Hey, Tanja, eigentlich bin ich gerade dabei, deinen Sohn durch sexuelle Folter aus meinem Leben zu vertreiben. Aber nichts für ungut.* Sie würde stark an meiner Zurechnungsfähigkeit zweifeln. Zu Recht, wenn ich ehrlich mit mir selbst bin. Denn eigentlich weiß ich selbst nicht genau, ob alles, was ich in den letzten Tagen getan habe, genial oder völlig durchgeknallt ist.

Im Gehen tippe ich eine Nachricht in *Kings and Queens*.

Livia: Heute Familienfrühstück. N. ist auch dabei. Milka-Pralinen-Ideen?

Die Fashion Week, die Situation in der Limousine und die Nacht danach sind mittlerweile über eine Woche her. Seitdem habe ich den Song und seine Nachrichten, die mir so unter die Haut gegangen sind, so weit von mir weggeschoben, wie ich konnte.

Bennet: Sexuelle Reize beim Familienfrühstück. Das klingt sehr, sehr falsch.

Ich kichere. Tanja schaut mich fragend an, doch ich schüttle nur den Kopf.

Victoria: Kannst du ihn unterm Tisch befummeln oder so?

Livia: Das ist sexuelle Belästigung.

Victoria: Ups, stimmt. Vergiss das.

Bennet: Lass mal überlegen. Was hast du bisher versucht?

Verstohlen sehe ich mich um, um sicherzugehen, dass Tanja keinen Blick auf mein Handy werfen kann.

Livia: Verschüttetes Wasser auf einer weißen Bluse, schwarzes Spitzennachthemd ohne BH, Po-Workout im Wohnzimmer.

Himmel, wenn ich das so lese, kriege ich beinahe selbst Angst vor mir.

Victoria: Uhh, hattest du die TikTok-Leggins an, in der dein Hintern so scharf aussieht, dass es unfair ist?

Livia: Hatte ich.

Bennet: Hat es funktioniert?

Livia: Glaube schon.

Zumindest ist da dieser dunkle Schimmer in seinen Augen, wenn ich meine Show abziehe. Und ich hätte schwören können, dass er bei dem Wasser-auf-weißer-Bluse-Ding in sein Zimmer gegangen ist, um zu verbergen, was in seiner Hose vor sich ging. Dennoch bleibt da etwas in seinem Blick. Etwas, das sich von dem Verlangen nicht verdrängen lässt, mich aber ratlos zurücklässt.

Livia: Obwohl er fast jede Nacht mit Franziska zugange ist. Ich bin quasi live dabei.

Er will mir die Leander-Sache heimzahlen. Da bin ich mir sicher. Er weiß ganz genau, dass ich jeden Laut, den lustverzerrte Stimmen neben mir ausstoßen, mitbekomme. Er will mich provozieren. Mir beweisen, dass es mich nicht kaltlässt.

Und ja verdammt, es klappt

Es klappt so gut, dass jedes Mal die Einsamkeit von mir Besitz ergreift, wenn Nicolas und Franziska es nur wenige Zentimeter neben mir miteinander treiben. Zu ihr gesellt sich meist der Wunsch, an ihrer Stelle zu sein, und wird irgendwann so drängend, dass es kaum noch aushaltbar ist.

Bennet: Ist das eigentlich seine feste Freundin?

Victoria: Wäre auch nicht schlecht. Vielleicht zieht er dann irgendwann zu ihr und Liv ist ihn los.

In meinem Bauch pikst es ganz plötzlich. Dabei will ich doch genau das.

Ihn loswerden.

Livia: Keine feste Freundin. Nur was Lockeres. Zumindest hat er das am Telefon zu ihr gesagt.

Bennet: Muss man sich Sorgen machen, weil du seine Telefonate belauschst? Nicht, dass du doch 'ne crazy Obsession entwickelst.

Livia: Keine Sorge. Die Gefahr besteht eher nicht.

Obwohl ich nicht aufhören kann mir seine Nachricht anzusehen. Jede Nacht lese ich seine bescheuerten Worte, während Franziska neben mir kommt.

Du bist schön. Verdammt schön. Und ja das weißt du. Aber ich meine nicht deine Maskeradenschönheit. Sondern die, die du vor der Welt und vor dir selbst verbirgst. Und auch das weißt du.

Gefühlschaos par excellence.

Ich will, dass er mich in Ruhe lässt. Dass ich ihm egal bin und mein Licht ihn blendet. Und gleichzeitig will ich es nicht. Ich will die Kontrolle verlieren und ihm die Schattenmonster zeigen, die hinter dem Licht wohnen.

Ich will ihm alles zeigen.

Ich will alles vor ihm verstecken.

Es ist zum Verrücktwerden. Mein Herz ist absolut verwirrt. Meine Gedanken sind absolut verwirrt.

Mein Körper nicht. Er will ihn. Ich weiß nicht, was mit meinen Hormonen schiefgelaufen ist, aber sie scheinen irgendwie auf Nicolas zu reagieren. Auf ihn und auf sein Stöhnen, das Nacht für Nacht direkt neben mir aus seinem Mund kommt, aber nicht für mich bestimmt ist.

Auch wenn es in diesen Minuten alles ist, was ich will. Ich will von ihm berührt werden und ich will, dass seine Leidenschaft mir gilt. Ich will für ihn schön sein. Auf welche Art auch immer.

Ein Mal, ein einziges Mal, wurde die Sehnsucht danach so groß, so drängend und beinahe schmerzhaft, dass ich mir erlaubt habe in die Vorstellung einzutauchen und darin zu ertrinken. Mit Haut, Haaren und Herz. Ich habe etwas getan, das ich mit in den Himmel oder die Hölle nehmen würde, je nachdem. Während Nicolas es nur wenige Zentimeter neben mir Franziska besorgte, besorgte ich es mir selbst.

Ich versank in den Bildern, die aus meinem Kopf direkt in meinen Unterleib schossen. Seine Hand auf meinen Brüsten. Dieser feurige Blick in seinen sommergrauen Augen, die frei von Traurigkeit und voll von Verlangen waren. Sein tiefes Stöhnen, das nur für mich bestimmt war und zwischen meinen Beinen vibrierte. Die Bilder waren beinahe echt. Nur zehn Zentimeter und ein Universum von der Realität entfernt. Meine Finger kreisten um meine Mitte und fast, ja fast, waren es seine. Er sah mich. Die Schönheit und die Hässlichkeit. Das Licht und die Schatten. Er sah mehr als die Wiener Prinzessin, die ich nun mal bin.

Ich kam für ihn. Ich kam für uns. Der Orgasmus war heftiger als sonst und doch nicht genug. Denn als die ekstatischen Wellen verebbten, blieb nur die schwarze Wirklichkeit zurück. Die schwarze Zukunft.

»Ist Wien nicht einfach traumhaft schön?«

Tanjas Frage holt mich zurück in die schwarze Realität. Ich reagiere auf Bennets Joe-Goldberg-GIF, unter dem neben einem irre lächelnden Emoji steht: *Nicolas, du wirst mich lieben,* dann stecke ich mein Smartphone wieder ein. Mein Blick fällt auf Tanja. Ich mustere sie und die leuchtenden Augen, mit denen sie die geschmückten Fassaden, die Säulen und verzierten Giebel der Stadt betrachtet.

»O ja«, stimmt Nora ihr zu.

Ich nicke nur. Denn ich weiß, was hier wirklich abgeht.

Für den Rest der Welt scheint diese Stadt makellos und zauberhaft wie ein verdammtes Märchenschloss. Man geht durch die Straßen und wird von der Schönheit geradezu erschlagen. Doch wenn du Teil dieser Welt, Teil dieser Stadt bist, wird dir schnell klar, dass die glänzenden Fassaden Wiens nur die pechschwarzen Seelen in all ihrer Hässlichkeit verbergen.

Wien ist wie ich.

»Da sind wir schon wieder.«

Erneut ignoriere ich Tanjas heiteren Tonfall, als wir den Eingangsbereich unseres Hauses betreten, und winke Heinz, dem Portier, zur Begrüßung zu.

»Ich habe ein Paket für Sie, Fräulein Hohenburg.«

»Ah, perfekt.« Ich trete auf ihn zu und nehme das kleine Päckchen entgegen. Wahrscheinlich die Make-up-Produkte der *V-Line* von Valerie Ehrmann, mit der ich eine Kooperation eingegangen bin. »Danke!«

»Und für dich, Nora, einen Lolli, wie immer.« Heinz lächelt großväterlich und zaubert einen großen roten Lutscher aus einer der Schubladen.

Nora hopst vor Freude auf und ab und schnappt sich den Lolli. »Cool!«

»Nora, Liebes«, beginnt Tanja, als sich die Aufzugtüren hinter uns schließen und Nora anfängt an dem Papier des Lutschers herumzunesteln. »Man sollte keine Süßigkeiten von Fremden annehmen.«

Nora hält inne. »Wieso?«

»Na ja, es gibt auch böse Menschen, die es nicht besonders gut mit kleinen Mädchen wie dir meinen.«

»Stimmt. Heinz Norfeld, der seit vierzig Jahren oder so als Portier in diesem Haus arbeitet und schon mir als Kind jeden Tag Süßigkeiten geschenkt hat, hat sich bestimmt über Nacht in einen Giftmörder verwandelt«, sage ich sarkastisch. »Vielleicht ist er den Verschwörungstheoretikern beigetreten und denkt, Papa würde das Blut von irgendwelchen Kindern als Feierabendbier trinken.« Ich reiße schockiert die Augen auf »Denkt ihr, in diesem Paket ist eine Bombe?«

»Livia, so war das nicht …«

»Vielleicht hat er auch den Aufzug manipuliert und entführt uns gerade in eine geheime Folterkammer.«

»Glaube ich nicht«, widerspricht Nora. »Heinz ist so lieb, oder?« Sie beäugt kritisch ihren Lolli.

»So meinte ich das nicht.« Tanja kratzt sich unbeholfen am Kopf. »Nur so generell sollte man vorsichtig sein, wenn einem fremde Männer Süßigkeiten anbieten.«

»Also kann ich den Lolli jetzt essen?«

»Ja«, sage ich und kann einen genervten Blick in Tanjas Richtung nicht unterdrücken.

Als die Aufzugtüren sich öffnen, weht mir ein leckerer Geruch in die Nase.

»Sind das Waffeln?« Entgeistert starre ich in die Küche, wo mein Vater vor einem Waffeleisen steht und schon wieder diese behämmerte Queen-of-the-Kitchen-Schürze trägt. Es piept. Papa öffnet das Eisen und holt mit einer Gabel eine goldbraune, dampfende Waffel heraus.

»Nein, das ist das staubtrockene Brot, womit Nora ihr Pony füttern wollte.« Papa grinst mich an. »Natürlich sind das Waffeln.«

Alles klar. Er steht mal wieder in der Küche und macht uns Essen. Total normal. Schon immer so gewesen.

»Setzt euch.« Papa nickt zu dem gedeckten Frühstückstisch. Ich muss hart schlucken, als ich das Obst, das Rührei, den Joghurt und die vielen Aufstriche entdecke. Bis vor einigen Wochen hat sich Papas Frühstück auf einen Proteinriegel und einen Kaffee im Auto auf dem Weg zur Arbeit beschränkt.

Ich lasse mich auf einen der Stühle fallen und begutachte kritisch eine Erdbeere.

»Möchtest du Kaffee, Liv?« Tanja stellt eine große Kanne auf den Tisch, von der ein himmlischer Geruch ausgeht.

»Ähm, ja, gern.«

Sie gießt die heiße Flüssigkeit in meine Tasse und setzt sich anschließend neben mich. Ich nehme einen Schluck.

»Wo ist Nicolas?«

»Kommt sofort. Er hat heute bei einem Freund übernachtet.«

Bei einem Freund. Genau.

Als wäre das hier ein schlechter Sketch, öffnen sich genau in diesem Augenblick die Aufzugtüren und geben die Sicht auf Nicolas frei.

»Servus.« Seine Stimme klingt verschlafen. Sein Haar ist nass, wahrscheinlich vom Duschen. Er trägt eine dunkle Jeans und einen grauen Hoodie, der seine Augen noch heller wirken lässt. Zum ersten Mal seit der Limousinen-Sache sieht er mich an. Sieht mich *so* an.

Plötzlich ist meine Haut wieder aus Glas und gewährt freie Sicht auf mein Herz, das hüpft wie ein Trampolinweltmeister, obwohl Nicolas es doch vor einer Woche erschossen hat.

Ich weiche seinem stechenden Blick hastig aus und schaue stattdessen zu Nora, die im Wohnzimmer fleißig ihre Pirouetten übt.

»Guck mal, Tanja. Guck mal, was ich kann.« Sie macht einen kleinen Sprung und dreht sich dann wieder.

»Toll.« Tanja klatscht beeindruckt in die Hände. »Das sieht richtig professionell aus, Süße.«

Nora strahlt und mir wird kalt.

»Sooo, das Essen ist fertig.« Papa stellt einen mit einem Waffelturm beladenen Teller auf den Tisch und nickt zufrieden. Die Kälte breitet sich in meinem Bauch aus und erstreckt sich bis in meine Beine.

»Livia, gibst du mir mal das Rührei?«

»Hm?«

»Das Rührei.« Nicolas deutet auf die Schale neben mir.

»Ach so. Ja.« Ich reiche sie ihm. Als er danach greift, streifen seine Finger meinen Arm.

Ich zucke zusammen. Kurzschluss. Bei der Berührung seiner warmen Hand auf meiner mit Frost überzogenen Haut ist in meinem Inneren eine Sicherung durchgeknallt. Wie bei einem Gewitter. Heiße Luft trifft auf kalte. Nicolas' Wärme trifft auf mein Eisherz und hinterlässt eine schlammige Sauerei. Unsere Hände schweben weiterhin über dem lächerlichen Frühstückstisch und halten die Rühreischüssel. Schlagartig lasse ich sie los, als hätte ich mich verbrannt.

Seine Mundwinkel zucken belustigt, als er sich das Rührei auf den Teller schaufelt. Dieser Scheißkerl.

Ich rufe meine inneren Soldaten zur Ordnung. *Jungs und Mädels, jetzt reißt euch zusammen. Wir haben einen Kampf zu gewinnen. In mir ist kein Platz für eine anarchische Revolution.*

»Livia, was hast du heute noch vor?«

»Ich?« Verwirrt schaue ich zu meinem Vater. »Warum?«

»Nur so? Darf ein Vater nicht wissen, was seine Tochter an einem Sonntag wie diesem noch so anstellt?«

Ein normaler Vater dürfte das, aber du hast dich noch nie für das interessiert, was ich so anstelle.

»Tennis mit Vic.«

»Und heute Abend?«

Meine Güte, ist das hier ein Verhör? »Im Konzerthaus tritt so eine Violinistin auf, die Bennet vergöttert. Vielleicht gehen wir dahin.«

»Oh, Klassik.« Papa nickt anerkennend und lädt sich eine Waffel auf den Teller. »Spielst du eigentlich noch Klavier, Liv? Ich hab dich ewig nicht spielen gehört.«

Nein, tue ich nicht. Und wenn du mehr als die bloße Imitation eines guten Vaters wärst, wüsstest du das auch.

»Keine Zeit aktuell.«

»Nick spielt herrlich schön Klavier«, mischt sich Tanja ein und wirft ihrem Sohn einen warmen Blick zu. »Ihr müsstet euch mal zusammentun.«

»Eher nicht.« Nicolas, der heimliche Klaviervirtuose, schüttelt brummend den Kopf.

»Okay.« Seine Mutter zuckt mit den Schultern. »Möchtest du Bacon, Livia?«

»Danke, ich esse kein Fleisch.«

»Wirklich?« Nicolas lässt die Zeitung sinken, die er gerade aufgeschlagen hat, und schaut mich ziemlich verdattert an. »Du bist Vegetarierin?«

»Jaha.« Ich äffe seinen überraschten Tonfall nach. »Ich bin Vegetarierin.«

»Aha. Und warum?«

Warum will er das wissen? »Weil mir die Tiere leidtun. Außerdem ist es sowieso besser für die Umwelt.«

»Stimmt.« Er nickt beeindruckt und ich kann nicht verhindern, dass sich ein Lächeln auf meine Lippen schleicht. Grinsend werfe ich mir eine Erdbeere in den Mund.

»Du stehst in der Zeitung, Alexander.« Nicolas scheint von einem Artikel im *Wiener Kurier* abgelenkt und richtet den Blick auf meinen Vater.

»Ach wirklich?« Papa verzieht keine Miene, während er Marmelade auf ein Croissant schmiert. Natürlich ist es für den Bürgermeister von Wien nichts Spektakuläres, in einer schnöden Tageszeitung erwähnt zu werden. Ich rolle mit den Augen und nippe an meinem Kaffee.

»Ja. Irgendwas von veruntreuten Sozialgeldern. Klingt nicht so gut, ehrlich gesagt.« Eine steile Falte bildet sich zwischen Nicolas' Augenbrauen, während er sich in den Artikel vertieft.

Verwirrt schaue ich zu meinem Vater.

»Das ist nur Klatsch«, winkt dieser ab und beißt in sein Croissant. »In diesem Jahr habe ich schon von Regierungsgeldern eine Strandvilla auf Ibiza und einen Fußballverein gekauft. Außerdem hatte ich mit zwei Models eine Affäre. Eins davon war ein Mann.« Er lächelt seinen neu ernannten Stiefsohn an wie ein alter weißer Mann, der einem kleinen Mädchen erklärt, dass Prinzessin Lillifee nicht existiert. Als hätte die ganze Welt nichts Besseres zu tun, als Klatsch über Alexander Hohenburg zu verbreiten. »Glaub nicht alles, was in der Zeitung steht, Nicolas. Bei mir ist alles in bester Ordnung.«

»Okay.« Er zuckt mit den Achseln. »Kann ich mal die Waffeln haben?«

Papa reicht ihm den Teller.

»Willst du auch eine?«, fragt Nicolas an Nora gerichtet, die ihr Balletttraining offenbar unterbrochen hat, um sich neben ihn zu setzen.

»Hmm.« Meine kleine Schwester sieht ihn prüfend an. »Ich weiß nicht. Bist du ein Serienkiller?«

»In letzter Zeit nicht.«

»Trinkst du Blut von Kindern?« Sie verschränkt die Arme vor der Brust.

»Lange nicht vorgekommen.«

Ich muss ein Kichern unterdrücken.

»Nora, warum fragst du deinen Stiefbruder solche merkwürdigen Dinge?« Papa sieht Nora verwirrt an.

»Tanja hat gesagt, dass Heinz ein Serienkiller sein könnte.«

»Das habe ich so nicht ...«, versucht Tanja sich zu rechtfertigen.

»Und man darf von Serienkillern nichts zu essen annehmen.« Nora nickt bedeutungsschwer.

»Das sehe ich auch so. Gut, dass du aufpasst.« Ich zwinkere ihr zu.

»Also.« Mit skeptischer Miene scannt Nora Nicolas von seinem stechenden Blick bis zu den ausgelatschten Sneakern an seinen Füßen. »Bist du nun ein Serienkiller oder nicht?«

»Ja, Nicolas, bist du einer?« Ich blitze ihn an.

»Würde ich es dir denn verraten, wenn ich einer wäre?«, gibt dieser zu bedenken und erwidert meinen Blick genauso herausfordernd.

»Hm.« Nora scheint zu überlegen und wiegt den Kopf von der einen auf die andere Seite. »Das kann man nie wissen.«

»Du musst dich wohl auf deinen Instinkt verlassen, Kleine.«

»Was ist das?«

»So was wie dein Bauchgefühl.«

»Ah.« Nora nickt.

»Und was sagt dir dein Bauchgefühl? Bin ich ein Serienkiller oder nicht?« Nicolas lehnt sich im Stuhl zurück und grinst.

»Ich glaube nicht.«

»Na dann, hau rein.« Er schiebt ihr den Waffelteller rüber.

»Die sehen viel besser aus als die von Nanny Loretta. Gar nicht grau.«

»Wo wir gerade dabei sind.« Papa setzt sich etwas gerader hin und räuspert sich. »Ich habe Loretta gekündigt.«

»Was?« Nora reißt die Augen auf und strahlt. »Das ist ja …« Dann scheint sie sich zu besinnen und bemüht sich um einen betroffenen Gesichtsausdruck. »Ähm … traurig.«

»Komm schon, Norilein. Du hast diese Frau gehasst.«

»Alles, was sie gekocht hat, hat nach Pferdefutter gerochen …«

»Siehst du, und wenn du nichts dagegen hast, werden wir auch erst mal keine neue Nanny einstellen.«

»Und wer kümmert sich dann um mich?«

»Ich.«

Mein Kopf zuckt in Tanjas Richtung.

»Du?«, fragen Nora und ich gleichzeitig, allerdings reißt sie als Einzige begeistert die Hände in die Luft. In meinem Bauch tummeln sich bei dieser Vorstellung tausend Bienen, die alle nach und nach zustechen. Ich blicke zu Nicolas, doch der hat immer noch den *Wiener Kurier* aufgeschlagen und tut so, als bekäme er von dem Ganzen nichts mit.

»Also wenn du nichts dagegen hast …« Tanja schaut Nora abwartend an. »Ich werde erst mal nicht arbeiten und würde liebend gern mehr Zeit mit dir verbringen.«

»Das finde ich superdupermegatoll!« Noras Kinderaugen leuchten vor Freude.

Piks, piks, piks, machen die Bienen.

»Das finde ich auch.«

Die vielen Stiche in meinem Magen verwandeln sich in brennende Übelkeit, weil ich sehe, dass Papa seine Hand liebevoll auf die von Tanja gelegt hat. Das Funkeln in seinen Augen ist so zärtlich, dass ich schreien möchte.

»Ich geh dann.« Als wären plötzlich spitze Zacken aus der Lehne geschossen, springe ich vom Stuhl auf. »Tennis.« Offenbar jetzt völlig bekloppt, schlage ich mit einem imaginären Schläger gegen einen imaginären Ball.

»Warum nimmst du Nicolas nicht mit? Er hat früher so gern Tennis gespielt.«

Der Bienenschwarm. Rastet. Aus.

»Brmpfst.« Ein merkwürdiges Geräusch kommt aus meinem Mund. Nein. Nicht auch noch der *Vienna Sports Club*. Das ist mein Bereich. Mein Revier. Er hat dort verdammt noch mal nichts zu suchen.

»Wie bitte?« Der Gesichtsausdruck, mit dem Papa mich begutachtet, gefällt mir überhaupt nicht. Es ist eine Mischung aus Verwirrung wegen dem *Brmpfst* und einer Ermahnung, weil ich nicht sofort *Jippie, Nicolas annektiert mein ganzes Leben* geschrien habe.

»*Du* hast Tennis gespielt?« Ganz automatisch gehe ich in den Angriffsmodus über und schaffe es gekonnt, die warnenden Augen meines Vaters zu ignorieren. »Ist das nicht was für verwöhnte, reiche Snobs?« Ich lasse einen arroganten Schleier über mein Gesicht gleiten, damit er die Angst dahinter nicht sieht.

»Jap.« Er lässt die Zeitung sinken. Jäh durchbohrt mich sein Blick.

Gläserne Haut. Freies Herz. Verschwundene Maske.

Wie zur Hölle macht er das?

»Also? Warum spielt jemand wie du dann Tennis? Beschmutzt das nicht dein Bester-Mensch-ever-Image?« Ich halte seinem Blick stand und lasse mir nicht anmerken, dass mein Herz denkt, es müsse einen Weltrekord im Saltoschlagen aufstellen.

»Livia. Benimm dich.« Papa lässt schockiert seine Gabel, mit der er gerade das Rührei aufspießen wollte, auf den Teller fallen.

»Schon gut, Alexander«, sagt Nicolas in seine Richtung und wendet sich dann wieder mir zu. Salto Nummer 3.494. »Anders als du weiß ich, dass diese Menschen Einfluss haben und dass ich auf ihre Galas, in ihre Clubs und auf ihre Golfplätze gehen muss, damit ich sie als Sponsoren für meine Ausstellung gewinnen kann.«

Ich schlucke. Ausstellung. Was er damit wohl meint? Und müssten die Bienen nicht langsam tot sein?

»Ich komme gerne mit zum Tennis, danke für die Einladung.« Er grinst selbstgefällig und widmet sich dann wieder der Zeitung.

»Okay, wenn du meinst …« Ich hebe gleichgültig die Schultern und gehe in mein Zimmer, um meine Sporttasche zu packen. Soll er mitkommen. Er wird es bereuen.

25. KAPITEL

FEUERWERKSBOMBENEXPLOSION

Wo zur Hölle ist mein Tennisrock? Ich beiße mir verzweifelt auf die Unterlippe, während ich in den unendlichen Tiefen meines Kleiderschranks wühle. Neben mir türmt sich bereits ein Klamottenberg von Dingen, die ich längst vergessen geglaubt hatte. Nur der weiße Rock ist weg. *Argh.*

Ich unterdrücke ein Stöhnen, als sich ein vielversprechendes Stück Stoff nicht als besagter Rock, sondern als Sommerkleid entpuppt. Das kann doch nicht wahr sein. Ich verfluche mich selbst dafür, dass ich das kurze Ding schon vor Ewigkeiten gegen bequeme Shorts eingetauscht habe.

Obwohl, nein. Eigentlich verfluche ich die Männer im *Vienna Sports Club* – meist im Alter meines Vaters –, die ständig am Rand des Spielfeldes stehen geblieben sind. Rein zufällig natürlich. Sie standen dort herum und glotzten mit unverhohlener Gier in den Augen auf meine nackten Teenager-Beine. Einfach ekelhaft. *Vielleicht zeigt uns die kleine Hohenburg ja heute, was unter ihrem Röckchen steckt, höhöhö. Da würden wir gerne mal einen Blick drauf werfen, nicht wahr, Karl-Heinz?*

Natürlich weiß ich nicht, ob sie das wirklich gesagt haben, während sie mich angafften und so dreckig lachten, wie nur alte Männer es können, denen das Geld auf ihrem Konto den Anstand geraubt hat. Doch auch wenn ich die Sätze nicht gehört habe, konnte ich sie ihnen am Gesicht ablesen wie von einer Reklametafel am Times Square. Und jetzt, wo der Scheißrock mal wirklich gebraucht wird, ist er verschollen. So ein Mist.

Ich ziehe einen weiteren Stapel Klamotten aus dem Schrank, denn heute will ich, dass sie genau das tun. Gaffen.

Okay, eigentlich will ich, dass *er* gafft. Ich will, dass er den Blick nicht von mir reißen kann. Dass in seinem Kopf die Fantasie herumtanzt, mir den Rock an Ort und Stelle herunterzureißen. Und ich will, dass er sich wünscht, mich darunter … *zu berühren*. Ich will seine brennende Lust auf meiner Haut spüren, nur um sein Feuer mit einem eiskalten Blick zu ersticken. Frustriert lasse ich mich mit dem Rücken auf den Teppich fallen und überlege. Eine Erinnerung blitzt vor meinem inneren Auge auf.

Mama hat sich den Rock öfter ausgeliehen.

Für sie waren gaffende Mittvierziger nie ein Problem. Sie wollte ihn haben und ich habe ihn ihr gegeben.

Ich bin schon im Begriff, die Tür zu öffnen, um in Mamas – oder vielmehr Tanjas – Zimmer nach dem Rock zu suchen, da dringt eine Stimme durch den kleinen Spalt. Mein Griff um die Türklinke verkrampft sich.

»Mach dir keine Sorgen, Liebes. Livia muss lernen erwachsen zu werden.« Mein Vater. Und offenbar spricht er über mich.

»Ach, Alexander …« Jetzt ist es Tanjas Stimme, die leise zu mir herüberschwebt. »Ich glaube, sie hat das Gefühl, dass ich ihre Mutter ersetzen will. Für sie ist das alles bestimmt sehr schwer zu ertragen. Wir hätten das mit dem Umzug nicht überstürzen dürfen.« Ihre Worte bündeln sich in meiner Kehle zu einem fetten Kloß, den ich nicht herunterschlucken kann.

»So ein Blödsinn.« Papas Stimme klingt hart. So hart wie immer, wenn er über mich spricht. »Melody ist vor über einem Jahr verschwunden. Sie muss lernen sich zusammenzureißen und endlich mal stark sein.«

Ein Schluchzer kriecht meinen Hals hinauf. Ich presse die Lippen fest zusammen, um ihn zurück in das Herzloch zu drücken, aus dem er entschlüpfen wollte.

Sie muss lernen sich zusammenzureißen und endlich mal stark sein.

Spitze Klauen krallen sich in meine Brust.

»Du denkst, dass deine Tochter schwach ist?«

Ich zucke zusammen, weil es Nicolas ist, der die Frage stellt. Eine Frage, die ich nie imstande wäre zu stellen.

»Du denkst wirklich, dass Livia zu schwach ist, um sich *zusammenzureißen*?«

»Sie …«, will mein Vater sich verteidigen, doch Nicolas lässt ihn nicht aussprechen.

»Deine Tochter reißt sich jeden verfickten Tag zusammen. Wie kannst du das nicht sehen? Wie kannst du so blind für ihren Schmerz sein?« Er ist jetzt so laut geworden, dass ich ihn auch bei geschlossener Tür klar und deutlich verstanden hätte. »Livia lebt jeden Tag dieses Leben. Sie lächelt und steht aufrecht, obwohl sie innen drin völlig kaputt ist.« Und dann sagt er etwas, das in mir ein buntes Feuerwerk entfacht und gleichzeitig wie eine Bombe detoniert. »Livia ist viel stärker, als man denkt. Sogar stärker, als sie selbst weiß.«

WHAT THE FUCK?!

Die elf Buchstaben sind meinen besten Freunden so klar und deutlich ins Gesicht geschrieben, als wären sie eintätowiert worden.

Vic und Bennet starren uns geschockt an, als Nicolas und ich aus dem Wagen steigen und er, wie selbstverständlich, die Hand zur Begrüßung hebt. Vics Blick hüpft wie ein Pingpongball von mir zu Nicolas und wieder zurück. Bennet hat den Mund so weit aufgerissen, dass sein Unterkiefer jeden Augenblick auf den dunkelblauen Teppich der Lobby fallen müsste, die wir in diesem Augenblick betreten.

»Ich dachte, wir wollen Tennis spielen.« Nicolas guckt auf die glamouröse Einrichtung des *Vienna Sports Club* und sieht dabei aus, als stünde er in einem Kuhstall. Wahrscheinlich wäre ihm der sogar lieber. Abfällig lässt er den Blick über den dunklen Tresen wandern, hinter dem eine bebrillte Frau steht und höflich lächelt. Dann schaut er hoch zu den Kronleuchtern bis hin zu den schwarzen Statuen, die in einer Reihe positioniert auf schwarzen Sockeln thronen und verschiedene Sportarten darstellen. Zwei Männer, etwa Mitte fünfzig und in schwarzen Anzügen, treten in dieser Sekunde aus dem Aufzug.

Schließlich dreht Nicolas sich wieder zu mir, Vic und Bennet um. »Ich hatte nicht vor eine Firma zu kaufen oder mich mit alten Männern über den Genderwahn der verlorenen Generation zu unterhalten.«

»Nicht? Schade, dann sage ich Toni, dass er den Beamer wieder einpacken kann, den ich für meine PowerPoint-Präsentation vorbereitet hätte«, erwidere ich sarkastisch.

»Was ist mit mir?« Antonio, der gerade beladen mit einem Stapel weißer Handtücher an uns vorbeigerauscht ist, hält inne.

»Die Präsentation über die Bedeutungslosigkeit meiner Existenz muss doch ausfallen. Sorry.«

»Was? Ähm, Verzeihung. Wie bitte, Fräulein Hohenburg?« Der Servicemitarbeiter kratzt sich am Kopf und lässt dabei fast die Handtücher fallen.

»Nichts, schon gut«, erlöst Vic ihn kichernd, woraufhin Toni den Kopf schüttelt und weitergeht.

»Komm mit.« Bennet grinst meinen Stiefbruder an. »Die Umkleiden für Männer sind dahinten.«

»Alles klar.« Die beiden biegen links in einen dunklen Flur ab. Vic und ich gehen nach rechts zu den Damenumkleiden.

»Was wird das, Liv?«, fragt Vic, sobald die Tür hinter uns ins Schloss gefallen ist.

»Papa wollte, dass er mitgeht.« Ich stelle meine schwarze Sporttasche auf den sandsteinfarbenen Boden und ziehe den Reißverschluss auf. »Außerdem wart ihr zwei es doch, die mir diese Pralinen-Sache eingeredet habt.«

»Das heißt, wir spielen nicht Tennis, sondern du machst … was? Eine verruchte Stripshow?«

»So ähnlich.« Ich ziehe meinen weißen Tennisrock aus der Tasche, der sich tatsächlich in Mamas beziehungsweise Tanjas Schrank befunden hat, und wedle damit vor ihrem Gesicht herum.

»Ahhh.« Vic nickt und grinst wissend. »Also denke ich mal, du willst mit ihm in ein Team fürs Doppel?«

»Wieso?« Ich falte meine Jeans ordentlich zusammen und lege sie in den Spind, bevor ich mir den Rock über die Beine ziehe. Passt und sieht genauso scharf aus, wie ich ihn in Erinnerung hatte. »Eigentlich würde ich lieber gegen ihn statt mit ihm spielen.«

»Wie hast du dir das denn vorgestellt? Soll er dich vom anderen Ende des Spielfelds aus anschmachten? Ich glaube nicht, dass dieser … nennen wir es Plan, dann funktioniert.«

»Stimmt. Verdammt.« Mein Fluch verliert sich im dünnen Stoff meiner Bluse, als ich sie mir über den Kopf ziehe. »Ich weiß nicht, ob ich fähig bin mit Nicolas Steiner so was wie ein Team zu bilden. Ich will ihn viel lieber fertigmachen.« Jetzt stülpe ich mir das passende T-Shirt über und beginne dann mein blondes Haar zu einem hohen Pferdeschwanz zusammenzubinden.

»Verstehe.« Meine beste Freundin stellt sich neben mich und versucht ihr kurzes Haar ebenfalls in einen Zopf zu zwängen. »Aber deine Mission scheint doch sonst sehr gut zu laufen.« Über den Spiegel zwinkert sie mir zu.

»Eigentlich schon, aber würde er noch so oft mit Franziska schlafen, wenn er eigentlich mich …«

»… vögeln will?« Vic hebt unbeeindruckt die Schultern. »Na und? Er muss die sexuelle Spannung, die du in ihm auflädst, ja irgendwo *ent*laden.«

Mein Herz krampft sich bei dem Gedanken an sein Stöhnen für einen Schlag zusammen. »Also Franziska ist so was wie ein Blitzableiter?«

»Yes. Und selbst wenn nicht. Du willst doch eh, dass er auszieht, oder?«

»Klar.« Das kleine Wort pikst wieder in meinem Bauch. »Natürlich will ich das. Er soll abhauen«, betone ich noch mal und hoffe, dass das Piksen dadurch aufhört. Tut es nicht. »Ich hasse ihn. Ich hasse ihn wirklich.« Ich ziehe meinen Pferdeschwanz fester zusammen und blicke meinem eigenen Spiegelbild entschlossen in die Augen. »Er macht ständig einen auf moralisch überlegen und sagt, dass ich nicht wisse, wie man lebt, dass mein Leben bedeutungslos sei und so einen Scheiß.«

»DAS hat er gesagt?!« Vics Kopf wirbelt so schnell zu mir herum, dass ich mir kurz Sorgen mache, er könnte ihr vom Hals fliegen und gegen den Spiegel donnern.

»Das und noch viel mehr.« Dass ich stark bin, zum Beispiel. Und schön. Aber nicht auf die Weise schön, wie der Rest der Welt denkt.

Ich überlege, ob ich meiner besten Freundin davon erzählen will. Davon, dass Nicolas mich verwirrt. So richtig verwirrt. Dass er mir Songs vorspielt, die mir unter die Haut gehen, und dass er mich manchmal ansieht, als wäre ich *wertvoll*, nur um mich kurz darauf mit diesem unverhohlenen *Fuck you* in den Augen wieder wütend anzublitzen. Und dann sind da die Momente, und das sind die schlimmsten, in denen er mich gar nicht ansieht. Weil ich ihm egal bin.

Nicht von Bedeutung für Nicolas Steiner.

Ich will Vic all das sagen. Ich will ihr sagen, was diese Blicke – egal welche – in mir für ein Chaos auslösen. Aber dann erinnere ich mich an Bennets Worte. *Wenn du es aussprichst, wird es wahr. Dann gibt es kein Zurück und du musst dich der neuen Realität stellen.*

»Komm, wir machen noch schnell eine Story«, sage ich also. Denn ich bin so was von nicht bereit mich meinem Chaos zu stellen.

Vic und ich posieren vor dem Spiegel, lassen unsere Schläger kreisen und verlinken den *@viennasportsclub. Siehst du, Mama? Ich kann auch ohne dich Spaß haben. Ich brauche dich nicht beim Tennis.*

»Let's go! Ich mach dich fertig, Everhofen.« Ich zwinkere ihr zu und lade die Story hoch.

»Mich oder deinen Stiefbruder?« Sie gibt mir einen Klaps auf den Hintern.

»Euch beide gleichzeitig.«

Ich hoffe nur, dass ich am Ende nicht selbst als Verliererin vom Platz gehe.

26. KAPITEL

SPIEL – SATZ – ABSTURZ

Nicolas' Züge verhärten sich in dem Augenblick, in dem ich aus dem Gebäude ins Freie trete. Sein Blick huscht über meine nackten Beine hoch zu meinen Brüsten und verdunkelt sich.

Ein rauer Wind lässt mich frösteln und eine Gänsehaut auf meinen Körper regnen. Meine Nippel stellen sich augenblicklich auf und drücken sich gegen den ungepolsterten Stoff meines Sport-BHs. Ich verkneife mir ein gewinnendes Grinsen, denn ich bin mir sicher, dass Nicolas das registriert hat, auch wenn er den Blick wieder abgewendet hat und stattdessen am Griff seines Schlägers herumnestelt.

Bennet zwinkert mir zu und nickt kaum merklich. *Sehr gut*, formen seine Lippen stumm und ich zwinkere zurück. Mission Milka-Praline geht also in die nächste Runde. Und wie sie das geht.

»Na, bereit für ein Match mit uns langweiligen Snobs?«, frage ich Nicolas herausfordernd.

Mein Stiefbruder lässt von seinem Schläger ab und erdolcht mich augenblicklich mit seinem stechenden Blick. Ich schaue nicht weg, sondern halte ihm stand, selbst als mir bei der Intensität, mit der er mich betrachtet, die Knie weich werden.

Shit. Obwohl ich genau das erreichen wollte, bin ich nicht auf das Begehren vorbereitet, das mich aus seinen grauen Iriden heraus anspringt. Meine bescheuerten Hormone eskalieren schon wieder. Ich versuche mich zusammenzureißen, und doch beginne ich in dieser Sekunde zu brennen. Es brennt auf meinen Wangen, in meinem Bauch und in jeder verfluchten Zelle meines Körpers. Das Lodern in seinen Augen hat auch in mir etwas entzündet.

Ein sommergrauer Funken wird zu einem Inferno.

In mir erwacht etwas. Etwas Rohes, Verlangendes. Etwas, was dafür sorgt, dass ich meine Oberschenkel zusammenpressen muss, weil es dazwischen verdächtig zu pochen beginnt.

Trotz allem muss ich meiner Mission treu bleiben, also fahre ich mir wie zufällig einmal durch das zusammengebundene Haar und beiße mir kaum merklich auf die Unterlippe.

Nicolas weitet die Augen und schluckt. »Bereit.« Er klingt heiser und muss sich räuspern, bevor er den Blickkontakt, die brennende Schnur, die uns verbunden hat, zerreißt. *Ha.* Ich verbuche das als Zwischensieg.

Vic und Bennet grinsen breit.

»Also, wer spielt mit wem?«, fragt Letzterer und öffnet eine Tennisballdose.

»Ich spiele mit Nicolas.«

Der schaut mich überrascht an. »Wirklich?«

Ich zucke mit den Schultern. »Ja? Wir sind doch jetzt eine *Familie.*« Das Wort hinterlässt einen gallenartigen Geschmack auf meiner Zunge.

»Okay, wenn du meinst.« Noch immer verwirrt dreinblickend geht er die wenigen Schritte auf die andere Spielfeldseite zu.

»Nicht schlecht, Hohenburg. Wirklich nicht schlecht.« Bennet wirft mir ein anerkennendes Lächeln zu und pfeift leise durch die Zähne. »Ich bin stolz auf dich und darauf, dass du diesen bescheuerten Müsli-Plan für, na ja, eben bescheuert erklärt hast.«

»Das hält er nicht mehr lange durch, vertrau mir.« Vic wackelt mit den Augenbrauen. »Bald haut er ab.«

»Hoffentlich«, erwidere ich und frage mich, warum ich mich so gar nicht hoffnungsvoll dabei fühle.

»Glaub ja nicht, dass wir euch gewinnen lassen«, ruft Bennet mir zu, als ich Nicolas folge und mich einen Meter vor ihm auf den Tenniscourt stelle.

»Huch.« Ich lasse einen Tennisball aus meiner Hand kullern. Heiße Flammen lecken an meinem Rücken und meinen entblößten Beinen, als ich mich langsam, sehr langsam bücke, um den Ball aufzuheben.

Er sieht mich an. Ich spüre es. Das und den Hunger, mit dem er mir auf den Hintern schaut.

Nachdem ich mich wieder aufgerichtet habe, drehe ich mich zu ihm um. »Wollen wir?« Meine Stimme soll locker, fast schon teilnahmslos klingen. Tut sie aber nicht. Stattdessen klinge ich wie eine unsichere Teenagerin, die zum ersten Mal mit den Jungs aus ihrer Klasse ins Freibad geht. Hormongesteuert und verwirrt. Denn der Hunger in Nicolas' Miene hat dem Druck zwischen meinen Beinen neue Power gegeben.

»Klar. Kann ich den ersten Aufschlag machen?«

»Ja.« Wieder ein hohes, hormonverwirrtes Quietschen. Großartig.

Ich schaue nach vorn zu Vic und Bennet und gehe leicht in die Knie. Hinter mir höre ich den Ball zweimal auftippen, bevor mein Mitspieler ihn in die Luft wirft und schlägt. Mir ist unerträglich heiß. Der Schläger in meiner Hand rutscht, weil sich Schweiß auf meinen Handinnenflächen bildet.

Der neongelbe Ball segelt über das Netz, kommt einmal auf und wird dann von Bennet zurückgeschlagen. Direkt auf mich zu. Ich gebe mir größte Mühe, mich auf ihn zu konzentrieren und das Flattern in meinem Magen und *darunter* zu ignorieren. Ich umklammere den Schläger fester und renne nach vorn. Der rote Sand unter meinen Füßen knirscht. Ich hole aus, treffe den Ball mit der Vorhand und …

»Fehler«, ruft Vic.

Ich unterdrücke ein frustriertes Stöhnen, als ich erkenne, dass mein Ball im Netz gelandet ist. Diese beschissenen Hormone. Sie sind schuld an meinem Patzer, denn eigentlich bin ich eine ziemlich gute Spielerin. Aber mit diesem Feuer im Rücken kann ich einfach nicht klar denken.

Schluss damit!

Ich atme einmal tief durch, während Vic jetzt mit Aufschlagen an der Reihe ist. Hinter mir: brennende Blicke auf meiner Haut. So intensiv, so glühend, dass mein Rock mit Sicherheit schon Feuer gefangen hat und ich mich jede Sekunde in Katniss Everdeen verwandeln könnte. Das Mädchen, das in Flammen steht und so.

Reiß dich verflucht noch mal zusammen. Doch wie von selbst wendet sich mein Kopf zur Seite. Zu ihm. Ein Schwarm Vögel flattert in meinem Innern, als ich sehe, wie er mich ansieht. Als wäre ich *kostbar*.

Mein Herz pocht heftig. Der Punkt zwischen meinen Beinen pocht auch. Schon wieder. Meine Nippel werden hart. Schon wieder. Dieses Mal liegt es nicht daran, dass es kalt ist.

Nein, mein Körper dreht durch, weil es mich verdammt noch mal anmacht, von Nicolas Steiner so angesehen zu werden. Mein Körper reagiert auf ihn. Heftig. Etwas anderes zu behaupten, wäre eine Lüge. Aber ich bin zu schlau, um mich von bloßem nichtssagendem Verlangen steuern zu lassen. Oder?

Ich versuche die Kriegssoldaten auf den Plan zu rufen, damit sie das Chaos in mir ordentlich aufräumen. *Einmal klar Schiff machen, bitte!* Aber sie kommen nicht. Sie verstecken sich offenbar hinter einer Mauer aus amoklaufenden Hormonen. Miese Feiglinge.

Ich wende den Blick ab und presse die Zähne aufeinander.

Fokus, Livia. Fokus.

Vic lässt den Ball zweimal auf dem Boden aufspringen, bevor sie zum Aufschlag ansetzt. Lichter tanzen vor meinen Augen. Ich gehe leicht in die Knie, umklammere den Griff meines Schlägers. Ob mein Rock etwas hochrutscht und Nicolas noch mehr von meiner Haut sieht? Ob ihn das anmacht, so wie mich? Die Gefühle und Gedanken überschlagen sich. In eine Millisekunde werden Millionen Bilder gepresst. In meinem Kopf läuft ein halber Film, während Vic den Ball in die Luft wirft und gekonnt dagegenschlägt. Die gelbe Kugel rast auf mich zu. Ich renne nach vorn und schmettere mit aller Kraft, die ich aufbringen kann, den Schläger gegen den Ball.

»Fehler! Dreißig zu null.« Vic blitzt mich leicht belustigt an, während ich frustriert den Schläger sinken lasse. So ein verfluchter Mist.

»Ist das alles, was du draufhast, Hohenburg?« Nicolas hebt herausfordernd beide Augenbrauen. »Vielleicht solltest du mehr essen, damit Kraft in deine Puddingarme kommt. Für so schwach hätte ich dich nicht gehalten.«

Schwach. Das Wort trifft mein Herz wie ein Pfeil. Dabei weiß ich, dass er mich nur provozieren will. Dass er mich ärgern und sehen will, wie ich die Fassung verliere. Schon wieder.

Es funktioniert. Schon wieder.

Und das fuckt mich ab. Warum schafft er es immer wieder, mich dermaßen zu reizen? Mich vergessen zu lassen, dass ich kühl und unnahbar bin? Warum reicht eine einzige lächerliche Provokation aus, damit leise Wut an mir nagt? Sie zerfrisst die Hitze in meinem Unterleib. Schleichend kommt meine Armee zurück. *Welcome back.*

Ich will dagegen ankämpfen. Die Wutsoldaten killen und wieder unverletzlich sein, aber ein Blick in seine herausfordernden Augen und auf seine zu einem belustigten Grinsen verzogenen Lippen genügt, um mein Vorhaben zu vergessen.

»Schwach?« Die unsichere Teenagerin, die sich eben in meiner Stimme breitgemacht hat, ist weg. Entweder ist sie im Krieg gefallen oder sie hat in einem Luftschutzbunker Unterschlupf gesucht.

Langsam gehe ich auf ihn zu und verschränke die Arme vor der Brust. »Ach, jetzt bin ich wieder schwach? Komisch, eben hast du vor meinem Vater noch etwas ganz anderes behauptet.« Mein Ton ist leise, damit niemand der anderen Spieler etwas mitbekommt, und dennoch bedrohlich. Ich stoße ein gehässiges Lachen aus. »Aber aus deinem Mund kommt wirklich nur Scheiße, was? Also, lass mal überlegen. Was war ich in deinen Augen schon alles?« Ich tue, als müsste ich nachdenken, und hebe die Hände für eine Aufzählung. »Ich bin schwach, bedeutungslos, kaputt und was war da noch? Ach ja, nicht gerade am Leben. Wie konnte ich das vergessen?« Ich schnaube. Die Wut auf Nicolas, auf seine Wahrheiten und darauf, dass er sich in meinem Leben eingenistet hat, tobt in meinem Blut.

Ich hasse ihn. Für alles, was er mir angetan hat. Und vor allem dafür, dass er *Dinge* in mir auslöst. Dinge, die ich nicht kontrollieren kann und die mich verwirren. Chaos-Auslöser-Dinge.

Meine Beine bewegen sich wie von selbst auf ihn zu und kommen erst zum Stehen, als uns nur noch wenige Zentimeter trennen.

»Entscheide dich, verflucht noch mal.« Das Zischen aus meinem Mund gleicht dem einer Schlange. »Entscheide dich, ob ich tot oder lebendig, schön oder bedeutungslos bin. Entscheide dich, ob ich schwach oder stärker bin, als man denkt. Und werde dir um Gottes willen darüber klar, ob ich dir verfickt egal bin oder nicht.«

Ich muss nach Luft schnappen. Meine Brust hebt und senkt sich in schnellen Atemzügen. Seine auch, im selben Rhythmus. Und fast glaube ich, dass auch unsere Herzen im Einklang schlagen. Viel zu schnell. Viel zu stolpernd.

Er bleibt stumm, schaut mir nur beharrlich in die Augen, und das verunsichert mich.

Grau. Ich versinke im Sommergrau seiner Iriden und suche nach *irgendetwas*. Nach Traurigkeit, nach Wut oder Verlangen.

Ich suche nach einer Angriffsfläche. Nach etwas, worauf ich meine Armee hetzen kann.

Schließlich werde ich fündig, doch das, was mir aus Nicolas' Augen entgegenschlägt, gibt mir keinen Halt. Nein, es fegt wie ein Orkan durch mich hindurch und verwandelt das Chaos in mir in ein todbringendes Schlachtfeld. Der Blick, mit dem er mich ansieht, ist schlimmer als Wut, schlimmer als Traurigkeit. Er ist sogar schlimmer als sein Du-bist-mir-egal-Blick.

In ihm steckt Mitleid.

Und das zieht mir den Boden unter den Füßen weg.

Mitleid bedeutet, dass er mein Chaos sieht. Dass er *alles* sieht.

Die Schatten und die Wunden.

Mein schwarzes Herz und meine schwarze Zukunft.

Mitleid bedeutet, dass er die Scheinwerfer, die ihn blenden sollten, für immer zerschlagen hat. Dass alles, womit ich meine zerschundene Seele beschütze, bei ihm restlos versagt.

Ich bin hilflos. Bin ihm ausgeliefert. Und das ertrage ich nicht.

27. KAPITEL

HOFFNUNGSSTUR

Mit einem dumpfen Schlag rutscht mir mein Schläger aus den schweißnassen Händen und landet auf dem roten Sandboden.

Dann renne ich.

Ich renne vom Platz und sehe kaum wohin, weil die Tränen vor meinen Augen alles verschwimmen lassen. Ich muss hier weg. Weg von Nicolas und seinem Mitleid, bevor noch mehr Menschen es schaffen, hinter die Fassade zu blicken.

Niemand darf mich so sehen. Niemand darf daran zweifeln, dass ich unverwundbar bin. Nicht hier. Nicht in einem Club, wo die Elite Wiens zu Hause ist.

Das wäre mein Todesstoß.

Also renne ich, als würde mein Leben davon abhängen.

Die Kabinentür zur Damenumkleide kracht laut gegen die Wand, als ich durch sie hindurchstürme. Innen ist es leer. Erleichtert lasse ich mich auf den samtüberzogenen Pouf in der Mitte des luxuriösen Raums fallen und ergebe mich.

Ich ergebe mich meinem Chaos und den Tränen. Ich weine, weine, weine und ersticke fast an dem Salzwasser und dem Rotz, der meine Kehle hinabrinnt.

Kurz darauf ertönt ein Geräusch.

Verdammt. Ich höre schnelle Schritte, die sich durch den Flur auf mich zubewegen. Wahrscheinlich Vic, aber vielleicht auch eine Gruppe gelangweilter Ehefrauen, die Sebi, den neuen Golflehrer, anschmachten wollen.

Ich springe auf, will mich im Klo einschließen und finde mich plötzlich in einer Duschkabine wieder. Falsche Tür. Mist. Beide Hände auf den Mund gepresst stehe ich regungslos unter dem Regen-Duschkopf und hoffe, dass niemand der Golflehrer-Groupies auf die Idee kommt, sich für Sebi noch mal die Haare zu waschen.

»Livia?«

Mein Herz verkrampft sich schmerzhaft und rutscht mir dann in den Magen. Da ist nicht Vic. Da ist auch keine geiernde Golfanfänger-Truppe.

Sondern Nicolas.

Ich bin zu keiner Bewegung fähig und drücke mich mit dem Rücken gegen die kalten Fliesen.

»Livia? Bist du hier?« Seine Stimme kommt näher. *Er* kommt näher.

Vielleicht hört er meine kreischenden Gedanken oder riecht die Tränen, die mir unentwegt über die Wangen kullern. Es muss so sein, denn in dieser Sekunde öffnet er auch die zweite Tür und steht mir plötzlich gegenüber.

Ich wische mir hastig über die Augen und straffe mich. Zu spät. Meinen Zusammenbruch hat er längst mitbekommen und ich habe dem Mitleid in seinen Augen damit erneut Futter geboten.

Er sieht mich an und sofort weiß ich es.

Er fühlt meinen Schmerz.

Mein Licht ist aus und das ist unerträglich.

Wie von selbst kippt in meinem Innern ein Schalter um. Alle Lampen brennen. Ich ziehe meine leuchtende Mauer hoch und verziehe die Lippen zu einem leichten Lächeln. Ohne darüber nachzudenken, drehe ich den Hahn auf. Heißes Wasser rauscht auf mich herab. Ich halte mein Gesicht in den Strahl und lasse so die Spuren verschwinden, die der Tränenfluss auf meinen Wangen hinterlassen hat.

Was bleibt, ist die glatte Maske.

Meine Füße überwinden die Distanz zwischen uns, bis meine nasse Brust seine berührt. Ich sehe zu ihm auf, verbanne den Schmerz aus meinen Augen und raffe das letzte bisschen Energie in mir zusammen, um sie stattdessen brennen zu lassen. Nicolas' Blick wird dunkler und huscht für einen kurzen Augenblick über meinen nassen Körper.

»Also, was ist, Steiner?« Der Kloß ist in den Abgründen meines Herzens verschwunden. »Tun wir es jetzt endlich?« *Vergessen wir endlich, dass du gerade gesehen hast, wie ich zusammengebrochen bin?*

Er schluckt und ich stelle mich auf die Zehenspitzen, sodass meine Lippen fast seine Haut berühren. »Ich will dich«, flüstere ich und die drei Worte sind kaum mehr als ein zerfetzter Atemzug. *Los, nimm mich,* flehe ich stumm. *Damit wieder Ordnung in mein Chaos einkehrt. Damit nur die Hülle zählt und das schwarze Herz darunter egal wird. Komm schon.*

»Nein.« Nicolas weicht zurück.

Ich glaube, dass ich nie wieder atmen kann.

»Nein?«, frage ich ungläubig. Okay, ich bin offenbar echt arrogant. Aber, dass jemand Nein zu meinem Körper sagt, ist nicht mehr geschehen seit … noch nie.

»Nein, Livia. Du bist schön und glaub nicht, dass ich das nicht sehe. Glaub nicht, dass ich nicht weiß, was für eine Show du ständig abziehst, und ja, du machst mich damit wahnsinnig. So sehr, dass ich manchmal den Raum verlassen muss, weil sonst jeder sehen würde *wie* wahnsinnig.«

»Okay, dann fick mich jetzt endlich.« Ich sehe, dass er kämpft, und ich will, dass er verliert und mich vom Schmerz befreit.

»Das werde ich nicht.« Er legt die Hand an meine Wange. »Nicht so. Nicht, weil du dir anders nicht zu helfen weißt.«

»Was ist das hier für eine manipulative Scheiße?« Wieder kämpfe ich mit den Tränen und bin dankbar für das Wasser, das sie sofort von meinen Wangen spült. »Hau ab.«

Er bleibt, wo er ist.

»Das hier ist eine Damenumkleide, du irrer Stalker. Und da du offenbar nicht hier bist, um mit mir zu schlafen, hast du hier nichts zu suchen.« Ich weiche seinem Blick aus, weiche dem Mitleid aus und starre auf die sauberen Sandsteinfliesen. Die Scheißtränen wollen einfach nicht aufhören in meinen Augen zu brennen.

»Livia, hör mal.«

Warum klingt er so sanft? Warum so liebevoll? Er treibt mein Geheule dadurch nur noch weiter an.

Ich verschränke die Arme vor der Brust und vergrabe die Finger in meinem T-Shirt. »Warum sollte ich? Damit du mir noch mehr Sachen an den Kopf werfen kannst? Danke, kein Bedarf.«

»Es tut mir leid. Ich wollte dich nicht verletzen.«

»Hast du nicht.«

»Okay, und was machst du dann hier?«

»Hatte keinen Bock mehr auf Tennis. Dachte, ich gehe schon mal duschen.« Ich nicke in Richtung Brause.

»Macht man das nicht normalerweise ohne Kleidung?«

»Normalerweise ja, aber offenbar rennt hier ein ekelhafter Spanner rum, der den Frauen in der Damenumkleide nachstellt.«

»Da solltest du wirklich aufpassen.« Er schmunzelt und ich fühle mich plötzlich furchtbar bloßgestellt. Meine Unterlippe beginnt zu beben und ich muss irgendwas tun. Irgendwas, damit er nicht sieht, was er in mir anstellt.

»Verschwinde und lass mich in Ruhe duschen.« *Verschwinde, damit ich endlich ohne Zeugen zusammenbrechen kann.*

Er verschwindet nicht. Nein, er tut das Gegenteil und streicht mir eine nasse Haarsträhne aus dem Gesicht.

»Hör mir zu. Nur ein Mal«, bittet er mich.

»Warum? Denkst du, du musst mich retten, als wäre das hier die Titanic?« Meine Stimme wackelt. Ich weiß nicht, ob er sie durch das Rauschen des Wassers überhaupt hören kann. »Ich bin kein schwaches, gefangenes Rich Girl, das einen lebensfrohen Jack Dawson braucht, um glücklich zu werden.«

»Ich halte dich nicht für schwach und auch nicht für ein gefangenes Rich Girl. Nicht nur.« Seine rau-weiche Stimme hallt von den nackten Wänden wider.

»Nicht nur?«

Ein Tropfen bahnt sich seinen Weg über sein schönes Gesicht und bleibt an seiner vollen Unterlippe hängen.

Ich bin versucht ihn wegzuwischen, aber widerstehe dem Drang.

»Du bist so viel mehr …« Seine Hand wandert von meinem Haar zu meinem Gesicht. Mit dem Daumen streicht über die Haut und wischt Mascara-Tränenspuren weg. Ich sollte zurückzucken. Haltung bewahren. Eine starke, niemals schwache Hohenburg sein. Aber ich tue nichts davon.

»Das bin ich nicht.« Ich spreche leise, zittrig. »Ich bin nur ich. Nur Livia.« Mein Name hinterlässt auf meiner Zunge den Geschmack nach Asche.

Er lächelt. Warm. »Vielleicht bist du nur Livia, aber Nur-Livia hat ein Kämpferherz. Auch wenn du es selbst nicht siehst.«

»Das ist nicht …«, will ich widersprechen, doch er lässt mich nicht.

»Nur-Livia ist die beste Schwester, die man sich wünschen kann.« Sein Daumen tanzt auf meiner Wange und wechselt sich mit seinen anderen Fingern ab, die wieder und wieder die Tränenfurchen nachzeichnen. »Nur-Livia trägt einen Avocado-Schlafanzug wie andere ein Abendkleid. Nur-Livia isst kein Fleisch, weil ihr die Tiere leidtun und es sowieso besser für die Umwelt ist.«

Meine Unterlippe bebt weiter und ich kann sie nicht davon abhalten. Nicolas wandert mit dem Daumen zu ihr und streicht in einer zarten Berührung darüber.

»Nur-Livia hat ständig Menschen um sich herum und fühlt sich trotzdem einsam.«

Ich schnappe nach Luft. Meine Brust ist eng. Die Wahrheiten, die Nicolas ausspricht, als wären sie schön wie ein Gedicht, lassen mein Herz schneller schlagen. Vor Freiheit. Vor Angst.

»Nur-Livia lächelt für die Massen und weint für sich allein.«

Die Fliesen unter meinen Füßen fangen an sich zu bewegen und meine Beine sind kurz davor, das Stehen aufzugeben.

»Nur-Livia steht immer wieder auf, obwohl ihr dieses Leben jeden Tag mehr Kraft raubt.« Er nimmt die zweite Hand dazu und umfasst mein Gesicht. Tropfen prasseln auf mich nieder. Sein Blick sieht mein ganzes schwarzes Herz. Jeden Winkel. Jeden Abgrund meiner Seele, den ich zu verstecken versuche. »Du bist nicht schwach. Aber vielleicht bist du irgendwann nicht mehr stark genug.«

Er lächelt traurig. Ich kann noch immer nichts erwidern, sondern stecke in meiner Starre aus Schock, Verzweiflung und dem Kampf gegen das Zusammenbrechen fest.

»So muss es nicht sein. Du musst dieses Leben nicht leben.« Jetzt lügt er, aber wahrscheinlich weiß er das nicht.

»Doch. Muss ich«, presse ich hervor.

»Du könntest glücklich sein, Livia.«

Seine Worte kriechen unter meine Knochen und besetzen mein Herz. Ich habe das Glücklichsein schon lange aufgegeben und mich mit dem strahlenden Glitzerkäfig arrangiert, der mein Leben ist.

»Ich bin glücklich.« Die Lüge schwappt mir wie von selbst über die Lippen.

»Bist du nicht. Du bist völlig kaputt und das ist okay. Aber da draußen warten unzählige Wege auf dich. Du musst nur anfangen einen davon zu gehen.« In seinen Augen glimmt ein greller Funke Hoffnung auf, der auch in mir zu einem Inferno werden könnte, wenn es mehr wäre als das Resultat von kindlichem Wunschdenken. Denn meine Zukunft ist schon lange vorherbestimmt. Aber das kann er nicht verstehen, denn er steht auf der anderen Seite der gläsernen Wand.

»In meinem Leben gibt es nur einen Weg.«

»Das stimmt nicht.«

»Doch! Du hast einfach keine Ahnung von mir und meiner Welt. Du hast keine Ahnung, welchen Erwartungen … was für ein Druck auf mir liegt.« Das Zittern ist aus meiner Stimme gewichen. Er stellt sich alles so einfach vor. So kinderleicht. Aber das ist es nicht. Ich schlage seine Hand weg und fauche ihn an. »Ich kann nicht einfach entscheiden jemand anderes zu sein.«

»Livia, ich –«

»Lass mich endlich allein.« Ich drehe mich von ihm weg, kann nicht mehr ertragen von ihm so angesehen zu werden. Um meinen angespannten Fingern etwas zu tun zu geben, drehe ich die Dusche ab. Gänsehaut überfällt meinen Körper. »Bitte geh.« Ich verharre mit dem Rücken zu ihm und bete, dass er diesmal auf mich hört.

Nicolas seufzt, tut dann aber, wie ihm geheißen, und verlässt die Kabine. Die Tür fällt mit einem kaum hörbaren *Klack* ins Schloss.

Ich zerbreche. Tränen sprudeln nur so aus mir heraus und Schluchzer um Schluchzer um Schluchzer lässt meinen Körper beben. Meine Finger verkrampfen sich um den Wasserhahn. Sie sind kalkweiß. Jede Zelle meines Körpers beginnt zu zittern. Das Klappern meiner Zähne vermengt sich mit den Lauten, die sich ihren Weg tief aus meinem Inneren an die Oberfläche bahnen.

Vielleicht werde ich nun wirklich an meinen Tränen ersticken. Vielleicht werde ich es diesmal nicht schaffen aufzuhören zu weinen. Vielleicht habe ich die Maske mit meinen Tränen weggespült. Vielleicht kann ich jetzt wirklich nicht mehr stark sein. Und vielleicht ist mir das heute zum ersten Mal egal.

Ich kann nicht mehr.

Etwas rumpelt. Draußen in der Umkleide. Ich zucke zusammen und wirble in dem Moment herum, als sich die Tür zur Duschkabine wieder öffnet. Nicolas steht zum zweiten Mal vor mir. Das Mitleid lässt seine Augen zu großen grauen Pfützen werden.

Er zuckt ein wenig hilflos mit den Schultern. »Ich wollte nicht, dass du erfrierst.« In der linken Hand hält er ein weißes Saunahandtuch. »Wie auf der Titanic«, schiebt er nach und lächelt schief. Meine Augen werden groß und ich kann ihn nur stumm dabei beobachten, wie er das Handtuch ausbreitet. Ein fragender Ausdruck tritt in seine warmen Augen. »Darf ich?«

Ich nicke stumm. Nicolas kommt auf mich zu und legt mir das Handtuch um den Rücken. Er hält die Enden weiterhin umklammert. Der weiche Stoff schmiegt sich um meinen Hals. Meine Zähne hören auf zu klappern. Nicolas' Augen sind voller Wärme, die mit jedem Herzschlag mehr auf mich überspringt.

»Livia?«

»Hm?«

»Ich würde dich gerne umarmen.«

Mich umarmen? Meine Augen werden größer.

»Ist das okay?«

Ich nicke. Glaube ich zumindest. Ich weiß es nicht. Die Vernunft hat längst meinen Körper verlassen.

Nicolas zieht mich in seine Arme. Es ist eine waschechte, liebevolle Umarmung und ich lasse meine Tränen in sein nasses T-Shirt laufen. Seine Finger streicheln meinen Rücken, dann meinen Haarschopf. Der Stoff seines T-Shirts kratzt auf meiner Haut und ist doch das Sanfteste, was mich seit Langem berührt hat.

»Du bist stark, Livia. Auch wenn es sich vielleicht nicht so anfühlt.« Seine Worte berühren meine Seele und jagen mir gleichzeitig Angst ein. »Und ich bin hoffnungsstur. Das ist mein Lieblingswort.«

Hoffnungsstur. Stur an die Hoffnung glaubend. Ein schönes Wort. Kein Wort, das in meine Welt passt.

»Ich bin hoffnungsstur, dass du einen Ausweg aus diesem Leben finden wirst.«

Zum zweiten Mal innerhalb weniger Minuten fährt der Schock durch meine Glieder und mir wird schmerzlich bewusst, in was für einer Situation ich mich gerade befinde. Ich, Livia Hohenburg, bin nass von Tränen und umklammert von Nicolas' starken Armen. Ich weine. Ich bin *echt*.

In der Sekunde, in der mir das klar wird, erwache ich zum Leben. Ich schleudere das Handtuch von mir. Es landet auf den nassen Sandsteinfliesen.

»Hör auf mich und mein Leben verändern zu wollen. Ich gebe einen Scheiß auf deine Meinung. Für einen netten Fick hätte es gereicht. Aber das ist alles. Lass mich endlich in Ruhe und steck dir dein hoffnungsstur sonst wohin.«

Denn ich bin hoffnungslos hoffnungsstur.

Ich drehe mich so schnell um, dass das Wasser aus meinem Haar gegen die Fliesen spritzt, und stürme aus der Umkleide. Wieder renne ich. Irgendwie tue ich das in letzter Zeit öfter – davonlaufen. Ich renne weg vor Nicolas und seinen Wahrheiten. Den messerscharfen und handtuchweichen. Und ich renne weg vor seinen bitterkalten Lügen. Ich renne weg vor meinem Kontrollverlust, meiner Blamage und meinem Chaos. Ich nehme den Hintereingang und sprinte an der Rückseite des *Vienna Sports Club* vorbei zur wartenden Limousine. Weil niemand sehen darf, wie ich zerzaust und klatschnass herumirre, als hätte ich sie nicht mehr alle.

»Claus, bring mich ins *Sacher.*« Denn mein Zuhause ist keins mehr.

»Wie Sie wünschen.« Mein Chauffeur startet sofort den Motor und stellt keine Fragen. Kein *Warum sind Sie so nass?* Kein *Wo ist Herr Steiner?* Er fragt nicht, weil ich Livia Hohenburg bin.

Und Livia Hohenburg läuft vor ihren Problemen davon, ohne dass sie jemand aufhält.

Ich laufe und laufe und frage mich, ob ich jemals wirklich ankomme.

28. KAPITEL

VIER-STUNDEN-SOMMER

»Vic, du bist eine Göttin.« Genüsslich schiebe ich mir eine weitere Gabel Sachertorte in den Mund.

»Oh, cool, ich wäre gerne die mit den Haaren aus Schlangen.«

»Hä?«

»Na, diese Göttin. Wie heißt sie noch mal? Medici?«

»Medusa. Die Medicis waren irgendeine deutlich zu mächtige Familie in Italien, glaube ich.«

»Ach ja.« Meine beste Freundin springt vom Bett auf und macht eine verrückte Bewegung mit ihrer Hüfte. »Ich bin Medusaaaaa.«

»Das oder eine Bollywooddarstellerin auf Crack.«

Sie streckt mir die Zunge raus und lässt sich dann wieder neben mich fallen.

»Den Göttertitel habe ich eh nicht verdient. Die Torte ist von gestern. Ich habe sie nur vor dem Müll gerettet.« Vic stupst mir in die Seite. »Ich dachte, für dich reichts.«

»Hey! Noch so eine Aktion und ihr kriegt auf *Booking* eine superschlechte Bewertung von mir.« Ich zeige bedrohlich mit dem Zeigefinger auf sie.

»Darf ich dich daran erinnern, dass du hier seit einer Woche kostenlos nächtigst, meine Liebe?«

»Ups, stimmt.«

»Und das, nachdem du ohne Erklärung vom Tennisplatz gestürmt bist? Nur um mir danach eine überaus kurze Nachricht zu schreiben?« Sie entsperrt ihr iPhone und wedelt mir damit vor dem Gesicht herum. »*Bin im* Sacher. *Kann ich hier pennen, ohne dass du Fragen stellst?*«

»Du hast Ja gesagt, also halt dich auch dran.«

»Glaubst du nicht, dass ich dir vielleicht helfen könnte? Bei was auch immer?« Ihre stechend blauen Augen sehen mich warm an. »Livia, du bist meine beste Freundin. Wir sind füreinander da.«

Das waren wir mal. Früher. Früher habe ich mich nicht geschämt, ihr von meinen Abgründen zu erzählen. Das war, bevor Vic mit Mister Perfect zusammengekommen ist und ich mir neben ihr zunehmend zerbrochener vorkam. Wie ein zerbeulter, alter Schrottwagen neben einem nagelneuen Rolls-Royce.

»Es ist nichts«, sage ich deshalb. Denn Vic würde es nicht verstehen. Wie sollte sie auch? Ich verstehe ja selbst nichts von dem, was in mir vorgeht. »Ich brauchte nur eine Pause von dem affigen Familiengetue zu Hause.« Auf einmal liegt mir die Torte so schwer im Magen wie ein Backstein.

Vic seufzt und ich sehe einen Schatten, der über ihre Gesichtszüge fällt. »Okay, wenn du meinst.« Sie schluckt schwer, und kurz glaube ich, dass sie doch noch mehr sagen will. Dass ihr etwas auf der Zunge klebt und sie sich nur nicht traut es auszusprechen. Dann schluckt sie ein zweites Mal und lächelt so breit, dass der Schatten beinahe verschwindet. Aber nur beinahe. »Weiß dein Vater eigentlich, dass du hier bist?«

»Ja.« Ich habe ihm eine Nachricht geschrieben, dass ich vorerst im *Sacher* übernachte. Er hat nicht reagiert. Natürlich hat er das nicht.

»Freust du dich auf morgen?« Sie strahlt und mir wird kalt.

»Was ist morgen?«

»Ähm, hallo? Morgen ist die Kunstauktion für *FreeWings*? Wie kannst du das vergessen haben?«

Shit. Die Charityveranstaltung für die neu gegründete Stiftung ist tatsächlich irgendwo in meinem inneren Chaos verloren gegangen.

»Ach so, nein, natürlich habe ich die nicht vergessen.« Ich lüge viel in letzter Zeit.

»Gut, wir haben Leander versprochen hinzugehen. Ich bin immer noch überrascht, dass ausgerechnet er eine Stiftung für traumatisierte Kinder gegründet hat. Du auch?«

Ich nicke und stöhne im gleichen Augenblick. »Verfluchter Mist.«

»Was ist?«

Ich vergrabe den Kopf in dem Daunenkissen. »Mein Kleid.«

»Hä?«

»Das Marchesa-Notte-Kleid, das ich zur Gala anziehen wollte.«

»Was ist damit?«

»Es hängt in meinem Kleiderschrank. ZU HAUSE.«

»Und?« Meine beste Freundin scheint das Ausmaß der Katastrophe nicht zu begreifen. »Leih dir doch einfach eins von meinen Kleidern, wenn du noch nicht nach Hause willst. Dir passt bestimmt eins.«

»Das geht nicht.« Ich stöhne frustriert. »Die Designerin ist Hauptsponsorin der Gala und sie hat mir extra ein Kleid zugeschickt, das ich tragen soll. Ich habe denen das vertraglich zugesichert. Scheiße.«

Ich will nicht nach Hause. Ich kann nicht nach Hause.

Nicht zu *ihm*.

»Verstehe«, sagt Vic, obwohl ich mir nicht sicher bin, ob sie das wirklich tut. »Soll ich mitkommen? Wir holen fix dein Kleid und gehen dann in die *Keksmonarchie* eine Waffel essen. Es sei denn, du hast schon einen Zuckerschock nach den Unmengen an Torte, die du hier seit Tagen verdrückst.«

Ich überlege und komme zu dem Schluss, dass mir keine andere Wahl bleibt. Mit Vic zusammen könnte es vielleicht gehen, könnte ich eine Begegnung mit Nicolas vielleicht ertragen.

»Klingt nach einem guten Plan.«

Der Stein in meinem Magen wächst mit jedem Meter, den ich durch das Foyer zum Aufzug gehe. Vic plappert vor sich hin. Sie will mich ablenken, aber ich schaffe es kaum, ihr zuzuhören, denn meine Gedanken schreien lauter.

Mein Herz läuft einen Marathon in meiner Brust, als ich mit bebenden Fingern den Knopf im Aufzug drücke. Die Türen schließen sich, wir fahren die fünf Stockwerke hoch und sie öffnen sich wieder.

Bitte nicht, bitte nicht, bitte nicht.

Die Wohnung ist leer. Ich atme erleichtert auf. Danke, liebes Schicksal, Karma oder was auch immer. Danke.

»Oh, niemand hier.« Vic verlässt hinter mir die Kabine und geht durchs Wohnzimmer. »Wo die wohl alle sind?«

»Rollschuh fahren.« Ich habe in dieser Sekunde den Zettel bemerkt, der am Kühlschrank klebt.

Nora und ich probieren die neue Rollschuhbahn aus.
Bis später.
Kuss, T

Die Nachricht ist für meinen Vater bestimmt, das ist mir klar. Denn ich gehöre nicht dazu.

»Warum haben wir eine beschissene WhatsApp-Gruppe, wenn sie jetzt die Wohnung mit Zetteln vollkleistert?«, versuche ich die Einsamkeit in Wut zu verwandeln. Nora ist mit ihr Rollschuh fahren gegangen. Mit ihr. Weil ich mich seit einer Woche nicht mehr blicken lasse. Wegen ihm. Ich bin einfach abgehauen, wie meine Mutter es getan hat, und habe Nora allein gelassen.

Das schlechte Gewissen breitet sich wie Teer in meinem Herzen aus. Das hat meine kleine Schwester nicht verdient. Ich will für Nora da sein. Ich muss für sie da sein.

»Vic?«

»Hm?«

»Ich muss zurück nach Hause.«

»Ja, das denke ich auch.«

Heute Abend werde ich mich bei Nora entschuldigen. Ich werde ihr vorlesen und sie in meinem Bett schlafen lassen. Und morgen werden wir etwas unternehmen. Ich werde sie nicht noch mal zurücklassen.

»Ähm, Liv? Das solltest du dir mal ansehen!«

Ich drehe mich um und erkenne, dass Vic nicht mehr im Wohnzimmer ist. Ich sehe sie überhaupt nicht mehr.

»Wo bist du?«

»Hier!«

Ihre Stimme kommt aus dem Flur. Verwirrt durchquere ich die Wohnung.

»Was machst du da?«, frage ich kopfschüttelnd, als ich erkenne, dass sie in unserer Wäschekammer steckt. Beziehungsweise in dem Raum, der mal unsere Wäschekammer war, jetzt jedoch überhaupt keine Ähnlichkeit mehr damit hat.

»Hab rotes Licht unter der Tür hervorleuchten sehen und dachte, hier wäre ein Portal nach Narnia oder so.«

Wie am Boden angetackert bleibe ich im Türrahmen stehen. »Was zum Geier ist das?« Mir klappt der Mund auf, als ich den Raum genauer betrachte. Zwei große Lampen hängen in den Ecken des fensterlosen Zimmers und tauchen es in rotes Licht. Von der einen Ecke zur nächsten ist eine Art Wäscheleine gespannt, an der bestimmt zwanzig Fotos hängen.

»Eine Dunkelkammer. Für analoges Fotografieren«, erklärt Vic und ich erinnere mich. Nicolas fotografiert. Er hat beim Einzug gefragt, ob er diesen Raum als Dunkelkammer nutzen könnte.

Ich gehe einen Schritt vorwärts und stehe vor einem schmalen Tisch, auf dem so was wie eine Kinderbadewanne steht. Daneben einige Utensilien, die ich nicht zuordnen kann und vom Aussehen her eher in einen OP als in ein Fotostudio verortet hätte.

Plötzlich muss ich schlucken. Einmal, zweimal. Automatisch strecke ich meine Hand aus und zupft eine der Aufnahmen von der Leine. Das Papier ist feucht und ich kann im Rot der Leuchten kaum etwas erkennen. Mit den Fingern taste ich nach dem Lichtschalter.

»Nicht!« Vic stoppt mich, als ich die Hand auf den Schalter lege. »Ich hab mal gehört, dass das Licht schlecht für die Bilder ist oder so.«

»Okay.« Ich zucke mit den Schultern, nehme das Papier und gehe aus der Kammer raus, um es zu betrachten. Als ich die Tür hinter mir geschlossen habe, begutachte ich das Foto genauer. Die Aufnahme zeigt ein Mädchen. Es lächelt, doch seine Augen wirken ausgelaugt und seltsam stumpf. Mit dem Zeigefinger streiche ich einmal über ihr blaues Haar, das glanzlos auf ihren Schultern liegt. Sie sitzt in einer Art Keller. Die Betonwand, an der sie lehnt, ist kahl und feucht. Das Licht spärlich. Das Mädchen trägt eine dünne Jacke und ich glaube, dass es friert. Ich glaube, sie ist nicht freiwillig dort. Das Leben hat sie dort hineingejagt und jetzt findet sie den Ausweg nicht mehr. Und auf einmal ist mir auch kalt.

»Da merkt man erst, wie gut es uns wirklich geht, was?« Vic tritt neben mich und hat ebenfalls einen Stapel Fotos in der Hand. Sie betrachtet ein Bild von einem alten Mann mit schneeweißem, filzigem Haar und hohlen, blutunterlaufenen Augen. Er lächelt, doch es wirkt gequält.

Vic wendet den Auszug. *Unter dem Glanz. Die Katakomben von München*, steht in einer krakeligen Schrift dort geschrieben.

»*Die Katakomben von München*«, liest sie laut vor. »Noch nie gehört. Du?«

Ich schüttle den Kopf und sehe meine beste Freundin Hilfe suchend an. Der Schock in ihren Augen gleicht meinem. Auch sie blickt drein, als würde sie ihr Gucci-Top am liebsten von sich reißen wollen, um es in Flammen aufgehen zu lassen.

Wir schauen uns weitere Bilder an, schauen in mehr leere, hoffnungslose Augen. Da sind blutige Wunden, Schlafplätze aus Pappe, ein abgemagerter Hund. Dann ändern sich die Motive plötzlich. Eine dunkelblonde Frau geht lachend, mit Tüten beladen über die Sendlinger Straße in München, wie ich es auf unzähligen Trips in die Stadt getan habe. Ein ergrauter Mann im Anzug tritt aus einem blitzsauberen Gebäude und lächelt ein Gewinnerlächeln. Eines, wie ich es jeden Tag zu sehen bekomme. Ich erkenne Touristen mit randvollen Bierkrügen, die sich zuprosten. Freude und Sorglosigkeit. Glanz und Gloria. Die perfekte saubere Stadt München. Doch darunter, verborgen und weggedrängt, leben viele traurige, vom Leben zertrümmerte Seelen.

»*Nur wenige wissen, dass sich unter der Münchener Innenstadt ein weitverzweigtes Tunnelsystem verbirgt.*« Vic hat ihr Handy in der Hand und offenbar einen Artikel gefunden, aus dem sie vorliest. »*Dort unten leben Menschen, die auf den prachtvollen Straßen Münchens nicht gewollt sind. Für Obdachlosigkeit und Drogenabhängigkeit ist in München kein Platz. Aus diesem Grund werden diese Menschen in die Katakomben getrieben, um sie vor den Augen der feinen Gesellschaft zu verbergen und sie aus der Politik herauszuhalten.*« Ihre Augen sind rund und groß wie Salatschüsseln, als sie das Handy sinken lässt und wieder die Fotos betrachtet.

Ein unbehagliches Gefühl macht sich in mir breit, denn wir beide wissen, auf welcher Seite wir stehen. Mir wird schlecht und ich schäme mich plötzlich für mich selbst. Natürlich weiß ich, wie verdammt privilegiert ich bin, aber meistens gelingt es mir, die

Augen vor meiner eigenen Arroganz zu verschließen. Doch gerade wird mir schmerzlich bewusst, dass ich in einer renovierten Altbauwohnung im ersten Bezirk stehe, eine 1.200-Euro-Bluse trage und mir dieses Bild ansehe. Ich stehe hier. In meiner glitzernden Komfortzone, die eher einem Gefängnis gleicht, und hatte nie den Mut, einen Ausbruch zu wagen. Nicolas hingegen hat ihn. Er versucht etwas zu verändern, wie hoffnungslos es auch sein mag.

Ich bin hoffnungsstur, fallen mir seine Worte ein und plötzlich kann ich die Bewunderung nicht länger verdrängen. Nicolas ist wütend. Und während ich meine Wut und meine Hoffnungslosigkeit hinnehme und mit Alkohol abschwäche, steckt er sie in etwas Bewegendes.

Ich wünschte, ich könnte das auch. Doch ein Blick auf das Foto der lachenden Frau mit ihren unzähligen Shoppingtüten genügt, damit mir wieder klar wird, dass ich diesen Mut wohl nie haben werde.

Das Poltern des Aufzugs reißt uns aus den Gedanken. Hastig raffen wir die Bilder zusammen, legen sie zurück in die Dunkel-aka Wäschekammer und schließen die Tür.

»Glaubst du, ich könnte auch eine Ballerina auf Rollschuhen werden?«

Wärme breitet sich in meinem Inneren aus, als Noras Stimme aus dem Flur zu uns herüberschwebt. Erst jetzt bemerke ich, wie sehr ich sie vermisst habe.

»Hallo, Knödel!«, rufe ich durch die Wohnung.

»Livia?« Sie stürmt ins Wohnzimmer und fällt mir augenblicklich um den Hals. Okay. Eigentlich um die Oberschenkel, denn sie ist gerade mal eins zwanzig oder so.

Als ich sie hochhebe, zerquetsche ich sie fast. »Ich hab dich vermisst«, nuschle ich in ihr Haar, das nach Apfelshampoo und Geborgenheit riecht.

»Ich dich auch.«

Nur widerwillig lasse ich sie wieder runter.

»Wo warst du, Livi?«

»Bei mir«, erklärt Vic. »Mir ging es nicht so gut und Liv war für mich da.«

Ich werfe meiner besten Freundin für diese Lüge ein stummes *Danke* zu und nehme mir vor eine bessere Freundin für sie zu sein, keine Angst mehr vor dem Schrottwagen-Gefühl zu haben.

»Das war lieb von dir.« Nora lächelt mich an. Ich lächle etwas unsicher zurück. »Tanja und ich waren Rollschuh fahren!«

»Und Nora ist ein echtes Naturtalent.« Tanja kommt durch die Tür und sieht unbeholfen zu mir herüber. »Hallo, Livia, schön, dass du wieder da bist.« Zaghaft geht sie auf mich zu, bleibt aber in der Mitte des Raumes stehen. Sie trägt ein oversized Merch-T-Shirt einer Band, in dem sie ziemlich verloren aussieht. Ich stehe auch nur da, festgeklebt am Altbau-Parkett, und meide ihren Blick.

Eine merkwürdige Anspannung baut sich zwischen uns auf. Ich will etwas sagen. Irgendwas. Ich will ihr dafür danken, dass in Noras kugelrunde Augen dieser ganz bestimmte Glücksschimmer zurückgekehrt ist, den ich so lange vermisst habe. Gleichzeitig will ich genau das nicht tun, weil ich mir dann eingestehen müsste, dass Tanja das geschafft hat, wozu ich seit einem Jahr nicht imstande bin.

»Was ist das für eine Band?« Ich zeige auf ihr T-Shirt. Okay, nicht ganz das, was ich eigentlich in Worte fassen wollte, aber immerhin fällt ein Teil der Anspannung in sich zusammen. »Der Frontman ist hot.«

Tanjas Mundwinkel zucken bei meiner Bemerkung. »Lonely Summer. Eine bayrische Indie-Rockband und ja, Tommy Bell ist verflucht hot.«

Ich schaue in Tanjas warme Augen und versuche alles, was ich nicht sagen kann, in meinen Blick zu legen. Ich glaube, sie versteht. Jedenfalls nickt sie kaum merklich.

Meine kleine Schwester unterbricht unsere stumme Kommunikation, indem sie aufgekratzt im Kreis hopst. »Ich überlege, ob ich auch Profiballerina auf Rollschuhen werden kann.« Sie sieht glücklich aus.

»Du meinst wie bei *Starlight Express*?«, fragt Vic.

»Was?«

»Dieses Musical auf Rollschuhen. Nie davon gehört?«

»EIN MUSICAL AUF ROLLSCHUHEN?« Nora quietscht aufgeregt. »Das klingt megacooool!«

»Was hältst du davon, wenn wir heute Abend einen Mädelsabend machen?«, frage ich an Nora gerichtet. »Wir backen Pizza und schauen uns Videos von *Starlight Express* bei YouTube an.«

»Au ja!« Mein Herz macht einen freudigen Hüpfer, weil der Schimmer in Noras Augen jetzt mir gilt. »Können wir uns auch schminken?« Sie wird etwas leiser, zaghafter. »Wie früher?«

Wie früher mit Mama.

»Klar«, krächze ich und gebe mir Mühe, den Kloß in meinem Hals zu überspielen. »Wir können auch ihre alten Tanzkostüme suchen und das Musical direkt nachspielen.«

»Wirklich?« Ihre riesigen Augen werden noch eine Spur runder, denn in den letzten Monaten habe ich immer eine Ausrede gefunden, wenn es um solche Dinge ging. Es war zu schmerzhaft, daran erinnert zu werden, dass ich sogar meiner eigenen Mutter egal bin.

»Ich geh dann.« Vic lächelt mich sanft an. »In die *Keksmonarchie* können wir auch noch wann anders.«

»Okay.« Ganz automatisch schließe ich meine beste Freundin in die Arme und drücke sie fest. Vielleicht haben Wien, unser Leben und unsere Entscheidungen einen Riss in unsere Freundschaft getrieben. Aber vielleicht auch nur einen kleinen Kratzer, den man mit ein bisschen Arbeit wieder wegpolieren kann.

»Ich, ähm, verzieh mich dann auch.« Tanja versinkt beinahe in ihrem Lonely-Summer-Shirt, so klein sieht sie aus.

Ich schlucke hart. Schlucke meinen Stolz und meine Angst, sie könnte Mama ersetzen, herunter. »Bitte bleib.«

Drei Silben. Aus meinem Mund. Drei Silben, die eine Menge Dankbarkeit, eine Entschuldigung und eine zweite Chance beinhalten. Eine, die ich ihr gebe und die sie mir vielleicht, hoffentlich, auch gibt.

»Gern.«

Was dann folgt, ist ein ganzer Sommer, gepresst in wenige Stunden. Wir backen Pizza, trinken Limonade und probieren sogar Noras eigenwillige Kreation einer Spaghetti-Pizza aus, die gar nicht mal schlecht schmeckt. Danach schauen wir ein Starlight-Express-Video nach dem nächsten. Irgendwann besteht meine kleine Schwester darauf, ab jetzt Pearl, der Luxuswaggon, sein zu wollen. Also suchen wir gemeinsam in Mamas alten Tanzkostümen nach einem, das auch als pinker Erste-Klasse-Waggon durchgehen könnte. Tanja macht bei allem mit und wie durch ein Wunder stört mich das nicht. Verrückt. Als sie sich mit Haargel eine wilde Stachelfrisur auf den Kopf betoniert und mit der Fernbedienung den Song der Elektrolok samt Tanzeinlage performt, falle ich jedoch fast um vor Lachen.

Nora lacht auch. Sie lacht ein sorgloses Kinderlachen und tanzt und springt und wirkt beinahe befreit von den Schatten, die unsere Mutter auf sie gehetzt hat. Und auf einmal spüre ich etwas, das ich seit einem Jahr nicht mehr gespürt habe.

Geborgenheit.

In diesem Vier-Stunden-Sommer habe ich nicht das Gefühl, allein zu sein. Auch meine Schatten sind im grellen Sommerlicht beinahe unsichtbar geworden.

Sie sind noch da, das weiß ich, und sie werden zurückkommen. Denn in Wien sind die Sommer kurz und die Winter lang und eisig.

VIENNA-SPOTLIGHT

Wir konnten unseren Ohren auch erst nicht trauen, als wir von den Neuigkeiten hörten. Milliardenerbe und Skandalnudel Leander von Traun lädt ein. Aber nicht, wie wir es von ihm gewohnt sind, zu Eskapaden erster Klasse, sondern zu einer Charity-Kunstauktion ins Dorotheum. Die Erlöse sollen seiner neu gegründeten Stiftung *FreeWings* zugutekommen, die sich für Unterstützungsmöglichkeiten traumatisierter Kinder starkmacht. Die Werke renommiertester Künstler und Künstlerinnen wurden für diesen Abend bereitgestellt.
Ob Wiens begehrtester Erbe nun doch erwachsen wird? Oder steckt hinter der Aktion eine kluge Marketingstrategie, die sein angekratztes Image verbessern soll?
Fest steht jedenfalls, dass niemand, der etwas auf sich hält, diese Veranstaltung verpassen wird. Livia Hohenburg jedenfalls hat ihre Teilnahme bereits auf Instagram verkündet, nachdem sie aus einer einwöchigen Social-Media-Pause zurückkehrte. Sie und von Traun verbindet schon lange eine tiefe Freundschaft. Oder etwa mehr?
»Livia und Leander sind mehr als Freunde. Ich könnte mir gut vorstellen, dass sein Imagewechsel etwas mit ihr zu tun hat. Schließlich ist sie die Tochter des Bürgermeisters und kann es sich nicht leisten, mit einem Fuckboy wie von Traun auf die roten Teppiche dieser Welt zu treten«, so ein enger Bekannter Hohenburgs, der jedoch anonym bleiben möchte.
Undenkbar ist es nicht, denn das Image der Hohenburgs hat einen ordentlichen Riss bekommen, seit ihr Vater Alexander Hohenburg der Veruntreuung bezichtigt und in den Medien ordentlich mit Schlamm beworfen wird.
Dies ist wohl auch der Grund, warum er heute nicht an der Wohltätigkeitsveranstaltung teilnehmen wird. Ob er im Hin-

tergrund bereits seinen Rücktritt vorbereitet? Wir sind gespannt und sagen: Zum Ersten, zum Zweiten, zum Dritten – verkauft!

29. KAPITEL

ZUKUNFTSSCHWARZE KÖNIGIN

»Guten Morgen, du bist ja früh auf.« Papa sieht von seiner Zeitung auf und beobachtet mich dabei, wie ich mir eine dampfende Tasse Kaffee eingieße.

»Treffe mich mit Vic zum Lernen.« Ich schnappe mir ein Croissant vom Tisch. »Wir haben bald eine ziemlich schwierige Klausur.«

»Sehr gut.« Mein Vater nickt zufrieden. »Victoria hatte schon immer einen guten Einfluss auf dich. Anders als dieser Von-Traun-Junge.« Er wedelt einmal mit der Zeitung. »Ich hoffe nicht, dass an den Gerüchten etwas dran ist. Jemand wie er ist kein Umgang für dich.«

Papa war noch nie gut auf Leander zu sprechen, hat jedoch immer abgeblockt, wenn ich ihn nach den genauen Gründen dafür gefragt habe.

»Ich habe nichts mit ihm.« Er sieht erleichtert aus. »Wo ist Tanja?«

»Bringt Nora zu einem Kindergeburtstag.«

Also nur wir zwei.

Nicolas' Fotos schwirren mir im Kopf herum. Er will etwas verändern. Er hat den Mut, seine Komfortzone zu verlassen. Ich schaue zu Papa, der wieder in die Zeitung vertieft ist. Plötzlich beginnt mein Puls zu rasen. *Komm schon, Livia. Sei hoffnungsstur.*

»Ähm, Papa?«

»Hm?« Er hebt den Kopf.

»Da ist was, das ich dich schon lange fragen wollte. Also eigentlich habe ich das schon mal gefragt, aber ich dachte ... na ja ...« Ich räuspere mich und will die vielen Frösche vertreiben, die sich in meinem Hals breitgemacht haben, seine Reaktion beim letzten Mal ist mir noch zu deutlich im Gedächtnis. »Also ... ähm ...« Papa sieht mich fragend an. »Tanja ist ja, also, war ja Lehrerin.«

»Das ist korrekt.«

»Und ja, also ich habe mit ihr gestern länger darüber gesprochen und sie hat mir viel über das Studium erzählt.«

»Und?«

»Und ich dachte ... na ja, dass ich das vielleicht auch gerne machen würde. Lehrerin werden. Hab ich ja früher schon mal gedacht. Ich glaube, das könnte gut zu mir passen. Ich habe an Musik gedacht und vielleicht Deutsch oder so. So genau habe ich da noch nicht drüber nachgedacht.« *Bislang habe ich diesen Traum ja auch immer für unmöglich gehalten und mir keinen Gedanken daran erlaubt.*

»Du willst BWL abbrechen und Lehrerin werden? Hatten wir diesen Quatsch nicht längst hinter uns?« Mein Herz fällt mir in den Bauch. Papas Stimme ist eiskalt. Seine Mimik entgleist.

»Ja, also nein ...«, stammle ich. »Vielleicht könnte ich auch als Zweitstudium ...«

»Das soll wohl ein Witz sein.« Die Ader an seinem Hals beginnt verdächtig zu pochen. »Livia, das meinst du doch nicht ernst?!«

Ich schaue betreten auf meinen Teller und erwidere nichts. Ein Witz. Ja, wahrscheinlich ist mein Traum nicht mehr als ein Witz.

»Ich habe dir viel durchgehen lassen. Deine nächtlichen Eskapaden, deine Ausfälle Tanja gegenüber ...« Er schüttelt fassungslos den Kopf. »Ich habe oft überlegt, dich auf eine Privatuni in die Schweiz zu schicken, damit du wieder zur Vernunft kommst, aber ich habe dich machen lassen. Weil ich weiß, wie sehr du unter dem Weggang deiner Mutter leidest. Aber das hier geht zu weit.«

Unterm Tisch graben sich meine Nägel in Oberschenkelhaut.

»Du bist eine Hohenburg. Und eine Hohenburg wird mit Sicherheit keine gewöhnliche Lehrerin.« Ein hohles Lachen löst sich aus seiner Kehle.

»Aber Tanja …«, versuche ich mich ein letztes Mal aufzubäumen, obwohl ich doch längst am Boden liege.

»Tanja wird auch keine Lehrerin mehr sein. Das braucht sie nicht mehr. Und du, junge Dame, erst recht nicht. Du wirst dein BWL-Studium beenden und dann als Juniorpartnerin in die *Hohenburg Immogroup* einsteigen. Hast du mich verstanden?«

»Ja.« Das habe ich.

»Dann möchte ich darüber nie wieder etwas hören.«

Natürlich nicht. Denn Träume sterben in meiner Welt, noch bevor sie richtig angefangen haben zu leben.

OMG! Wenn Livia und Leander wirklich zusammen sind, sterbe ich vor Glück 😍😍😍

Frustriert schließe ich mein Insta-Profil, welches in den letzten Stunden von Livia-liebt-Leander-Ultras überfallen wurde.

»Diese bescheuerten Leute vom *Spotlight* denken auch, sie wüssten alles.« Ich stoße einen schweren Seufzer aus und lasse mich tiefer in den Sitz der Limousine sinken. Hinter den abgedunkelten Scheiben geht die Sonne langsam unter und übergießt Wien mit oranger Farbe.

»Ach, lass sie reden. Was in den Klatschblättern steht, glaubt eh keiner.« Bennet richtet die dunkelblaue Fliege, die er um den Hals trägt.

»Gut, dass ich mich dagegen entschieden habe, mit Leander herzufahren. Sonst hätten sie in der nächsten Ausgabe unsere Verlobung verkündet.«

»Und ich komme nicht infrage? Als der zukünftige Herr Hohenburg?« Gespielt schockiert verschränkt er die Arme vor der Brust.

»Das hat sich erledigt, seit du mit diesem verheirateten Abgeordneten vom Weißen Haus erwischt wurdest, mein Lieber.«

»Alles Taktik, um die Medien zu verwirren. Eigentlich warte ich schon lange in deinem Schatten auf eine Chance.« Er stöhnt scheinbar frustriert. »Aber wahrscheinlich muss ich dich ewig aus der Ferne anschmachten.«

»Warum hast du das nicht früher gesagt? Ich will dich schon seit Jahren.« Dramatisch greife ich mir ans Herz. »Komm schon. Nimm mich hier und jetzt. Ich kann nicht mehr warten.« In einer ruckartigen Bewegung lehne ich mich zurück und öffne meine Beine.

»Wir sind da.« Claus zuckt nicht einmal mit der Wimper, als er den Wagen vor den Eingang des Dorotheums lenkt. »Soll ich die Türen öffnen oder möchten Sie noch ein wenig Privatsphäre?« Er sagt das so ernst, dass Bennet und ich in lautes Gelächter ausbrechen.

»Wir brauchen keine Privatsphäre. Danke.«

Claus nickt, steht auf und öffnet mir die Tür. Sofort höre ich die klickenden Auslöser der Kameras. Bennet fährt mir einmal behutsam über den Rücken. Ich verschließe meine Düsternis in meinem inneren Tresor und zementiere mir mein Strahlen auf die Lippen.

Let the show begin.

Der Bürgersteig vor der lächerlich weißen Fassade des Dorotheums ist abgesperrt. Ein cremefarbener Teppich ergießt sich über das sonst unebene Pflaster. Hinter roten Kordeln stehen einige Journalisten, die mir aufgeregt wie schnatternde Enten Fragen zurufen.

»Livia, hierher, bitte!«

»Was werden Sie heute ersteigern?«

»Was ist an den Gerüchten dran, dass Sie und Leander von Traun eine Beziehung führen?«

»Ihr Statement zu den Vorwürfen, die gegen Ihren Vater erhoben wurden?«

»Was für ein Kleid tragen Sie heute?«

Fragende Reporter, die über mir kreisen wie Geier, um im Augenblick meines Todes über meine Leiche herzufallen. Ich sehe es in ihren Augen und in ihren falschen Gesichtern.

Sie wollen mich fallen sehen.

Sie wollen den Sturz der Hohenburgs live und in Farbe und dabei in der ersten Reihe stehen.

Gib ihnen keinen Skandal, kein Geheimnis. Gib ihnen immer nur einen lächerlichen Fetzen der Wahrheit und behalte das große Ganze für dich. Die Worte meiner Mutter sind in meinem Kopf so laut zu hören, als würde sie neben mir stehen und sie mir ins Ohr raunen. Ich bin mit ihnen aufgewachsen. Ein immerwährendes Mantra, das in meiner Familie dem Vaterunser gleichkommt. Das heilige Gleichnis der Hohenburg-Presse-Etikette. Amen.

Also straffe ich die Schultern und wende mich der Reporterin zu, die mich nach meinem Kleid gefragt hat. *Gib ihnen einen lächerlichen Fetzen der Wahrheit.*

»Ich trage an diesem Abend Marchesa Notte und ich bin unglaublich glücklich darüber, da die Designerin eine der Hauptsponsorinnen der heutigen Charity-Auktion ist.« Mit der linken Hand streiche ich einmal über dunkelrote Volants, als könnte ich mein Glück, in diesem Kleid zu stecken, kaum fassen. Um mich herum klicken weiterhin ununterbrochen die Auslöser der Kameras und immer wieder rufen Menschen meinen Namen. Sie wollen mir ein Mikro vors Gesicht halten, damit ich ihnen die Headline von morgen hineinspucke.

Auf einmal muss ich an das frierende Mädchen denken und an

die Katakomben Münchens. An die leeren, hoffnungslosen Gesichter und aufgerissenen Lippen. An all das, was Nicolas festgehalten hat und wovor die Schnatterenten vor und die in Reichtum ertrinkenden Möchtegerns hinter der roten Kordel für immer die Augen verschließen werden.

Ich starre auf das Mikro, das vor meinen Lippen schwebt, und dann in das erwartungsvolle Gesicht der Journalistin. Plötzlich frage ich mich, ob der lächerliche Fetzen nicht eigentlich der auf meiner Haut ist. Mein Strahlen verliert für einen Sekundensplitter an Leuchtkraft. Die Dunkelheit meiner Seele kriecht heraus und hält mir die Absurdität dieser Zirkusveranstaltung vor Augen.

Rote, zu einem falschen Lächeln verzogene Lippen.

Maßgeschneiderte Anzüge, die gebündelt mehr wert sind als der Erlös dieser Gala.

Blitzlichtgetöse und ehrfürchtiges Raunen.

Das alles ist falsch. Falsch und wertlos.

»Es steht Ihnen wirklich fabelhaft!«, schleimt die Reporterin und ich drehe mein Licht zu voller Strahlkraft auf. Verstecke den Schatten wieder in meinem Tresor.

»Oh, vielen Dank.« Ein dankbares, leicht schüchternes Lächeln.

»In wenigen Wochen ist der *Dance Against Cancer Ball.* Sie und Ihre Familie machen sich seit Jahren für die Krebsforschung stark und richten den Ball mit aus. Werden Sie auch dort Marchesa Notte tragen?«

In meinem Tresor rumpelt es. Ich glotze die Frau an, als wäre ihr in diesem Moment ein Geweih gewachsen. Oder als hätte sie Taylor Swift beleidigt. Bei diesem Ball geht es um Krebs. Um eine potenziell tödliche Krankheit. Darum, die Forschung voranzutreiben und Leben zu retten. Darum, ein klitzekleines bisschen weniger bedeutungslos zu sein. Und diese Frau interessiert sich am meisten für meine Garderobe?

Ich muss wieder an das Mädchen aus den Katakomben denken.

Ich denke an Kälte und Zukunftsschwärze. Ich denke an das falsche Lächeln der Reporterin und an das falsche Lächeln von mir.

Und ich denke an Nicolas.

An ihn und seine Wahrheiten, die sich auf einmal noch wahrhaftiger und dadurch zerschmetternder anfühlen.

»Was ich dort tragen werde, bleibt noch ein Geheimnis.« Ich kichere und zwinkere und hasse mich dafür. »Heute geht es um *FreeWings*. Ich muss sagen, dass ich mich sehr freue, dass so viele Spenden getätigt wurden, um traumatisierten Kindern zu helfen.« Wie eine Ertrinkende klammere ich mich an diese eine kostbare Sache, die sich nicht wie ein wertloses Stück Plastik anfühlt.

»Vielen Dank, Frau Hohenburg.«

Ich bedanke mich ebenfalls und gehe aufrecht, aber zügig an den anderen Schnatterenten vorbei. Für ein weiteres dieser sinnlosen Interviews habe ich keine Kraft mehr. Drinnen tummeln sich High Heels, Designerkleider und manikürte Finger, die Sektflöten festhalten. Ein eigener Subkosmos, in dem sich jeder für wichtiger als den anderen hält. Und das, obwohl wir alle nicht unwichtiger sein könnten.

Die Elite Wiens. Die Elite der Überheblichkeit. Die Elite der Bedeutungslosigkeit.

Ich fühle mich wie ein Fremdkörper und gleichzeitig wie ein farbloser Fisch, der einfach so mit dem Strom schwimmt.

»O mein Gott, Livia, es ist ewig her. Ich freue mich riesig, dich zu sehen. Wie gehts dir?« Ein kalter Körper presst mich an sich. Beißendes Parfüm sticht mir in die Nase.

»Hey, Selina.« Ich löse mich aus der steifen Umarmung von Selina Hans, die ich nur flüchtig aus der Schulzeit kenne, die aber gerade so tut, als wären wir BFFs.

Bei der Nennung meines Namens richten sich Dutzende Augenpaare auf mich und mustern mich vom Saum meines Marchesa-Notte-Kleids bis zum frisch blondierten Scheitel. Ich sehe Bewunderung, Ehrfurcht und Neid. Sie alle wünschen sich Livia

Hohenburg zu sein. So war es immer. So wird es immer sein. Und obwohl ich die Bürde meines Lebens immer mit mir trage, wird mir in diesem Augenblick erneut vor Augen gehalten, wer ich bin.

Ich bin kein Fremdkörper.

Ich bin auch kein farbloser Fisch.

Ich bin die gottverdammte Königin.

Die Königin Wiens.

Die Königin der Bedeutungslosigkeit.

30. KAPITEL

ICHVERLOREN

Ich schwitze.

Mein lächerlicher Fetzen klebt auf meiner Haut, als ich den dritten Shot Tequila in mich hineinkippe und anschließend in die Zitrone beiße. Die Säure breitet sich in meinem Mund aus und ätzt die Lügen, die Wahrheiten und meine verdammte Identität einfach weg.

Es ist dunkel im Undergroundbereich des *Sapphire*. Keine Fenster. Keine Smartphones. Keine Chance, gefunden zu werden. Bennet hat einen Ort erschaffen, an dem jeder frei und unmaskiert sein kann. Hier drin gibt es fast keine Verbote. Keine Fragen. Hier drin kann ich davor fliehen, Königin zu sein, und das musste ich. Ich musste raus aus dem Fischschwarm. Raus aus der Überheblichkeit Wiens, deren Krone ich trage. Also bin ich davongerannt und habe mich in ein warmes Bett aus Wodka und dröhnenden Bässen gelegt.

»Willst du noch einen?« Ein junger Typ brüllt gegen die Musik an und deutet auf mein leeres Shotglas. Ich mustere ihn. Er trägt ein weißes Hemd, das bis oben zugeknöpft ist, und eine kreisrunde Brille. Unsicherheit zupft an seinen kindlichen Zügen, gepaart mit Unwohlsein. Irgendwie passt er nicht an diesen dunklen Ort. Viel eher sehe ich ihn in einer Schickeria-Bar über die neue Mitarbeiterakquise fachsimpeln.

Ich muss ein Lachen unterdrücken, als sein Blick zu den zwei Frauen neben uns an der Bar huscht und sich seine Augen erschrocken weiten. Eine der beiden sitzt breitbeinig auf dem Tresen, den Kopf in den Nacken gelegt und Lust auf den Gesichtszügen. Zwischen ihren Beinen steckt ein blonder Haarschopf.

Keine Tabus eben.

Ich sehe wieder zu dem dunkelhaarigen Kerl und nicke. Er bestellt noch zwei Shots.

»Bist du schon volljährig?« Meine Zunge ist schwer, aber mir fällt plötzlich auf, wie jung er tatsächlich aussieht.

»Was?«, brüllt er wieder.

»Bist du schon achtzehn?«, schreie ich zurück.

»Ja, seit heute.« Scham glüht auf seinen Wangen. »Obwohl, nee, seit gestern. Ist ja schon nach zwölf.«

»Na dann, Happy Birthday. Ich bin Sophie.« Ich halte bei der Lüge die Luft an, doch er nickt nur und lächelt mich an.

»Silas.«

Erleichtert lasse ich die Luft aus meinen Wangen entweichen und strahle ihn an. Er hat keine Ahnung, wer ich bin. Für ihn bin ich nur irgendein Girl, das er beim Feiern angesprochen hat, um es abzuschleppen. Mein Strahlen wird noch eine Spur leuchtender, denn ich will genau das sein: ein unwichtiges Girl, das von einem dahergelaufenen superhorny Typen angequatscht wird, der hofft, es in die Kiste zu kriegen.

Who the fuck is Livia Hohenburg? Ich bin Sophie, ich bin supercool und gar nicht bedeutungslos.

»Was machst du so, Silas?«

»Hab die schriftliche Matura letzte Woche geschrieben. Im Juni dann mündliche.«

Gott wie süß. Er geht noch zur Schule.

»Und du?«

Und ich? Ich überlege, denn Sophie kann alles sein. Vor ihr liegt ein Meer voller Möglichkeiten und doch ein großes Nichts.

»Ich studiere Lehramt.« Es fühlt sich komisch an, das zu sagen. Fremd und gleichzeitig, als wären meine Lippen schon immer dazu bestimmt.

»Nice!« Silas nickt anerkennend, aber ich weiche seinem Blick aus. Plötzlich fühle ich mich unglaublich leer, weil *ich* diese Worte nie sagen werde. Sie werden für immer Sophies Realität bleiben.

»Wir sollten auf deine Volljährigkeit anstoßen, Silas.« Die Leere muss weg. Ich greife nach dem Shot. »Was ist das?«, frage ich und versuche die klare Flüssigkeit in meinem Glas zu identifizieren, die vor meinen Augen immer wieder verschwimmt.

»Mezcal. Ähnlich wie Tequila. Aber man trinkt es mit Chilisalz und Limetten.« Er hält einen Salzstreuer mit rot glitzerndem Inhalt in der Hand.

Was für ein bescheuerter neuer Scheiß. Aber egal. Dieser Scheiß erfüllt seinen Zweck.

Ich schaue ihm in die Augen und lecke mir langsam über die Hand, bevor ich sie ihm hinhalte. Er guckt erst verwirrt, dann scheint er zu verstehen und streut das rote Salz auf die feuchte Stelle auf meinem Handrücken.

Ich sehe, dass er Sophie will, und es gefällt mir.

Kurz entschlossen schließe ich meine Finger um seine. Ich versinke in der brennenden Begierde seiner Augen, während ich meine Zunge über seinen Handrücken gleiten lasse. Trotz der Dunkelheit glaube ich, eine Beule in seiner Hose wachsen zu sehen. Ein Kichern unterdrückend richte ich mich wieder auf und hebe meinen Shot. »Auf dich, Silas. Auf dich und das Leben.«

Mit verschränkten Blicken lecken wir über das Salz. Dann stoßen wir an und stürzend die beißende Flüssigkeit herunter. Er verzieht das Gesicht. Ich zucke nicht mal mit der Wimper, sondern reiche ihm nur einen Limettenschnitz. Wir beißen gleichzeitig hinein. Flüssigkeit rinnt mein Kinn hinab. Noch immer sehe ich ihn an und genieße den Hunger in seinen Augen. Mit der Zunge lecke ich mir den letzten Rest Limettensaft von den Lippen.

Sein Blick verdunkelt sich. Sein Hunger verdoppelt sich.

»Also bist du zum ersten Mal hier?«, brülle ich erneut gegen den Bass an und versuche mich von den viel zu lebhaften Gedanken an tanzende Finger abzulenken.

»Yes. Meine Kumpels und ich wollten ins *Sapphire*, seitdem wir von der Eröffnung gehört haben.«

»Und hast du es dir so vorgestellt?« Ich lasse meinen Blick über die Area gleiten. An den Rändern der Tanzfläche stehen runde Betten, auf denen sich hitzige Körper ihrem Verlangen hingeben. Manche zu zweit, manche zu dritt. Auf einem der Betten sehe ich sogar drei Männer und eine Frau, die ihre Hände auf und in die Körper der anderen gleiten lassen.

»Mehr oder weniger.« Er grinst schief.

Auf dem Dancefloor zappeln Menschen wie Flummis umgeben von bunt blinkenden Lichtern. Auf einer leicht erhöhten Ebene drehen sich Frauen und Männer in schlängelnden Bewegungen an silbernen Stangen.

»Also bist du enttäuscht?«

»Nein, ich ähm …« Der Typ – wie hieß er noch gleich? – räuspert sich. Der mexikanische Shot gesellt sich zu den vielen anderen in meinem Blut und löst die Fesseln, die meine Impulse im Zaum halten. Silas, *ach ja*, verschluckt den Rest seines Satzes. Irgendwie ist er süß. So unbeholfen, so scheu, so what-the-fuck-is-going-on.

Dank der verloren gegangenen Zügel gebe ich dem drängender werdenden Impuls nach und überwinde den Abstand zwischen uns. Mein Becken prallt gegen seins und ich bewege die Hüften zu den schnellen Beats der Musik. Jetzt spüre ich ganz deutlich die Erektion in Silas' schwarzer Hose, die sich hart gegen mein Marchesa-Notte-Kleid drückt. Ich reibe mich daran und genieße die Abwesenheit von schwarzer Leere.

Ich will fallen und vergessen.

Ich will trinken und tanzen.

Ich will von Händen berührt werden, die meine Wahrheiten und Lügen nicht kennen.

Also lasse ich los, lasse mich fallen.

»Feiern wir deinen Geburtstag, Silas. Feiern wir ihn richtig.« Ich flüstere ihm die Worte ins Ohr und drücke mich dabei enger an seine Härte.

Ein heiseres Stöhnen ist die Antwort. Und ein »Okay«.

Nicolas' Augen. Nicolas' Stöhnen.

Raus.

Aus.

Meinem.

Kopf.

Argh. Ich will nicht an ihn denken. Ich will überhaupt nichts denken. Hektisch sehe ich mich um und entdecke jemanden, der mir helfen kann, die Gedanken zum Schweigen zu bringen.

»Warte hier«, sage ich an Silas gerichtet.

Ich bahne mir meinen Weg durch die zuckenden, schwitzenden Körper. »Hi, Lea, hast du ein Teil?«

Die Dealerin mustert mich und mein Kleid, rollt aber dann mit den Augen und zieht ein Tütchen aus ihrem Brustbeutel. »Sei vorsichtig damit. Ist hoch dosiert.«

»Klar.« Ich halte die Hand auf und schließe sie wieder, nachdem Lea mir eine pinke Pille hineingelegt hat. Mit der anderen ziehe ich einen Fünfzigeuroschein aus meinem Ausschnitt. Lea grinst. Sie weiß, dass das viel zu viel ist. Ich weiß es auch, aber ich gebe ihr den Schein trotzdem. Weil ich eben ich und nicht Sophie bin. Und für Livia Hohenburg ist Geld nur Papier.

Das Mädchen aus dem Keller schleicht sich in meinen Kopf. Und ich ekle mich vor mir selbst. Ich will auch sie vergessen, nur feiern und leben und einen Typen, der sein Teil in meine Yoshi schiebt, für den ich nur irgendeine bin. Ich will, dass meine Maskeradenschönheit wieder funktioniert. Also klemme ich mir die Pille zwischen die Zähne und beiße circa ein Viertel ab.

Zurück bei Silas ziehe ich ihn mit auf die Tanzfläche. Sein Körper verschmilzt mit meinem. Unsere Bewegungen werden sinnlicher, seine Hände gieriger, alles um uns herum verschwommener.

»Gott, Sophie«, stößt er immer wieder aus und bringt mein Herz dadurch ebenfalls zum Tanzen. Die Wirkung der Droge kommt erst schleichend, dann mit einem Paukenschlag.

Alles wird schärfer, bunter, spür-bar-er.

Silas' dichte Wimpern, ein kleiner Fleck auf dem Kragen seines Hemdes. Partikel des Partynebels, der uns umgibt. Das *Sapphire* liegt in seinen Molekülen vor mir und dringt durch meine Haut, in meine Knochen, in mein Herz. Alles kribbelt, kribbelt, kribbelt.

In meinem Kopf sind Musik und der unweigerliche Wunsch, mich mit ihr zu verbinden. Wir sind eins. Die Musik und ich und Silas' Härte an meinem Hintern.

Getragen von den vibrierenden Bässen wirble ich herum, presse mich enger an ihn und meinen Mund auf seinen. Sein Atem kriecht über meine Lippen. Unsere Zungen verschlingen einander. Er schmeckt nach Chili und Limette. Nach Dunkelheit und Loslassen.

Ein weiteres heiseres Stöhnen vermischt sich mit den schnellen Beats, die aus den Boxen dringen. Wir tanzen, reiben, stöhnen, küssen. Silas' unerfahrene, gerade volljährige Finger streichen über meine Brüste, fahren über meine Nippel und drücken zu. Ich lache in unseren Kuss hinein. Die Moleküle tanzen weiter. Alles ist schön. So wunderschön.

»Komm.« Er will mich zu einem der Betten neben der Tanzfläche bugsieren, aber ich will nicht. Es geht nicht. Alles kribbelt, alles vibriert, alles in mir will sich bewegen.

»Ich will tanzen«, schreie oder flüstere ich in sein Ohr.

Enttäuschung blitzt in seinen lustverhangenen Augen auf. *Nein, nein, nein.* Ich brauche ihn. Ich brauche sein Verlangen, um zu vergessen.

Zu. Vergessen. Wer. Ich. Bin.

»Ich tanze für dich, okay?« Ich sauge an seinem Hals, streiche mit Halt suchenden Fingern über seinen Schwanz. »Und dann, dann will ich, dass du mich nimmst.«

Erleichtert stelle ich fest, dass die Enttäuschung wieder verflogen ist. Ich ziehe ihn nach vorn und klettere auf die Erhöhung im hinteren Bereich des Clubs. Meine High Heels erzeugen blaue, grüne, gelbe, rote Wellen auf dem Boden. Ich glaube, es ist ein Lichter-Touchscreen, und das finde ich zum Totlachen.

Ich schubse Silas sanft auf einen der Sitze. Unter meiner Haut feiern die Krabbelkäfer eine Techno-Party. Es kitzelt und kribbelt und ich muss lachen, doch ich verstumme, als ich den Blick sehe, mit dem Silas' über meinen Körper fährt.

Darin ist rohe, unverhohlene Gier.

Ich halte seinem Blick stand, lege meine Hände um die Stange und spreize die Beine. Langsam, für ihn quälend langsam, lasse ich mich an der Stange hinabgleiten. Er kann den Blick nicht von mir lösen.

Von mir. Sophie. Nicht Livia.

Ich gleite an der Stange nach oben, drehe mich einmal an ihr und lasse mich wieder hinuntergleiten, diesmal mit dem Rücken zu ihm. In einer gekonnten fließenden Bewegung strecke ich die Beine durch und ihm meinen Po entgegen.

Alles dreht sich, alles verschwimmt.

Grün, gelb, rot, blau.

Kribbel-krabbel, kribbel-krabbel.

Nur am Rande kriege ich mit, dass da jetzt nicht mehr nur Silas sitzt und mich anstarrt. Weitere Männer und Frauen lassen sich in die schwarzen Sitze und in die Show fallen. Aber es kümmert mich nicht.

Nichts kümmert mich. Ich bin schwerelos und frei.

Fast.

Das verfickte Kleid kratzt und zwängt mich ein. Ich will es

fortschleudern, es in Flammen aufgehen sehen. Es sieht so nach reicher Göre aus, nach Bedeutungslosigkeit, nach *mir*. Aber heute bin ich Sophie und Sophie trägt nichts, das sie einengt.

Mein Publikum johlt, als ich in mein Haar greife und es von der Hochsteckfrisur befreie, von der ohnehin nicht mehr viel übrig geblieben ist. Ich werfe die silberne Spange davon und schüttle meine blonden Wellen aus. Frei, frei, frei. Die kühle Stange lasse ich los, gehe zu Silas und klettere auf ihn, bis ich breitbeinig auf seinem Schoß sitze. Er keucht, zumindest glaube ich das. Ich höre nichts, denn da ist der Bass, der meine Ohren flutet.

»Gefällt es dir?«, fragt meine Zunge ohne meine Zustimmung. Seine Hände vergraben sich in meinen Oberschenkeln und ziehen mich auf die Beule in seiner Hose. Ich reibe mich daran. Silas stöhnt auf. Diesmal höre ich es klar und deutlich.

Ich will auch so stöhnen. Ich will, dass auch ich vor Lust zerfließe, aber da ist nichts. Kein verlangendes Ziehen. Kein Glühen. Kein Pulsieren. Nur die schwarze Leere, die sich einfach nicht abschütteln lässt.

Sie ist unerträglich, unaushaltbar. Sie muss weg, sonst zerfetzt sie mich mit ihren spitzen Klauen.

Impulsgesteuert greife ich in meinen Ausschnitt und ziehe die Pille hervor. Ich breche ein großes Stück davon ab. Ein kurzer Zweifel bahnt sich seinen Weg in mein Hirn. Ein flüchtiges *Sei vorsichtig*. Aber was bringt mir die Vorsicht, wenn alles, was mir noch geblieben ist, eine schwarze Zukunft und eine leere Gegenwart ist?

Silas sieht mich mit aufgerissenen Augen an, als ich die Zunge ausstrecke, die pinke Pille darauflege und hinunterschlucke. Danach küsse ich ihn. Schnell und heftig. Mit wilden Zungen und Zähnen. Mit Fingern, die über Haut und Härte fahren. Sie streicheln und zupacken.

»O ja, Sophie.« Birthday Boy holt zitternd Luft und umfasst meine Hüften.

Da ist noch immer keine Lust in mir. Ich halte das nicht aus. Ich spüre mich nicht. Die Leere hat mein Inneres betäubt. Die Wirkung der Pille lässt auf sich warten und das bringt mich fast um.

Meine Hände machen sich selbstständig und öffnen den Knopf seiner Hose. Dann den Reißverschluss. Nur noch der Stoff seiner Boxershorts trennt mich von seiner pulsierenden Härte, als ich wieder und wieder darüberfahre. Nichts. Zwischen meinen Beinen passiert *gar nichts*.

»Willst du, dass ich für dich strippe?«, fragt meine eigenwillige Zunge.

Als Antwort ernte ich ein Grollen, doch das genügt.

Wieder an der Stange drehe ich mich einmal, bevor auch die anderen Zuschauer meine Show in Augenschein nehmen. Sechs Männer und drei Frauen schauen zu mir herauf und ziehen mich mit ihren Blicken aus. Und ich will genau das tun. Mich ausziehen. Mich befreien.

»Wollt ihr mich strippen sehen?« Die vielen Gesichter sind mir allesamt fremd. Trotzdem glaube ich, in einigen von ihnen zu erkennen, dass sie ganz genau wissen, *wer* hier gerade für sie tanzt. Sie klatschen und nicken.

Sollen sie doch. Sollen sie doch wissen, dass Livia Hohenburg ein verdammtes Luder ist. Sie sind mir egal. Alles ist mir so scheißegal.

Ich will nur tanzen und dieses Kleid loswerden. Ich will, dass fremde Augen mich ansehen und *mehr* in mir erkennen.

Mehr als ich vielleicht bin.

Also lasse ich mich an der Stange auf und ab gleiten, nähre mich von dem anschwellenden Verlangen in den vielen fremden Augen.

Dann erstarre ich zu Eis.

Die Moleküle bewegen sich nicht länger. Die Zeit hält an.

Zwischen den vielen Augenpaaren ist eines, das nicht fremd

ist. Eine Person, der der Schock direkt auf die sommergrauen Iriden tätowiert wurde.

31. KAPITEL

TAUSENDHERZ UND TAUSENDSCHMERZ

Ich fühle nichts und gleichzeitig so viel wie eintausend schlagende Herzen.

Ich halte mich an der Stange und Nicolas' Blick fest. Sein Mund ist leicht geöffnet. Seine Gesichtszüge fassungslos verzogen. Was zum Teufel hat er hier verloren? Er soll abhauen, denn er belebt das Chaos in mir erneut.

Aber er haut nicht ab. Er steht in der Menge vor der Bühne und durchbohrt mich mit seinem Blick.

Ich weiß nicht, was ich tun soll. Ich stehe nur da und atme schwer. Die tausend Herzen in meiner Brust veranstalten ein wildes Trommelkonzert. Die Krabbelkäfer verharren, als würde jeder von ihnen beim Stopptanz gewinnen wollen.

Plötzlich schüttelt er kaum merklich den Kopf, als würde er sagen: *Das bist nicht du. Lass den Scheiß.*

Aber ich will den Scheiß nicht lassen, denn er hat recht. Das hier bin nicht ich, oder doch? Ich habe absolut keine Ahnung, wer ich bin. Und genau das ist das Problem. In meinem Hirn sind Dutzende Fragen und null Antworten. So viele Unsicherheiten, mit denen ich mich hier und heute nicht beschäftigen kann und will.

Nein, nein, nein. Ich will Musik und eins mit den Molekülen

sein. Ich will fliegen. Immer höher zu den Sternen, zum Mond und in die unendlichen Weiten dieses Universums.

Ich will nicht fallen oder vernünftig sein.

Ich will Nick.

Die Erkenntnis trifft mich wie ein Güterzug, der durch die Horde zu Eis erstarrter Krabbelkäfer rast und sie erneut zum Leben erweckt.

Aber ich will ihn, genauso wie ich will, dass aus Grau wieder Schwarz wird. Silas ist vergessen, als ich, im Sommergrau ertrinkend, wieder beginne mich zu bewegen. Sinnlich und sexy. Wild und frei. Die Technokäfer übernehmen wieder das Kommando und feuern mich an. Ich genieße es, jeden Vernunfts- und Kontrollschalter, der sich in meinem Kopf befindet, umzulegen.

Lasziv reibe ich mich an der Stange, gehe in die Knie und stehe wieder auf. Alles für ihn. Alles für die Maskeradenschönheit. Weg mit dem *Mehr,* das nur Nick sieht. Haare fliegen. Meine Hüften kreisen. Marchesa Notte zwickt. Ich will es ausziehen. Jetzt. Ich muss ihm mein Licht vor Augen halten, damit er die Schatten nie wieder zu Gesicht bekommt.

Die Menge johlt. Silas steht auf und verschwindet. Zumindest glaube ich das. Eigentlich ist alles ein dunkelschwarzer Strudel, der mich mit sich reißt. Sommergraue Augen sind mein einziger Halt.

Mit meinen Handflächen fahre ich langsam über meinen Körper und weiß, dass jeder meiner Zuschauenden den innigen Wunsch hegt, es mir gleichzutun. Alle außer Nick. In seinem Blick sehe ich … nichts. Und das nervt mich. Es nervt mich gewaltig.

Als könnte der DJ direkt in meine pechschwarze Seele blicken, ändert sich in diesem Augenblick der Song.

Draw the cat eye, sharp enough to kill a man.

Die Lyrics sind so perfekt, dass die Krabbelkäfer es-ka-lie-ren. Ich schwitze und bebe und lasse alles los. Nicks Augen glühen, aber es reicht nicht. Meine Hände reißen mir die Halskette ab und schleudern sie in die Menge. Das Publikum kreischt und johlt.

You did some bad things, but I'm the worst of them.

Ich weiß nicht, Taylor, gerade mache ich dir Konkurrenz. Ich muss kichern. Meine Hände finden den Weg zwischen meine Beine. Sie spreizen sich, als ich in die Hocke gehe.

Sometimes I wonder which one will be your last lie.

Auf den Knien lasse ich den Kopf in den Nacken fallen. Die Welt kippt um. Lustig, diese verdrehte Welt, in der Livia Hohenburg aka Sophie an der Stange tanzt und von dem Mann gewollt werden will, den sie eigentlich hasst.

Mein Kopf fällt wieder nach vorn. Ich sehe zu Nick auf, beiße mir auf die Unterlippe und ziehe mein Kleid einen Zentimeter höher.

They say looks can kill and I might try.

Oh yes, und wie ich kille. Das Publikum glotzt. Ich glaube, einer der Männer hat seinen Schwanz in der Hand. Doch das ist nicht von Bedeutung. Denn Nicks Blick ist hell. Zu hell. Zu besorgt.

I don't dress for women.

Ich stehe wieder auf und mit einem Ruck ziehe ich den Reißverschluss meines Kleides herunter. Ich glaube, er geht kaputt. Gut so. Die Nebelpartikel tanzen mit mir. Sie schmecken nach Lust und Schwermut. Irgendwie denke ich, dass Nick genauso schmeckt.

I don't dress for men.

Mit einer flüchtigen Handbewegung schiebe ich mir einen schwarzen Träger über die linke Schulter. Ein verlangender Schatten fällt über das Sommergrau. Endlich.

Lately I've been dressing for revenge, singt Taylor und es ist Rache, die mich beflügelt. Ich will Nick foltern. Ich will, dass er vor Verlangen schier wahnsinnig wird, und ihn dann fallen lassen. So wie er es bei mir getan hat, als mir seine Worte unter die Haut gingen.

Die Lust, auf die ich so lange gewartet habe, trifft mich mit voller Wucht und schießt zwischen meine Beine. Druck baut sich auf. Es kribbel-krabbelt und ich muss dem Drang widerstehen, meine Schenkel zusammenzupressen.

Ich will, dass ich es bin. Dass er meinen Namen sagt zwischen heiserem Stöhnen. Das *Fuck*, das vor Lust abgehackt und verzerrt hervorgepresst wird.

Ich spiele mit meinem Kleid. Ziehe es so weit herunter, dass meine Brüste kaum noch bedeckt sind. Die Besorgnis ist aus seinem Blick verschwunden. An ihre Stelle ist endlich das getreten, was ich so dringend brauche.

Er fixiert mich.

Er inhaliert mich.

Er will mich mit Haut und Haar.

Endlich.

Ich sehe seine brennende Lust und glaube, dass auch ich brenne. Schlagartig stehe ich in einem flammenden Inferno und die Leidenschaft in Nicks dunkler werdendem Blick ist der Spiritus. Taylor singt von Rache. Ich glühe unter seinen Augen. Aber ich will mehr. Ich brauche mehr. Er schluckt so schwer, dass sein Adamsapfel hüpft. Er weiß, was jetzt passieren wird, als ich mich direkt vor ihn stelle. Ich recke provozierend mein Kinn, straffe die Schultern und fühle mich stark. Meine Finger umklammern den losen Stoff meines Kleids.

Nick holt tief Luft, atmet die tanzenden Partikel ein. Seine Lider flackern und er schließt sie für den Bruchteil einer Sekunde. Als er sie wieder öffnet, ist aus hellem Sommergrau ein abgründiges, hungerndes Schwarz geworden.

Und das gibt mir den Rest.

And she looks so pretty. Ich lasse eine Hand los.

Driving in your Benz. Ich lasse die andere Hand los.

Lately she's been dressing for revenge. Marchesa Notte fällt auf den bunten LED-Boden. Und mit ihr alle meine Hemmungen. Ich stehe nur in schwarzer Spitze da, höre die Zuschauenden schreien. Auch von der Tanzfläche dringen Rufe und Gejohle zu mir, aber sie alle sind unwichtig. Wichtig ist nur, dass ich weitertanze, dass Nicks Iriden immer besessener meinen Bewegungen folgen. Ich berühre mich selbst. Gleite mit gespreizten Fingern an meinem Körper hinab und lecke mir über die Lippen.

Ladies always rise above. Ich bin mir nicht sicher, denn es ist verdammt dunkel und bunt zugleich und vielleicht will ich auch nur, dass es so ist. *Ladies know what people want.* Aber ich glaube zu sehen, dass Nick eine Latte hat.

Wegen mir. Für mich.

Someone sweet and kind and fun. Mein schwarzer Slip wird nass. Die tausend Herzen überschlagen sich und ich gehe auf ihn zu. *The lady simply had enough.* Ich werde von ihm angezogen, denn uns verbindet eine Zündschnur. Er ist das Dynamit. Ich das Feuer. Bereit für die Explosion.

Ich stelle einen Fuß auf einen der Sitze und fixiere ihn dabei. Das schwarze Leder klebt unter der roten Sohle meines High Heels. Meine Finger fahren mein Bein entlang. Nick schluckt erneut. Seine Brust hebt und senkt sich. Getrieben von den schnellen Atemzügen, von den tanzenden Nebelpartikeln, die in seine Lunge hinein- und wieder herausströmen.

»Fuck, Livia.« Taylors Stimme dringt so laut aus den Boxen, dass ich die zwei Worte nur von seinen Lippen ablesen kann. Meine Mitte pulsiert.

Ich glaube, dass ein Stöhnen meinen Mund verlässt und sich mit *Vigilante Shit* vermischt.

And I don't dress for villains.

Ich will mehr. Er muss die schluchzende Livia vergessen. Er muss.

Also drehe ich mich um, greife an den Verschluss meines BHs. Die Menge johlt, aber es ist mir egal.

I'm on my vigilante shit again.

Die schwarze Spitze fällt von meiner Haut. Ich stehe mit dem Rücken zu ihm. Gleich werde ich ihm alles und doch nichts von mir zeigen. Gleich wird er alles vergessen, was im *Vienna Sports Club* passiert ist.

Ich baue Spannung auf und schwinge die Hüften. Da sind die Musik und die Farben und das Kribbeln und mein rasendes, rasendes Herz. Gleich wird es passieren. Ich bin ekstatisch und kontrollbefreit. Nichts zählt mehr, denn ich bin die Königin der Bedeutungslosigkeit.

Diese schier unendliche Leere in mir frisst mich auf. Ich glaube, dass ich schreie, weil das Verlangen mich in Stücke reißt. Das Verlangen danach, ihn in mir zu spüren und die Schwärze für eine Nacht erträglicher zu machen.

Lately I've been dressing for revenge.

Ich drehe mich um. Entblößt und doch gut versteckt hinter meiner leuchtenden Fassade. Hektisch zuckt mein Blick durch die Masse, auf der Suche nach sommergrauen, verlangenden Augen, die mich endlich von meinem Schmerz erlösen.

Sie sind weg. Nick ist gegangen und hat mich im Undergroundbereich des *Sapphire* zurückgelassen.

Hier und in meinem eigenen nachtschwarzen Abgrund.

32. KAPITEL

VANTABLACK

Das schwärzeste Schwarz der Welt heißt Vantablack. Die Substanz aus gerichteten Kohlenstoffnanoröhren reflektiert extrem wenig einfallendes Licht und ist deshalb tiefschwarz. Aus irgendeinem Grund hat sich diese Information in mein Hirn eingebrannt, seit Herr Fuchs uns im Physikunterricht davon erzählt hat.

Vor meinen Augen ist alles vantablack. Meine Seele und mein Herz sind es ebenso.

Nick hat nicht mit mir geschlafen. Er hat mich zurückgelassen. Entblößt in der Menge und doch allein. Ich hielt es nicht aus, also bin ich sofort von der Empore gesprungen und zur Limousine gesprintet. Ich bin gerannt. Mal wieder.

Während die Nachtlichter Wiens vor den abgedunkelten Scheiben des Wagens vorbeizogen, kroch mehr und mehr Einsamkeit durch meine Venen. Jetzt liege ich hier in der Dunkelheit. Kein Sex. Keine Nähe. Kein Vergessen für eine Nacht.

Nur Vantablack und Leere.

Die Krabbelkäfer steppen und steppen und ich weiß, dass es noch dauern wird, bis sie sich schlafen legen. Ich bin wütend auf Nick. Unzähmbar wütend. Denn es ist seine Schuld, dass ich jetzt hier liege. Allein. Ich hätte weitertanzen können, ich hätte mit Birthday Boy Silas schlafen können. Ich hätte die Time of my life haben können.

Mit Kribbel-Krabbel-Fingern taste ich nach meinem iPhone. Der Tequila und die Drogen machen alles noch schlimmer. Die Wut tobender, die Einsamkeit erdrückender.

Ich fange an zu tippen, um all meine Gefühle ins Zimmer nebenan zu lenken. Aus irgendeinem Grund brennen Tränen in meinen Augen. Es tut weh, von ihm weggestoßen worden zu sein, wo ich doch nur wenige Minuten zuvor in seinen Armen gelegen habe. Es tut verdammt weh, dass er mich nicht wollte. Ich muss die Lippen zusammenpressen, weil sonst ein Schluchzen daraus entschlüpft und Nick dies unmöglich hören darf.

Bevor ich die Nachricht abschicken kann, geht er offline.

Er geht einfach offline und lässt mich wieder mal zurück im tiefsten Schwarz.

Die Krabbelkäfer rennen, mein Herz eskaliert und meine Wunden bluten. Ein kleines Kind in meinem Inneren schreit nach seiner Mutter und will von ihr gehalten, getröstet werden.

Ich wünschte, Nick wäre hier. Ich wünschte, *irgendjemand* wäre hier.

Ich könnte aufstehen, in sein Zimmer gehen und ihn bitten, bei mir zu sein. Mich noch einmal festzuhalten und die Einsamkeitsmonster zu vertreiben. Gleichzeitig kann ich es nicht, denn wenn ich das tue, schalte ich mein Licht aus. Stattdessen starre ich in die Dunkelheit und höre meinem Herzen beim Klopfen zu.

Eine Idee schießt mir durch den Kopf, plötzlich und ohne Vorwarnung. Wie ferngesteuert entsperre ich wieder den Bildschirm und tippe auf das grüne Icon von Spotify. Mein iPhone ist mit meiner Anlage gekoppelt. Vielleicht kann ich nicht einfach zu Nick gehen und ihm sagen, wie es in mir aussieht, was die Einsamkeit mit mir macht. Vielleicht bringe ich es nicht über mich. Aber wir haben uns bisher selten gesagt, wie wir fühlen. Wir haben es uns gezeigt.

Ich drücke auf *Play* und Wincent Weiss' Stimme flutet mein schwarzes Zimmer. Er spricht aus, was ich nicht kann.

Meine Haustür, eine Hemmschwelle
Denn hinter jeder zweiten Ecke warten hundert Ängste
Bin alleine hier, keine Menschenmenge
Und das zwingt mich dran zu denken, was ich sonst verdränge

Die Lyrics spiegeln so genau wider, was in meinem Herzen vorgeht, dass unweigerlich weitere Tränen in mein Kissen laufen. Ich hoffe, er versteht. Ich hoffe so sehr, dass Nick den Song hört und versteht, was ich nicht sagen kann.

Riesenwohnung, aber in mir diese Platzangst.

Ich starre ins Schwarz und fühle die Worte.

Ich mag mich nicht, wenn ich alleine bin
Denn die Gedanken, die kommen, wiegen einhundert Tonnen
Weil alle irgendwie so einsam klingen
Und ich wünsch mich davon, doch kann mir nicht entkommen

Die Tür öffnet sich. Ein Lichtstreifen fällt ins Vantablack. Ruckartig setze ich mich auf.

»Kannst du auch nicht schlafen?« Nick flüstert die Frage und ich höre das *Bist du einsam?*, das er eigentlich damit meint. Er hat verstanden. Er hat gehört, was ich nicht sagen konnte, wie er es so oft getan hat.

»Nein«, flüstere ich zurück.

Unschlüssig steht er in der Dunkelheit herum, die Hände in den tiefen Taschen seiner Jogginghose vergraben. »Spielst du?« Er deutet auf das Klavier und streicht über den geschlossenen Deckel.

»Nicht mehr.« Ich muss schlucken. »Früher habe ich viel gespielt. Meine Mama und ich haben vierhändige Duette gespielt. Manchmal habe auch nur ich gespielt und sie hat getanzt.« Es poltert einfach so aus mir heraus und zersprengt die Ketten, in die ich all meinen Schmerz so lange gelegt habe.

»Darf ich?«

Ich wispere ein »Ja« und er lässt sich auf den samtbezogenen Hocker fallen, der davorsteht. »Sie war Tänzerin? Deine Mutter?« Nick lässt seine Finger über die Tasten wandern. Er streichelt sie, sachte und liebevoll. Bevor ich antworten kann, beginnt er zu spielen. Eine leise, zurückhaltende Melodie, die ich noch nie zuvor gehört habe. Sie schwebt durch die Dunkelheit zu mir und löst mehr Schmerz-Worte.

»War sie. Primaballerina. Beim Wiener Staatsballett.«

Er nickt und spielt weiter. Das Lied ist wunderschön. Traurig und leise. Unaufdringlich und echt. »Und wo ist sie jetzt?«, fragt er in die Schönheit des Lieds hinein.

Meine Hände graben sich in den Satin meiner Bettwäsche und in meinem Magen verrutscht etwas. Nick weiß es nicht. Er kennt nicht die ganze Geschichte, meine Geschichte. Irgendwie überrascht es mich. Ich weiß nicht warum, aber aus irgendeinem Grund habe ich immer angenommen, er und Tanja wüssten davon.

»Weg«, antworte ich nur und allein diese Silbe hervorzubringen, kostet mich unglaublich viel Kraft. Ich starre an ihm vorbei auf seine Finger, die dem Klavier mehr Töne entlocken, und warte auf weitere Fragen, die sich gleichzeitig scharf wie Messer und unfassbar erleichternd anfühlen. Aber sie kommen nicht. Nick fährt nur zart über die Tasten und bleibt stumm.

»Es fühlt sich wie eine Lüge an.« Meine Lippen machen sich selbstständig und formen jetzt selbst Worte zu Messern. »Dinge wie Klavierspielen. Alles war nur fake, weißt du? Meine ganze Kindheit, alles, was wir hatten, war am Ende nicht echt.«

Nick spielt weiter, dreht den Kopf aber jetzt zu mir. Seine Gesichtszüge sind vor Mitleid verzogen. Doch diesmal macht es mir nichts aus. »Warum sagst du das?«

»Weil es stimmt. Neunzehn Jahre hat meine Mutter mir täglich das Gefühl gegeben, dass ich … keine Ahnung … okay bin.«

»Aber du bist …«, will er mich unterbrechen, doch ich spreche einfach weiter.

»Ich habe ihr geglaubt. Alles. Dass sie mich liebt, dass ich es wert bin, geliebt zu werden. Dass unsere Welt zwar falsch ist, aber wir echt sind. Den ganzen Scheiß habe ich ihr geglaubt.« Meine Augen füllen sich erneut mit Tränen, die auf meine Hände tropfen. »Aber dann, dann …« Ich stammle vor mich hin und kriege die Buchstaben nicht zu fassen, die in meinem Mund herumschwirren. Warum erzähle ich ihm das alles? Warum gerade jetzt?

Weil er es ohnehin schon wusste.

Weil mein Licht bei ihm nicht strahlt.

Weil er von Anfang an freie Sicht auf mein verkümmertes Innenleben hatte.

»Du hast mit vielen Dingen recht«, spreche ich einfach weiter, als gäbe es die Messer nicht. Die Ketten wurden gesprengt und all der Schmerz strömt mir unaufhaltsam über die Lippen. »Ich bin kaputt, okay? Ich bin verdammt kaputt und ich hasse dieses Leben. Ich hasse alles daran. Ich weiß, dass es bedeutungslos ist. Dieses schreckliche Getue um nichts, die Klamotten, die Events. Das alles bedeutet *nichts*.« Schluchzer fallen über mich her und verzehren das Gesagte. »Ich bin bedeutungslos.« Ein Fluss aus Tränen rauscht über meine Wangen.

Nick hört auf zu spielen. Das Lied endet abrupt mit einem Cis, das im Raum umherflattert, bis es leblos zu Boden fällt. Der Song ist unvollständig, abgestürzt, bevor er sich in all seiner zurückhaltenden Echtheit entfalten konnte.

Wie ich. Ich bin das Cis.

»Ich hab deine Fotos gesehen, diese Katakombensache, und ich weiß, dass ich auf der anderen Seite stehe. Auf der privilegierten Seite«, sprudelt es nur so aus mir heraus. »Das Ding ist … Es gab vielleicht mal eine Zeit, da habe ich gedacht, dass ich mehr sein kann als dieses Leben.«

»Aber das kannst du.« Nick erhebt sich und geht die wenigen Schritte zu meinem Bett. Er steht für einige Sekunden unschlüssig vor mir und sieht auf mich und meinen Tränenfluss herunter, dann setzt er sich. Einfach so. Er sitzt auf meiner Bettkante und berührt zögerlich meinen Rücken. Seine Hand ist warm.

»Kann ich nicht«, widerspreche ich trotzdem. »Ich habe nämlich keinen Plan, wer ich sein will. Vielleicht hatte ich den mal. Vielleicht dachte ich mal, dass ich alles sein kann, was ich will. Dass ich nicht so bedeutungslos sein muss wie der Rest von Wien.«

»Aber?« Nick streicht sanft meine Wirbelsäule entlang.

»Aber alles, woran ich geglaubt habe, war eine beschissene Lüge. Ich war nicht mal für meine Mutter von ... Bedeutung.« Ich schreie fast und bin mir nicht sicher, ob er zwischen meinem zittrigen Schluchzen überhaupt ein Wort verstehen kann. »Dieses Leben ist alles, was mir noch geblieben ist.« Mein Herz zieht sich schmerzhaft zusammen, denn alles, was ich gerade ausgesprochen habe, ist das Ehrlichste und Wahrhaftigste, was seit vierzehn Monaten meine Lippen verlassen hat.

»Mit einer Sache hattest du unrecht«, fahre ich fort, weil sich die Wahrheiten nun nicht mehr aufhalten lassen.

»Was meinst du?«

»Ich bin nicht stark. Ich bin verflucht schwach und halte dieses Leben, diesen bedeutungslosen Mist nur aus, wenn ich Tequila und Drogen in mich hineinschütte.«

Für einige Herzschläge, einige unaufhaltbare Schluchzer sind wir beide still. Dann schließt Nick impulsartig und doch auf gewisse Art schüchtern beide Arme um mich. Ich weine noch heftiger.

Ich weine um das frierende Mädchen auf Nicks Foto und um das Mädchen, das ich einmal gewesen bin.

Ich weine, weil es so lange her ist, dass mich jemand ehrlich angelächelt hat.

Ich weine, weil ich keinen Ausweg weiß.

Ich weine, weil Wien eben Wien ist und mein verletzliches Ich hier keinen Platz hat.

»Kannst du bleiben? Heute Nacht?« Die Bitte kommt einfach so aus meinem Mund, weil der Gedanke, zurück ins Vantablack der Einsamkeit zu müssen, sich unerträglich anfühlt.

»Klar.« Er hebt die Decke und ich kuschle mich darunter. Nick liegt stumm neben mir und hält mich. Ich weiß nicht, wie lange ich daliege und trauere, aber irgendwann werden meine Lider schwer und die Schluchzer leiser.

»Du hast ein schönes Herz, Livia. Ein schönes, bedeutungsvolles und liebenswertes Herz.«

Nicks Worte sind das Letzte, was ich höre, bevor ich in einen tiefen Schlaf und sommergraue Träume falle.

Vielleicht sind seine Worte schon Teil dieser Träume.

Vielleicht aber auch nicht.

33. KAPITEL

BINGO DE LUXE

Es riecht nach Sommer und Regen.

In Nicks Armen aufzuwachen, ist, wie nach einem heißen Sommertag im Regen zu stehen. Nur Regen, keine Traurigkeit. Ich spüre, dass sich ein Lächeln auf meine Lippen schleicht. Sein gleichmäßiger Atem kitzelt über mein Ohr und meinen Hals.

Ich kuschle mich tiefer in seine Umarmung und will die Augen wieder schließen. Will zurück in die hellen, schwerelosen Träume, die noch immer am Rande meines Blickfelds flimmern.

Doch dann rasen die Erinnerungen an letzte Nacht in schnellen, flackernden Bildern durch meinen Kopf. Wie beim Schnelldurchlauf des *Eurovision Song Contest* sehe ich Filmsequenzen, Bruchstücke meiner Taten vor meinem inneren Auge.

Fuck.

Ich sehe mich tanzen und strippen und völlig *out of control* sein.

Noch mal fuck.

Und ich höre mich weinen. Nein, mich völlig zusammenbrechen. Gestochen scharf beobachte ich mich mit tränennassen Händen und zerbrochener Fassade.

Vor ihm. Bei ihm. Wegen ihm.

Ein Hitzeschauer aus Scham prasselt auf mich nieder und ich breche in Schweiß aus. Wie vom Blitz getroffen setze ich mich auf. Der Raum beginnt sich zu drehen und mein Puls rast in meinen Adern. In einer schnellen Bewegung ziehe ich die Bettdecke beiseite und sehe im spärlichen Licht, das durch die schweren Vorhänge fällt, die schwarzen Mascararückstände darauf.

Schwarze Tränen auf weißem Satin. Ein unzweifelhafter Beweis meines emotionalen Aussetzers.

Ich muss hier weg. Als würden sich spitze Stacheln durch meine Matratze in meinen Hintern bohren, springe ich auf. Aber wohin? Das hier ist mein Zimmer, mein Zuhause. Unschlüssig gehe ich zur Tür, dann zum Fenster, bleibe schließlich in der Mitte des Raumes einfach stehen.

»Ist dieses Herumgerenne deine normale Morgenroutine oder bist du jetzt völlig durchgeknallt?«

Ich fahre zusammen und drehe mich zum Bett. Nick sieht mich belustigt an und setzt sich auf. Sein dunkles Haar ist verstrubbelt und der Schatten eines Barts hat sich über Nacht auf sein Kinn gelegt. Mein Puls rast schneller, weil ich plötzlich daran denken muss, ob es wohl kratzt, wenn meine Lippen seine berühren.

»Ähm, was?«

Er sieht mich noch immer fragend an, aber ich kann mich nicht an seine Frage erinnern.

»Lass mich raten. Du drehst gerade völlig durch wegen gestern?« Das Grinsen, das seine Lippen umspielt, intensiviert sich. Mein Herzschlag auch.

»Nein?« Ein hohes Kieksen verrät, dass ich lüge.

»Alles ist gut, Livia. Komm her.«

Ich setze mich wieder in Bewegung und komme vor seinem Bett zum Stehen. Vor *meinem* Bett.

»Wie bist du eigentlich reingekommen?«

»Wohin?«

»In den Undergroundbereich des *Sapphire*. Man braucht ein Passwort.«

»Ich weiß. Hat Leander mir gegeben. Er hat sich Sorgen um

dich gemacht, aber konnte ja schlecht von seiner eigenen Gala abhauen.« Er sieht mich an und schluckt.

Plötzlich fühle ich mich verletzlich. »Was?«, flüstere ich und halte die Arme schützend vor mich, als würde das irgendwas bringen.

»Dieses Ding, das du da trägst.« Er deutet auf mein schwarzes Nachthemd aus Seide.

Ich sehe an mir herunter und bemerke, dass sich die Spitzen meiner Brüste deutlich erkennbar gegen den Stoff drücken. Nicks Blick ist davon angezogen und dieser Ausdruck tritt in seine Augen. Dieses ganz bestimmte Funkeln, das augenblicklich zwischen meine Beine schießt.

»Das ist wirklich nicht fair.« Seine Stimme ist kratzig.

Meine Mundwinkel zucken leicht und gefrieren nur eine Sekunde später zu Eis, denn ich erinnere mich plötzlich an ein weiteres Puzzlestück der letzten Nacht. »Gestern Abend wolltest du mich nicht.« Es tut weh, das auszusprechen, und der Kloß in meinem Hals dämpft das Gesagte auf merkwürdige Weise ab. »Das ist okay«, fahre ich schnell fort. »Jeder darf Nein sagen und so, aber … es hat sich *komisch* angefühlt.« *Komisch*. Wow. Ich habe mich verraten, ungewollt und abstoßend gefühlt, aber das sage ich Nick nicht.

»Livia, ich …« Er kratzt sich unbeholfen am Kopf.

»Schon gut, schon gut.« Abwehrend hebe ich die Hände. »Du bist mir keine Erklärung schuldig. Ich hätte mich in meinem Zustand auch nicht gerade sexy gefunden.« Ich ringe mir ein Lächeln ab und versuche zu überspielen, dass sich mein Bauch zusammenzieht.

»Ist das dein Ernst?« Nick vergräbt für einen kurzen Moment das Gesicht in den Händen. Als er wieder daraus hervortaucht, schüttelt er den Kopf und nimmt meine Hand. Ich setze mich zu ihm auf die Bettkante. »Du warst verdammt heiß. Wie du getanzt hast, war … fuck … das war unbeschreiblich. Und ich wollte dich.

Ich will dich immer noch, glaub mir.« Er hebt seine Hand und streicht mir eine Haarsträhne aus dem Gesicht. »Gestern Nacht Nein zu dir zu sagen, war, glaube ich, das Schwerste, was ich je getan habe.«

»Warum hast du …« Das Ende des Satzes bleibt zwischen meinen Zähnen hängen, weil Nick mein Gesicht jetzt in beide Hände nimmt und mich so durchdringend ansieht, dass Sterne in meinem Körper tanzen. »Aber ich will es tun, weil du es willst. Mit klarem Verstand und aus vollem Herzen, okay? Weil du *mich* willst.« Ein sanftes, trauriges Lächeln huscht über seine Lippen. »Nicht, weil du verletzt und einsam bist und bedeutungsloser Sex das ein bisschen erträglicher macht.«

»Wie machst du das, Nick?«

»Was?« Seine Lippen sind nah. So nah.

»Sehen, was niemand sonst sieht.«

»Ich will es sehen. Die Augen nicht davor verschließen.« Seine Lippen kommen noch näher. »Und glaub ja nicht, dass mir entgangen ist, dass du mich gerade zum ersten Mal Nick und nicht Nicolas genannt hast.«

Ich halte seinen Blick fest und vergesse zu atmen.

»Guten Morgen!«

Wir fahren auseinander, als Tanjas viel zu gut gelaunte Stimme unter der Tür durchdringt. Mist.

»Was machen wir jetzt? Wenn du aus meinem Zimmer kommst, denken die doch, dass wir …«

»… es getrieben haben? Welch ein Skandal.« Gespielt schockiert schlägt er sich die Hand vor den Mund.

»Komm schon, das wäre … *weird* irgendwie.« Hilfe suchend beiße ich mir auf die Unterlippe, während Tanja draußen fröhlich vor sich hin flötet. Verdammter Mist.

»Ich mach das schon.« Nick springt aus dem Bett und stolziert wie selbstverständlich zur Tür. »Aber bitte tu mir den Gefallen und zieh was anderes an, sonst kann ich beim Frühstück für nichts garantieren.« Mit einem letzten flehenden Blick auf meine nackten Beine öffnet er die Tür. »Morgen, Mama.«

»Schatz, was machst du denn in Livias Zimmer?«

Ich widerstehe dem Drang, mich unter der Bettdecke zu verstecken, und sprinte stattdessen in mein Ankleidezimmer.

»Ach, wir waren früh auf und haben zusammen einen Film geguckt.«

Einen Film geguckt? Bitte, jede noch so naive Mutter weiß, dass »einen Film schauen« Teenie-Code für »einander nackt sehen« ist. Hektisch ziehe ich meinen oversized Universitätspulli aus dem Schrank und ziehe ihn mir über.

»Okaaaay.« Klare Skepsis in Tanjas Unterton. Na super. »Freut mich, dass ihr euch jetzt besser versteht. Ich glaube, Livia kann einen großen Bruder wie dich gebrauchen.«

Großer Bruder? GROSSER BRUDER? Alles klar, Tanja ist noch naiver, als ich dachte. Nicolas und ich sind sehr, sehr weit davon entfernt, ein geschwisterliches Verhältnis zu pflegen.

Dennoch erleichtert entspannen sich meine hochgezogenen Schultern und ich trete aus meinem Zimmer in den Wohnbereich.

»Servus.« Tanja winkt mir freudestrahlend vom Herd aus zu und schlägt im nächsten Moment ein Ei auf.

»*Ich koche nicht. Ich werfe Sachen in die Pfanne und hoffe*«, lese ich den Spruch vor, der in fetten Buchstaben auf ihrer Schürze prangt. »Ist die neu?«

»Ein Geschenk von Alexander.« Sie kichert und ich rolle mit den Augen. Was haben die hier ständig mit ihren albernen Kochschürzen?

»Verdreh du nur die Augen.« Tanja hebt bedrohlich den Pfannenwender. »Warte ab, was ich dir zum Geburtstag schenke.«

»Ich tippe mal nicht auf die neue Louis?«

»Das wäre ja langweilig und wir alle wissen, dass du insgeheim Mitglied im Cooler-Spruch-auf-Schürzen-Club werden willst.«

»O ja, ich kanns kaum erwarten.« Ich tue genervt, bekomme aber trotzdem ein warmes Gefühl im Bauch. Nick grinst und macht sich an der Kaffeemaschine zu schaffen.

»Guten Morgen!« Nora kommt mit Papa im Schlepptau die Treppe herunter und winkt. Sie hat noch ihren Schlafanzug an, einen alten von mir, der ihr ein wenig zu groß ist. Vorne drauf ist eine abgeblätterte Arielle, die Meerjungfrau. Auch Papa trägt noch seinen Pyjama, etwas, das er seit Jahren nicht mehr gemacht hat. Normalerweise hat er in Anzug und Krawatte im Stehen einen Kaffee hinuntergestürzt, seine ersten E-Mails vom Handy aus beantwortet und ist dann verschwunden, um wichtigere Dinge als ein Familienfrühstück zu erledigen.

»Liv, willst du Kaffee?« Nicks stechender Blick bringt mich aus der Fassung. »Liv, Kaffee?«

»Ähm. Ja.« Mit schnellen Schritten gehe ich zum Küchenschrank und stelle mich auf die Zehenspitzen, um nach meiner Lieblingstasse zu greifen. Mein Nachthemd, das noch immer unter dem Hoodie hervorlugt, rutscht etwas nach oben.

Ich halte Nick, der mit der vollen Kaffeekanne vor mir steht, die Tasse hin. Sein Blick huscht für den Bruchteil einer Sekunde zu meinen nackten Beinen.

»Nick, Kaffee?«, frage ich mit dem gleichen schelmischen Unterton zurück und verkneife mir ein Grinsen.

»Ähm. Ja.« Er gießt mir die dampfende Flüssigkeit ein und schüttelt kaum merklich den Kopf.

»Setzt euch. Die Eier sind gleich so weit.« Tanja schaufelt vier Spiegeleier auf einen Teller und schlägt gleich darauf neue in die Pfanne. »Wir wollen etwas mit euch besprechen.«

Verwirrt zuckt mein Blick zu Papa, doch der scheint in den *Wiener Kurier* vertieft. Wir setzen uns, Nick und ich nebeneinander. Unterm Tisch berühren sich unsere Knie.

Nick zieht sein Handy aus seiner Hosentasche und beginnt zu tippen. Dann schaut er mich herausfordernd an. Ich tue es ihm gleich und ziehe mein iPhone aus der Bauchtasche meines Pullovers. Eine Nachricht von ihm blinkt auf meinem Sperrbildschirm.

Ich blicke einmal verstohlen zu meinem Vater, bevor ich die Nachricht öffne, doch dessen gerunzelte Stirn verschwindet immer weiter hinter der aufgeschlagenen Zeitung.

Nick: Als ich dich gebeten habe, etwas anzuziehen, habe ich nicht nur an die obere Hälfte deines Körpers gedacht.

Mir wird heiß, als ich seine Worte lese, und wie von selbst pressen sich meine Oberschenkel zusammen. Ich beiße mir auf die Unterlippe und tippe eine Antwort.

Livia: Oh, sorry. Missverständnis. Ich wusste nicht, dass ich ein Höschen anziehen soll.

Nick verschluckt sich fast an seinem Kaffee, als er meine Nachricht liest, die zugegebenermaßen eine Lüge ist. Aber das weiß er ja nicht.

Nick: Danke. Jetzt kann ich erst mal nicht aufstehen.

Ich kichere.

»Liv, alles okay?« Papa lässt die Zeitung sinken und hebt fragend eine Augenbraue.

»Jaja.« Ich schnappe mir ein Croissant aus dem Brotkorb und grinse Nick frech an. »Was wollt ihr mit uns besprechen?« Fragend schaue ich zu Tanja, die ihre coole Spruch-Schürze jetzt abgelegt hat und sich beladen mit den Spiegeleiern zu uns setzt.

»Was haltet ihr von einem Urlaub? Wir alle fünf!« Sie sieht strahlend zu mir, Nick und Nora.

Ich suche in mir nach einem Gefühl. Nach Verzweiflung oder Wut, weil dieses Familiending doch so gar nicht meins ist und ich das alles hassen will. Aber da ist nichts. Vielleicht habe ich keine Kraft mehr, alles zu hassen und gegen all das hier anzukämpfen.

»Und wohin?«, höre ich mich selbst fragen und lächle Nora zu, die völlig außer sich auf ihrem Stuhl hin und her hüpft.

»Nur ein paar Tage. Ins Hohenburg-Chalet.« Papa räuspert sich und fährt sich einmal über die Stirn. »Die Berichterstattung über diesen Quatsch mit der Veruntreuung nimmt derzeit Fahrt auf. Der Vorstand und auch mein Wahlkampfteam hielten es deshalb für sinnvoll, wenn ich erst mal von der Bildfläche verschwinde.«

Mein Herz setzt einen Schlag aus und rutscht mir dann in die nicht vorhandene Hose. Es geht ihm mal wieder nicht um uns. Nicht mal um Tanja. Es geht ihm darum, sich selbst aus der Schusslinie zu ziehen.

»Wir würden nach dem Frühstück direkt aufbrechen und los gehts nach Kitzbühel.« Tanja strahlt. »Ich habe die Berge vermisst. Du auch, Nora?«

Meine kleine Schwester nickt heftig.

»Heute schon?« Ich verschlucke mich beinahe an meinem Croissant. »Das ist wirklich sehr spontan.«

»Bingo.«

Fragend drehe ich mich zu Nick. »Wie bitte?«

»Ach nichts.« Er grinst und beginnt wieder auf seinem Handy herumzutippen. In meiner Bauchtasche vibriert es.

Nick: Ihr habt ein Luxuschalet in den Alpen und ich ein Bingo.

Es folgt ein Screenshot von einem Spielfeld. Mein Blick huscht über die vielen Kästchen. Einige sind schon durchgestrichen, andere nicht. Mir klappt der Mund auf.

Ein Chauffeur inklusive Limousine

Eine Jacht

Ausrichter einer Charitygala

Das alles wäre ja noch okay, vielleicht sogar lustig gewesen. Aber da steht auch *Gestörte Beziehung zum Vater* und *Erben ohne Innovation*. Beides durchgestrichen. Natürlich.

Meine Kehle schnürt sich zu und in meinem Bauch formt sich ein eiskalter Klumpen.

Nick: Das ist nur ein Witz aus dem Internet.

Er sucht meinen Blick, doch ich weiche ihm aus.

Ich bin für ihn ein Witz? Meine Beziehung zu meinem Vater und mein Zukunftsschwarz ist ein Witz? Anspannung durchzieht meine Muskeln und sammelt sich meinen Händen. Sie verkrampfen sich um die Kaffeetasse und vor meinem inneren Auge sehe ich bereits die Risse, die sich durch das Porzellan ziehen.

Und durch mein Herz, das doch bis gerade noch für Nick geschlagen hat.

Ich hebe den Kopf, nachdem ich jeden Gesichtsmuskel hinter meine steinerne Maske gezwängt habe, und sehe ihn an. »Herzlichen Glückwunsch, du hast noch ein Bingo. Es gibt eine Straße, die nach meinem Großvater benannt ist. Hier in Wien. Du kannst also auch *Haben eine eigene Straße* durchstreichen. Bei *Sind in politische Machenschaften verwickelt* müsstest du dich jetzt an meinen Vater wenden. Da bin ich raus.«

»Hm?«, fragt Papa und hebt den Kopf.

»Schon gut.« Ich funkle Nick an und ziehe ruckartig mein Bein zurück, das seins noch immer berührt. Es bollert von unten gegen den Tisch. Eine Erdbeere fällt aus der Obstschale und kullert neben meinen Teller.

»Es tut mir leid, Liv.« Ich höre seine Reue und die Wärme, die er in seine Stimme strahlen lässt, aber zerschneide sie mit meiner eigenen Eiseskälte.

»Ich heiße Livia. Liv nennen mich nur meine Freunde, Nicolas.«

»Hey, hört auf zu zanken.« Tanja sieht ihren Sohn warnend an. »Also, was ist jetzt mit dem Chalet?« Sie versucht offensichtlich das Thema zu wechseln. Ich kann ihr kaum zuhören. Das Chaos ist zurück und mit ihm die schwarzen Gedanken. Scham glüht in meinen Wangen und bebt in meinen Händen.

Ich habe mich vor ihm nackt gezeigt. Nicht körpernackt – das nur fast –, aber vor allem herzensnackt und chaospräsentiert. Ich habe mich verstanden gefühlt. Gesehen. Jetzt fühle ich mich bloßgestellt und lächerlich.

Es ist ein Spiel. Mein verkümmertes Leben ist ein verfluchtes Spiel mit Kreuzen und Gewinnen.

Mein Kiefer beginnt zu schmerzen, weil ich meine Zähne aufeinanderpresse, um ihn nicht anzubrüllen.

»Ich will unbedingt in die Berge!« Noras Augen leuchten. »Ich will mit Livi Gondel fahren. Wie früher!«

»Okay.« Kurz frage ich mich, wem die Stimme gehört, die gerade einfach so zugesagt hat. Dann fällt mir auf, dass es meine war. Nora so strahlen zu sehen, hat das *Okay* aus meinem Mund gelockt und jetzt kann ich es nicht mehr zurücknehmen.

»Ich komme mit«, gebe ich mich also geschlagen. »Aber heute geht nicht. Ich habe noch ein Meeting mit einer Skincare-Brand, die mit mir eine Kooperation machen wollen.« Ich seufze. »Morgen früh fliege ich direkt nach.«

»Ich komme auch mit.« Nick zwinkert meiner kleinen Schwester zu, die daraufhin freudestrahlend in die Hände klatscht.

Na großartig.

34. KAPITEL

PROPELLERHERZSCHLÄGE

»Ahhh!« Ich erschrecke fast zu Tode, als sich meine Zimmertür ohne Vorwarnung öffnet.

»Soll das deine Verteidigungswaffe sein?« Nick schaut belustigt auf meine elektrische Zahnbürste, die ich in der Hand halte und auf die Tür gerichtet habe.

»Was zum Teufel machst du hier?« Ich lasse die Zahnbürste sinken und rolle mit den Augen. »Warum bist du nicht mit den anderen schon weg? Außerdem kann man anklopfen.«

»Wollte ich, aber ich dachte, es wäre auch reizvoll, deine Zahnbürsten-Karate-Skills in Action zu sehen.«

Ich ziehe eine genervte Grimasse und werfe die Zahnbürste zu den anderen Sachen in mein Beauty-Case. »Also, was machst du noch hier?« Ich kann das Gift, das zwischen meine Worte sickert, nicht aufhalten. »Solltest du nicht im Heli sitzen und weitere Punkte auf deinem lächerlichen Bingospiel abhaken?«

»Schon, aber ich hatte noch einen Termin in der Uni.«

»Aha.« Ihn ignorierend falte ich meinen Pyjama zusammen und lege ihn in den kleinen Koffer, der offen vor mir auf dem Teppich liegt. Mit schnellen Handgriffen schließe ich die Sicherungsgurte und klappe beide Hälften zusammen.

»Ist noch was?« Ich drehe mich um und verschränke die Arme vor der Brust.

»Also Folgendes: Dein Vater meinte, dass du mich einfach mitnehmen könntest.«

»So, meint er das?« Typisch. Natürlich entscheidet er Dinge über meinen Kopf hinweg. Wäre ja auch zu umständlich mich zu fragen.

»Na ja, er, Nora und meine Mutter wollten nicht warten. Aber ich musste noch ins Tutorium. Da hat er gesagt, dass ich mit dir nachkommen soll …« Er macht einen Schritt auf mich zu und sucht meinen Blick. Ich weiche aus.

Zu viel Chaos. Zu viel Verwirrung. Zu viel Gefühl.

»Bitte, Liv.«

Ich stoße einen tiefen Seufzer aus. »Okay. Morgen um acht Uhr Abfahrt. Keine Minute später.«

»Danke.« Er schenkt mir ein behutsames Lächeln, das mein Herz zum Stolpern bringt.

»Lösch die beschissene App von deinem Handy«, schiebe ich nach und hoffe, dass mein Herz dadurch wieder klarkommt.

»Womit fahren wir, sagtest du?« Nicks Augen werden kugelrund, als er aus der Limousine steigt und den Hangar erkennt, der vor uns liegt.

»Hab nie gesagt, dass wir *fahren.*« Ich kann mir ein Grinsen nicht verkneifen, schließe die Hände um den Griff meines Koffers und gehe mit beschwingten Schritten auf das offene Tor zu. Mit jedem Meter, den ich mich ihm nähere, entspannen sich meine Schultern mehr. Ich nehme einen tiefen Atemzug. Es riecht nach Benzin und frisch gemähtem Gras. Es riecht nach Loslassen.

»Liv. Bitte sag mir, dass wir nicht mit einer grenzkriminellen Kerosinschleuder in die Berge fliegen.«

»Entspann dich, Steiner«, sage ich gelassen und steuere auf den Fluglotsen zu, der im Hangar steht und mir zuwinkt. »Servus, Oscar. Ist alles bereit?«

Er ergreift meine ausgestreckte Hand und nickt. »Alles vorbereitet. Linz erwartet Sie in circa einer Stunde.«

»Wie ist die Wetterlage?« Ich greife nach dem Tablet, das er mir hinhält, und studiere die Wetterkarte.

»Ein relativ kleines Gewitter im Osten. Können Sie recht einfach umfliegen.«

»Danke, Oscar.« Ich schenke ihm ein breites Lächeln. Es ist ein echtes Lächeln, kein Livia-Hohenburg-Lächeln, denn es juckt Menschen wie Oscar einfach nicht, wer deine Eltern sind oder wie viele Millionen sich auf deinem Konto befinden. Hier zählt nur das Fliegen.

Mit einem euphorischen Kribbeln auf der Haut laufe ich durch den Hangar auf den Vorplatz der Startbahn. Nick folgt mir.

»Liv? Was ist hier los? Wieso Linz?«

»Darf ich vorstellen: Das ist Nils.«

»Was? Welcher von denen?« Nick schaut perplex auf das Bodenpersonal, das mit den letzten Vorbereitungen unseres Fluges zugange ist.

»Nicht die. Mein Flugzeug.« Ich deute auf die ziemlich kleine Maschine.

»Das ist dein Flugzeug?«

»Jap.«

»Und es heißt Nils?«

»Jap.«

»Warum?«

»Warum nicht?« Ich zucke mit den Schultern und öffne eine Klappe am Rumpf. »Ich hoffe, du hast nicht zu viel Gepäck dabei. Hier drin ist nicht so viel Platz.«

Mit großen Augen und offenem Mund reicht Nick mir seinen Rucksack. Er ist klein. Natürlich ist er das.

»Mehr als zwei neue Unterhosen hättest du schon einpacken dürfen.« Skeptisch nehme ich den Rucksack entgegen und lege ihn neben meinen Koffer.

»Liv?« Huch. Er ist ja blass geworden.

»Das ist eine Pipistrel Velis Electro, du Freak. Ein Elektro-Ultraleichtflugzeug. Keine Kerosinschleuder. Also alles cool.«

Nick sieht jedoch überhaupt nicht aus, als wäre *alles cool*, sondern eher, als wäre er kurz davor, sich zu übergeben. »Aber da sind nur zwei Sitze.«

»Ja. Und?«

»Wenn du und ich in dieser Blechdose sitzen …«

»Hey, hör auf Nils so zu bashen!« Ich streiche einmal behutsam über den Rumpf des Fliegers und funkle Nick warnend an.

»Sorry …« Er verdreht die Augen. »Also … wenn du und ich uns dahin setzen …« Sein blasses Kinn deutet in Richtung Cockpit. »Wo ist der Pilot?«

»Die Pilot*in* steht vor dir.« *Ha.* Damit hat er mit Sicherheit nicht gerechnet. Ich grinse so breit, dass ich es bis in meine Ohren spüre.

»Moment. Du fliegst dieses Ding?«

Ich räuspere mich.

»Also ich meine, du fliegst Nils?«

»Ja.«

»Hast du denn einen Flugschein oder so?«

»Nein. Ich dachte, ich drück mal ein paar Knöpfe und hoffe, dass wir überleben.«

Er wird noch eine Spur blasser.

»Mein Gott, natürlich habe ich eine Zulassung dafür. Denkst du, ich bin bescheuert?«

Er erwidert nichts, sondern stiert unentwegt Nils an, als würde er sich gleich in einen Waschbären verwandeln. Achselzuckend stelle ich einen Fuß ins Cockpit. »Also, was ist jetzt? Willst du mit oder nicht?« Ich werfe ihm einen herausfordernden Blick zu, dann steige ich ein. Das Leder des Sitzes schmiegt sich auf vertraute Art an meinen Rücken. Es ist eng und doch fühle ich mich freier als an jedem anderen Ort. Während ich einige Vorbereitungen treffe, kriecht Vorfreude durch meine Glieder. Gleich werde ich in der Luft sein. Gleich werde ich weit, weit weg von allem sein. Jede meiner Zellen beginnt zu vibrieren.

»Hallo?«, frage ich Nick, der noch immer mit verschränkten Armen vor Nils steht und dreinblickt, als würde er im Inneren eine sehr lange Pro-und-Kontra-Liste durchgehen.

Pro: Ich komme nach Kitzbühel.

Contra: Ich könnte draufgehen.

Pro: Fliegen ist cool.

Contra: Ich könnte draufgehen.

Oder so ähnlich.

»Jetzt hab dich nicht so. Ich weiß, was ich tue.«

Er schüttelt einmal den Kopf, als könnte er seinen Entschluss selbst nicht fassen. Doch er scheint sich tatsächlich einen Ruck zu geben und klettert blass wie der Mond zu mir ins Cockpit. Ich reiche ihm das Headset und schiebe mir kurz darauf mein eigenes über die Ohren.

»Bereit?«, frage ich und mache mich an den letzten Einstellungen der Maschine zu schaffen.

»Überhaupt nicht.«

»Ich rede nicht mit dir, sondern mit Nils.« Der Propeller vor uns beginnt sich zu drehen.

»Was meinte er mit Linz? Dieser Kerl eben. Warum fliegen wir nach Linz?«

»Nils kann nur hundert Meilen fliegen und braucht dann neuen Saft.« Wir schließen die Türen. Ich starte den Motor. »Also fliegen wir nach Linz und machen dort einen kleinen Zwischenstopp zum Tanken.«

»Warum fliegen?«

»Was meinst du?«

»Warum hast du dir ausgerechnet das ausgesucht? Sind dir keine weniger lebensbedrohlichen Hobbys eingefallen?«

Ich schlucke einmal, bevor ich zu einer Antwort ansetze, doch Nick hebt in derselben Sekunde die Hand. »Schon gut, ich kanns mir denken.«

»Was?«

»Dabei kann man den Kopf ausstellen und seine Probleme hinter sich lassen, oder?« Ein schiefes Lächeln lässt seine Wangen zucken.

Ich will etwas erwidern, doch es bleibt irgendwo zwischen meinen Stimmbändern hängen. Nick hat es wieder getan. In meine Seele geblickt, als wäre mein Körper aus Glas. Also nicke ich nur stumm und bewege den Gashebel nach vorn.

Nils setzt sich in Bewegung und rollt mit ruckelnden Bewegungen auf die Startbahn zu.

»*Cabin crew – boarding completed*«, verstelle ich die Stimme zu einem rauschenden Lautsprecher, zwinkere Nick zu und muss kichern. Nils bleibt an der für ihn vorgesehenen Stelle stehen. Nicks Gesichtsausdruck ist schwer zu deuten. Eine verrückte Mischung aus blanker Angst, Schock und irrem Grinsen.

»Sorry, aber für eine adäquate Sicherheitseinweisung, wie du es aus Urlaubsfliegern kennst, fehlt mir hier der Platz. Du musst mir wohl oder übel vertrauen. Tust du das?« Die Frage sollte belustigt klingen, doch sie kommt ernst und leicht zitternd über meine Lippen. Sie hinterlässt eine staubtrockene Wüste in meinem Mund.

»Ich vertraue dir.«

Drei Worte, die unendlich viele Seile lösen, die sich um meinen Brustkorb geschlungen haben. Ich glaube, nein, ich bin mir sicher, dass auch er weiß, dass die Frage nach seinem Vertrauen sich auf so viel mehr bezieht als nur auf diesen Flug.

»Okay«, flüstere ich. Durch den sich schneller drehenden Propeller ist es kaum zu hören, doch Nick lächelt trotzdem.

»Und Liv? Das mit dem Bingo tut mir leid. Ich weiß, dass du mehr bist, als viele in dir sehen.«

Ein warmer Schauer rauscht meinen Rücken hinunter und sammelt sich in meinem Bauch. »Du solltest dich anschnallen.« Ich drehe mich zu ihm und zeige ihm, wie er die Gurte über seine Schultern legen muss. Dabei berühren meine Hände sein schwarzes T-Shirt. Mit zarten Fingerspitzen wandern sie am Rand des Gurtes entlang und streichen über seine Muskeln. Nur nebenbei spüre ich, dass mein Atem schneller durch meine Lungen gepumpt wird. Weil ich Nick so nahe bin. Weil seine Muskeln sich unter meinen Händen so vertraut anfühlen und weil er mir *vertraut*.

Seine Lippen schweben vor meinen, getrennt durch das Mikrofon des Headsets. Mein Herz dreht sich mit dem Propeller vor uns um die Wette.

»Fräulein Hohenburg, Sie können starten.«

Ich zucke zurück, als die schnarrende Stimme von Oscar durch das Headset in mein Ohr schneidet.

»Alles klar.«

Mit etwas Kraft schiebe ich den Knüppel nach vorn. Nils rollt schneller und schneller. In meinem Magen erwacht ein Schwarm Schmetterlinge. Ich kann nicht anders, als breit zu grinsen. Nick grinst nicht, sondern klammert sich an seinem Sitz fest und schaut starr geradeaus. Am Fenster fliegen Häuser und Rasen vorbei. Dann endlich hebt Nils vom Boden ab.

Ich lasse Wien mit all seiner Falschheit, seinem abblätternden Glanz und der trügerischen Freundlichkeit unter mir zurück. Ein befreiter Laut schlüpft aus meinem Herzen über meine Lippen und ich lache aus voller Kehle, während ich den unendlichen Weiten des Himmels entgegenfliege. Ich schaue nach unten, schaue dahin, wo meine Probleme klein wie Ameisen herumwuseln und genauso bedeutungslos sind. Momente wie dieser sind alles für mich. Sie geben mir Kraft und halten mich am Leben. Das Chaos in mir hat sich gelegt. Die Schatten haben sich verkrochen und mein wahres, nacktes Ich ist frei, frei, frei.

Mein Blick huscht zu Nick, der ihn für eine gefühlte Ewigkeit festhält. Für ihn ist das nichts Neues, diese nackte, freie Ich-Sache. Er hat mich immer so gesehen. Hat immer *mehr* gesehen.

Wir steigen höher und höher. Und Wien wird kleiner und kleiner.

»Das ist der Wahnsinn«, schreit Nick in das Headset und die Angst in seinen Augen ist purer Begeisterung gewichen.

»Du musst nicht so schreien. Das ist der Vorteil an einem Elektromotor.« Ich lache. Wieder laut und ehrlich. Diesmal, weil Nick so glücklich ist.

»Guck dir das an, Liv.« Er deutet auf die Wiener Straßen, die jetzt unter uns auftauchen, aber so klitzeklein sind, dass man sie kaum noch erkennen kann. Die Spitze des Stephansdoms ist winzig wie eine Stecknadel. Das Riesenrad des Praters nur so groß wie ein Kinder-Jo-Jo. Wir schweben über Wien hinweg und mit jedem Kilometer, den ich zwischen mich und die Stadt bringe, kann ich freier atmen.

»Du bist der Erste.«

»Was meinst du?«

»Der Erste, der mit mir fliegt.« Es stimmt. Der Himmel und Nils sind normalerweise nichts, was ich mit der Welt teile. Nicht mal Vic weiß davon. Es war immer nur mein Himmel. Aber vielleicht könnte Nick derjenige sein, mit dem er zu *unserem* Himmel wird.

Er nickt nur und während des weiteren Fluges reden Nick und ich nicht viel. Unter uns rauscht die Donau. Die Landschaft ist hier noch recht flach. Statt felsiger Berge sind es grüne Wälder, die sich zu einem endlosen Teppich erstrecken. Wir fliegen über kleine Dörfer, über bauchige weiße Kirchtürme und Bauernhäuser und ich frage mich, wie es wäre, dort bei ihnen zu leben. Weniger einengend vielleicht. Weniger fake.

Meine Gedankenspielereien werden unterbrochen, weil ich Nicks Blick auf mir spüre. Glühend und intensiv. »Was?«, frage ich und vergesse zu atmen, als ich sehe *wie* intensiv.

»Du machst mich einfach fertig, Liv. Du bist so … stark.« Er sagt das einfach so. Ganz ernst. »Ich würde dich jetzt gerne küssen, aber ich glaube, dann sterben wir.«

Hitze schießt in meine Wangen und mein Griff um den Knüppel wird fester. Wie es sich anfühlen würde, Nick zu küssen? Wäre er sanft oder hungrig? Bei dem Gedanken an seine Lippen auf meinen beginnt es zwischen meinen Beinen verdächtig zu pochen.

»Du lenkst mich ab, Steiner. Das könnte wirklich gefährlich werden.«

»Tue ich das?« Ich starre nach vorn in die Weiten des Himmels, aber kann hören, dass sich etwas in seiner Stimme verändert hat. »Lenkt dich das auch ab?«

Raue Fingerkuppen fahren sanft über meinen Handrücken und ich muss nach Luft schnappen. Er malt zarte Kreise auf meine Haut und ich will das verfluchte Steuer am liebsten loslassen.

»Nö, ich bin Profi.« Auch wenn es sich gerade nicht so anfühlt.

»Und das?« Er muss komplett irre sein, denn seine Finger lassen von meinen ab und wandern stattdessen zu meinem Knie. In einer langsamen, qualvoll zarten Bewegung bahnen sie sich einen Weg über meinen Oberschenkel, zu meiner Hüfte bis zu …

»Nick, ich …«, bringe ich keuchend hervor, als seine Hand meine Mitte findet und sachte darüberstreicht. Ich trage eine Jeans. Dicker Stoff trennt seine Finger von meiner Haut und trotzdem ist seine Berührung zu …

… viel.

»Immer noch Profi?« Er will mich provozieren. Mich aus der Fassung bringen.

»Absolut.« Meine Stimme wankt bedrohlich. Klingt nicht mehr so eiskalt und profimäßig, wie ich es gern hätte. Ich zucke zusammen, als Nick meinen Hosenknopf öffnet und den Reißverschluss herunterzieht. Seine Hand liegt jetzt auf meinem Slip. Weniger Stoff, mehr *Spüren*.

Ich winde mich leicht und kann absolut nichts dagegen tun, dass mein Becken sich ihm fordernd entgegenreckt. Er reibt über den Stoff meines Höschens und verharrt schließlich an genau der richtigen Stelle.

»Wie siehts jetzt aus?«, fragt er mit einem Ton in der Stimme, der mich nahezu um den Verstand bringt. Aber eben nur nahezu, denn ich darf die Kontrolle nicht verlieren. Nicht hier. Nicht jetzt. Nicht wenn wir tausendzweihundert Meter vom Erdboden entfernt in einem Flugzeug sitzen, das auf meine Kontrolle angewiesen ist.

»Kein Problem.« Das leise Wimmern, das meiner Aussage folgt, straft mich Lügen.

»Dann ist ja gut.« Neckend lässt er seine Finger kreisen, reibt wieder und wieder über meine Mitte und muss mittlerweile merken, wie feucht ich geworden bin. Ich will die Augen schließen, mich der Lust und dem Verlangen hingeben. Ich will schreien und stöhnen und Nicks Finger spüren. Ich will mich fallen lassen, aber dann würden wir fallen. Also so richtig. Wir würden wahrscheinlich abstürzen und das weiß er. Trotzdem verstärkt er den Druck auf meiner Mitte.

Nils wankt bedrohlich. Meine Kontrolle auch. Ich muss jeden meiner zum Zerreißen gespannten Nerven dazu zwingen, den Steuerknüppel nicht loszulassen, und meine Augen, sich nicht flatternd zu schließen. Eine Welle der Empfindungen flutet meinen Körper, reißt alles mit sich. Der Himmel vor meinen Augen verschwimmt. Mein Atem fließt ein, aus, ein und aus. Nicks Finger tanzen. Ich glaube, dass ich vor Lust schreie. Ich bin mir nicht sicher, aber das Verlangen zerreißt mich. Der Orgasmus rollt unerbittlich auf mich zu. Nick wird schneller und schneller. Ich wimmere, flehe, keuche und sehe nichts mehr außer verschwommenen Dunst. Ich bin kurz davor. So kurz davor, wegen Nick, *für* Nick zu kommen. Jetzt und hier. Auf eintausendzweihundert Metern Höhe und doch an dem für mich sichersten Ort der Welt.

Meine Haare kleben mir verschwitzt im Nacken. Gleich, jetzt gleich. Ich drücke mich seiner Hand entgegen. Eine neue Woge der Lust sammelt sich in meinem Unterleib und wird jede Sekunde über mich hereinbrechen. Ich schließe jetzt wirklich die Augen, stöhne und …

»Fuck, Livia.«

Sofort reiße ich sie wieder auf. Denn dieses *Fuck* ist kein Du-machst-mich-so-geil-Fuck. Nein. Es ist ein panisches *Fuck*.

Und dann sehe ich warum. Eine Wolkenwand baut sich vor uns auf. Sie ist nicht grau, sondern schwarz.

Eine stockfinstere Todesmauer und wir steuern direkt darauf zu.

35. KAPITEL

LIEBESNESTL

Sofort schaltet mein Gehirn auf Autopilot. Das Verlangen hat meinen Körper so schnell verlassen, wie es gekommen ist. Ich ziehe Nils nach links. In einer scharfen Kurve fliegen wir an der Wand vorbei nach Süden.

»Alles okay? Gehen wir jetzt drauf?« Nicks Stimme überschlägt sich.

»Nein, aber wir können nicht nach Linz fliegen. Das verdammte Gewitter versperrt uns den Weg.« Ich werfe einen Blick auf mein iPad und die Flug-App, die mir ebenfalls das Gewitter anzeigt, das fast den gesamten Bildschirm einnimmt. Ich hätte es viel rechtzeitiger sehen müssen, wenn Nick nicht …

»Wir steuern einen anderen Flugplatz an, kein Problem.« Ich versuche ihn zu beruhigen, denn seine Finger sind so verkrampft ineinander verschränkt, dass die Knöchel weiß hervortreten.

»Geht das denn so einfach?«

Ich nicke und funke den Flugplatz an, der jetzt nur noch wenige Kilometer entfernt ist.

»Hofkirchen Info. Oscar Echo Alpha Charly Whisky.«

Es rauscht kurz, dann meldet sich eine männliche Stimme. »OE-ACW Hofkirchen Info.«

»OE-ACW. Eine Pipistrel Electro mit zwei Personen VFR von Wien nach Hofkirchen. Ursprünglich nach Linz, mussten einem

Gewitter ausweichen. Fünf Minuten östlich vom Platz. Erbitte Landeinformationen.«

»Piste 26 ist in Betrieb.«

»Piste 26 wird angeflogen.«

Es knackt einmal, dann ist es am anderen Ende still. Nicks Augen sind groß und rund.

»Alles gut, das kann passieren. Viel früher hätte man das Gewitter ohnehin nicht sehen können.« Ich nehme Kurs auf die mir zugewiesene Piste und lasse Nils langsam sinken.

»Erinnere mich daran, dass ich dich nie wieder anfasse, wenn dein Kommen unseren Tod bedeuten könnte.«

»Manche Dinge sind es wert, dafür zu sterben.« Ich muss mich räuspern, weil plötzlich der innige Wunsch nach seiner Berührung wieder da ist.

Kurz darauf taucht der Flugplatz vor uns auf. Ich gebe mir Mühe, mir nicht anmerken zu lassen, dass mir schon wieder warm geworden ist, und steuere zielsicher auf die Landebahn zu. In meinem Magen beginnt es zu kribbeln. Es könnte am Sinkflug liegen. Oder an Nicks unmittelbarer Nähe und dem *Fast,* das durch das Gewitter unterbrochen wurde.

Nils' Räder berühren den Boden. Nicks Hand berührt meine. Wir verlieren an Geschwindigkeit und kommen schließlich zum Stehen. Ich fröstle, als ich aus dem Cockpit springe und mich umsehe. Nick tut es mir gleich. Vor uns erheben sich die ersten Ausläufer der Alpen. Begrünte Berge, deren Spitzen von tiefen, leicht grauen Wolken verhangen sind. Eine Frau kommt auf uns zu und winkt schon von Weitem.

»Grüß Gott.« Ich strecke die Hand aus, als sie endlich bei uns angekommen ist. »Ich bin Livia. Entschuldigen Sie die Störung. Das Unwetter hat uns überrascht.«

»So is des mit de Bergen.« Sie schüttelt meine Hand und streicht sich eine graue Strähne aus dem Gesicht, die sich aus ihrem Nackenknoten gelöst hat. Sie lächelt warm. Ihr Gesicht ist von Falten durchzogen. Es sind Lachfalten um die Augen herum, aber auch Sorgenfalten auf der Stirn. So wie das Leben nun mal ist. Ein Wirbelsturm aus Lachen und Sorgen.

»I bin die Marianne«, stellt sie sich mit starkem Dialekt vor. »Wo habts denn hi gwollt? Doch ned zu uns nach Hofkirchen.«

»Zwischenstopp in Linz und dann weiter nach Kitzbühel.« Ich seufze tief.

»Des könnts vergessen für heit.« Marianne schaut mit Kennermiene auf die Wolken, die dichter zu werden scheinen. Ein Blick auf meine Flug-App bestätigt mir ihre Vorahnung. So ein Mist.

»I denk, morgen habts klare Sicht«, sagt Marianne. »Jetzt stellst dei Flieger erst amoi rein und gibst ihm wos zu fressn.« Mit einer Hand streicht sie über die Kabinentür von Nils und deutet dann auf den kleinen Hangar hinter sich.

»Können Sie vielleicht ein Hotel in der Nähe empfehlen?« Nick ist jetzt neben mir aufgetaucht.

Marianne bricht in lautes Gelächter aus. »Naa, bei uns gibt's koa Hotels. Mir san z'weit von de Alpen entfernt für de Touristen.« Sie legt den Kopf schief. »Es gibt an Gasthof, circa zwonzig Minuten von hier. Owa glaub ma, die Zimmer brauchen a dringende Renovierung.« Dann grinst sie uns breit an. »Ihr könnt in unsera Hüttn übernachten.«

»Hütte?« Ich flüstere fast und muss schlucken.

»Mei Mo und i ham a kloane Waldhüttn in da Nähe. Kein Luxus, oba sauberer als de Gasthof in Mühltal, des kennts ma glauben.« Sie kichert und ich kann sie nur anstarren. Diese Frau, Marianne, sie kennt uns nicht. Wir sind für sie zwei völlig Fremde und sie bietet uns eine Übernachtungsmöglichkeit an. Einfach so. Ohne Hintergedanken. Nur aus Freundlichkeit.

»Danke«, sagt Nick an meiner Stelle, weil ich vor Verblüffung keinen Ton rausbekomme.

»Dann foigt's ma.«

Marianne lenkt ihren Volvo über einen holprigen Waldweg. Mittlerweile regnet es in Strömen und dichter, feuchter Nebel wabert zwischen den Fichten umher. Die Umgebung wirkt geheimnisvoll, geradezu mystisch und die kleine Holzhütte, vor der das Auto plötzlich stehen bleibt, wie das verwunschene Hexenhäuschen aus Hänsel und Gretel.

Bevor wir die Türen des Wagens öffnen können, springt ein Mann in einem Regenmantel und einem großen Schirm die Stufen vor der Holztür hinunter.

»Des is der Ferdinand. Mei Mo«, erklärt Marianne. Ihre Züge erhellen sich auf eine Art, die einen Kloß in meiner Kehle wachsen lässt. Es ist echte, gewachsene und starke Liebe, die in ihren Augen aufflammt. Eine unerschütterliche, alles überdauernde Liebe, nach der die meisten Menschen wohl ihr Leben lang suchen.

»Er hot die Hüttn vorbereitet, während mer eingekaff ham. Damits schön warm habt bei dem Sauwetter«, fährt Marianne fort und öffnet die Autotür. »Na, brennts Feuer?«

»Freilich.« Ferdinand gibt seiner Frau einen Kuss auf die Stirn. »Es ist schean warm in unsam Liebesnestl.«

»Nua, dass es heit des Nestl für zwoa andere Turteltaubn is.« Marianne deutet kichernd auf Nick und mich. »Zwa Vögel, die vom Himml g'falln sind.«

»Na, dann kimmts moi mit.« Ferdinand hält den Schirm über mich. Nick rennt ohne zur hölzernen Veranda.

»Vielen, vielen Dank!«, richte ich mich an Marianne und Ferdinand, auch wenn Worte nie genug sein werden. »Für alles! Sagen Sie mir bitte, wohin ich etwas für die Übernachtung überweisen kann.«

»Scho gut, Kindchen. Mir brauchn dei Geld ned. Mir helfn

gern, wenn's drauf o'kimmt.« Ferdinand lächelt warm und ich spüre, dass meine Wangen rot anlaufen. Ich fühle mich plötzlich hilflos. Hilflos und verloren. Weil ich irgendwie nicht weiß, wie man damit umgeht, wenn jemand einfach nur nett zu mir ist.

»Aber …«, setze ich an und suche nach einer passenden Erwiderung, die es wahrscheinlich gar nicht gibt.

Nick eilt mir zu Hilfe. »Wir danken Ihnen von Herzen.«

»Gerne, gerne. Rufts oifach o, wenns morgn wieder fliegn wollt. Mei Nummer hab i euch auf an Zettel g'schrieben. Hängt am Kühlschrank.« Ferdinand überreicht Nick den Schlüssel. Ich stehe noch immer nur da und weiß nicht, wie ich meine Gefühle sortieren soll. »Und jetzt geht rein, bevor's eich im Regen auflöst.« Marianne winkt zum Abschied und wird von ihrem Mann unter dem Schirm zum Auto begleitet.

Die Tür quietscht leicht, als Nick sie öffnet. Drinnen empfängt uns der Geruch nach Feuer, Wald und Behaglichkeit.

»Nicht ganz dein gewohnter Standard, was?« Er knufft mich in Seite.

»Es ist perfekt«, widerspreche ich und gehe behutsam durch den kleinen Raum.

»Komm schon. Ich wette, das Hohenburg-Chalet sieht aus wie einem alpinen Hochglanzmagazin entsprungen, während das hier …« Er streicht einmal über den kleinen Küchentisch, der von Macken übersät ist.

»… Persönlichkeit besitzt«, beende ich den Satz und er nickt.

»Genau.«

»Unser Chalet in Kitzbühel ist absolut unpersönlich, obwohl wir seit Jahren dort Weihnachten feiern. Aber diese Hütte sieht aus, als würde Liebe in jeder Holzfaser wohnen.« Ich nehme ein gerahmtes Foto von Marianne und Ferdinand in die Hand und streiche mit den Fingern einmal über den geschnörkelten Rahmen. Dann stelle ich es zurück auf ein weißes Platzdeckchen auf der Fensterbank und frage mich, ob Marianne es selbst gehäkelt hat.

Ich blicke mich im Raum um und kann sie förmlich vor mir sehen, die zwei. Marianne, die in dem Schaukelstuhl vorm Kamin sitzt und häkelt. Ferdinand, der es sich auf dem alten Polstersofa neben ihr bequem gemacht hat. Irgendwie glaube ich, dass er Zeitung lesen würde. Oder sie würden nur reden. Reden und lachen und lieben und einander genug sein.

Auf dem Kaminsims sitzen mehr als ein Dutzend Heinzelmännchen und lassen die Beine baumeln.

»Glaubst du, sie sammeln diese Männchen?« Ich nehme eins davon in die Hand, das besonders frech dreinblickt, und stupse ihm einmal auf die Nase, bevor ich es zurück neben seine Freunde setze.

»Bestimmt.«

Ich drehe mich zu Nick um. Er lächelt und deutet auf den freien Platz neben sich auf dem Sofa. Nachdem ich mich gesetzt habe, schauen wir für einige Sekunden in die Flammen, die sich über die Holzscheite hermachen. Ihre Wärme kriecht unter meine Glieder. Draußen heult der Wind. Der Regen trommelt auf das Dach und die Äste der Tannen knarren. In der Ferne glaube ich das Rauschen eines Flusses zu hören. Aber auf seltsame Weise scheint der Sturm da draußen den in meinem Inneren zu beruhigen. Mein Chaos ist still. Da sind nur Nick und ich und die Wärme der Flammen, die langsam auf mein Herz übergeht.

»Warum sie das wohl getan haben?«, frage ich in das Feuer hinein.

»Was meinst du?«

»Warum haben sie uns geholfen? Einfach so?«

»Vielleicht sind sie einfach gute Menschen.«

»Ich wusste nicht, dass es so was wirklich gibt. Gute Menschen.« Meine Stimme zittert. »In Wien ist niemand einfach nur gut. In Wien tun die Leute Dinge zu ihrem eigenen Vorteil oder für eine Gegenleistung.« Mein Blick sucht seinen und hält ihn fest. Seine Augen sind hell und warm. Nicht traurig.

»Vielleicht ist das so. Vielleicht ist Wien nicht gut.« Seine Lippen sind nah. Seine Worte kratzig. »Vielleicht wolltest du das Gute auch nicht sehen, weil du dachtest, das Gute nicht verdient zu haben.«

»Ja, vielleicht.« Ich sehe jetzt nichts außer Sommergrau.

»Aber du verdienst das Gute dieser Welt, Livia. Du verdienst alles.«

A-L-L-E-S. Und plötzlich glaube ich ihm. Ich glaube, dass ich okay bin, auch ohne Licht. Dass es Liebe für meine Schatten gibt.

Und vielleicht, ganz vielleicht, bin ich kein *Nichts*.

Vielleicht kann ich ein *Alles* sein.

Vielleicht nur in dieser Hütte.

Vielleicht nur für eine Nacht.

Vielleicht nur für Nick.

Aber das ist genug. Ich schalte mein blendendes Licht aus und lege mein rohes, pures Ich frei. Jenes, das Nick kennt, das er immer kannte. Doch dieses Mal schäme ich mich nicht, sondern fühle mich frei. So frei, dass ich den letzten Millimeter zwischen uns überwinde und meine Lippen auf seine lege.

36. KAPITEL

ZERFETZTE FASSADE, ZARTES HERZ

Uns entweicht ein Seufzen.

Es ist ein Laut der Erlösung, weil endlich etwas an die richtige Stelle gerückt ist. Nach all den Wahrheiten und all den Lügen. Nach all den Spielchen und all der Spannung. Dem Einandersehen und Sich-vor-dem-anderen-Verschließen. Nach Momenten des Zorns und Momenten der Hingabe. Nach all dieser Zeit treffen unsere Lippen, unsere Hände und Herzen endlich aufeinander. Der echte Nick und die echte Livia.

Ich lächle in den Kuss hinein. Es ist besser, als ich es mir in meinen bunten und zugleich dunklen Fantasien ausgemalt habe. Wenn ich mir vorgestellt habe, wie es wäre, Nick zu küssen, habe ich an kämpfende Zungen, an Zähne und Hunger gedacht. An Wut, die sich in Leidenschaft verwandelt. Doch dieser Kuss ist … zart. Seine Lippen bewegen sich vorsichtig auf meinen. Als hätte er Sorge, sie könnten zerspringen, weil da keine steinerne Maske mehr ist, die sie zusammenhält. Mit dem Zeigefinger streicht er über meine Wange. Behutsam. Weil ich, mein unverstelltes, verletzliches Ich, für ihn eine Kostbarkeit ist.

Die Erkenntnis entfesselt etwas in mir. Etwas, das schon immer unter meinen Rippen gewohnt, aber nie die Freiheit gesehen hat. Ein Geräusch verlässt meinen Mund, meine Seele, und verliert sich in dem Kuss, der alles ist.

»Weinst du?« Nick fährt erschrocken zurück und sieht mich aus großen Augen an.

»Ich?« Ups, ja, er hat recht. Tränen kullern über meine Wangen.

»Das ist nur der Regen«, flüstere ich.

Bei seinem leisen Lachen streicht sein Atem über mein Gesicht. Natürlich durchschaut er mich.

Doch es sind Freudentränen. Glückstränen. Starke Tränen.

Echte Tränen.

Nick fährt mit dem Daumen unter meinen Augen entlang und beginnt jede einzelne Träne von meiner Haut zu küssen. Dann landen seine Lippen wieder auf meinen und ich bin so befreit, dass jeder Gedanke in meinem Kopf verpufft außer *Nick, Nick, Nick.*

Dieses Mal ist der Kuss anders. Heftiger irgendwie. Weil in mir auch alles heftig ist, heftig glücklich. Meine Hände vergrabe ich in seinem dunklen Haar. Unser Atem vermischt sich und unsere Zungen beginnen zu tanzen.

Nick schmeckt, wie ich mich fühle. Intensiv. Lebendig.

Er zieht mich enger an sich. Zieht mich auf sich. Umschlingt mich mit festen Armen. Seine Finger ziehen an meinem T-Shirt, das nass vom Regen auf meiner Haut klebt. Sie zerren an Stoff und an Haaren. Sie wollen jede Barriere, die uns noch trennt, niederreißen. Die Hitze des Feuers streicht über meinen Rücken. Die Hitze von Nicks Händen springt auf mich über und setzt jede meiner Zellen in Brand.

»Zieh mich aus«, flüstere ich fordernd in seinen Mund, denn es ist noch zu viel Stoff, zu viel *viel* zwischen uns.

Er nickt, zieht mir das T-Shirt über den Kopf und wirft es achtlos auf den Boden. Dahin, wo meine leuchtende Hülle liegt. Nun sitze ich nur in meinem schwarzen BH auf ihm. Er beginnt die Ansätze meiner Brüste zu küssen, deren Spitzen sich allein dadurch hart gegen den Stoff drücken. Doch es ist nicht genug. Ich will mehr. Mehr Berührung, mehr Spüren, mehr Nick.

»Weiter.« Die zwei Silben kommen abgehackt und verzerrt aus meinem Mund, aber er versteht. Der BH fällt von meinen Schultern.

Sommergrau wird zu Schwarz.

Nick schluckt und sieht mich nur an, erst in die Augen, dann auf die Brüste. Sein Atem geht schnell. Zwischen meinen Beinen drückt sich seine Härte gegen meine Mitte. Er will mich. Er will die echte Livia. Die verletzliche. Und das ist krass.

Ich beuge mich zu ihm hinunter und küsse ihn wieder. Mit Leidenschaft und Hingabe. Mit Hunger und Wahnsinn. Nick stöhnt, als er seine Hände auf meine Brüste legt. Ich stöhne, als er mit den Fingern über meine Nippel streicht. Ich glaube, dass ich mich an seiner Härte reibe und wieder stöhne, sicher bin ich mir jedoch nicht, denn ich habe den Kontakt zur realen Welt verloren.

Irgendwann fällt auch Nicks T-Shirt zu Boden.

»Steh auf, Livia.« Ich tue sofort, wie mir geheißen, denn meinen Willen habe ich ebenso von mir geschleudert wie den Stoff. Also stelle ich mich vor ihn. Obenrum völlig nackt, untenrum zu viel Stoff. Nick rutscht an die Sofakante und fängt an Küsse über meinen Bauch zu verteilen. Seine Hände wandern an meinen Beinen auf und ab und vergraben sich in meinem Hintern. Zwischen den Küssen berührt mein Name meine Haut. »Livia, Scheiße, Livia.«

Meine Beine, seine Lippen nah, zu nah an …

Fuck. Jetzt muss ich einen Fluch unterdrücken, weil Nick mit einem schnellen Handgriff den Knopf meiner Jeans öffnet. Mit einem noch schnelleren zieht er sie hinunter. Sein heißer Atem streicht über meine Mitte, über …

Ich stöhne auf, laut und ungezähmt. Denn Nicks Zunge berührt *mich*. Meine Nägel krallen sich in seine Schultern. Er leckt und alles beginnt zu pochen. Mein ganzer Körper spannt sich an. Jeder Nerv glüht. Seine Zunge neckt und foltert mich, nur unterbrochen von seinem heiseren Stöhnen, das auf meiner Haut vibriert. Ich glaube zu fallen, denn er bringt mich dermaßen um den Verstand, dass mich meine Beine unmöglich noch tragen können.

Aber ich falle nicht. Er hält mich. Seine Hände umklammern meine Hüften, während seine Zunge wieder und wieder über meine empfindlichste Stelle fährt und das Glühen zu einem Inferno heranwachsen lässt.

Ich bin feucht. So feucht, dass ich glaube, die Lust müsse meine Beine hinabrinnen. Mein Kopf fällt in den Nacken. Mein Haar kitzelt an meinem Rücken. Mein Herz rast vor Glück und Verlangen.

Für einen kurzen Moment löst er die Lippen von mir. »Livia, ich …« Sofort will ich, dass er weitermacht.

»Bitte«, wimmere ich und weiß nicht, wie ich das Brennen aushalten soll. Ich stehe kurz vor einer Explosion und brauche nur noch einen Funken, um zu zerspringen.

»Noch nicht.«

Ich öffne die Augen, schaue in seine und finde mich in seiner Lust wieder. Er leckt sich über die Lippen, leckt mich von seinen Lippen und ich keuche wieder. »Ich will dich ganz, okay? Ich will alles von dir spüren.«

Alles. Wieder dieses Wort. Wieder ein Mehr, Mehr, Mehr.

»Ich will dich auch«, bringe ich hervor und habe nie etwas derart ernst gemeint. »Alles von dir.«

Als Antwort ernte ich ein Grollen. Nick springt auf, presst seine Lippen wieder auf meine. Zungen, Zähne, Keuchen, Wimmern. Ich lande rücklings auf dem Sofa. Jetzt sieht er von oben auf mich herab. Sieht alles, alles, alles.

Er zerrt an seinem Gürtel, an seiner Hose. Das Verlangen zerrt an mir. Ich halte es nicht aus, nur hier zu liegen.

Wie von selbst wandern meine Hände über meinen Körper. Ich halte seinen Blick. Meine Finger spielen mit meinen Brustwarzen, fahren meine Taille entlang, finden den Weg zwischen meine Beine. Ich berühre mich selbst und werde gesteuert von seinem Blick.

Er steht nur da, über mich gebeugt, völlig nackt und folgt meinen Berührungen.

Schwarze, schwarze Augen.

Seine Härte ragt über mir auf und allein der Gedanke, dass er und ich gleich zu einem Wir werden, genügt, damit ich mich unter meinen eigenen Fingern winde.

»Du machst mich verrückt.« Seine Stimme ist rau. Als ich die Hand ausstrecke, weiten sich seine Augen. Ich umschließe seinen Schwanz und Nick gibt einen Laut von sich, der direkt in meinen Unterleib schießt. Mit festem Griff gleite ich über seine Erektion, auf und ab, und betrachte sein Gesicht, auf dem nur Verlangen geschrieben steht.

»Fuck, Livia. Du musst …« Seine Augen sind geschlossen. Die Worte kosten ihn Überwindung. »Aufhören. Stopp, sonst …«

Ich lasse los und kann nicht anders, als zu grinsen. Er öffnet die Augen und mein Grinsen erstirbt. Er sieht mich an. Ich sehe ihn an.

Wir *sehen.*

»Bitte«, flehe ich in den Blick hinein.

Nick rollt sich ein Kondom über. Ich weiß nicht, woher er es hat. Es ist mir auch egal. Ich kann nur daliegen, nach Luft schnappen und mich in seinen lustverhangenen Augen verlieren.

Nick legt sich zwischen meine Beine und küsst mich sanft. »Weißt du, wie lange ich schon davon träume, dass das hier passiert?«, murmelt er, bevor er seine Stirn gegen meine drückt.

Auf einmal brennen wieder Tränen in meinen Augen, weil ein langer Weg hinter uns liegt und wir jetzt angekommen sind. Wirklich angekommen.

Nick küsst das Salz in meinen Augenwinkeln weg. »Alles okay?«

»Alles okay«, erwidere ich.

Dann gleitet er in mich. Sachte und sanft. Zart und verletzlich. Wie ich es bei ihm bin.

Ich hole zitternd Luft. Das hier ist anders, so wie alles mit Nick anders ist. Ich will nicht einfach nur Sex haben. Ich will mit *ihm* Sex haben. Ich will nicht einfach nur vergessen, sondern neue Erinnerungen schaffen. Statt einer Flucht vor der Einsamkeit ist das hier ein lebendiger, liebevoller Augenblick. Es ist kein Ich-will-*irgendwas*-Spüren, sondern ein Ich-will-*dich*-Spüren.

Und das tue ich. Ich spüre ihn in mir, als er anfängt sich langsam zu bewegen, in jeder Faser meines Seins, in jedem Gedanken. Alles ist voll von Nick.

Er dringt etwas tiefer in mich ein. Wir sind eng umschlungen. Zwei Herzen, die nicht mehr gegeneinander kämpfen, sondern im selben Takt schlagen. Wir küssen uns und streicheln über die Gänsehaut des anderen. Wir flüstern unsere Namen, flüstern Flüche. Meine Nerven glühen mit jedem weiteren seiner Stöße heftiger. Ich will nicht, dass das hier jemals aufhört, und gleichzeitig weiß ich, dass ich dem Verlangen nicht mehr lange standhalten kann.

Auch Nick wird unkontrollierter, drängender. Seine Küsse werden öfter von einem »Fuck« unterbrochen. Ich verändere den Winkel meines Beckens leicht, will ihn noch tiefer in mich aufnehmen. Er trifft jetzt genau den richtigen Punkt und ich falle. Vielleicht fliege ich auch, so genau kann ich es nicht sagen, da ich nicht mehr weiß, wo oben und unten ist.

Nick wird schneller, wilder, haltloser. Ich bäume mich unter ihm auf, drücke den Rücken durch. Mein lustbesetzter Körper macht sich selbstständig und der letzte Fetzen meiner Livia-Hohenburg-Fassade verschwindet.

Ich schreie und kratze und wimmere und fluche und bin außer Rand und Band. Nick ist mein Dynamit, das sich kurz vor der markerschütternden Explosion befindet, und mit jedem seiner Stöße wird die Zündschnur kürzer. Am Rand meines Blickfelds beginnt es zu flackern. Sterne tanzen vor dem Grau-Schwarz seiner Augen. Er kämpft mit der gleichen sich ankündigenden Explosion.

Dann hält er in der Bewegung inne. Die Zeit gerät aus den Fugen. Diese Hütte ist nicht mehr Teil der Welt. Wir sind allein in einem anderen Universum. Wir atmen die Luft und ertrinken in den Blicken des anderen. Dann lösen sich drei Worte aus meinem Mund, die ich in einen schwarzen Abgrund geworfen hatte und die Nick daraus hervorgezogen hat.

»Ich bin ~~schwach~~ stark.«

Der letzte Funke hat sich entzündet. Nick stößt wild in mich und ich …

zer

sprin

ge

in

ein

tau

send

Tei

le.

37. KAPITEL

KICHERKÜSSE

»Erzähl mir von dir.«

Wir liegen nackt und in Decken gekuschelt vor dem knisternden Kaminfeuer. Mein Rücken an seinem Bauch. Sein Atem an meinem Ohr. Herzschlag an Herzschlag. Ich schmiege mich enger in seine Arme, inhaliere seinen Geruch und frage mich, ob er jetzt ein bisschen nach mir riecht, weil wir so eng verschmolzen waren.

Und es irgendwie noch sind.

»Du weißt doch alles.« Nick vergräbt seine Lippen in meinem Haar und ich kann an meiner Kopfhaut spüren, dass er lächelt.

»Ich weiß fast nichts über dich«, widerspreche ich. Und es stimmt. Obwohl ich mich ihm auf eine alles verschlingende Art verbunden fühle, weiß ich kaum etwas über ihn. Und die Dinge, die ich weiß, weiß ich nur, weil jemand anderes sie für mich herausgefunden hat.

»Was willst du denn wissen?« Sein Zeigefinger wandert meinen Oberarm hoch und runter.

Ich überlege. »Was ist deine Lieblingsfarbe?«

»*Das* willst du wissen? Ich glaube, die Frage habe ich das letzte Mal beantwortet, als Eva Greif mir in der großen Pause ihr Freundschaftsbuch in die Hand gedrückt hat.«

Ich muss kichern. »Wer ist Eva Greif?«

»Sie war in meiner Grundschulklasse und ich denke, sie stand auf mich.«

»Oh, Nick Steiner, der große Womanizer der 2b. Wie alt war sie? Sieben?«

»Wahrscheinlich, aber sie hatte ein Freundschaftsbuch von Diddle und ich war der Erste, der dort hineingeschrieben hat.«

»Du Angeber. Also, was ist jetzt?«

»Was?«

»Deine Lieblingsfarbe!«

»Ach so, keine Ahnung, ehrlich gesagt. Jede Farbe ist irgendwie schön. Beim Fotografieren kommt es auf ein Zusammenspiel der Farben an, nicht auf eine einzelne. Nur wenn die Farben aufeinander abgestimmt sind, ist das Foto gut.«

»Wie im richtigen Leben also«, sage ich nachdenklich.

»Genau.« Er verteilt Küsse auf meinem Nacken und jagt mir damit eine Gänsehaut über den Rücken.

»Es war mein erstes Mal.« Ich weiß nicht, warum ich das in diesem Moment sage, aber aus irgendeinem Grund will ich, dass Nick es weiß.

»Wie bitte? Du verarschst mich doch.«

»Nicht mein erstes Mal Sex.« Ich verdrehe die Augen. »Ich hatte oft Sex.« *Aber nie so*, füge ich in Gedanken hinzu. »Aber ich bin noch nie … gekommen. Also alleine schon, klar, aber nie mit einem Mann.«

»Weil du nie vertraut hast?«

»Weil ich nie vollends losgelassen habe.« Wir schweigen und die Bedeutungsschwere meiner Worte sickert in unsere Seelen. Draußen pfeift der Sturm und die Fensterläden der Hütte klappern, vom Wind geschüttelt. »Und du?«, frage ich schließlich in die Stille hinein.

»Ähm, ich bin schon oft … *gekommen*.«

Ich muss lachen, dann drehe ich mich in seinen Armen um, die er wie einen schützenden Käfig um mich gelegt hat. Ich fühle mich aber nicht gefangen, sondern sicher. Meine Nase berührt jetzt seine. »Nein«, fahre ich fort. »Ob du schon mal loslassen konntest. In welchen Momenten fühlst du dich frei?«

Er überlegt. Ich sehe, wie es hinter seinen Augen arbeitet. »Wenn ich etwas bewirken kann«, antwortet er dann schlicht. »Wenn meine Kunst oder das, was ich tue, auch nur einem Menschen hilft, eine einzige Person berührt. Das ist für mich das Schönste auf der Welt.«

»Warum gerade Fotografieren? Warum nicht Malen oder Töpfern oder, keine Ahnung, Songsschreiben.«

»Ich male jetzt noch schlechter als Eva Greif in der Zweiten.« Seine Mundwinkel zucken und ich kann nicht anders, als einen Kuss auf sie zu drücken. Vielleicht zwei, vielleicht hundert. Es sind alberne Küsse, weil ich währenddessen kichern muss und weil sie Nick ein Schmunzeln entlocken, aber ich finde das schön. Richtig schön.

»Außerdem ist Fotografieren die pure Realität. Ich will was Echtes. Ich will den Menschen exakt zeigen, welche Grausamkeiten in dieser Welt abgehen.«

»Bei mir hast du's geschafft.«

»Was meinst du?«

»Ich habe deine Bilder in der Dunkelkammer gesehen. Diese Katakombensache. Sie haben mir wehgetan.«

Nick küsst mich, nur ist es diesmal kein Kicherkuss. »Sie sollen wehtun, sonst bringt es nichts.«

»Ich weiß.« Er küsst mich wieder und obwohl die Erinnerung an seine Bilder sich eigentlich schwarz anfühlen müsste, ist dadurch alles hell. »Wirst du sie ausstellen?«

»Ich hoffe. Ich habe noch einige Bilder zum Thema häusliche Gewalt. Die Einnahmen der Ausstellung sollten eigentlich an ein Frauenhaus gespendet werden.« Sein Blick wird eine Spur dunkler. Ein Bruchteil der Traurigkeit fällt in seinen Blick zurück.

»Aber?« Ich flüstere und küsse ihn wieder, weil ich will, dass da wieder nur helles, schönes Sommergrau ist. Ohne Traurigkeit.

Er seufzt leicht. »Bisher haben wir noch keinen Ort, keine Werbung, keine Unterstützer. Dabei liegt meiner Mutter und mir das Thema wirklich sehr am Herzen.«

Ich will nachfragen, aber tue es nicht. Die Dunkelheit in seinen Augen ist durchdringender geworden und lässt Eis in meinem Magen wachsen.

»Nick.« Eine Silbe, unzählige darauffolgende Küsse. »Ich helfe dir, wenn du willst.«

Er schluckt und versucht sich an einem Lächeln, das ihm nicht gelingen will.

»Ich will auch Menschen berühren.« Melancholie windet sich um das letzte Wort und gleichzeitig ist da etwas, ein kleiner Funken, ein Schimmer, ein Gefühl, das sagt: *Hey, vielleicht ist doch nicht alles zukunftsschwarz.* »Wenn ich schon meinen Traum nie erfüllen werde, kann ich dir wenigstens bei deinem helfen.«

»Was ist denn dein Traum? Was würdest du tun, wenn dir alles offenstünde?«

»Wenn ich nicht Livia Hohenburg wäre?«

Er nickt und drückt sein Gesicht in mein Haar. »Dann würde ich BWL schmeißen und Lehramt studieren.«

»Lehramt? Warum gerade das?«

»Ich will jemand sein, der Kinder nicht klein macht, sondern groß. Der Kindern beibringt, dass sie alles sein können. Dass sie mehr sind als ihr Name. Ich will die Person sein, die ich vielleicht gebraucht hätte.«

»Verstehe.«

»Außerdem würde mir die Arbeit mit Kindern gefallen. Sie sind ehrlich. Sie verstecken ihre Emotionen und Gedanken noch nicht so sehr, wie die Erwachsenen es tun. Und Musik tut das auch nicht. Also denke ich, dass Musiklehrerin voll mein Ding wäre … klingt das blöd?«

»Nein, das klingt überhaupt nicht blöd!« Er sagt nicht: *Mach das einfach*. Er sagt keine dieser blöden Floskeln wie: *Leb deinen Traum*. Er streicht mir nur übers Haar, weil er weiß, dass das alles nicht so einfach ist.

»Meine Mutter hat mir immer versprochen, dass wir das mit dem Lehramtsstudium irgendwie hinkriegen. Dass sie Papa irgendwie überzeugt. Ich habe ihr das echt geglaubt. Vielleicht war das dumm von mir … keine Ahnung.« Ich seufze tief. »Aber der Gedanke an das andere Studium hat BWL erträglicher gemacht.«

»Verstehe.« Er sieht mich so warm an, dass ich ihm glaube, dass er das wirklich tut.

»Aber ich meine vollkommen ernst, was ich gerade gesagt hab. Bei deinem Projekt unterstütze ich dich gern.«

»Wirklich? Das würde echt helfen. Alleine deine Reichweite auf Social Media würde …«

»Wir machen das als gemeinsames Projekt, okay? Wir zwei.«

»Wir zwei«, wiederholt Nick und küsst mich noch mal. Wieder kein Kicherkuss. Ein Ich-will-dich-Kuss.

Wir schlafen noch einmal miteinander. Anschließend kochen wir die eingekauften Nudeln und planen unser Projekt. Es fühlt sich gut an, endlich ein sinnvolles Ziel vor Augen zu haben. Wir reden bis tief in die Nacht und schweigen genauso lang. Liegen in einem alten Holzbett mit Baldachin und niedlicher rot-weiß karierter Bettdecke und hören dem Regen zu.

Ich will nicht, dass diese Nacht endet. Niemals. Soll es doch für immer regnen und Nils für immer am Boden bleiben, wenn ich dafür mit Nick in dieser Blase bleiben kann. Unserer Blase aus zukunftshell, Kicherküssen, Dynamit und Echtsein.

Doch irgendwann verliere ich den Kampf gegen den Schlaf.

38. KAPITEL

SORGLOSMOMENTE

»Liviiii!« Noras hohes Quietschen lässt Wärme in meinem Bauch wachsen. Ich steige aus dem Wagen, mit dem wir vom Flughafen abgeholt wurden, und wirble sie einmal umher.

»Na, Knödel? Hat es hier auch so doll geregnet?«

Sie nickt heftig. »Papa war klitsche-klatsche nass, als er vom Einkaufen wiederkam.«

»Was habt ihr gekocht?«

»Uhhh, Tanja hat so Brot-Dingse um einen Stock gemacht und wir haben sie über das Feuer gehalten. Und Marshmallows auch!« Ihre Stimme überschlägt sich fast vor Begeisterung und ich werfe Tanja, die im Türrahmen steht und die Hand zur Begrüßung gehoben hat, einen dankbaren Blick zu. »Wusstest du, dass Marshmallows braun und klebrig werden, wenn sie über Feuer gehalten werden? Und dann schmecken sie ganz knusprig und lecker!«

»Das klingt ja richtig toll.« Ich gebe ihr einen Kuss auf die Nase und lasse mich von ihr Richtung Tür ziehen. Dort blicke ich auf mein Spiegelbild, das in der verglasten Front des Hohenburg-Chalets erscheint. Hinter mir ragen majestätische Berge in den blauen Himmel. Die höchsten Spitzen sind in Schnee getaucht, der strahlend und hell in der Sonne glitzert, obwohl wir bereits Mitte Juni haben.

Im Spiegel findet mein Blick den von Nick, der seinen Rucksack schultert und für einen kurzen Moment in der Bewegung innehält. Er lächelt und in seinen Augen glimmt etwas auf, das mir die Hitze in die Wangen schießen lässt. Die Bilder letzter Nacht springen in schneller Abfolge durch meinen Kopf und ich muss mich abwenden. Sonst würden die anderen mit Sicherheit mitkriegen, was gerade in meinem Kopf, in meinem Herzen und, ja, auch zwischen meinen Beinen abgeht.

Wir haben uns entschieden, unserer Familie erst mal nichts von *uns* zu sagen. Schließlich wissen wir selbst noch nicht, was *wir* eigentlich sind. Es erschien uns sinnvoll, zunächst selbst herausfinden, wo das mit uns hinführt, bevor sich unsere Eltern mit der Tatsache auseinandersetzen müssen, dass ihre Kinder miteinander schlafen.

»Hey, Tanja. Schön, dich zu sehen.« Komischerweise fühlt es sich nicht wie eine Floskel an, als ich das sage. Ich umarme sie zur Begrüßung und dieses Mal lasse ich sie nicht sofort wieder los.

»Ich freue mich auch. Hallo, Schatz, hast du den Flug überlebt?« Sie schließt auch ihren Sohn in die Arme.

»Gerade so«, sage ich an seiner Stelle. »Beim Start hatte ich kurz Angst, mein Trommelfell platzt, weil er gekreischt hat wie ich als ein Teenie auf 'nem One-Direction-Konzert.« Ich strecke ihm die Zunge raus und betrete den Flur. Meinen Koffer lasse ich achtlos neben der Garderobe stehen, ziehe meine Schuhe aus und betrete den großzügigen Wohnraum.

»Nicht schlecht.« Nick ist mir gefolgt und lässt seinen anerkennenden Blick über die zwei Etagen gleiten, die mit einer offenen Treppe verbunden sind.

Der Innenraum ist mit hellem Holz verkleidet und von der hohen, spitz zulaufenden Decke hängen große Glühbirnen, die über einem Tisch enden, der zwischen zwei blauen Sofas steht. Sie sind mit Kissen und flauschigen Decken beladen. In dem großen Kamin liegen verkohlte Holzreste vom gestrigen Abend. Auf einem

Wohnzimmertisch stehen Kerzen und eine Vase mit Trockenblumen.

Wehmut packt mich unvorbereitet, denn plötzlich vermisse ich die Behaglichkeit der Hütte. Unserer Hütte. Das Hohenburg-Chalet ist modern, *alpine chic*. Es hat einen fantastischen Ausblick auf das Bergpanorama, einen Whirlpool auf der Terrasse und eine Sauna. Und dennoch. Ich würde das Chalet auf der Stelle gegen die kleine Waldhütte eintauschen, die letzte Nacht so viel verändert hat.

»Na, was sagst du?« Ich knuffe Nick in die Seite und erwarte, dass er sich angemessen über den übertriebenen Protz und den unverhohlenen Luxus auslässt.

»Puh, also ich muss sagen, dass ich etwas enttäuscht bin. Ich habe es mir irgendwie größer vorgestellt und überhaupt wirkt das Ganze ein bisschen heruntergekommen.«

Für einen Moment bin ich verdutzt, dann sehe ich seine Mundwinkel zucken.

»Wow, du bist so lustig. Wahnsinn.« Kopfschüttelnd gehe ich durch den Raum. »Oben sind die Schlaf- und zwei Badezimmer.«

»Hallo, Livia.« Ich drehe mich um und erkenne meinen Vater, der durch die Hintertür reinkommt. Zumindest ist es jemand, der mein Vater sein könnte, würde er nicht ein schlichtes T-Shirt und eine ausgeblichene Jeans tragen. Und, *o mein Gott*, hat er sich ernsthaft einen Dreitagebart stehen lassen?!

»Alles okay?« Er sieht mich prüfend an, weil ich stumm dastehe und den Mann anstarre, der vor einigen Monaten noch in Anzug und Schlips ins Bett gegangen ist.

»Ähm, ja, klar.«

»Wir haben uns Sorgen gemacht, als wir von dem Sturm gehört haben.« Sorgen. Irgendwas daran spült Wärme in mein Herz. »Wo habt ihr geschlafen? Konntet ihr euch ein Hotelzimmer nehmen?«

»Ja«, lüge ich. »War kein Thema.« Die Hütte und die Geschehnisse der letzten Nacht sind nur für mich bestimmt. Nur für uns.

»Also gehts dir gut?«

»Mir? Ja, ähm, denke schon. Und dir?«

»Mir gehts auch sehr gut, danke.« Er sieht wirklich gut aus. Glücklich irgendwie. Seine Gesichtszüge sind deutlich weniger von Anspannung durchzogen und seine gesamte Körperhaltung wirkt gelassener.

»Gehen wir zu den Ziegen und den Ponys? Bitte!« Nora zieht am Saum meiner Bluse und weiß genau, wie sie ihre großen Kulleraugen einsetzen muss, um mich weichzukriegen.

Natürlich kann ihr niemand diesen Wunsch abschlagen, weshalb wir den Tag auf dem nahe gelegenen Bauernhof verbringen. Wir alle. Nora, Papa, Tanja, Nick und ich. Wir machen einen auf happy family, doch es stört mich nicht mehr. Vielleicht sind wir das ja auch. Eine happy family.

Es riecht nach Heu und ein wenig nach Mist. Der Hof ist klein, hat gerade mal drei Ponys, einen Ziegenbock und eine Handvoll Kühe, die friedlich auf einer Wiese stehen und grasen. Alles ist ruhig. Die Sonne hinterlässt eine angenehme Wärme auf der Haut und immer wenn ich auf das Bergpanorama vor mir blicke, das königlich in den Himmel ragt, kommen mir meine Probleme kleiner, unbedeutender vor.

»Guck mal, Livi! Ich glaube, Pepper muss pupsen.« Nora schaut mit großen Augen auf ein Pony mit hellem Fell und Strubbelmähne, das in dieser Sekunde den Schweif hebt und, na ja, pupst. Nora bricht in schallendes Gelächter aus. Ich glaube, es ist das schönste Geräusch der Welt. Ihr sorgloses Lachen. Vor allem sorglos.

Versonnen betrachte ich sie. Ihr Haar ist zu zwei runden Schnecken hochgesteckt, sie trägt pinke Gummistiefel und springt kichernd um das Pony herum. Kein Schatten in ihrem Gesicht. Kein Mama-hat-mich-nicht-lieb-Schimmer in ihren Augen. Nur Lachen, Lachen, Lachen.

Ein Kloß bildet sich in meinem Hals und ich muss mich anstrengen, um die Tränen, die er in meine Augen drückt, zurückzuhalten.

»Guck sie dir an, die haben sie doch nicht mehr alle.« Nicks Schulter berührt meine, als er sich neben mich an den Zaun stellt. Ich drehe mich um, folge seinem Blick und erkenne einen Mann, der eine Frau mit einer Gießkanne verfolgt. Wenn ich es nicht besser wüsste, würde ich sagen, dass es sich bei diesem wild gewordenen Mann um meinen Vater handelt.

Es *ist* mein Vater. Er lacht. Tanja kreischt, als er sie erreicht und gnadenlos mit Wasser überschüttet.

»Du mieser, hinterhältiger …« Doch das Ende ihrer Beleidigung wird von einem leidenschaftlichen Kuss erstickt. Mein Vater küsst eine Frau, die nicht meine Mutter ist, und trotzdem heben sich meine Mundwinkel zu einem Lächeln.

Er ist glücklich.

Nora ist glücklich.

Und in diesem flüchtigen Moment bin ich es auch. Etwas hat sich verändert. Er hat sich verändert. Und wer weiß, vielleicht reicht das aus, damit er auch meiner eigenen Veränderung offener gegenübersteht.

»Ja, völlig gestört«, gebe ich Nick recht, kann aber nicht aufhören zu grinsen.

Ein kalter Strahl Wasser trifft mich am Rücken und reißt mich aus meinen Gedanken, die zur Abwechslung mal nicht schwarz sind. Ich quietsche und wirble herum.

»Du Scheißkerl!«

Nick hat den Gartenschlauch in der Hand und hält ihn drohend in meine Richtung. Er grinst schelmisch. »Was ist, Hohenburg? Wasserscheu?« Er dreht den Hahn wieder auf und richtet den eiskalten Strahl auf meinen Oberkörper.

»Das wirst du bereuen!« Ohne lange zu überlegen, schnappe ich mir einen Eimer, renne zur Pferdetränke neben mir und ziehe ihn einmal durch das Becken.

»Gnade, Gnade!« Nick weicht zurück, als ich samt Eimer auf ihn zurenne.

»Eine Wasserschlacht, eine Wasserschlacht!«, ruft Nora begeistert und stürmt an mir vorbei. »Ich halte ihn fest!«

Sie schlingt die Arme um Nicks Beine und nimmt ihn in den Klammergriff.

»Das ist unfair«, beschwert er sich. »Nora! Lass mich los, sonst …«

»Niemals!«

»Gut, dann muss ich leider …« Er öffnet wieder den Gartenschlauch und spritzt meine kleine Schwester von oben bis unten nass. Diese kreischt, lässt Nicks Beine jedoch nicht los.

»Ha!« Bewaffnet mit meinem Eimer baue ich mich vor Nick auf. »Eine Hohenburg lässt sich nicht so leicht beeindrucken. Wir sind stark und haben Kämpferherzen!«

»Das stimmt.« Er zwinkert mir zu. Hitze sammelt sich in meinem Bauch, doch ich dränge sie beiseite.

»Nimm das!« Ich gieße den gesamten Inhalt des Eimers über seinen Kopf und auch über Nora, die noch immer an ihm hängt wie ein Äffchen.

Er prustet und ringt nach Luft. »Dafür werde ich mich rächen!«

Irgendwann mischen sich auch Papa und Tanja ein und es entbrennt eine erbitterte Hohenburg-versus-Steiner-Wasserschlacht, bis wir alle bis auf die Knochen nass sind.

Das alles hier ist Bergdoktor-Family-Idylle at its best. Also so richtig. Und die Livia von vor einigen Wochen hätte alles daran gehasst.

Doch die jetzige Livia hat ein warmes Gefühl im Bauch.

Die jetzige Livia sieht alles *zukunftshell.*

39. KAPITEL

ZUKUNFTSHELL

Nick: In dieser nassen weißen Bluse hast du mich wahnsinnig gemacht.

Schnell schaue ich mich um, ob Papa oder Tanja Einblick auf mein iPhone haben. Zum Glück nicht. Tanja steht in der Küche und schnibbelt irgendwas. Papa ist überhaupt nicht zu sehen. Ich glaube, er ist duschen, um sich den Dreck abzuwaschen, den die Wasserschlacht auf ihm hinterlassen hat.

Ich lese die Nachricht noch einmal und schaue dann wieder hoch zu Nick. Er sitzt mir gegenüber auf dem blauen Sofa und grinst schelmisch, dann zwinkert er mir zu und tippt wieder. Eigentlich wollte ich die Zeit nutzen und ein paar Posts für die nächsten Wochen vorbereiten, aber in meinem Bauch hat sich angesichts Nicks schelmischen Grinsens ein Kribbeln à la Ameisenhaufen ausgebreitet.

Nick: Ich weiß nicht, ob ich das mit dem Fernhalten durchziehen kann … Du machst mich sogar in diesem Avocado-Ding unfassbar an.

Hitze bahnt sich ihren Weg durch meinen Körper und sammelt sich in meinen Wangen. Nicks Blick brennt auf mir und meinem

Schlafanzug, den ich nach dem Duschen übergezogen habe. Es ist komisch, aber unter Nicks verlangenden Augen fühlt es sich an, als würde ich rattenscharfe Designer-Dessous tragen. Keinen Primark-Pyjama. Und das ist anders. Anders schön.

Livia: Das mit dem Fernhalten wird echt nicht einfach. Ich muss auch die ganze Zeit an ... Dinge denken.

Ich drücke auf *Senden* und beobachte ihn. Will seine Reaktion einfangen und werde nicht enttäuscht. Seine Augen werden rund und ich sehe den Adamsapfel in seiner Kehle hüpfen, als er mehrere Male hart schluckt.

Nick: Wenn du mir mehr von diesen Dingen erzählst, muss ich in mein Zimmer verschwinden. Denn ich will auf keinen Fall, dass meine Mutter mitbekommt, wie gut mir deine Gedanken gefallen.

Ich presse die Lippen zusammen und sehe mich verstohlen um. Tanja schneidet noch immer fröhlich summend ihr Gemüse.

Livia: Also soll ich dir nicht davon erzählen, dass ich schon den ganzen Tag daran denken muss, wie ich meine Lippen um dich schließe ...

Er liest die Nachricht und guckt mich dann warnend und zugleich voller Lust an. Ich lege den Kopf schief, lächle sanft und fahre mir einmal mit der Zunge über die Lippen. Daraufhin greift Nick nach einem der Kissen und legt es sich auf den Schritt, offenbar um zu verbergen, was die Vorstellung daran mit seinem Körper anstellt. Und auch mit meinem, denn die Fantasie, die sich vor meinem inneren Auge aufbaut, ist alles andere als jugendfrei. Ich höre Nicks Keuchen und meinen Namen, den er vor Erregung nur abgehackt ausspricht. In meiner Vorstellung ist alles so real, dass sich zwischen meinen Beinen ein pulsierender Druck aufbaut. Automatisch presse ich die Schenkel zusammen. Es hilft nur bedingt.

»Hier riecht es ja himmlisch!«

Vor Schreck fahre ich zusammen, als Papa die Treppe herunterkommt und in die Luft schnuppert.

»Livi, alles gut bei dir?«

»Jap.« Meine Stimme verrutscht zu einem Piepsen. »Wieso?«

»Du siehst ein bisschen fiebrig aus. Gehts dir wirklich gut?« Er kommt die wenigen Schritte auf mich zu und legt mir ernsthaft die Hand auf die Stirn, als wäre ich fünf. »Du bist ganz warm.«

Ja, ich bin warm. Alles in mir steht in Flammen. Aber ganz bestimmt nicht, weil ich eine Grippe habe. Aus dem Augenwinkel sehe ich, dass Nick die Lippen zu einem dünnen Strich verzieht, um nicht loszuprusten.

»Alles gut. Wirklich.« Ich ziehe den Kopf von Papas Hand weg. Dieser zuckt mit den Schultern und geht zu Tanja in die Küche.

»Das Essen ist gleich fertig!«, sagt sie und kichert, weil Papa ihr einen Kuss auf den Hals gedrückt hat. »Livia, Nick, deckt doch bitte den Tisch.«

Seufzend stehe ich auf und sehe auffordernd zu Nick, der kaum merklich den Kopf schüttelt. Alles klar. Er beziehungsweise sein Ding ist noch nicht *bereit* zum Aufstehen. Ich ziehe eine Grimasse und beginne Teller aus dem Schrank zu heben.

»Wo ist eigentlich Nora?«

»Die zieht sich an«, sagt Papa ausweichend. »Hast du schon Besteck?« Die Frage kommt schnell. Zu schnell, als würde er von irgendetwas ablenken wollen. Ich mustere ihn. Er wirkt nervös. Seine Hände öffnen hektisch einige Schubladen und anders als wir anderen trägt er keinen Pyjama, sondern ein Hemd und eine Anzughose. Etwas, das mich eigentlich nicht wundern dürfte, was mir angesichts der letzten Stunden jedoch augenblicklich ein merkwürdiges Gefühl beschert. Hier geht etwas vor sich, das ich nicht verstehe.

Meine Augenbrauen wandern immer höher, als Papa beginnt Kerzen auf dem Tisch zu verteilen. Eine Vorahnung beschleicht mich. Eine, die sich erhärtet, als er auch noch an einer Flasche Champagner herumhantiert. Hilfe suchend blicke ich zu Nick, der ebenso verwirrt dreinschaut wie ich.

Was passiert hier?, frage ich stumm mit den Augen.

Keine Ahnung, antwortet er mit einem wortlosen Achselzucken.

Skeptisch beobachte ich meinen Vater dabei, wie er in vier Gläser Champagner eingießt und dann einige Male tief durchatmet. »Tanja, mein Schatz. Darf ich dich bitten, dich kurz zu setzen?«

»Gleich, die Pfanne muss noch ein paar Minütchen köcheln.«

»Nur ganz kurz, bitte.«

Tanja dreht sich um, sieht die Kerzen, sieht den Champagner und ihr klappt der Mund auf. Wahrscheinlich, weil auch sie diese Vorahnung hat, die mehr und mehr zu einem durchaus begründeten Verdacht wird. Jetzt steht auch Nick auf, dessen Unterleib sich angesichts der veränderten Situation offenbar beruhigt hat.

»Nora? Jetzt!« Mein Vater nimmt sein Handy in die Hand und drückt darauf herum. Einen kurzen Augenblick später kommt ein Lied aus den Boxen unserer HiFi-Anlage. *It's a beautiful night. We're looking for something dumb to do.*

Ja, das ist Bruno Mars und das hier ist ein Antrag. Keine Vorahnung mehr, kein Verdacht. Eine handfeste Tatsache. Ich suche in meinem Bauch und meinem Herzen nach einem Gefühl, Wut oder Schock, doch ich kann nichts finden. Vollkommene Gefühlsleere. Ich weiß nicht, was ich tun soll. Hilflos starre ich meinen Vater an, auf dessen Gesicht sich jetzt ein seliges Lächeln gelegt hat.

»Alexander, was …?« Tanja schlägt offenbar völlig überrumpelt die Hand vor den Mund.

Hey baby, I think I wanna marry you. Plötzlich öffnet sich oben eine Tür und meine kleine Schwester kommt beladen mit einem riesigen Strauß roter Rosen die Treppe herunter. Auch sie strahlt von einem Ohr zum anderen. Unten angelangt stellt sie sich neben Papa und verschwindet fast hinter den Dutzenden Blumen.

Er dreht Bruno Mars leiser und hebt sein Glas. Ich weiß, was jetzt kommen wird, und suche wie verrückt nach der Abscheu in mir, doch sie hat sich verzogen.

Papa öffnet den Mund und schließt ihn wieder. Statt diese eine Frage zu stellen, schaut er zu mir. *Ist das okay?*, fragen stattdessen seine Augen.

Es ist ein bisschen spät, mich um Erlaubnis zu bitten, oder?, will ich antworten. Schließlich stehen wir hier bereits vor versammelter Mannschaft zwischen einer Tonne Kerzen und überteuertem Champagner. Noras sorgloses Lachen hallt in diesem kurzen Zeitfetzen in meinen Ohren wider und ich schaue in die Augen meines Vaters, die von so viel mehr Wärme gefüllt sind als je zuvor. Und auf einmal, ohne mich aktiv dazu entschieden zu haben, ohne es wirklich gewollt zu haben …

… nicke ich.

Es ist eine kleine, zarte, nahezu unsichtbare Bewegung, die für ihn, für uns die Welt bedeutet. Ich gebe ihm meine Zustimmung. Ich gebe diesem Leben, unserem neuen Leben, eine Chance. Ich blicke nach vorn in eine helle Zukunft, statt in der schwarzen Vergangenheit festzuhängen und auf jemanden zu warten, der nie zurückkommen wird.

Danke, sagt Papas Blick und ich nicke noch einmal. Diesmal bestimmter. Daraufhin räuspert er sich und sieht zu Tanja.

»Tanja Felicitas Steiner. Du bist in mein Leben getreten, als ich den Glauben an die Liebe verloren hatte. Dein sonniges Gemüt und dein wunderschönes Lachen haben mich vom ersten Augenblick an in ihren Bann gezogen. Auch wenn ich mich lange dagegen gewehrt habe, musste ich mir schließlich eingestehen, dass die Gefühle für dich zu stark sind, um sie zu verdrängen. Ich gab dir, uns und der Liebe eine Chance. Und diese Liebe wieder in mein Leben zu lassen, war die beste Entscheidung, die ich je getroffen habe. Du hast die Sonne zu mir zurückgebracht und ich möchte nie wieder in Dunkelheit versinken.« Er hält inne und atmet einmal tief ein und aus. Spannung bringt die Luft zum Vibrieren, obwohl wir doch alle wissen, was nun folgt. »Deswegen möchte Nora dir eine Frage stellen.« Er nickt meiner kleinen Schwester aufmunternd zu.

Diese hebt den Blumenstrauß mit einem »Juhu« hoch, wodurch zum Vorschein kommt, was in dicken Blockbuchstaben auf ihrem T-Shirt geschrieben steht. »Willst du meinen Papa heiraten?«, liest sie zusätzlich laut vor.

»Oh, Alexander, ich …« Tränen glitzern in Tanjas Augen. Mein Vater zieht eine schwarze Schatulle aus seiner Anzughose und öffnet sie. Ein Ring mit einem sehr, sehr großen Diamanten kommt zum Vorschein, der mit Sicherheit mehr gekostet hat als das Chalet, in dem wir stehen.

»Tanja, bleib in unserem Leben. Erfüll diese Familie weiter mit Leben und mach mich zum glücklichsten Mann aller Zeiten.« Er sieht ihr tief in die Augen. »Willst du meine Frau werden?«

»Natürlich will ich das.« Die Tränen kullern jetzt über ihre Wangen. Papa nimmt ihre Hand, schiebt ihr den Klunker über den Finger und küsst sie. Ich stehe nur da und weiß noch immer nicht, was ich tun soll. Nora hüpft voller Begeisterung auf der Stelle und sieht so unendlich zufrieden aus, dass mein Herz fast platzen will. Ich denke an Wasserschlachten und Waffeln. An Papa im Schlafanzug und an Tanja, die *Starlight Express* singt. Ich denke daran, dass es mir in den letzten Tagen gut ging. Ehrlich gut.

Einem Impuls folgend gehe ich auf Tanja zu und schließe sie in die Arme. »Herzlichen Glückwunsch«, flüstere ich in ihre Haarmähne, die sich auf meinem Gesicht verteilt hat. Auf einmal ist da keine Leere mehr, auch keine Wut oder Abscheu. In meinem Bauch tummeln sich Hunderte Schmetterlinge, die alle *Glück, Glück, Glück* schreien.

Und in diesem einfach wunderschönen Sorglosmoment fasse ich einen Entschluss. Einen zukunftshellen Entschluss. Ich löse mich von Tanja, schenke meinem Vater ein Lächeln und ziehe mein iPhone aus der Hosentasche. Ich muss abschließen. Ich muss aufhören ständig nach dem Was-wäre-wenn zu fragen. Mit schnellen Fingern tippe ich auf Leanders Namen und verfasse eine Nachricht.

Livia: Du kannst aufhören in Nicks und Tanjas Vergangenheit zu wühlen. Bitte hetze jeden Privatermittler-Monk, den du kennst, stattdessen auf Melody Hohenburg. Ich will Antworten.

40. KAPITEL

HALLELUJA, HALLELUJA

»NEIN??!« Vic verschluckt sich an ihrem großen Braunen und erleidet augenblicklich einen Hustenanfall. Ihre Augen quellen hervor und sie ringt Hilfe suchend nach Luft.

»Meine Güte, Victoria. Was ist denn nun schon wieder los?« Martha klopft ihr auf den Rücken. Offenbar sehr stark, denn Vic verzieht vor Schmerz das Gesicht. In der anderen Hand hält die Cafébesitzerin in gekonnter Kellnerinnenmanier zwei Teller mit Käsekuchen. Den dritten hat sie bereits vor mir abgestellt, um Vic vor dem sicheren Erstickungstod zu bewahren.

»Sie hat nur erfahren, dass Livia ihren Stiefbruder geknallt hat, und ist anscheinend sehr schockiert.«

»Alter, Bennet!« Ich werfe meinem Freund einen warnenden Blick zu. »Das ist Privatsache. Muss ja nicht das halbe Café mitkriegen.«

»Der hübsche Dunkelhaarige?« Martha nickt anerkennend. »War letztens irgendwo in einem Klatschmagazin.«

»Ja, der hübsche Dunkelhaarige. Könnt ihr jetzt bitte, bitte leiser sprechen, sonst landet der gesamte Gesprächsinhalt auch in einem deiner Klatschmagazine.« Ich vergrabe den Kopf in den Händen und schäme mich zu Tode.

»Und wars befriedigend für dich?«

»Ja, Livi, war es befriedigend?« Vic hat sich offenbar von ihrem

Hustenanfall erholt und schaut mich jetzt mit der gleichen Neugier in den Augen an wie Martha.

»Ihr seid einfach peinlich des Todes. Wirklich.«

»Komm schon, Liv, hat er … den Ofen ordentlich angefeuert?«, steigt jetzt auch noch Bennet mit ein.

»Himmel, seid ruhig.«

»Wieso? Wir wollen doch nur wissen, ob er deine Yoshi über die Ziellinie geschoben hat.«

»… ob er den Gipfel erklommen hat.«

»… das Feuerwerk gezündet.«

»Mein Gott, ja, hat er.« Ich gebe mich geschlagen, weil sie sonst mit Sicherheit weitere Bezeichnungen mit Cringe-Faktor eintausend gefunden und die gesamte *Keksmonarchie* über meinen Orgasmus unterrichtet hätten.

»Sehr gut.« Martha sieht zufrieden aus. »Es ist wichtig, dass ein Mann sich genügend Zeit für die Partnerin nimmt. Wisst ihr, der Leonard Cohen, der hatte das auch drauf.«

»Reden wir von DEM Leonard Cohen? *Hallelujah*-Leonard-Cohen?« Vic klappt der Mund auf.

»Bah, Vic, man sieht deinen zerkauten Käsekuchen.« Bennet schüttelt missbilligend den Kopf, woraufhin Vic den Mund wieder schließt.

»Genau der.« Martha nickt mit träumerischer Miene. »Und *Hallelujah* war Programm. Das kann ich euch sagen.« Sie zwinkert uns bedeutungsvoll zu und geht dann zu einem der anderen Tische.

»Mit welchem Rockstar hat sie eigentlich nicht geschlafen? Die Frau war anscheinend mit halb Hollywood im Bett«, raune ich den anderen beeindruckt zu und schiebe mir ein Stück Torte in den Mund.

»Ich sag doch, Martha hatte ein richtig verrücktes Leben, bevor sie nach Wien kam.« Bennet nippt an seinem kleinen Schwarzen und fokussiert dann wieder mich. »Also, Liv, spucks schon aus.«

»Was denn?«

»Wie zur Hölle ist das passiert? Ich dachte, du und Nick, ihr hasst euch.«

»Haben wir auch, aber dann … keine Ahnung.«

»Musste deine Perle mal wieder poliert werden und er war gerade zur Stelle?« Vic wackelt mit den Augenbrauen.

»Könnt ihr jetzt mal mit diesen albernen Sprüchen aufhören? Ihr seid so eklig, ey.«

»Nur wenn du uns jetzt haarklein erzählst, was abging!«

Ich stoße einen tiefen Seufzer aus und dann erzähle ich. Von Liedern, die durch Wände in Herzen gingen. Von Nicks Art, *mehr* in mir zu sehen. Von nassen Umarmungen. Von Schmerz und Verletzlichkeit. Ich erzähle von der strippenden und von der weinenden Livia. Ich erzähle von dem Sturm, der Hütte und allem, was wir darin getan haben.

»Ach ja, und wir gehen zusammen ein Projekt an. Nick und ich«, komme ich schließlich zum Ende. Meine Freunde haben mich kein einziges Mal unterbrochen, sondern hingen gebannt an meinen Lippen.

»Ein Projekt? Was für eins?« Bennet, der bis dahin wie eingefroren auf seinem Stuhl saß, beugt sich vor.

»Eine Ausstellung zum Thema häusliche Gewalt. Mit seinen Fotos.« Ein Brause-Springbrunnen blubbert in meinem Bauch. »Wir ziehen das richtig groß auf und machen vielleicht sogar eine Auktion. Der gesamte Erlös wird einem Frauenhaus gespendet.«

»Liv, das klingt richtig cool!« Vic lächelt begeistert. »Ich komme auf jeden Fall! Also, wenn ich eingeladen bin, natürlich.«

»Nur wenn du dich mit Sprüchen über mein Sexleben zurückhältst.«

»Hmm …« Sie legt den Kopf schief. »Das kann ich noch nicht sicher zusagen.«

»Na dann …«, ich zucke mit den Schultern, »… kann ich euch erst mal nur diese Einladung geben.« Aus meiner Tasche ziehe ich zwei weiße Umschläge. »Obwohl du auf dieser Veranstaltung besser auch nicht über meine Orgasmen reden solltest. Das wäre irgendwie richtig schräg.«

»Was ist das?« Bennet dreht den Umschlag in seinen Händen hin und her. Vic hat ihren bereits geöffnet.

»VERLOBUNGSPARTY?« Ihre Augen weiten sich, ihr Mund formt ein riesiges O.

»Jap. Da gibt es nämlich etwas, das ich euch noch nicht erzählt habe.«

VIENNA SPOTLIGHT

Ding-dong, ding-dong. Richtig gehört: In Wien läuten die Hochzeitsglocken. Und das für niemand Geringeren als Alexander Hohenburg, den Bürgermeister persönlich. Wie er uns soeben mitteilte, hat er um die Hand seiner neuen Partnerin Tanja Steiner angehalten.

»Indem sie mir ihr Jawort gegeben hat, macht sie mich zum glücklichsten Mann aller Zeiten«, sagte Hohenburg in einer Stellungnahme. »Die Hochzeit wird vermutlich im kleinen Kreis stattfinden.« Schade, denn bei dieser Feier hätten wir nur zu gern durchs Schlüsselloch geguckt.

Auf die Frage, ob die übereilte Hochzeit etwas mit den lauter werdenden Vorwürfen zu tun hat, Hohenburg könnte Gelder unterschlagen haben, wollte der Bürgermeister und Inhaber mehrerer Immobilienfirmen nicht antworten. Fest steht jedoch, dass immer mehr Bürger seinen Rücktritt verlangen und auch der Vorstand der *Hohenburg Immogroup* langsam unruhig wird. Doch wie heißt es so schön: Das sind die Sorgen von morgen.

Erst mal heißt es: Say yes, yes, yes!

41. KAPITEL

GEFESSELTE GEDANKEN

»Und die Bar kommt doch hierhin!« Tanja rennt wie ein aufgescheuchtes Huhn durch die Wohnung. Ihr folgend schleppen zwei Muskelpakete einen bereits aufgebauten schwarzen Tresen schon zum dritten Mal an eine andere Stelle.

»Hey.« Nick kommt aus seinem Zimmer und mein Herz reagiert sofort. Ich muss meine gesamte Selbstbeherrschung aufbringen, um mein Kleid, das gerade geliefert wurde, nicht einfach fallen zu lassen und auf ihn zuzurennen. Jeder Zentimeter meines Körpers ist erfüllt von dem drängenden Wunsch, von ihm geküsst, gehalten und ge…

Der Gedanke verendet in meinem Kopf und verliert sich in einem frustrierten Gefühl in der Magengegend. Es ist mittlerweile zwei Wochen her, dass wir aus Kitzbühel zurückgekommen sind. Und es ist zwei Wochen her, seitdem Nick und ich uns *nah* waren.

»Wo gehst du hin?« Tanjas Stimme hat einen panischen Unterton angenommen, als ihr Sohn sich auf den Flur zubewegt.

»Ich schaue mir eine Location für unsere Ausstellung an und ja, ich werde zur Verlobungsparty zurück sein.« Er zwinkert seiner Mutter zu, bevor er zu mir sieht. »Willst du mitkommen, Liv?«

»Ja.« *Jajajajajajaja. Ich will mitkommen. Ich will mit dir von hier verschwinden und den drängenden Wunsch, der jeden Tag stärker in mir brennt, endlich erfüllen.*

Unsere Blicke halten sich. Für einen Herzschlag sind wir wieder in der Waldhütte, wieder in völliger Hingabe und in radikaler Echtheit. Keuchende Namen, rasender Puls, tobender Sturm.

Dann verstreicht der Augenblick.

»Nein, das geht nicht«, schmettert Tanja unser Vorhaben ab. Wir kehren zurück in die Realität und schauen beide schnell weg. »Ich brauche Livia hier. Das Catering kommt gleich und sie muss mir helfen zu entscheiden, wo wir die Häppchen am besten drapieren.«

»Da habe ich wohl keine Wahl.« Ich riskiere einen erneuten Blick zu Nick und versuche mit meinen Augen alles zu sagen, was ich vor seiner Mutter nicht aussprechen kann.

Er räuspert sich und verabschiedet sich. Ich bleibe zurück und hasse alles daran.

»Ich bringe mein Kleid in mein Zimmer, dann bin ich ganz für dich da«, sage ich an Tanja gerichtet und steuere auf meine Tür zu. Sie nickt zwar, wirkt aber weiterhin gestresst.

Sobald ich aus ihrem Blickfeld bin, ziehe ich mein iPhone aus der Handtasche und muss lächeln. Wie erwartet wird eine Nachricht von Nick auf meinem Sperrbildschirm angezeigt. Diese WhatsApp-Sache ist irgendwie unser Ding geworden.

Nick: Ich vermisse es, dich zu küssen. Und ich meine nicht nur deine Lippen.

Zwischen meinen Beinen beginnt es verdächtig zu pochen. Verlangen vermischt sich mit der Frustration der letzten Wochen.

Livia: Ich vermisse es auch, dich zu spüren. Irgendwie hatte ich mir eine heimliche Affäre einfacher vorgestellt, wenn man sogar unter einem Dach wohnt.

Nick: Ja, ich auch. Wer hätte gedacht, dass wir in zwei Wochen keinen unbeobachteten Moment abpassen können. Nicht mal nachts.

Er spielt auf das eine Mal an, als Nora uns beinahe erwischt hätte, weil sie nach einem Albtraum zu mir ins Bett kriechen wollte.

Livia: Wir kriegen das schon hin. Irgendwann.

Ich schicke die Nachricht ab und hoffe sehr, dass »Irgendwann« nicht mehr allzu lange auf sich warten lässt.

»Ich kann immer noch nicht glauben, dass dein Vater wirklich wieder heiratet! Wie lange kennen sich die beiden? Ein halbes Jahr?« Obwohl unser Gespräch in der *Keksmonarchie* jetzt mehr als zwei Wochen zurückliegt, ist Vic immer noch nicht über den Schock hinweg. Sie spricht leise und nippt an ihrem Aperitif. »Und was zum Teufel ist das?« Angewidert schaut sie auf die pinke Flüssigkeit in ihrem Glas. »Mein Gott, sind das Herzen?«

»Das ist ein Wedding-Spritz. Und ja, offenbar sind essbare Glitzerherzen ein wichtiger Bestandteil dieser Kreation.« Ich nehme ebenfalls einen Schluck. »Schmeckt genauso schrecklich, wie er aussieht.«

Meine beste Freundin schüttelt missbilligend den Kopf, als hätte sie mehr von einem Drink erwartet, der nur anlässlich der heutigen Verlobungsparty kreiert wurde. »Also?« Sie stellt ihr halb leeres Glas auf einen der Stehtische, die überall in unserem Apartment aufgestellt wurden, und sieht mich fragend an. »Wie lange kennen sich die beiden?«

»Puh, ein Jahr oder so? Genau weiß ich es nicht.«

»Ziemlich früh für eine Hochzeit, findest du nicht?« Verstohlen blickt sie zu Tanja und meinem Vater hinüber, die in ein Gespräch mit vier Männern in Anzügen vertieft sind.

»Schon, aber wenn sie ihn glücklich macht, soll es mir recht sein.« Und mein Vater *ist* glücklich. Er sieht so scheiße glücklich aus, wie ich ihn seit Jahren nicht gesehen habe.

»Liv, ich bin echt beeindruckt, dass du das Ganze so gelassen siehst. Das muss der *Hallelujah*-Sex mit deinem Stiefbruder sein.« Sie kichert albern, doch mir entgeht nicht, dass sie damit den Hauch eines Schattens überdecken will, der sich über ihren Blick gelegt hat.

»Leider musste ich auf den bisher wieder verzichten.« Schulterzuckend versuche ich meinen Wedding-Spritz zu leeren. »Bah, das Zeug ist wirklich widerwärtig. Verzeihung?« Ein junger Typ in weißem Hemd und Hosenträgern will an uns vorbeirauschen, doch ich halte ihn lächelnd auf. »Können Sie uns bitte etwas anderes bringen als das hier?« Ich halte mein Glas hoch und stelle es auf sein Tablett, obwohl es noch halb voll ist.

»O ja, bitte tu uns den Gefallen, Phillip!«, pflichtet Vic mir bei.

»Ich heiße Chris. Steht auch hier.« Mit genervtem Gesichtsausdruck nickt er in Richtung des Namensschildes auf seiner Brust, auf dem tatsächlich *Chris* prangt.

»Ich weiß«, sagt Vic unbeeindruckt. »Aber du siehst überhaupt nicht aus wie ein Chris, oder?« Sie wendet sich an mich.

»Null! Er sieht eher aus wie ein Timo oder ein Phillip.«

Der Kellner schaut zwischen uns hin und her, als hätten wir sie nicht mehr alle, und scheint sich dann geschlagen zu geben. »Okay, nennt mich, wie ihr wollt.« Er winkt ab. »Was kann ich euch bringen?«

»Egal, Hauptsache, es ist frei von essbaren Glitzerherzen.« Vic wirft den halb vollen Gläsern beziehungsweise der glitzernden Beilage einen abfälligen Blick zu. »Gib mir einfach irgendwas. Bier, Wein, Abwasser vom letzten Sommerfest, mir egal.«

»Gut.« Kellner *Chris* nickt. »Dann schaue ich mal, ob wir noch Abwasser vom letzten Sommerfest auf Vorrat haben.«

»Vielen Dank, Phillip.« Sie schenkt ihm ein zuckersüßes Lächeln.

»Ja, tausend Dank, Timo!«

Er zieht von dannen, nicht ohne »Verrückte Hühner« oder so was in der Art zu murmeln.

»Also, zurück zum Thema«, fährt Vic fort, als wäre nichts gewesen. »Warum heiratet er sie?«

»Weil er sie liebt, vermute ich mal.«

»Hm.« Sie legt den Kopf schief. »Irgendwas ist da komisch. Und was ist überhaupt mit deiner Mutter?«

»Wenn ich das wüsste, hätte ich vermutlich einen nicht ganz so großen Dachschaden.«

»Haha.« Sie schnalzt genervt mit der Zunge und blickt zu meinem Vater und seiner frisch Verlobten. Er hat einen Arm um ihre Taille gelegt und streicht immer wieder mit dem Daumen über ihr beiges Etuikleid. »Aber wie *kann* er sie heiraten?«

»Vic, wovon redest du?« Langsam verliere ich die Geduld.

»Na ja, deine Mutter ist verschwunden, oder? Also so richtig.«

»Ja, so richtig.«

»Und ihr habt nie wieder ein Lebenszeichen von ihr erhalten.«

»Außer dieser Bahamas-Kerl-Sache? Nein, nie wieder.«

»Das heißt, dein Vater und deine Mutter sind noch verheiratet.«

Endlich fällt der Groschen. Mit weit aufgerissenen Augen schaue ich Vic an. Stimmt. Wie kann mein Vater neu heiraten, wenn er noch verheiratet ist?

»Mein Vater ist Bürgermeister dieser verfluchten Stadt«, gebe ich zu bedenken. »Glaubst du nicht, dass er irgendjemanden kennt, der die Ehe annulliert?«

»Ja, schon möglich«, stimmt Vic zu, doch irgendwas in ihrer Miene verrät mir, dass da noch mehr ist, was sie beschäftigt. Dann scheint ihr etwas einzufallen und sie sieht mich ein zweites Mal schockiert an. »Sag mal, hast du eben gesagt, dass du und dein Stiefbruder in spe *keinen* krassen *Hallelujah*-Sex habt?«

»Habe ich und es ist die Hölle, glaub mir.« Das ist es wirklich.

»Warum?«

»Seit wir aus Kitzbühel zurückgekommen sind, hatten wir einfach keinen Moment für uns.« Ich stöhne frustriert. »Die Verlobung unserer Eltern, das Pressegetümmel vor unserem Haus und die ständigen Familienessen … Es war einfach nicht drin.«

»Da wohnt ihr schon in einer Wohnung und trotzdem wird nicht gebumst«, fasst Vic das Ganze sehr treffend zusammen, nachdem ich ihr alles geschildert habe. »Sag Bescheid, wenn ich dir ein Hotelzimmer im *Sacher* buchen soll.« Sie zwinkert mir zu. »Schreib mir einfach, dass es mal wieder Zeit wird, deinen Stiefbruder flachzulegen, und ich schüttle die Kissen persönlich auf.«

»Zweimal Weißwein. Abwasser vom Sommerfest war leider schon aus.«

Vor Schreck zucken wir zusammen und wirbeln zu Kellner-Phillip herum, der uns grinsend zwei Gläser vor die Nase setzt. Sofort spüre ich, dass ich rot anlaufe, und werfe meiner besten Freundin einen Ich-bringe-dich-um-Blick zu. Diese bedankt sich nur höflich und wirkt völlig unbeeindruckt.

»Mann, Vic. Das soll echt niemand mitbekommen. Irgendwas sagt mir, dass die Boulevardpresse aus der Geschichte eine ganz verdrehte Inzest-Familienorgien-Story macht.«

»Wäre vielleicht gute Publicity für eure Ausstellung.« Sie prostet mir mit ihrem Wein zu. »Die skandalöse Kunstausstellung der Sex-Familie. Das ist mal 'ne Headline. Ich schwöre dir, das würde einige sensationsgeile Affen anlocken.«

»Diese kluge Marketingstrategie werde ich wohl nicht weiterverfolgen, aber danke.« Ich ziehe eine Grimasse. »Warum drückt Bennet sich noch gleich vor dieser Veranstaltung?«, versuche ich das Gespräch auf ein anderes Thema als das Vermarktungspotenzial meiner und Nicks Beziehung zu lenken.

»Irgendein großes Ding im *Sapphire.*« Kopfschüttelnd fährt sie sich durch ihren Bob. »Aber Leander wollte noch kommen.« Ein mir mittlerweile bekannter Ausdruck huscht über ihr Gesicht, verschwindet dann aber wieder. »Das könnte jedoch noch ein bisschen dauern. Ich habe ihn dazu verdonnert, eine der Suiten neu zu streichen, weil er und seine abgefuckten Partys ständig die Räume zerstören.« Beim Gedanken an Leander, der einen Zeitungshut auf dem Kopf trägt und eine Farbrolle schwingt, muss ich lachen. »Und was ist mit *ihm?*«

»Wen meinst du?«, tue ich, als ob ich das nicht genau wüsste.

»Wo ist dein Stiefbruder aka *Hallelujah*-Sänger aka Nicolas Steiner?«

»Kommt auch gleich. Er hat noch eine Location für die Ausstellung ausgecheckt, deren Inhaber nur noch heute einen Termin frei hatten.« Jetzt, wo ich es ausspreche, merke ich plötzlich, wie sehr ich ihn vermisse. Seit Tagen hatten wir vor allem über WhatsApp Kontakt. Manchmal auch über Songs, mit denen wir uns durch die geteilte Wand gegenseitig beschallt haben, oder kleine verstecke Botschaften auf Spiegeln im Bad. Trotzdem fehlt er mir. Er fehlt mir so richtig. Seine Nähe, seine wandernden Finger, seine zärtlichen und seine leidenschaftlichen Küsse. Ich vermisse es, ihm nah zu sein, wirklich nah. Nicht nur frühstückenmit-der-Familie-nah.

»Ah, da ist er ja.« Bei Vics Worten zuckt mein Blick zur Tür. Mein Herz springt und springt, weil es tatsächlich Nick ist, der durch den Flur geht und die Gäste begrüßt. Er trägt einen Anzug, der ihm so gut steht, dass mir für einen Moment schwindelig wird. Ich bin zu keiner Bewegung fähig, sondern folge nur seinen Schritten, seinem höflichen »Servus« und verliere mich im Dunkelbraun seiner Haare. Irgendwann entdeckt er mich. Unsere Blicke verschmelzen miteinander und ich glaube, nie wieder atmen zu können. Nick sieht mich mit einer Intensität an, an die ich mich niemals gewöhnen werde.

»Okay, Leute, also wenn ihr so weitermacht, hat auch der Letzte hier im Raum gecheckt, dass er sein Teil in deine Yoshi schiebt. *Hallelujah.*«

42. KAPITEL

GEFÜHLSKETTENSPRENGUNG

»Nick, du erinnerst dich an meine beste Freundin Victoria?« Während ich das sage, werfe ich ihr einen Blick zu, der ein lautes *Bitte, benimm dich* beinhaltet.

»Natürlich erinnere ich mich. Freut mich, dich wiederzusehen.« Nick tritt auf sie zu. Busserl rechts, Busserl links, wie es sich in unseren Kreisen gehört.

»Also«, beginnt Vic und das Funkeln in ihren Augen verheißt nichts Gutes. »Ihr habt es also getan?« O Gott, warum ist sie nur so unglaublich peinlich?

»Ähm, wir … ja.« Er kratzt sich am Hals.

»Ich meine natürlich die Sache mit der Ausstellung.« Sie grinst breit und hält sich offenbar für unglaublich witzig.

Bevor sie weitere unangenehme Bemerkungen machen kann, räuspert sich mein Vater. »Ich heiße euch alle herzlich willkommen und freue mich riesig, dass ihr diesen wunderbaren Abend mit uns verbringt.« Er hebt sein Glas und schenkt jedem der Anwesenden ein dankbares Lächeln. Wir stehen relativ weit hinten im Wohnzimmer und doch glaube ich, dass sein Blick an mir länger hängen bleibt als an den anderen Gästen.

»Dieses Kleid hast du mit Absicht angezogen, oder?« Gänsehaut rauscht über meinen Rücken bis in meine Zehen, als Nick die Frage in mein Ohr raunt.

»Was meinst du?« Als würde mir jetzt erst auffallen, dass ich ein schwarzes und ziemlich enges Cocktailkleid trage, schaue ich an mir herunter. Es ist von Dior und hat einen asymmetrischen Ausschnitt. An der Taille geben zwei Cut-outs freie Sicht auf meine Haut.

Ich schnappe nach Luft, als Nick die Hand auf meinen Rücken legt und zarte Kreise auf die Stellen malt, die nicht von Stoff bedeckt sind. Verstohlen sehe ich mich um, stelle aber fest, dass niemand hinter uns steht. Alle Blicke sind nach vorn auf meinen Vater gerichtet, der mit seiner Rede fortfährt.

»Tanja hat mein Leben auf so vielen Ebenen bereichert und wird dies auch in Zukunft tun.«

Es fällt mir schwer, mich auf seine Worte zu konzentrieren. Ich fange Vics Blick auf, der selbstverständlich nicht entgangen ist, dass Nicks Finger auf meiner Haut zu tanzen beginnen. Sie zwinkert mir zu und lächelt.

»Hättest du nicht etwas anziehen können, das mich weniger anmacht?« Seine Stimme ist dunkel und heiser. Die Worte schlüpfen durch mein Ohr, wandern durch meinen Körper und treffen etwas in meinem Unterleib. »Wenn du wüsstest, was gerade in meinem Kopf vor sich geht.«

Ich muss schlucken und gebe mir größte Mühe, weiter nach vorne zu schauen, um zumindest den Anschein zu erwecken, meinem Vater bei seiner Rede zuzuhören. Nicks Finger fahren jetzt meinen Rücken entlang. Jeder Millimeter meines Körpers, den er berührt, wird in Brand gesetzt.

»Erzähl mir davon.« Die Aufforderung verlässt meine Lippen, ohne dass mein Kopf ihnen den Befehl zum Sprechen gegeben hat. Wenn ich ehrlich bin, hat mein Kopf überhaupt keine Macht mehr. Nicks Finger und seine gehauchten Worte haben das Zepter übernommen. Sie sind das Feuer und ich nur das Wachs, das unter ihnen die Form verliert.

»Ich bin kurz davor, etwas sehr Dummes zu tun, Livia.«

Plötzlich umfasst er meine Taille und zieht mich wenige Zentimeter zurück. Mein Po berührt ihn jetzt. Ihn und seinen harten Schwanz, der sich fordernd gegen mich drückt. Ich muss schlucken. Das Verlangen rauscht haltlos und unbeständig durch mich hindurch.

Ich will ihn. Ich brauche ihn. Ich weiß nicht, wie lange ich dieses Begehren noch aushalten kann, bevor es mich zerreißt.

»Ich will auch etwas Dummes tun.« Ich presse mich enger an seine Härte, reibe mit meinem Hintern provozierend darüber. Nicks Keuchen ist unterdrückt und leise, doch ich vernehme es trotzdem.

»War ziemlich teuer, oder? Dieses Kleid?«

»Knapp zweitausend.« Mein Atem wird flacher, doch ich zwinge meine Augen weiter meinen Vater anzuschauen, dessen Rede schon lange nicht mehr zu mir durchdringt.

»Zu viel also, um es dir runterzureißen.« Er schiebt mich wieder etwas von sich, sodass er meinen Po umfassen und zudrücken kann. Ich muss die Lippen zusammenpressen und verhindern, dass ein Keuchen aus meinem Mund dringt. »Und trotzdem kann ich nur daran denken.«

Ich auch, Nick, ich auch. Meine Gedanken sind voll davon und sie sind es seit Tagen. Alles in mir sehnt sich nach seiner Berührung. Danach, ihn zu spüren. Ihn *in* mir zu spüren. Es scheint völlig durchgeknallt, weil das hier die Verlobungsparty meines Vaters ist. Weil hier Dutzende Menschen stehen und ich Livia Hohenburg bin. Und dennoch.

»Ich will dich.« Seine Stimme ist nicht mehr als ein Raunen, als er mit seinen Fingern erneut kaum merklich über meinen Po streicht.

Ich hole zitternd Luft. »Ich will dich auch spüren.« Und ja, in dieser Sekunde sind mein Kopf, mein Herz und der pochende Punkt zwischen meinen Beinen von ihm besessen.

Erschrocken reiße ich die Augen auf, als Nicks Finger von meinem Po ablassen und ihren Weg unter mein Kleid finden. Sie tanzen über die Innenseite meiner Oberschenkel. Hektisch gucke ich mich um und stelle zu meiner Erleichterung fest, dass die Aufmerksamkeit der Gäste vollständig auf meinen Vater und Tanja gerichtet ist. Sogar Vic beachtet uns mittlerweile nicht mehr.

»Fuck.« Der Fluch ist meinen Lippen entschlüpft, bevor ich ihn aufhalten kann, denn Nick hat begonnen mit einer quälend langsamen Bewegung über meinen Slip zu fahren. Ich umklammere mein Glas fester, um der Anspannung, die meinen Körper überfällt, zumindest ein bisschen Raum zu geben.

»Schau nach vorne, Liv.« Nicks Mund ist nur wenige Millimeter von meinem Ohr entfernt. Sein Atem kriecht über meinen Hals und hinterlässt eine feurige Hitze. »Lass dir nichts anmerken.«

Ich nicke kaum merklich und muss nur einen Herzschlag später die Lippen aufeinanderpressen, weil er mit einem Finger in mich gleitet.

Hier. Vor der gesamten Wiener High Society.

Sachte stößt er in mich. Mein Puls hämmert in meinen Venen. »Scheiße, bist du feucht.«

Ein Wimmern blubbert meine Kehle herauf und ich kann es nur mit größter Anstrengung zurückdrängen. Nick nimmt einen zweiten Finger hinzu und trifft mit seiner zarten Bewegung genau den richtigen Punkt. Meine Brust hebt und senkt sich. Himmel, es fehlt nicht mehr viel und ich komme vor versammelter Mannschaft. Ich weiß nicht, ob ich in dem Fall noch die Kontrolle aufrechterhalten könnte. »Bitte«, flehe ich trotzdem, denn ich kann einfach nicht aufhören.

»Was willst du?« Seine Finger verharren in mir. Die Lust pulsiert so heftig zwischen meinen Beinen, dass Sterne vor meinen Augen tanzen. »Was, Liv?«

»Mehr. Ich brauche mehr.« Er dringt tief, tief, tief in mich ein. Meine Beine zittern und ich bin kurz davor auseinanderzufallen.

»Mehr?« Er hält inne. »Was mehr?« Auch er atmet jetzt schneller. Die Umgebung verschwimmt. Ich vergesse vollständig, wo wir hier sind.

»Dich. Ich will dich. So richtig.«

Abrupt zieht er sich aus mir zurück und als ich mich fragend zu ihm umdrehen will, fahre ich erschrocken zusammen. Ein Schwall Flüssigkeit läuft meinen Nacken hinab, in mein Kleid und verteilt sich über meinen Rücken.

»Ups.«

»Was zum …?«

»Oh, wie dumm von mir. Es tut mir so leid, Liv.«

Ich wende mich Nick zu, der ganz und gar nicht aussieht, als würde es ihm leidtun. Nein, er grinst so breit und schelmisch, dass ich mir sicher bin, dass er das halbe Glas Weißwein mit voller Absicht über mir verteilt hat. »Du gehst dich besser umziehen.«

»Ach, das geht schon. Ich muss nur …«, setze ich an, doch Nick schüttelt den Kopf.

»Livia. Ich denke, du solltest dich um-zie-hen.« Er sieht mich eindringlich an und nickt in Richtung meines Zimmers. Einige der Gäste haben sich mit verwirrter Miene zu uns umgedreht.

Dann verstehe ich.

»Okay.« Ich wende mich ab, gehe auf mein Zimmer zu und schließe die Tür hinter mir. Unschlüssig stehe ich in der Mitte des Raumes und warte. Eine gefühlte Ewigkeit verharre ich in der Dunkelheit vor dem Fenster und schaue auf die beleuchtete Stadt. Mit nassem Rücken und rasendem Herzen.

Irgendwann, es müssen Stunden vergangen sein, höre ich, dass die Klinke heruntergedrückt wird. Ich drehe mich um. Nick bleibt vor der geschlossenen Tür stehen. Unsere Blicke halten sich. Unsere Herzen überschlagen sich.

Dann, als hätte uns jemand das Kommando gegeben, rennen wir aufeinander zu. Unsere Lippen, unsere Körper, unsere Seelen prallen aufeinander. Wir küssen uns nicht nur, wir verschlingen uns. Seine Zunge drängt sich in meinen Mund und entfesselt einen heiseren Laut. Ich will ihn berühren. Alles von ihm. Fordernd drücke ich mein Becken gegen seins. Hände zerren an Stoff. Atem vermischt sich.

»Warte.« Ich verharre in der Bewegung. Keine Ahnung, woher ich diese Selbstbeherrschung nehme, aber irgendwie schaffe ich es, meine Lippen von seinen zu lösen. »Nicht hier. Zu gefährlich.« Die Party ist direkt nebenan. Wir befinden uns nur eine Person, die sich in der Tür irrt, von einem Skandal entfernt. Nur eine Unachtsamkeit trennt uns davon, dass die Menschen da draußen Zeugen unserer Lust werden.

Er nickt. Seine Brust hebt und senkt sich wie nach einem Marathon.

Unwillkürlich umfasst er meine Schenkel und hebt mich hoch. Ich schlinge die Beine um seine Hüfte und spüre seine Härte an meiner Mitte. Wir verfallen in einen hungrigen Kuss. Zähne. Zungen. Erstickte Laute aufgefangen vom Mund des anderen.

Nick trägt mich in mein Ankleidezimmer und kickt mit dem Fuß die Tür zu. Dunkelheit und unzählige Kleider umgeben uns. Die Party scheint weit weg und der Gedanke, dass wir uns beeilen müssen, damit unser Fehlen niemandem auffällt, auch. Mein Po landet auf einer Ablage. Ich glaube, es ist die Kommode, in der ich meinen Schmuck aufbewahre. Mit den Beinen ziehe ich ihn noch näher an mich. Nick zerrt an meinem Haar und küsst mich so drängend, als würde er ertrinken. Ich versuche mein Stöhnen zu unterdrücken, doch es geht nicht.

»Leise, Livia. Niemand darf uns hören.«

Ich nicke und presse meine Lippen zusammen, als Nick an meinem Hals saugt. Mein Kopf fällt in den Nacken. Seine Finger zerren erst an dem Reißverschluss meines Kleides, dann am Träger meines BHs.

»Gott, daran werde ich mich nie gewöhnen.« Gierig und verlangend massiert er meine freigelegten Brüste, deren Spitzen sich augenblicklich gegen seine Handinnenflächen drücken. Erregung schießt durch jede Vene, jede Zelle meines Körpers.

Von draußen wird Applaus laut. Anscheinend hat mein Vater seine Rede beendet. Wir haben nicht mehr viel Zeit.

»Bitte«, bringe ich irgendwie hervor und mehr braucht er nicht. In einer hastigen Bewegung zieht er an meinem Slip und keucht auf, als er zum zweiten Mal feststellt, wie feucht ich geworden bin.

»Leise«, bin nun ich diejenige, die ihn ermahnt, obwohl ich selbst mit jeder Minute mehr kämpfen muss.

Ich verliere den Kampf, als Nick wieder mit zwei Fingern in mich eindringt. Er trifft genau den richtigen Punkt und ist doch zart. Zu zart. Ich winde mich und muss mir eine Hand vor den Mund pressen. Es ist so dunkel, dass seine Augen mit der Nacht verschmelzen, aber ich bin mir trotzdem sicher, dass sie vor Verlangen schwarz geworden sind. Ich höre seinen flachen Atem, spüre seine Finger, die in mir verharren und mich quälen.

»Bitte.« Wieder flehe ich, weil das hier zu viel ist. Er zieht sich aus mir zurück. Ich höre den Reißverschluss seiner Hose, dann das Rascheln einer Kondompackung. Mein Atem geht abgehackt.

Schließlich spüre ich ihn zwischen meinen Schenkeln, Millimeter davon entfernt, in mich einzudringen. Er verharrt jedoch in der Position. Meine Beine zittern an seinen Hüften. Mit nur einem Finger streicht er in einer langsamen Bewegung über meine steinharten Nippel, über meinen Hals, meine Wangen, meine Lippen. Ich winde mich, wimmere und kann diesen aufgeladenen Moment nicht mehr ertragen.

»Livia, ich …«

»Ich auch.«

In dem Moment stößt er in mich, schnell und hart. Ein helles, lautes Stöhnen verliert sich in den Stoffen meiner Kleider. Es ist mir egal. Sollen sie doch denken, was sie wollen. Dieser Moment ist alles. Und alles ist Verlangen. Alles ist Lust. Alles ist Nick.

Ich stöhne wieder. Diesmal seinen Namen. Nick presst mir jetzt seine Hand auf den Mund. Meine befreiten Laute werden sofort erstickt und hören doch nicht auf. Meine Beine beben mit jedem seiner Stöße mehr. Ich keuche, schreie, stöhne in seine Hand.

Mein Innerstes ist zum Zerreißen gespannt und als auch er die Beherrschung verliert und ungezähmt in mich eindringt, *zerbreche* ich. Ich komme so heftig, dass ich meine Zähne in seine Haut grabe. Er folgt mir mit einem letzten heftigen Stoß und meinem Namen auf den Lippen.

Nachdem die Erregung aus unseren Körpern gesickert ist, halten wir uns fest und küssen uns zärtlich.

»Wir müssen zurück«, spricht Nick die bittere Wahrheit aus. Ich weiß, dass er recht hat, aber ich will alles andere als das.

»Ich hasse das.« Mein Flüstern klingt beinahe weinerlich. »Ich wünschte, wir könnten einfach ins Bett gehen und du könntest mich die ganze Nacht im Arm halten.«

»Das werden wir. Irgendwann.« Er gibt mir einen Kuss auf die Stirn und hebt mich von der Kommode. Es ist merkwürdig, wieder Boden unter den Füßen zu haben. Mit der Realität wieder verbunden zu sein.

Mit einem *Ritsch-Ratsch* schließt Nick seine Hose. »Ich gehe schon mal vor. Wenn jemand fragt, sage ich, dass du dich einfach nicht für ein neues Kleid entscheiden kannst.«

Ich verdrehe die Augen, obwohl er dies in der Dunkelheit wohl kaum sieht. »Sag lieber, dass ich zu viel getrunken habe. Das würden die Leute dir eher glauben.«

Er küsst mich ein letztes Mal, bevor er den Raum verlässt und der Moment verstreicht.

43. KAPITEL

VENENGOLD

»Durch das Glasdach ist der ganze Raum sehr hell. Das ist perfekt für die Fotos.« Ich deute nach oben und schaue dann fragend zu Nick, der mit interessierter Miene die Inneneinrichtung des Raumes begutachtet. »Das *Luftschloss* ist eigentlich ein Restaurant, aber der Besitzer hat sich bereit erklärt den Laden für unsere Ausstellung eine Woche zu schließen und stattdessen täglich kleine Häppchen für die Gäste vorzubereiten.«

Benno, der Besitzer, steht hinter dem Tresen des Lokals und bestätigt meine Worte mit einem Nicken.

»Das Essen hier ist bio und vegetarisch. Ich dachte, das wäre dir vielleicht wichtig.«

»Es ist perfekt.« Nick steht mit dem Rücken zu mir vor einer Wand, die über und über mit Pflanzen bestückt ist. Überhaupt hat der gesamte Laden auf gewisse Art und Weise Gewächshaus-Vibes. »Wirklich, Liv, absolut perfekt.« Er dreht sich zu mir um. Die Zufriedenheit in seinem Blick lässt Wärme in meinen Bauch sickern.

»Ja? Dann sagen wir zu.« Ich drehe mich zu Benno um. »Was meinen Sie? Wann würde es Ihnen passen?«

»Die Reservierungen gehen aktuell bis Anfang Juli. Danach habt ihr freie Bahn.«

»Okay, lass mal überlegen. Nächste Woche ist der *Dance*

Against Cancer Ball, da könnte man schon ordentlich Werbung machen.« Ich ziehe mein Handy aus der Handtasche und öffne den Kalender. »Was halten Sie von in drei Wochen? Mitte Juli?«

»Passt.«

»Perfekt! Wir haben also Stand jetzt noch drei Wochen Zeit für Marketing, Einladungen, Ablauf und Aufbau«, zähle ich auf und merke, wie sich vor meinem inneren Auge bereits ein Bild aufbaut. Nie hätte ich erwartet, dass mir das alles so viel Spaß machen würde, aber es fühlt sich unbeschreiblich gut an, etwas in die Hand zu nehmen.

»Alles klar, vielen Dank, Herr …?« Nick geht auf den Ladenbesitzer zu und hält ihm die Hand hin.

»Odin.«

»Odin? Wie der Vater von Thor?«

»Ja, wie der Vater von Thor. Sie dürfen mich ruhig für einen Gott halten.« Genervt schüttelt Herr Odin Nicks Hand und ich muss ein Glucksen unterdrücken.

»Wir melden uns dann nächste Woche noch wegen der Menüplanung.«

Von Thors Vater kommt nur ein Brummen.

»Er heißt echt wie Thors Vater. Verrückt.« Noch immer völlig begeistert öffnet Nick die Tür zur Limousine, nachdem wir den Laden verlassen haben.

»Nach Hause bitte«, sage ich zu Claus und lasse mich in den Sitz fallen. Mein Chauffeur nickt zur Bestätigung und sofort lasse ich die Scheibe hochfahren, die die Rückbank von der Fahrerseite trennt. Sobald sie eingerastet ist, fallen Nick und ich übereinander her. Wir küssen uns leidenschaftlich und genießen jede Minute der Ungestörtheit, die uns bleibt.

Nach der Verlobungsparty ist das irgendwie unser Ding geworden. Heimliche Küsse und einiges mehr auf Clubtoiletten, unter Restauranttischen und auf Limousinenrückbänken. Einmal sind wir uns in der Uni über den Weg gelaufen und in einem leeren Seminarraum verschwunden. Das alles ist riskant. Sehr riskant. Aber es nicht zu tun, ist ein Ding der Unmöglichkeit.

Wenn wir schon nicht zusammen sein können, also nicht richtig und nicht jetzt, sind diese gestohlenen Momente alles, was uns bleibt.

»Es macht mich tierisch an, wenn du einen auf Eventmanagerin machst«, flüstert Nick mir zwischen zwei Küssen ins Ohr. Ich sitze breitbeinig auf seinem Schoß und wünsche mir, diese Fahrt würde niemals enden.

Doch natürlich tut sie es. Die Limo hält vor unserem Haus, ich streiche mir durch die Haare und beide steigen wir aus, als wäre nichts gewesen – nur um wieder in einem Kuss zu versinken, als sich die Aufzugtüren schließen.

Erster Stock: Ich pralle mit dem Rücken an die Wand der Kabine.

Zweiter Stock: Er vergräbt die Hände in meinem Haar.

Dritter Stock: Wir inhalieren den Atem des anderen.

Vierter Stock: Wir fahren auseinander.

Fünfter Stock: Die Türen öffnen sich und wir treten mit ernster Miene in unser Penthouse.

So ist es jedes verfluchte Mal.

Wir stolpern fast in Tanja hinein, die in einem altrosa Abendkleid vor dem Flurspiegel steht und sich hin und her dreht.

»Was sagt ihr?«, fragt sie ohne Umschweife und fährt einmal über die Volants des ausladenden Rocks.

»Gut! Welcher Designer?« Ich gehe einmal um sie herum und stelle fest, dass es ihr tatsächlich ziemlich gut steht.

»Keine Ahnung, ehrlich gesagt. Irgendwas Italienisches?« Sie zieht skeptisch die Unterlippe ein. »Und es ist wirklich nicht zu jugendlich? Ich bin schließlich eine verlobte Frau. Mein Gott, das klingt so schrecklich erwachsen.«

»Du sieht klasse aus, Mama. Jugendlichkeit steht dir.« Nick

zwinkert seiner Mutter zu. »Ist das Kleid für diesen Ball nächste Woche?«

Sie nickt. »Alexander geht davon aus, dass die Presse sich ganz besonders auf uns stürzen wird. Bei allem, was gerade so vor sich geht …« Das Ende des Satzes bleibt in der Luft hängen. Ich frage mich, ob sie die Vorwürfe oder die Verlobung meint. Beides wird in den Medien heftig diskutiert.

»Ja, nervig«, stimme ich deshalb zu. »Gestern nach der Uni haben sie mich auch belagert, um ein Statement zu bekommen. Außerdem tummeln sich die Geier in meinen DMs.« Betont gleichgültig zucke ich mit den Schultern. Ich will sie nicht beunruhigen, doch tatsächlich scheint die Situation ziemlich ernst. Ständig kommen Reporter auf mich zu und halten mir ihre Mikrofone vor die Nase, als wollten sie mich damit erstechen.

Was sagen Sie dazu, dass Ihr Vater Gelder veruntreut hat? Wie stehen Sie zu dem Vorwurf, Ihr Vater würde die Ärmsten der Armen ausnehmen, um sich selbst zu bereichern? Halten Sie ihm die Treue? Meine Antwort auf diese und unzählige weitere Fragen dieser Art lautet immer wieder gleich: *Kein Kommentar.*

Denn wenn ich ehrlich zu mir selbst bin, weiß ich nicht, was ich von der ganzen Sache halte. Dem Alexander Hohenburg von vor einem Jahr hätte ich so eine abgefuckte Scheiße so was von zugetraut. Dem von heute … ich weiß es nicht.

»Mit wem wirst du zum Ball gehen, Livia?« Meine Future-Stiefmutter wackelt mit den Augenbrauen.

Ja, das ist wohl die große Frage. Denn die Person, mit der ich am liebsten über den roten Teppich und die Tanzfläche der Hofburg schweben würde, steht direkt neben mir und ist doch in weiter Ferne.

»Puh, keine Ahnung«, antworte ich deshalb und weiche Nicks stechendem Blick aus.

»Livia!« Tanja ist sichtlich schockiert. »Ähm, hallo? Der Ball ist in einer Woche?«

»Ich weiß …«

»Du brauchst einen Begleiter!«

»Ach, warum? Ich kann auch allein gehen. Ich brauche keinen Mann, der mir die halbe Nacht das Ohr abkaut und mich ins Bett kriegen will.« Aus dem Augenwinkel sehe ich, dass Nicks Körperhaltung sich etwas entspannt.

»Dein Vater hält es für sehr wichtig, dass wir als völlig intakte Familie auftreten. Kein Aufsehen, keine Skandale. Es wäre also echt wichtig, dass du noch jemanden findest.« Einer ihrer Spaghettiträger rutscht ihr über die Schulter. Sie zieht ihn energisch wieder hoch. »Was ist mit diesem Dunkelhaarigen? Wie hieß er noch?«

»Leander?«

»Genau. Wenn ich es richtig sehe, dichtet dir die Presse sowieso schon ein Techtelmechtel mit ihm an. Mit ihm zu gehen, könnte die Aufmerksamkeit ein wenig von deinem Vater ablenken. Was meinst du?«

Nick gibt einen Laut von sich, den er sofort in ein Räuspern verwandelt. Unschlüssig schaue ich erst zu ihm, dann zu seiner Mutter, die mich mit aufgerissenen Augen ansieht. »Ich kann ihn ja mal fragen, aber bestimmt hat er schon jemanden.«

Ein erneutes Räuspern von Nick, gefolgt von einem kaum merklichen Kopfschütteln.

»Schatz, alles okay? Brauchst du wieder was gegen deinen Heuschnupfen?« Bei Tanjas Frage muss ich ein Kichern unterdrücken.

»Schon okay.« Er sagt das so, aber in seinen Augen sehe ich, dass absolut gar nichts okay ist.

»Mit wem gehst du denn, Schatz?«

Ja, mit wem geht er? Von Franziska hat er sich schon getrennt, bevor das mit uns ernster wurde. Obwohl sie wohl nicht wirklich zusammen waren, wie er mir immer wieder erklärt.

»Ich glaube, ich bleibe einfach zu Hause.«

»WAS?«, sagen Tanja und ich unisono. »Das geht nicht, Nicolas. Alexander besteht darauf, dass wir als geschlossene Einheit auftreten.«

»Kann ich nicht mit Livia gehen?« Er fragt das derart unverblümt, so beiläufig, dass es auch als Scherz durchgehen könnte.

Und tatsächlich. »Haha. Guter Witz.« Tanja zieht eine Grimasse. »Du wirst schon jemanden finden. Ich denke nicht, dass das so schwierig sein wird. Du siehst immerhin ganz vorzeigbar aus. Oder, Livia?«

»Ja. Sehr vorzeigbar.« Sehr, sehr vorzeigbar. Zu vorzeigbar, um mit einer anderen Frau am Arm vor den Augen Wiens zu stehen, ohne mir einen Riss ins Herz zu jagen.

»Ihr bekommt das schon hin.« Sie lächelt uns zu und geht dann aus dem Flur ins Wohnzimmer. »Ich muss aus diesem Ding raus.« Sie zupft am Stoff ihres Kleides. »Meine Jogginghose schreit nach mir.« Kichernd geht sie an der großen Couch vorbei und die Treppe hinauf. Nick und ich bleiben ungerührt stehen und warten, bis wir im Obergeschoss eine Tür ins Schloss fallen hören.

»Dich mit diesem Von-Traun-Idioten zu sehen, macht mich wahnsinnig.« Nick hält seine Stimme gedämpft. Schmerz glimmt in seinen Augen auf. Mehr Schmerz als sonst.

»Dieser Von-Traun-Idiot ist einer meiner besten Freunde.« Ich verschränke die Arme vor der Brust, denn es macht mich wütend, Nick in so abfälligem Ton über einen Menschen sprechen zu hören, der mir etwas bedeutet.

»Einer deiner besten Freunde, mit dem du regelmäßig gefickt hast.«

»Und? Das war alles, bevor … wir waren.«

»Und wenn er es immer noch will?«

»Was?« Ich bemühe mich leise zu sprechen, aber dieses Platzhirschgehabe nervt mich. »Mich ficken?«

»Ja!«

»Will er nicht. Und selbst wenn, gehören zu so einer Entscheidung immer zwei Menschen.« Ich funkle ihn an. »Du wirst mir wohl vertrauen müssen.« Und das tut er doch, oder? Oder hält er mich doch für ein unberechenbares High-Society-Miststück, das sich einfach nimmt, was es will? Nein, nicht er. Er sieht mich anders. Das weiß ich.

Mein Herz wird dennoch tonnenschwer, als Nick seufzt und für einige Sekunden die Augen schließt. »Okay. Natürlich tue ich das.« Er öffnet die Augen wieder und sieht sich einmal verstohlen um, bevor er auf mich zukommt und mir einen sanften Kuss auf die Lippen drückt. Das reicht aus, um mein Herz von seiner Last zu befreien und es wieder frei auf und ab hüpfen zu lassen. »Ich werde versuchen zu vergessen, dass ihr zwei … na ja … eine Vergangenheit habt.«

»Bitte sei nett zu ihm. Er hat es nicht leicht, weißt du?« Ich küsse ihn wieder.

»Wieso? Einem Mann wie ihm liegt doch die Welt zu Füßen.«

Ich winde mich aus seiner Umarmung. »Haben wir dieses Oberflächlichkeitsgetue nicht hinter uns gelassen?«

»Ja, stimmt. Sorry.« Er schaut betreten drein. »Also, was ist mit ihm?«

»So richtig weiß ich das auch nicht. Seine Mutter ist gestorben, als er noch sehr klein war. Vor zwei Jahren wurde sein Vater dann aus heiterem Himmel verhaftet und verurteilt. Irgendwas mit Drogenhandel. Er sitzt seitdem im Knast.«

»Leander ist also ziemlich allein«, stellt Nick fest und schluckt.

»Allein nicht. Er hat ständig Leute um sich herum, ist ständig unterwegs. Aber ich glaube, dass er sich auch in einer Menschenmenge sehr einsam fühlt.«

Etwas regt sich in mir. Eine dunkle Schwere von Melancholie, die sich mit spitzen Klauen in meine Brust bohrt. Weil Leander ist wie ich. Weil ich genau weiß, wie es sich anfühlt, auf einer Bühne zu stehen und von allen Seiten beleuchtet zu werden. Alle klatschen. Alle schreien. Alle wollen sein wie du. Doch sobald das

Licht aus ist, stehst du einsam in der Dunkelheit, bis die Schatten deiner Seele dir jeden Funken Licht genommen haben.

Dann umfasst Nick mein Gesicht. Seine Augen sind so hell, dass das Vantablack, das sich wie dicker Teer in mir breitgemacht hat, keine Chance mehr hat.

Er küsst mich.

Durch die Berührung seiner Lippen sickert der Teer Tropfen für Tropfen aus mir heraus. Stattdessen wird mein Innerstes von einer Erkenntnis geflutet, die wie flüssiges Gold durch jede meiner Venen schießt.

Ich bin nicht mehr allein.

44. KAPITEL

KAPUTTER SEELENPARTNER

»Und wer ist er?« Nick deutet aus dem Fenster auf das Prinz-Eugen-Reiterdenkmal, das in der Abendsonne schimmert. Claus lenkt unsere Limousine auf den Heldenplatz und schon jetzt glaube ich, das Geschnatter und Geknipse der Presse zu hören. Sie sind da und sie sind bereit sich auf uns zu stürzen.

»Prinz Eugen«, beantwortet Amelia, die heute seine Begleiterin ist, Nicks Frage. »Relativ unsympathischer Typ. Ist eigentlich nur berühmt geworden, weil er ganz Sarajevo angezündet und damit Österreich zur Großmacht verholfen hat.« Sie schnalzt mit der Zunge. »Aber gut, für ein protziges Denkmal hats gereicht.«

Ich kann mir ein Lachen nicht verkneifen und muss feststellen, dass ich Amelia ziemlich cool finde. Sie ist die Tochter irgendeines Stadtratsmitglieds und Papa dachte, es »sende ein gutes Zeichen an die Bürger«, wenn sie mit Nick abgelichtet wird. Natürlich mussten wir dann auch noch zu viert in der Limousine kutschiert werden, was ich jetzt, wo ich Nicks Begleiterin besser kennengelernt habe, nicht mehr so schlimm finde.

»Alles gut bei dir?« Ich wende mich Leander zu, der mir heute unheimlich mitgenommen vorkommt. Die Ringe unter seinen Augen reichen fast bis zum Kiefer. Außerdem fällt mir in dieser Sekunde auf, dass sein Blick glasig ist und seine Wangen seltsam gerötet sind. »Hey, Leander. Bist du krank? Sollen wir umdrehen?«

»Quatsch.« Er winkt ab, doch seine Hand zittert dabei. »Habe heute Nacht ein bisschen übertrieben. Ein, zwei Drinks und ich bin wieder am Start.«

Ich sollte mehr sagen. Ich sollte mehr fragen. Ich sollte Leander eine bessere Freundin sein. Aber so war das zwischen uns nie. Wir waren auf andere Weise füreinander da. Wir waren zusammen abgefuckt und kaputt. Und indem der andere es auch war, kamen wir uns für einige Stunden etwas weniger kaputt vor.

Wir sind immer nur zusammen geflohen. Nie stehen geblieben.

Aber ich will nicht mehr fliehen. Nicht mehr wegrennen. Ich kann ihm diese kaputte Seelenpartnerin nicht mehr sein. Kann nicht mehr mit ihm schlafen, um die Einsamkeit mit Lust zu überdecken. Und ich weiß nicht, wie ich sonst sein soll. Wer ich für ihn sein kann.

»Okay«, sage ich also und ringe mir ein Grinsen ab, das sich nicht falscher anfühlen könnte.

»Wollen wir?« Nick wirft uns allen einen fragenden Blick zu. An mir und meinem Ausschnitt bleibt er einen Wimpernschlag zu lang hängen. Er bleibt stumm, doch ich sehe den Film, der sich hinter seinen Augen abspielt. Eine verrückte Mischung aus Rosamunde Pilcher und *Fifty Shades of Grey*.

Der Wagen ist bereits zum Stehen gekommen. Ich schaue durch die abgedunkelten Scheiben nach draußen auf die imposante Fassade der Hofburg.

»Oh, können wir noch einen Moment warten?« Amelia lehnt sich im Sitz zurück und nimmt einige tiefe Atemzüge. »Ich mochte die Hofburg noch nie.«

»Ich auch nicht.« Unsere Blicke kreuzen sich. »Was soll der ganze Quatsch mit der Hofreitschule und den Juwelen?«

»Ganz genau!«, stimmt sie mir zu. »Und überhaupt. Zehn Gebäude? Ist das nicht ein bisschen übertrieben? Nur weil die Kaiser immer beweisen mussten, dass sie dickere Eier als ihr Vorgänger haben. Also wurde gebaut, gebaut und gebaut.«

»Es gibt nicht mal einen einheitlichen Baustil«, mischt sich jetzt auch Nick ein. »Weil jeder Kaiser meinte, ein neues Gebäude errichten zu müssen, damit sein ultrawichtiger Name bloß nicht in Vergessenheit gerät.«

»Ja, danke, Kaiser Franz und Konsorten.« Leander wirft der türkisen Kuppel vor unserem Fenster einen missbilligenden Blick zu. »Hättet ihr nicht ein bisschen weniger dick auftragen können? Dann müsste ich nicht einmal die Woche auf so einen bescheuerten Ball gehen.«

Alle vier starren wir die helle Fassade des riesigen Gebäudekomplexes an, als könnten wir sie damit zum Explodieren bringen. Vor meinem inneren Auge sehe ich die hohen Rundbogenfenster zersplittern und Risse die kunstvollen Ornamente entstellen.

»Ich glaube, wir müssen jetzt raus.« Amelia strafft die Schultern und sieht mich aufmunternd an.

Ich nicke genauso aufmunternd zurück und sammle die Kraft, die ich brauche, um ein weiteres Mal Livia Hohenburg zu sein. Ein höfliches Lächeln kleistert sich wie von selbst auf meine Lippen. Ich streiche eine nicht vorhandene Falte auf dem roten, mit Swarovski-Steinen bestickten Kleid glatt, das sich eng um meine Kurven schmiegt. Die Autotür öffnet sich und eine strahlende Livia Hohenburg steigt aus. Ich bin zurück in meiner Rolle.

Ich lächle, ich winke, ich kralle mich an Leanders Arm fest, wenn die Gedanken daran, wie lächerlich das hier alles ist, zu laut werden.

»Du siehst übrigens traumhaft aus, Liv.« Leander flüstert mir das Kompliment so leise zu, dass keiner der kreischenden Paparazzi etwas davon mitbekommt. »Manchmal wünschte ich, du wärst es.«

Ich glaube zu wissen, was er meint. Er wünscht sich, dass ich diejenige wäre, die sein Herz zum Stolpern bringt, für die sich all das hier lohnen würde. Aber ich bin es nicht. Vic ist es.

Und das frisst ihn auf.

Ich drücke seinen Arm und versuche mit dieser kleinen Geste irgendwie meine Anteilnahme auszudrücken. Mehr ist nicht drin. Weil wir auf einem roten Teppich vor Dutzenden Kameras und genauso vielen Menschen stehen, für die unser Zusammenbruch eine Sensation verpackt in einer Headline wäre.

Wir stehen aufrecht, wie wir es immer tun. Die Reporter geben mir Komplimente für mein Kleid und meine Frisur, während ich versuche die Gespräche auf weniger banale Dinge zu lenken.

»Ich freue mich wirklich sehr, dass ich heute den MyAid-Award an eine Organisation überreichen darf, die mir ganz besonders am Herzen liegt«, spreche ich zum garantiert hundertsten Mal in irgendein bedeutungsloses Mikro, obwohl die Frage eigentlich gelautet hat: »Werden die Vorwürfe Ihrem Vater gegenüber einen Schatten auf den heutigen Abend werfen?« Jede einzelne dieser heiklen Fragen umschiffe ich gekonnt und auch die nach Leanders und meinem Beziehungsstatus lasse ich bewusst unbeantwortet. Solange die Klatschblätter Stuss über unsere anstehende Verlobung verbreiten, schaut niemand so genau auf Nick und mich.

Als Leander und ich endlich am Ende der Reihe angelangt sind, stellen wir uns vor die Werbetafel, um uns zum Abschluss ablichten zu lassen. Die Fotografen rufen uns Anweisungen zu.

»Livia, bitte das Kinn nach rechts!«

»Zeigt uns eure Liebe!«

»Kriegen wir einen Kuss?«

Wir posieren (selbstverständlich ohne Kuss) und ich ertappe mich immer wieder dabei, wie ich Nick und Amelia einen verstohlenen Blick zuwerfe. Jedes Mal schaue ich schnell wieder weg.

»Ich muss gleich mit dir reden, Liv. Es ist dringend.« Leander legt mir eine Hand auf den Rücken und versteckt seine Worte hinter einem Foto-Lächeln. Ein ungutes Gefühl macht sich in meinem Magen breit, das ich, soweit ich kann, unterdrücke, damit mein eigenes Lächeln nicht verrutscht. Im Innenraum angekommen, sind zwar immer noch Fotografen und Filmteams zu sehen, doch sie sind deutlich höflicher. Weniger bedrängend. Weniger gib-mir-alles-was-du-hast-bis-du-nichts-bist.

»Was ist los?«, frage ich trotzdem sofort, weil sich das komische Gefühl in meinem Bauch mehr und mehr zu einem Klumpen formt.

Bevor Leander antworten kann, rennen wir direkt meinem Vater und Tanja in die Arme, die bereits ein Glas Champagner in der Hand halten. »Livia, Leander, schön, dass ihr da seid.« Papa umarmt mich so innig, wie er es immer tut, wenn wir in der Öffentlichkeit sind und er den *father of the year* mimen muss. Es fühlt sich trotzdem anders an als sonst. Echter irgendwie. Weniger Show, mehr Familie.

»Livia!« Tanja sieht mich mit runden Augen an. »Du schaust unglaublich aus. Dieses Kleid ist der Wahnsinn!« Beeindruckt gleitet ihr Blick an meinem bodenlangen Funkelkleid entlang, vom Saum bis zum doch recht tief ausfallenden Ausschnitt. Es liegt eng an und hat keine Träger, dafür jedoch passende Handschuhe, die dem Ganzen einen royalen Touch verleihen.

»Danke, du siehst auch toll aus.« Anders als ich trägt sie ihre dunklen Haare offen, die ihr in leichten Wellen über das schlichte altrosa Kleid fallen.

»Das stimmt, Schatz. Du bist wunderschön.« Papa lächelt mich warm an und ich suche in seinen Augen nach dem mir bekannten Schmerz. Doch ich kann ihn nicht finden.

»Hier, Liv.« Leander drückt mir eine Champagnerflöte in die Hand. Seine ist schon halb ausgetrunken.

»Hallo, Leander.« Mein Vater nickt meinem Begleiter zu. Die Wärme aus seinem Blick ist verschwunden.

»Alexander.« Leander nickt ebenfalls und auch in seiner Miene sehe ich nichts als Frost. Fragend suche ich in seinem Blick nach einer Antwort auf die merkwürdige Stimmung zwischen den beiden, aber er stürzt nur den Rest seines Champagners hinunter und greift sofort zum nächsten. Mein Blick huscht zu Papa, der sich abgewendet hat, um gerade jemandem die Hand zu schütteln.

Merkwürdig. Ich zucke die Schultern und nippe an meinem Champagner. Ständig kommen Menschen, die ich kaum kenne, auf mich zu und tun so, als ob sie an mir interessiert wären. Ich fühle mich zunehmend unwohl, denn das Gespräch nimmt dann fast immer eine Abzweigung, an der ein Schild mit der Aufschrift *Sag mir was zum Skandal um deinen Vater* prangt. Ich bin dieses ganze Getue so unendlich leid. Am liebsten würde ich zurück zu Claus gehen und mich mit einem Pint *Ben & Jerry's Peanut Butter Cups* ins Bett verkriechen. Trotzdem beiße ich die Zähne zusammen, heute geht es ausnahmsweise wirklich um etwas.

»Gott, da bist du«, begrüße ich Vic ziemlich harsch, als diese endlich zwischen den vielen Kleidern, Handschuhen und Diademen auftaucht. »Und hey, Clément.« Meine Freude bekommt sofort einen Dämpfer, als ich sehe, dass ihr Partner ebenfalls mit von der Partie ist.

»Bonjour, Livia.« Busserl rechts, Busserl links. Abstand und Unbeholfenheit. Es ist wie jedes Mal, wenn Clément und ich aufeinandertreffen.

»Ich wusste nicht, dass er kommt«, sage ich zu Vic, als er abgedampft ist, um sich und Vic etwas zu trinken zu holen.

»Ich auch nicht. Er stand heute Morgen einfach vor dem Hotel und sagte, dass er mich vermisst habe.« Sie lächelt und wirkt glücklich. »So spontan kenne ich ihn gar nicht. Sonst ist er doch eher, na ja, unflexibel.«

»*Unflexibel* ist eine ziemlich nette Beschreibung für jemanden, der anfängt zu hyperventilieren, weil in einem Restaurant die Bratkartoffeln aus sind und sein lange im Voraus geplanter Ernährungsplan nicht aufgeht.«

Vic zieht eine Grimasse, kann sich aber ein Grinsen nicht verkneifen.

»Kommt ihr?« Nick, der neben Amelia steht, winkt uns zu und deutet mit dem Kopf auf die jetzt geöffneten Flügeltüren. Mit Clément und Leander im Schlepptau, die wir im Vorbeigehen einsammeln, betreten Vic und ich als Erste den Festsaal der Hofburg.

Es gibt Prunk und Protz, an den ich mich gewöhnt habe. Der nichts, absolut nichts mehr in mir auslöst. Der einfach da ist und den ich mitunter sogar lächerlich finde. Dieser Festsaal der Wiener Hofburg gehört nicht dazu. Ich kann nicht verhindern, dass sich ein wahrhaftiges Lächeln auf meine Lippen legt, als ich zu den sechs majestätischen Kronleuchtern aufsehe. Wie strahlende Sonnen hängen sie am bemalten Firmament und übergießen jeden Zentimeter des Saals mit goldenem Licht. Die Decken sind himmelhoch und blütenweiß.

Wir folgen einer freundlichen Hostesse in schwarzem Kleid durch unzählige Reihen weiß behusster Tische. Ich weiß bereits, dass der unsere ganz vorne stehen wird. Natürlich wird er das. Also nehme ich mir wie jedes Mal die Zeit und betrachte den Stuck, der jede Wand verziert, sowie die wuselnden Kellner, die mit voll beladenen Tabletts durch die Tische gehen und dabei trotzdem keine Miene verziehen.

Als würde Jesus himself mich mit voller Absicht quälen wollen, sitze ich auch noch neben Nick. Leander hat sich auf meiner anderen Seite niedergelassen und wie durch Zauberhand schon wieder einen Drink in den Fingern. Vic und Clément, mein Vater und Tanja nehmen gegenüber von uns Platz.

Ich sitze gerade mal eine Minute und spüre schon Nicks Finger über mein Knie und meinen Oberschenkel wandern. Meine Zähne graben sich in meine Unterlippe und ich kämpfe gegen die Sehnsucht an, die sich als Keuchen ihren Weg meine Kehle hinaufbahnt. Vic bleibt es trotzdem nicht verborgen. Sie grinst wie ein Honigkuchenpferd und schüttelt leicht den Kopf. Ich schaue auf den goldenen Platzteller, der vor mir steht, und sehe in der Spiegelung, wie rot meine Wangen geworden sind.

Der Saal füllt sich. Ich versuche mich von dem drängenden Wunsch nach Nicks Nähe abzulenken, indem ich die vielen Menschen beobachte, die durch die Flügeltür strömen.

»Ihr wollt also eine kleine Hochzeit?« Vic wendet sich Tanja zu, die angesichts des unverhohlenen Glamours dieser Veranstaltung etwas verloren wirkt.

»Ja, eher was Privates. Ich bin mir nicht einmal sicher, ob ich Weiß tragen will.«

»Doch, das musst du unbedingt. Es ist schließlich eine Hochzeit.« Meine beste Freundin nickt bestimmend.

»Mal schauen, was ich so finde. Livia, könntest du nicht ein bisschen mit mir shoppen gehen? Du hast einen tadellosen Geschmack.«

»Klar.« Wow. Habe ich das gerade wirklich gesagt? Ja, habe ich.

Tanja schaut mich genauso überrascht an. »Ähm, okay. Danke.« Sie wird rot. Ich glaube, ich auch. Nick drückt mein Bein.

Der weitere Verlauf des Abends rauscht an mir vorbei und ich habe tatsächlich … Spaß. Etwas, das ich auf Events wie diesem hier nie habe. Das Essen wird serviert. Wir machen Hochzeitspläne. Wir brechen in lautes Gelächter aus und erzählen Leander, Vic und Clément von der Wasserschlacht in den Bergen. Fast vergesse ich, dass das hier kein Essen mit Freunden und Familie, sondern eine Gala ist.

Nachdem ich so satt bin, dass mein rotes Glitzerkleid fast platzt, beginnt das Showprogramm. Mehrere Tanzgruppen treten auf. Eine Violinistin und sogar ein Comedian, der jedoch unglaublich nervige Witze über Männer-Frauen-Klischees macht. Ich suche Vics Blick und sehe, dass sie das Gleiche denkt. Was für ein Idiot.

Schließlich stehe ich auf der Bühne und halte die geschwungene Trophäe des MyAid-Awards in der Hand. Ich stelle mich vor das Standmikro und warte auf die Schatten. Darauf, dass ich mich wie eine Heuchlerin fühle und den ganzen Moment hasse. Doch sie bleiben in ihrer dunklen Höhle und lassen mich wie durch ein Wunder in Ruhe. Wer weiß, vielleicht tun sie das für immer.

Ich stehe hier oben, an der Spitze Wiens, wie ich es immer getan habe. Doch zum ersten Mal habe ich keine Angst davor zu fallen.

45. KAPITEL

MITTERNACHTSQUADRILLE

Die Mitternachtsquadrille ist eine sehr veraltete, sehr lächerliche Tradition, die bei keinem Wiener Ball fehlen darf. Ich habe die Schritte schon gelernt, bevor ich lesen und schreiben konnte. Eine Quadrille besteht aus sechs Figuren und außerdem – und das ist die Krönung der Albernheit – einem Galopp. Ja, wirklich. Zum Ende jedes Tanzes galoppieren die Paare im Kreis wie junge Fohlen auf einer bescheuerten Weide. Vollkommen übergeschnappt.

Stehe ich trotzdem auf und stelle mich neben Leander auf das Parkett, nachdem die Tische beiseitegeräumt wurden? Natürlich tue ich das.

»Also der Opi da vorne bricht sich doch die Hüfte, wenn er gleich von seiner deutlich zu jung geratenen Frau durch den Saal gescheucht wird.« Vic nickt zu einem älteren Herrn im Frack, der allen Ernstes ein Monokel trägt. Ich muss kichern und knuffe auch Leander in die Seite, dessen Gesichtsausdruck jedoch steinern bleibt. Wie schon den ganzen Abend.

»Victoria, ich bitte dich.« Clément hat sich neben sie gestellt und sieht so bereit für den anstehenden Tanz aus, wie man es nur sein kann. »Die Quadrille ist eine, wie ich finde, sehr schöne Tradition und sollte von dir ernst genommen werden.«

»Verzeihung«, sagt Vic und bemüht sich um einen ernsten Gesichtsausdruck, so wie alles im Leben von Clément ernst, ernst, ernst ist.

Ich schaue mich nach Nick um, finde ihn jedoch nirgendwo. Wahrscheinlich hat er sich mit Amelia verkrümelt, weil er die Schritte nicht kennt und einer Blamage aus dem Weg gehen will.

Bevor ich länger darüber nachdenken kann, klopft auf der Bühne ein junger Mann im Anzug gegen das Mikro. »Meine Damen und Herren, bitte nehmen Sie nun Ihre Plätze ein und begrüßen Sie das Royal Orchester.«

Höflicher Applaus brandet auf und die Musiker betreten die Bühne. Vic und Clément stellen sich gegenüber von Leander und mir auf. Die ersten Takte der *Fledermaus-Quadrille* von Johann Strauss II fluten den Raum. Der Moderator auf der Bühne gibt die erste Figur an: *Le Pantalon*. Augen zu und durch.

Ich wende mich Leander zu und verbeuge mich vor ihm im *Compliment*. Als ich aus meinem Knicks wieder hervortauche, bekomme ich beinahe einen Schreck. Seine Augen sind so hohl, so leer und traurig, dass es mir einen Stich verpasst. Ohne etwas sagen zu können, drehe ich mich weg, da wir uns jetzt vor Vic und Clément verbeugen müssen.

»Leander, sag mir endlich, was zum Teufel los ist«, fordere ich ihn auf, während wir bei der *Chaîne anglaise* einige Schritte durch den Raum gehen und den Platz mit Vic und ihrem Freund tauschen.

»Ich weiß nicht wie.« Wir strecken die Arme aus und wechseln wieder den Platz. »Du siehst endlich glücklich aus.«

Ich bin glücklich, denke ich und wende mich für das große *Balancé* von ihm ab.

»Irgendwas stimmt nicht mit Leander«, sage ich zu Vic, als wir uns in der Mitte des Raumes treffen. Sie sieht mich nur fragend an, kann aber nichts erwidern, da die Tanzschritte uns zwingen zu unseren Partnern zurückzukehren.

Tour de Main. Leander nimmt meine Hand und wir beginnen uns im Kreis zu drehen.

»Ich weiß, du hast gesagt, dass ich aufhören soll zu suchen, aber …«

Chaîne des Dames. Der Stein in meinem Magen wächst. Ich drehe eine Runde mit Vic.

»Was meinst du?«, fragt sie.

Keine Zeit für eine Antwort, denn schon muss ich wieder zurückgehen und jetzt von Clément in eine Drehung geführt werden. Mein Herz rast schneller, als die Musik es je könnte.

Wieder bei Leander. *Promenade*.

»Ich wollte meine Privatdetektivin gerade zurückpfeifen, da …«

Platzwechsel. Meine Füße tanzen jetzt von allein, wie es ihnen vor Jahren beigebracht wurde. Meine Gedanken überschlagen sich.

»Da was?«, raune ich ihm zu und wir bleiben kurz stehen. Ich schaue starr geradeaus in Vics besorgte Augen und fürchte mich vor dem, was Leander gleich aussprechen wird.

Die nächste Figur wird angesagt: *L'Été*. Wie ferngesteuert gehe ich in die Mitte, nicke Clément zu, gehe weiter und stehe neben Vic.

»Er weiß irgendwas. Über Nick, glaube ich.«

Mir wird heiß, dann sehr kalt.

Ich gehe zurück zu Leander. *Tour de Main*. Wir drehen uns im Kreis.

»Sie, also die Detektivin, hat was rausgefunden. Über ihn und über sie.« Mitleid überschwemmt seine Augen und er wendet sich ab. Er geht in die Mitte, verbeugt sich vor Vic. Ich stehe da. Alles dreht sich.

»Fuck«, sagt Vic nur, die im Anschluss neben mir in der Schlange steht, nur um sofort wieder zum *Traversé* aufzubrechen und an ihren Platz zurückzukehren.

Tour de Main. Leander dreht mich. Alles dreht sich.

»Was weißt du?«, frage ich, obwohl ich es nicht hören will.

Dritte Figur: *La Poule*.

Nach vorn, zurück, nach vorn, zurück. Ich finde mich in der *Petite Balance* zwischen Leander und Clément wieder. Mein Kopf neigt sich beiden einmal entgegen, wie es sich gehört.

»Er ist nicht, wer er zu sein scheint«, flüstert Leander dabei.

Mein Kopf nickt albern herum wie ein Wackeldackel. »Was meinst du?«

Drehung. Platzwechsel. In die Mitte rennen und wieder zurück.

»Sein Name ist nicht Nick. Auch nicht Steiner.«

Schock lässt meinen Körper brennen, als wäre ich mit Säure übergossen worden. Das kann nicht sein.

Wir gehen durch die Mitte.

»Liv, es tut mir leid.«

Nein, nein, nein.

»Ich hasse es, der zu sein, der dir dein Glück zerstört.«

Ich höre, was er sagt, und verstehe es nicht. Meine Beine tanzen weiter. Der Stein in meinem Bauch wird zu einem monströsen Felsen.

»Ich weiß nicht, was es damit auf sich hat. Aber er ist nicht der, der er vorgibt zu sein.« Leander drückt meine Hand, während wir uns immer weiter drehen und drehen und drehen. »Nick Steiner wurde unter dem Namen Raphael Ketterbrink zur Welt gebracht.«

Mein Körper hält dem Schock nicht mehr stand. Selbst Livia Hohenburgs Beine, die sich jeden Schritt dieser verfickten Figuren haargenau eingeprägt haben, bleiben stehen. Jemand prallt gegen mich. Das Parkett unter mir wankt.

Leander und ich stehen im Auge eines Hurrikans. Alles wirbelt, alles verschwimmt. Seine zerstörerischen Lippen sind mein einziger Fokus.

»Nick Steiners Spur lässt sich gerade mal zwei Jahre zurückverfolgen. Davor waren er und seine Mutter unter dem Namen Felix und Maria Lebach unterwegs. Ihre Fotos tauchen in verschiedenen Datenbanken auf. Immer mit anderen Namen. Immer andere Identitäten. Benjamin und Franka Müller, John und Grace Spencer, Stefan und Louise Woltering und schließlich Nick und Tanja Steiner.«

In meinem Hirn beginnen eine Million Achterbahnen ihre Fahrt.

Es rattert und dröhnt. Die Welt um mich herum dreht sich schneller und schneller.

Ich verliere den Halt.

Ich verliere alles.

Und als hätte ich es noch nicht begriffen, als bräuchte ich den letzten, alles vernichtenden Stoß, bevor ich in einen bodenlosen Abgrund stürze, sagt Leander: »Sie betrügen euch, Liv.«

Sie betrügen euch.

Nick betrügt dich.

Die Worte sind in meinem Kopf, aber sie erreichen mein Herz nicht.

»Das ist noch nicht alles.« Leander schaut mich an, als wäre es sein Brustkorb, der sich zuschnürt. Als wäre er es, der nicht mehr atmen kann.

Bitte nicht.

Nicht noch mehr.

Ich kann keine weiteren Wahrheiten ertragen.

»Ich habe deine Mutter gefunden.« Er schließt die Augen. »Sie ist tot.«

Und in diesem Augenblick passiert es.

Das, wovor ich mein Leben lang Angst hatte. Was ich seit meiner Geburt auf Teufel komm raus zu verhindern versuche.

Vor den unerbittlichen Augen Wiens …

falle

ich

in

einen

schwarzen

Abgrund.

46. KAPITEL

SEELENZERSCHMETTERND

Jemand schreit. Herzzerreißend und markerschütternd.

Jemand weint. Schmerzerfüllt und seelenzerschmetternd.

Ich bin es. Ich bin diejenige, die weint, und mein Herz ist es, das schreit. Es wird von Schattenmonstern überfallen, die bis an die Zähne bewaffnet sind und es gnadenlos aufschlitzen. Es hatte nie eine Chance, mein kleines schwarzes Herz. Egal wie sehr ich auch versucht habe, es mit bunten Farben zu füllen.

Am Ende gewinnt immer die Dunkelheit. Das Vantablack.

Mein Kopf schmerzt. Ich glaube, dass er auf dem Parkett aufgekommen ist, als meine Beine unter mir weggesackt sind.

Ich bin am Boden.

Buchstäblich.

Dutzende Augenpaare schweben über mir. Die Musik verstummt. Getuschel wird laut. Ich kann nicht atmen.

»Liv. Scheiße, Liv.« Vic ist da. Sie lässt sich neben mich fallen.

»Meine Güte, Livia. Was ist denn los?«

Ich wende meinen Blick nach links und finde mich in dem meines Vaters wieder. Sorge mit einer Prise *Was fällt dir ein, uns so zu blamieren?* ist darin zu erkennen. Er sieht unbeholfen aus. Für einen psychischen Zusammenbruch seiner Tochter in der Öffentlichkeit gibt es anscheinend kein Protokoll.

»Livia, Liebes.« Eine glockenhelle, sehr bekannte Stimme

mischt sich unter die vielen anderen. Eine Stimme, die jede einzelne meiner Wunden noch weiter aufreißt.

Gleichzeitig erweckt sie mich zum Leben. Ich setze mich auf und verliere die Kontrolle.

»Du falsche, betrügerische Schlampe!«, kreische ich und brenne sie mit Blicken nieder. »Du hinterhältiges Biest, du …« Ich ringe nach Luft, verkrampfe meine Hand zu einer Faust und muss mich allen Ernstes davon abhalten, ihr ins Gesicht zu schlagen.

»Livia!« Das ist mein Vater. Er hat einen Arm um Tanja gelegt, die so erschrocken aussieht, als hätte ich sie tatsächlich geschlagen.

»Sie belügt dich! Du weißt es nur nicht! Sie hat uns alle belogen! Sie und er!« Wieder aufrecht stehend zeige ich mit einem Finger bedrohlich auf Tanja und suche in der glitzernden Kleidermasse nach Nick. Er ist nicht da. Wahrscheinlich fickt er gerade Amelia auf irgendeinem Marmorklo, weil ich ihm absolut nichts bedeute.

»Sollen wir einen Krankenwagen rufen?«, höre ich jemanden, den ich nicht kenne, der mich aber offensichtlich für verwirrt und behandlungsbedürftig hält.

Kein Wunder. Niemand hat mich je so gesehen. Niemand war je dabei, wenn Livia Hohenburg die Fassung verloren hat.

Jetzt sind sie alle dabei. Der gesamte Wiener Geldadel und jeder einzelne Nemo. Sie alle kriegen mit, wie ich wie eine Furie herumkrakeele. Und seltsamerweise ist mir das völlig egal.

Weitere Beleidigungen verlassen meinen Mund. Viele weitere Tränen rollen über meine Wangen. Bis mein Vater sich vor mir aufbaut.

»Livia, was ist in dich gefahren? Hör sofort auf!« Zorn und Enttäuschung brodeln in seinem Blick auf. Ich habe ihn enttäuscht, ihn blamiert und mich ein einziges Mal nicht an die heiligen Regeln gehalten.

Ich bin schwach und dieses Leben, das gerade begonnen hat

ein Leben zu werden, stirbt in dieser Sekunde. Ist tot wie meine Mutter.

Weg. Der drängende Impuls, aus dem Fokus der gaffenden Menschen zu verschwinden und mich irgendwo zu verkriechen, wo mich niemand jemals findet, ergreift von mir Besitz. Ich renne. Ohne dass mich jemand aufhalten kann, renne ich los. Einige erschrocken aufkreischende Tanten aus dem Weg schubsend stürze ich auf den Ausgang zu. Durch den Vorraum in die Nacht.

Claus. Ich suche Claus, aber kann ihn nicht finden. Auf dem Heldenplatz stehen bestimmt zwanzig Limousinen samt Chauffeur, die auf die feine Gesellschaft warten.

Ich bin mir sicher, dass Vic und Leander mir folgen werden. Aber ich muss jetzt allein sein. Das alles noch mal zu erklären, noch mal zu durchleben, halte ich nicht aus.

Kurz entschlossen öffne ich einfach irgendeine Autotür und flüchte auf die Rückbank.

Ruhe und Dunkelheit empfangen mich.

»Ähm, Verzeihung?« Eine runde blonde Frau dreht sich mit einem großen Fragezeichen im Gesicht vom Fahrersitz zu mir um.

»Hi.«

»Guten Abend?« Sie blickt noch verwirrter drein.

»Hi.«

»Ähm, entschuldigen Sie, wenn ich unhöflich bin, aber was machen Sie hier?« Sie klingt nicht vorwurfsvoll, sondern interessiert.

»Können Sie mich von hier wegbringen?« Weg von den Scherben meines Lebens?

»Ich fürchte, nicht. Das hier ist der Wagen von Herrn und Frau Mayberg und die würden mich wahrscheinlich feuern, wenn ich einfach verschwinde.«

»Verstehe.« Mir tut alles weh. Ich sehe nach draußen in die Dunkelheit. Ich kann da nicht wieder raus. Niemals.

»Wenn Sie wollen, können Sie sich kurz verstecken und zu Atem kommen, Kindchen.«

»Danke«, bringe ich unter einigen Schluchzern hervor, die sich einfach nicht mehr aufhalten lassen.

»Kann ich sonst noch was für Sie tun? Ich hab Schnapspralinen im Handschuhfach. Aber verraten Sie das bitte nicht den Maybergs.«

»Nein, eher nicht.« Ich bemühe mich irgendwie dankbar auszusehen. Wahrscheinlich sehe ich aber eher so aus, als wäre mir eine Sicherung durchgeknallt. Ist ja auch so.

Es beginnt zu regnen. Dramatischer geht es anscheinend nicht. Es grummelt und kurz darauf erhellt ein Blitz den Innenraum des Wagens.

»Ich bin übrigens die Elli.«

»Livia.«

Sie dreht sich erneut zu mir um. »Möchten Sie darüber reden, was Sie so zum Weinen gebracht hat, Livia? Jetzt, wo wir uns kennengelernt haben? Als Chauffeurin ist man eine sehr gute Zuhörerin.«

»Ich kann nicht.«

»Das ist auch in Ordnung. Dann schweigen wir zusammen.« Sie lächelt mir großmütterlich zu. »Möchten Sie Musik hören, während wir das tun?« Mit der rechten Hand greift sie auf den Fahrersitz und tastet nach ihrem Smartphone. »Wissen Sie, mein Neffe hat mir endlich Spotify Premium eingerichtet. Wir können also alles hören, was Sie wollen.«

»Geht auch Taylor Swift?«

»Natürlich, Schätzchen. Welche Era?«

Obwohl alles in mir sticht, schmerzt und blutet, muss ich Elli anlächeln. »Red. *All Too Well.*«

»*10 Minute Version,* nehme ich an.« Sie zwinkert und tippt auf ihrem Handy herum. Die ersten seelentröstenden Töne und Taylors Stimme kommen aus den Boxen. Ich lasse mich im Sitz zurückfallen, lausche den Lyrics und gebe den Schatten die Macht, über mich herzufallen.

Meine Mutter ist tot. Sie hat mich verlassen, ohne sich zu verabschieden.

Zum zweiten Mal.

Und der Einzige, mit dem ich in dieser Sekunde darüber reden will, darüber reden kann, hat mich von der ersten Sekunde an belogen.

Die Gefühle sind schmerzhaft. Zu schmerzhaft. Zu unaushaltbar.

I'm a crumpled-up piece of paper lyin' here.

Jap, T. Genau das bin ich. Ein verdammtes zerknülltes Papier, das auf dem Boden liegt. Weggeworfen. Aufgebraucht.

Meine Brust schnürt sich zu, enger und enger und enger.

Mein Handy leuchtet auf und zeigt einen Anruf an. Nick. Meine Finger beben, mit meinem Herzen im Einklang.

»Er ruft mich an«, flüstere ich.

Elli dreht sich nickend zu mir um und sieht aus, als wüsste sie genau, wer *er* ist. »Geh ran, Schätzchen. Vielleicht war es einfach ein Missverständnis und es gibt für alles eine Erklärung.«

»Ich weiß nicht.«

»Hör auf Tante T. *Maybe we got lost in translation.* Könnte ja sein.«

Mein Handy leuchtet wieder und wieder auf und Nicks Name, wenn es denn sein Name ist, blinkt mir entgegen. Ich seufze und nehme schließlich den Anruf an.

»Liv? Gott sei Dank. Wo bist du?« Er klingt erleichtert und gleichermaßen besorgt.

»Wer ist Raphael Ketterbrink? Wer ist Benjamin Müller?«

Stille. Nicks Atem geht schneller.

»Wer bist du wirklich?« *Bitte hab eine Erklärung. Bitte mach, dass alles wieder gut ist,* flehe ich stumm ins Telefon.

»Liv …«

»Sag es mir, Nick! Was sind das für Namen? Wer bist du?« Die letzte Frage ist nur noch ein verzweifeltes Keuchen. *Bitte mach alles wieder gut.*

Er tut es nicht.

Er legt auf und mit jedem *Tut-Tut-Tut,* das aus meinem Hörer kommt, öffnet sich in meinem Herzen eine weitere Wunde. Ich halte es nicht mehr aus.

Der Schmerz ist zu stark und ich bin so schwach.

»Hör mal, Elli«, höre ich mich selbst sagen und weiß nicht, woher ich die Kraft nehme.

»Ja, Schätzchen?«

»Bring mich von hier weg.«

»Das geht nicht, Liebes.« Sie wirft mir einen entschuldigenden Blick zu.

»Du wirst nicht gefeuert, okay? Ich bin Livia Hohenburg. Die Tochter des Bürgermeisters. Sag den Maybergs, dass du mir helfen musstest. Und wenn sie dich trotzdem feuern, zahle ich dir das Doppelte, bis du einen neuen Job hast.« Ich verhalte mich scheußlich. Streng genommen verhalte ich mich wie das verwöhnte, reiche It-Girl, das ich nie sein wollte. Aber hier zu sitzen und den Schmerz weiter auszuhalten, ist keine Option.

»Das mag sein.« Elli fummelt an ihrem Handy herum und stellt Taylor Swift leiser. »Aber ich arbeite seit zwanzig Jahren für die Maybergs. Sie sind meine Familie. Das ist manchmal mehr wert als Geld.«

Familie. Mehr wert als Geld. Diese Formulierung kriecht brennend wie ätzendes Gift unter meine Haut. Sie hält mir vor Augen, was ich verloren habe. Was ich nie hatte.

»Okay.« Ohne mich zu verabschieden, öffne ich in einer schnellen Bewegung die Autotür und springe in den Regen.

Dicke Tropfen sammeln sich auf meinem Gesicht. Sie vermischen sich mit den Tränen und durchtränken mein Glitzerkleid und meine Handschuhe. Ich renne über den Heldenplatz auf einen Taxistand zu. Meine Louboutins lassen das Pfützenwasser bis zu meinen Oberschenkeln spritzen. Meine Handschuhe kleben an meiner Haut. Wie ihm Wahn reiße ich sie von mir und schmettere sie zu Boden. Von oben prasselt alles auf mich ein. Von unten wird mein Kleid durchtränkt. Der Regen ist überall.

Unter mir, über mir, in mir.

Ich wünschte, er würde alles wegspülen. Ich wünschte, ich wäre wirklich ein zerknülltes Papier, das im Regen liegt. Dann könnte er mich Stück für Stück aufweichen. Mich auflösen, bis nichts von meiner jämmerlichen Existenz mehr übrig bleibt außer ein undefinierbarer Pappmascheehaufen.

Leider bestehe ich aus mehr als Papier. Leider reicht ein Gewitter nicht, um mich von der Bildfläche verschwinden zu lassen.

»Bringen Sie mich in den abgefucktesten Club, den Sie kennen!«, sage ich zu dem ersten Taxifahrer, der meinen Weg kreuzt, und schließe die Tür.

»Sicher?«

»Todsicher.« Der Regen kann den Schmerz nicht wegspülen. Andere dreckigere Dinge schon.

Der Fahrer zuckt mit den Schultern und startet den Motor. Wir lassen die Hofburg hinter uns. Das Letzte, was ich sehe, sind meine roten Handschuhe, die in einer schwarzen Pfütze liegen.

Wie ich.

47. KAPITEL

Ich tanze für eine Nacht.

Ich tanze für einen Tag.

Ich tanze für noch eine Nacht.

Ich schlafe in einem Bett, das nicht meins ist.

Ich nehme Drogen, die ich nicht kenne.

Ich trinke ohne Pause.

Ich merke, dass es doch möglich ist, sich aufzulösen.

Ich tanze für einen weiteren Tag.

Ich tanze für eine weitere Nacht.

Tanze.

Tanze.

Tanze.

Tanze.

Tanze.

Tanze.

48. KAPITEL

SCHATTENMONSTERKAMPF

Ich weiß nicht, wo ich bin. Es ist dunkel und es tropft von der Decke. Es könnte der Schweiß der anderen Menschen sein, der mir den Nacken runtertropft, oder die Decke weint.

Es ist mir beides gleich.

Das gelbe Teil, das ich von einem Typen geschenkt bekommen habe, macht, dass es mir egal ist. Es macht, dass sich mein Leben watteleicht und bunt, bunt, bunt anfühlt. Ich zapple zu den schnellen Beats eines Technosongs und bin nicht mehr allein. Nein, ich bin Teil einer vibrierenden Menschenmasse. Ein unbedeutendes Atom in einem Meer aus Molekülen.

Der Schmerz ist noch da. Am Rande meines Bewusstseins lauert er, allzeit bereit sich auf mich zu stürzen. Bisher gelingt es mir erstaunlich gut, ihn jedes Mal abzuwehren, indem ich mehr trinke, mehr nehme, mehr tanze.

Ich habe mein Handy irgendwann, irgendwo in den letzten Tagen verloren. Aber das ist gut so. Denn so kann mich niemand finden in dieser gottverdammten Stadt. Niemand kann mich rausholen aus meiner dunklen Höhle.

Ob mich überhaupt jemand sucht?

Wahrscheinlich nicht, sagen die Schattenmonster und krabbeln aus ihrem Versteck.

Meine Mutter ist tot.

Nick ein Lügner.

Meine Gegenwart und Zukunft sind schwarz.

Die Gedanken hallen wider und sind mit einem Mal lauter als die dröhnenden Bässe. Hektisch scanne ich den Raum nach jemandem ab, der was in petto hat, um die Schattenmonster wieder in ihren Käfig zu sperren.

Mein Blick bleibt an einem Kerl mit hellblond gefärbtem Haar hängen. *Er sieht aus wie H.P. Baxxter,* ist der erste Gedanke, der mir durch den Kopf schießt. Viele Tattoos, seltsame Goldketten um den Hals. Ein Dealer. Allein schon, weil er vor den Toiletten in der Dunkelheit herumlungert.

Die Schattenmonster schreien lauter und meine Beine tragen mich durch die Moleküle auf ihn zu.

»Hast du was?« Es ist so dunkel, dass ich ihn kaum sehen kann. Vielleicht ist er auch ein Schattenmonster.

»Was brauchst du denn?« Mir entgeht der Blick nicht, mit dem er mich betrachtet. Ich trage ein riesiges schwarzes Shirt, das mir bis zur Mitte der Oberschenkel reicht. Es ist nicht meins, sondern gehört dem Typen, bei dem ich gepennt und dem ich das Shirt eiskalt geklaut habe. Dafür habe ich ihm mein lädiertes Dior-Kleid dagelassen. Fairer Tausch, wie ich finde.

Ich trage nur das Shirt und meine Louboutins.

»Was zum Vergessen.«

»Mädel, ich will hier kein Gedicht analysieren. Sag mir, was du haben willst, oder verpiss dich.«

»MDMA.«

»Geht doch.« Er kramt in der ausgebeulten Tasche seiner Jeans und zieht ein kleines Tütchen mit grünen Pillen heraus. »Macht zwanzig Euro.«

Fuck. Ich habe kein Geld mehr. Es ist wahrscheinlich da, wo mein Handy ist. Weg. Während der letzten Tage haben mir Dealer Zeug ausgegeben, jemand anderes hat für mich bezahlt oder ich wurde direkt auf dem Klo angesprochen.

»Hast du keine Kohle?«

Ich schüttle den Kopf. Die Schattenmonster vermehren sich. Sie kreischen und stechen. »Ich gebe dir meine Schuhe.«

Er sieht mich perplex an.

»Sie sind ein bisschen mitgenommen, aber mit Sicherheit noch dreihundert Euro wert.« Ich schüttle mir die silbernen High Heels von den Füßen und halte sie ihm vor die Nase. »Wenn du dazuschreibst, dass sie von der abgestürzten Livia Hohenburg sind, vielleicht mehr.«

Der Dealer greift nach den Riemen und sieht prüfend auf die rote Sohle. »Glaube, meine Freundin steht auf die Dinger.« Er zuckt mit den Schultern und reicht mir die Pillen. »Wenn du noch mehr willst, aber nur Cash. Dein stinkendes T-Shirt kannst du behalten.«

»Danke.« Mit schnellen Fingern pfriemle ich die Pille aus der Verpackung und breche sie in zwei Hälften. Ich schlucke eine hinunter, die andere wandert in meinen BH.

Zurück auf der Tanzfläche warte ich auf die Wirkung und versuche die Schattenmonster zu bekämpfen, indem ich einfach zapple.

Dann erstarre ich zu Stein. Kein Zappeln. Kein Tanzen. Denn ich sehe vier Menschen, die sich ihren Weg durch die Menge bahnen. Vier Menschen, die absolut nicht hierhergehören. Vier Menschen, vor denen ich seit Tagen davonlaufe.

Einer, dessen sorgenvoller Blick mich trifft wie eine Bombe.

Vor mir stehen Vic, Bennet, Leander und Nick.

»Livia!« ist das Letzte, was ich höre.

Sie haben dich doch gesucht, ist das Letzte, was ich denke, bevor die Schattenmonster gewinnen.

49. KAPITEL

HIMMELHÖLLENALIEN

Etwas liegt auf meinem Mund. Etwas Gummiartiges, das mir die Luft abschnüren müsste, es aber wie durch ein Wunder nicht tut. Ich will wissen, was dieses Gummiding ist, kann jedoch trotz aller Bemühungen meine Augen nicht öffnen. Schwindel lässt helle Punkte vor meinen geschlossenen Lidern tanzen. Ein Geruch sticht mir in die Nase. Ich glaube, es ist Putzmittel oder … Nein. Desinfektionsmittel.

Ein gleichmäßiges Piepen dringt zu mir durch. Ich weiß nicht, ob es gerade angefangen hat oder schon die ganze Zeit da war.

Ich sammle alles, was ich an Kraft habe, um meine Augen zu öffnen. Grelles Licht sticht mir bis ins Hirn, als ich es schließlich doch schaffe, die Lider zu heben.

Weiß. Alles sehr weiß. Weiße Wände. Weiße, kratzige Bettwäsche. Weiße Finger, die meine sind, aber aussehen wie die eines Skelettes.

Vielleicht bin ich tot. Vielleicht ist das hier die Hölle. Die Kraft lässt nach und ich sinke wieder unter die Oberfläche eines tiefschwarzen Sees.

Meeresgestalten mit knochigen Händen greifen nach mir und ziehen mich immer weiter zum Grund. Sie flüstern mir Dinge zu, die ich nicht verstehe, und reißen ihre Mäuler auf. Spitze, blutverschmierte Zähne kommen zum Vorschein. Panik flutet mein

Herz. Ich strample gegen die Undurchdringlichkeit des Wassers an und versuche zu fliehen. Ich schwimme schneller und schneller. Ich schwimme stundenlang, tagelang, jahrelang. Meine Glieder werden müde. Die Meeresmonster flüstern hinter mir. Die Wasseroberfläche ist nah. Sie leuchtet über mir. Nur noch wenige Meter. Ich schwimme und schwimme. Ich schwimme um mein Leben. Gleich habe ich es geschafft. Gleich …

»Oh, Sie sind wach.«

Grelles, stechendes Licht brennt in meinen Augen, als mein Kopf die Wasseroberfläche durchstößt. Hektisch gucke ich im Raum umher. Vor mir steht ein junger schlaksiger Kerl. Ist das jetzt Jesus? Buddha? Irgendein Höllenengel?

Meine Skeletthände betasten meinen Mund. Da ist wieder dieses Gummidings. Panik überrollt mich. Ich will schreien, aber schaffe es nicht, auch nur einen Ton hervorzubringen.

»Hey, ganz ruhig.« Der Höllenengel tritt an mich heran und befreit mich von dem Gummiding.

»Wo bin ich?« Um Himmels willen. Meine Stimme klingt, als hätte ich drei Tage durchgefeiert. Oder länger. »Ist das der Himmel? Die Hölle?« Benommen versuche ich die Umgebung in mich aufzunehmen.

»Leider keins von beidem. Sie sind im St.-Josef-Krankenhaus.« Der junge Typ – offenbar weder Jesus noch Höllenengel – zwinkert mir zu und geht zu dem Tropf, der neben mir steht. Oh. Erst jetzt bemerke ich, dass der Schlauch, der daran hängt, in meiner Ellenbeuge endet.

»Aliens?« Skeptisch taste ich über die verschiedenen Aufkleber, die auf meiner Brust fixiert und mit dem piependen Monitor verbunden sind. »Fühlt sich alles an wie auf einem Raumschiff.«

»Die Chancen stehen fifty-fifty. Je nachdem, wer von unseren Ärztinnen und Ärzten für Sie zuständig ist.« Der Kerl grinst mir zu und legt mir jetzt eine Blutdruckmanschette um den Arm. »Ich bin Jonny und mit ziemlicher Sicherheit kein Alien oder

Ähnliches. Zum Glück ein ganz normaler Mensch.« Er steckt sich die Enden eines Stethoskops in die Ohren und pumpt die Manschette auf. »Das sieht doch schon mal besser aus. Immer noch etwas hoch, aber besser.« Nachdem er mich von dem engen Ding um meinen Arm befreit hat, steht er auf und tippt auf einem iPad herum. »Oh.« Er macht große Augen. »Für Sie ist ja die Chefärztin höchstpersönlich zuständig.«

Na, was für eine Überraschung. »Wie ist bei ihr das Alienpotenzial?« Meine Sicht wird klarer. Meine Stimme fester.

»Gering, würde ich sagen.«

»Sehr beruhigend.« Ich schließe wieder die Augen. Das Licht ist einfach zu hell.

»Ich gebe einmal Bescheid, dass Sie wach sind. Dann wird mit Sicherheit gleich jemand kommen und Sie untersuchen, Frau Hohenburg.«

Mein Name zupft an einer Erinnerung. Erst leicht, dann wird sie mit voller Kraft hervorgezerrt. Der Monitor beginnt zu piepen, mein Herz zu rasen.

Meine Mutter, Nick, Tanja ... Der geballte Schmerz, den ich so lange versucht habe wegzudrücken, kehrt als Lawine zurück. Flüssigkeit rinnt aus meiner Nase und tropft auf meine spröden Lippen.

»Hey, hey, hey. Kein Grund, in Panik zu verfallen.« Jonny schaut auf den Monitor, dann wieder zu mir. »Dr. Niederthal ist sehr nett.«

Das ist es nicht, was mich sorgt, du Blitzmerker. Ich sage nichts, sondern schließe die Augen. Plötzlich kommen mir die Meeresmonster gar nicht mehr so schrecklich vor.

Jonny tupft mit einem feuchten Tuch über meine Lippen. Dann höre ich, wie er zur Tür hinausgeht, nur um nicht mal eine Minute später wiederzukommen.

»Frau Hohenburg? Niederthal mein Name. Ich bin die Chefärztin. Wie geht es Ihnen?«

»Beschissen.« Ich halte meine Augen weiter geschlossen, obwohl die Stimme freundlich klingt.

»Das kann ich mir vorstellen.« Sie räuspert sich und ich verstehe das als Aufforderung, sie anzusehen. Dr. Niederthal ist blond, trägt eine Brille und hat einen entschlossenen Gesichtsausdruck. »Frau Hohenburg, Sie sind hier auf der Intensivstation des St.-Josef-Krankenhauses. Vor zwei Tagen wurden Sie mit einer Überdosis MDMA, Kokain und verschiedener Benzodiazepine sowie 2,4 Promille eingeliefert.«

Ich sollte etwas erwidern, mich und meinen Zustand irgendwie erklären, aber jeder Satz, der mir auf der Zunge liegt, kommt mir wie eine peinliche Ausrede vor. Also starre ich sie nur stumm an.

»Ich will Ihnen nicht verheimlichen, wie ernst Ihr Zustand war. Wir mussten Sie zwischenzeitlich beatmen.« Sie seufzt, weil ich immer noch nicht in der Lage bin, etwas zu sagen. »Ich hoffe sehr, dass dieser Vorfall ausreicht, damit Sie Ihre Lebensführung und Ihren Drogenkonsum überdenken. Beim nächsten Mal haben Sie vielleicht weniger Glück.«

Irgendwie schaffe ich es zu nicken.

»Gut. Fühlen Sie sich fit genug, um Besuch zu empfangen?«

Die Frage löst einen festgezurrten Knoten, der in meiner Brust steckt.

»Es ist jemand für mich hier?« Zaghaft und mit einem winzigen Schimmer Hoffnung schwebt die Frage zwischen uns im Raum.

»Selbstverständlich. Er hat sich geweigert das Krankenhaus zu verlassen.«

Er? Wen meint sie? Vic, deren Anwesenheit ich noch für am wahrscheinlichsten gehalten habe, fällt damit raus. Bennet? Leander? Oder gibt es diese eine winzige Chance, dass doch alles ein Missverständnis war und Nick und ich mehr als Schall und Rauch sind?

»Ich würde ihn gern sehen.«

Die Chefärztin nickt und verlässt gemeinsam mit Jonny den Raum. Kurze Zeit später klopft es an der Tür. Genauso heftig klopft es in meinem Brustkorb.

»Herein.«

Der Mann, der daraufhin in der Tür auftaucht, ist nicht Bennet, nicht Leander. Es ist auch nicht Nick.

Mit eingefallenen Wangen, grauem Gesicht und gläsernen Augen betritt mein Vater den Raum.

50. KAPITEL

SCHATTENMONSTER-KILLERGEDANKEN

»Gott, Livia!« Er stürzt zu meinem Bett, nur um dann unvermittelt davor stehen zu bleiben. Er sieht aus, als wolle er mich umarmen, aber er tut es nicht. Vielleicht wegen dieser Alien-Sache und der vielen Schläuche. Vielleicht auch, weil wir eben wir sind.

»Hey.« Genauso unbeholfen hebe ich meine weiße Skeletthand.

»Wie gehts dir?«

»Ziemlich schlecht, ehrlich gesagt.«

Papa nickt. Ich nicke. Nur das Piepen des Monitors hält die Stille davon ab, uns vollends zu umhüllen.

»Ich hatte so eine Angst um dich.« Papas Augen sind glasig.

»Sie ist tot.« Eine Wahrheit. Eine Tatsache. Ich habe Leander zwar nicht nach den genauen Umständen gefragt, aber bin mir trotzdem sicher. Leanders Leute sind die besten. Sie arbeiten sehr genau und würden so etwas nicht sagen, wenn es noch Zweifel gäbe.

»Ich weiß«, sagt mein Vater zu meiner Überraschung und nimmt meine Hand. Seine rauen, warmen Finger schließen sich um meine knochigen.

»Du wusstest es?«

»Ja, ich habe es am Morgen der Verlobungsparty erfahren.«

Ich sollte wütend auf ihn sein, weil mein Vater mir seit Wochen den Tod meiner eigenen Mutter verheimlicht hat. Ich sollte ihn anschreien, toben und um mich treten. »Wie ist sie …?«, frage ich jedoch nur, weil mein Körper für diese Art von Wut zu schwach ist.

»Das weiß ich noch nicht. Die Ermittlungen laufen. Ihre Leiche wurde aus der Donau gezogen. Offenbar hatte sie schon ziemlich lange darin gelegen.«

»Donau? Also war sie die ganze Zeit in Wien? Warum?« Stacheldraht wickelt sich um meinen Brustkorb und gräbt sich in meine Haut.

»Ich weiß es leider nicht. Ein Suizid wird aktuell nicht ausgeschlossen. Aber ihre Identität wurde bestätigt.« Mein Vater spricht mit fester Stimme und ich wünschte, er würde mich umarmen. Mir Trost spenden und mich für eine Minute ein kleines Mädchen sein lassen.

Ich würde gerne weinen. Mit ihm. Um meine Kindheit, um meine Zukunft, um die Frau, die mir jeden Abend vorm Einschlafen ein Klavierstück vorgespielt hat. Aber Papa steht nur da, mit hängenden Schultern, und weiß offenbar nicht, wie er mir Halt geben kann.

»Ihre Leiche wird noch untersucht. Wenn sie freigegeben wird, werden wir sie begraben, okay?«

Ich nicke. »Warum hast du es mir nicht gesagt?«

Papa reibt sich über die Stirn. Verzweiflung blitzt in seinen müden Augen auf. »Ich wusste nicht wie. Ich habe gesehen, wie schlecht es dir seit dem Weggang deiner Mutter geht, und wusste nicht, wie ich dir helfen kann.«

»Wirklich?« Ich habe immer geglaubt, er wäre blind für meinen Schmerz oder er wäre ihm schlicht und einfach egal.

»Natürlich. Denkst du ernsthaft, dass ich nicht mitbekommen habe, wie du immer öfter erst mitten in der Nacht nach Hause gekommen bist? Und in was für einem Zustand?«

Beschämt schaue ich weg. Wahrscheinlich war es wirklich dumm zu glauben, mein Vater würde von meinen Eskapaden nichts mitbekommen.

»Dir ging es nicht gut. Dir geht es immer noch nicht gut.« Etwas schimmert in seinen Augen auf und er atmet einige Male tief durch, um sich zu sammeln. »Aber ich war überfordert. Immer wieder habe ich nach dem richtigen Moment gesucht, mit dir zu reden. Der kam irgendwie nie ...«

»Ich weiß.«

»Du siehst deiner Mutter so unglaublich ähnlich. Jedes Mal, wenn ich dich angesehen habe, habe ich sie gesehen. Jedes Mal kam alles zurück.«

»Ich weiß.«

»Ich glaube, irgendwann habe ich mir einfach eingeredet, dass du schon alleine mit allem klarkommst, obwohl ein Teil von mir wusste, dass es nicht so ist.«

Jetzt kommen sie doch, die Tränen. Unaufhaltsam rollen sie meine Wangen hinab.

»Papa?« Das Folgende zu sagen, kostet mich unendlich viel Mut.

»Ja?«

»Ich brauche Hilfe, glaube ich.« Ein Geständnis und eine Bitte zugleich.

»Das denke ich auch.« Er drückt meine Hand. Aus dem Tränenbach wird ein reißender Fluss. Meine Schultern beben. Die kratzige Bettwäsche wird feucht.

»Es tut mir leid«, presse ich unter sich überschlagenden Schluchzern hervor. Ich weiß nicht, was genau ich meine. Alles irgendwie.

»Schon gut, schon gut.« Er drückt meine Hand fester.

»Wie lange war ich weg?« Fast fürchte ich mich vor der Antwort.

»Vor zwei Tagen haben Nick und die anderen dich gefunden.

Davor haben wir dich drei Tage gesucht. Livia, ich bin fast umgekommen vor Sorge.«

»Tut mir leid«, wiederhole ich mich und meine es so. Meine Freunde, mein Vater müssen sich wirklich Sorgen gemacht haben. Ich war nur zu belagert von meinen Schatten, um das zu erkennen. »Ich muss dir was sagen, aber ich weiß nicht wie.« *Sie betrügen euch, Liv,* hallt Leanders Stimme in meinem Kopf wider, als würde er neben mir stehen. Wie soll ich meinem Vater erklären, dass alles, was er sich aufgebaut hat, eine Lüge war?

»Ja?«

Mein Kopf dreht sich. Ich versuche aus der dicken Buchstabensuppe, die zwischen meinen Ohren umherwabert, einen sinnvollen Satz herauszufischen. »Sie lügen. Tanja und Nick. Sie haben … sie sind nicht … echt.«

Zu meiner Überraschung bleibt mein Vater vollkommen gelassen. »Ich weiß, dass du das denkst. Aber Tanja hat mir alles erklärt. Die zwei haben eine ziemlich abscheuliche Vergangenheit hinter sich.«

Nicks sommergraue Traurigkeit bahnt sich ihren Weg in meine Erinnerung. Der Schatten, der manchmal über sein Gesicht fällt, wenn er denkt, dass niemand hinguckt.

»Wir wissen gar nichts über sie.« Nick hat mir nicht mal seine Lieblingsfarbe verraten. Ich war so auf mich selbst und meine Probleme fixiert, dass ich nach seinen nie gefragt habe.

»Ich weiß genug und ich vertraue Tanja.«

»Das ist ein Fehler. Sie haben mehrere Namen, eine seltsame Kontoführung und sind ständig umgezogen.«

»Will ich wissen, woher du das alles weißt?« Mein Vater hebt eine Augenbraue. Noch immer scheinen diese Dinge für ihn keine neuen Informationen zu sein. »Besser nicht.« Er seufzt. »Livia, Nick wartet draußen auf dich. Er wird dir alles erklären.«

»Wirklich? Er wartet draußen? Er ist nicht, keine Ahnung, abgehauen?« Mein Herz macht einen Satz.

»Du hast ja keine Ahnung.« Seine Stimme klingt sanft. »Er ist umgekommen vor Sorge um dich. Wir alle sind das. Wir haben Himmel und Hölle in Bewegung gesetzt, um dich zu finden. Polizei, Suchtrupps, das volle Programm. Deine Freunde und Nick sind nächtelang durch jeden Wiener Club gezogen und haben den Türstehern dein Foto vor die Nase gehalten.«

»Oh.« Zuneigung für Vic, Bennet und Leander packt mich jäh und zerquetscht mein Herz. »Nick auch?« Irgendwie wehrt sich mein Verstand noch gegen die Möglichkeit, dass er doch kein Arschloch ist.

»Nick am allermeisten. Er hat seit einer Woche nicht richtig geschlafen. Du bedeutest ihm sehr viel.« Sein leises Lächeln verrät mir, dass er ganz genau weiß *wie* viel. Wie ich heute lernen musste, sieht und fühlt mein Vater doch auch die Dinge, die ich versucht habe zu verstecken. Ich schlucke einmal, zweimal. *Er sorgt sich um mich. Vielleicht bin ich doch nicht egal.*

Ein schöner Gedanke. Ein Schattenmonsterkillergedanke.

»Hör dir an, was Nick dir zu sagen hat. Wenn du dann immer noch der Meinung bist, dass sie mein Vertrauen nicht verdienen, werde ich dir zuhören und wir werden eine Lösung finden.«

Ich will etwas antworten, will ihm sagen, dass eine Glücksfontäne in meinem Bauch emporsteigt, weil meinem Vater wichtig ist, was ich denke. »Okay«, sage ich stattdessen, aber ich glaube, dass er weiß, was sich hinter den vier Buchstaben eigentlich verbirgt.

51. KAPITEL

MEERREGEN

Es klopft. Papa ist gerade erst aus dem Zimmer verschwunden und Jonny hantiert mit dem Tropf herum. Ich drehe meinen Kopf zur Tür und versuche den Schwindel zu ignorieren, der daraufhin sofort über mich herfällt. Die Tür öffnet sich zaghaft.

Meine Finger verkrampfen sich. Mein Herz auch.

»Darf ich reinkommen?«

Nein, verschwinde, will ich schreien, weil ich die hundert unsichtbaren Messerstiche nicht vergessen kann. Sie fangen erneut an zu bluten, als Nicks warmer Blick auf meinen trifft.

»Ja«, sage ich trotzdem. »Ich weiß, dass du ein verfluchter Betrüger bist, aber ich habe Papa versprochen dich anzuhören.«

Er seufzt. »Liv, kennst du nicht diese Filme, in denen der gesamte Konflikt der Geschichte auf einem Kommunikationsfehler beruht? Bei denen man den Protagonisten am liebsten entgegenbrüllen will: *Sprecht doch endlich miteinander!* Denn wenn sie miteinander reden, gibt es für alles eine Erklärung und es war nur ein Riesenmissverständnis?«

»Wie bei *XO, Kitty* auf Netflix«, lässt Jonny von links verlauten. »Gestern erst geschaut. Mein Mann sagt, dass ich zu alt bin für so was, aber ich stehe auf übertriebene amerikanische Teenie-Dramen, ich sag es euch, wie es ist. Und Kitty Song-Covey war schon bei *To All the Boys* einfach Zucker.«

Nick räuspert sich verlegen.

»Egal«, winkt Jonny ab. »Auf jeden Fall wäre der ganze Film nur zehn Minuten lang, wenn sie einfach miteinander reden würden. Völlig überdramatisch alles.«

»So!« Nick grinst. »Livia. Hör auf …?« Er sieht fragend den Pfleger an.

»Jonny.«

»Alles klar. Danke, Jonny.« Nick verschränkt die Arme vor der Brust. »Also, Dramaqueen, gibst du mir eine Chance?«

»Fünf Minuten.« Ich nicke. Autsch. Ein stechender Schmerz zwischen meinen Schläfen ist die Antwort auf meine Kopfbewegung.

»Ich lasse euch zwei Mäuse mal ein bisschen Privatsphäre.« Jonny grinst über beide Ohren und wendet sich zum Gehen. »Aber nicht schnackseln. In Ihrem Zustand wäre das absolut fahrlässig.« Er hebt den Zeigefinger, zwinkert jedoch.

»Das wird nicht passieren.« *Nie wieder,* ergänze ich in Gedanken und merke, wie meinem Herzen bei der Erinnerung eine weitere Wunde hinzugefügt wird. Nummer hundertundeins.

Jonny nickt zufrieden und schließt die Tür hinter sich.

»Livia.« Mein Name, voller Schmerz, voller Bedauern und auch voller *wir.* »Fuck, du hast mir so eine Scheißangst eingejagt.« Er streckt die Hand nach meiner aus, hält aber in der Bewegung inne, weil ich meine reflexartig zurückziehe.

»Tut mir leid, Nick …« *Sie lügen euch an, Liv.* »Oder sollte ich lieber Felix sagen? Stefan? Benjamin?« Diese Namen, seine Namen, haben sich in mein Hirn gebrannt. »Warst du überhaupt jemals du selbst?«

»Bei dir immer und vielleicht zum ersten Mal wirklich.« Die Ehrlichkeit, mit der er das sagt, lässt mein Herz stolpern. Dummes, dummes, naives Ding. »Ich hätte dir noch davon erzählt. Ich hätte dir alles von mir gezeigt, Liv. Irgendwann hätte ich mit dir einen langen Spaziergang gemacht.« Er lächelt traurig. »In meiner Vorstellung waren wir dabei am Meer. Wir sind barfuß im Regen durch den Sand gelaufen und ich habe dir meine Geschichte erzählt. Die *ganze* Geschichte.«

»Sorry, aber für einen Spaziergang am Meer stecken mir gerade zu viele Schläuche in irgendwelchen Venen.«

»Stimmt. Du siehst aus, als hätten Aliens an dir experimentiert.«

»Das habe ich auch gesagt!« Ein Lachen blubbert meine Kehle hinauf und verwandelt sich auf halbem Weg in ein heiseres Husten. Ich will gar nicht mit ihm lachen. Ich will ihn weiter scheiße finden und nicht daran denken, dass sich ein Spaziergang am Meer bei Regen irgendwie schön anhört.

»Darf ich mich setzen?«

Ich nicke und beobachte Nick dabei, wie er sich einen Stuhl heranzieht und sich darauf sinken lässt. Meine Zähne graben sich in meine Unterlippe, weil er in diesem Moment auf einmal furchtbar verloren aussieht. Seine Augen sehen trauriger aus als je zuvor. Ich wette, dass der Monitor völlig ausflippen würde, würden diese Klebedinger auf seiner Brust pappen.

»Nick?«, höre ich mich sagen und weiß nicht, warum plötzlich Mitgefühl an die Stelle gerückt ist, wo tagelang der Hass und die Enttäuschung regiert haben. »Es ist alles gut. Ich höre dir zu, wenn du so weit bist.«

Er nickt. Seine Hände liegen in seinem Schoß und sehen dabei so verkrampft aus, dass die Adern leicht hervortreten. »Der eigentliche Name meiner Mutter ist Lena. Lena Ketterbrink. Sie ist in relativ ärmlichen Verhältnissen in Frankfurt aufgewachsen. Also in Deutschland.«

»Ich weiß, wo Frankfurt liegt.«

»Ach so, klar.« Er grinst für einen sehr kurzen Augenblick, bevor seine Miene wieder ernst wird. »Nach ihrem Abitur ist sie sofort ausgezogen und nach Hamburg abgehauen. Ihr Vater war, na ja, sagen wir, kein besonders netter Mensch. Er hat viel getrunken und ist ihr und ihren Schwestern gegenüber oft handgreiflich geworden.« Ein Schlucken lässt den Adamsapfel in seiner Kehle hüpfen. »… und wer weiß was noch«, schiebt er nach. »Mama redet nicht gern drüber.«

»Schon gut. Ich habe eine ziemlich genaue Vorstellung. Tut mir echt leid, dass sie das erleben musste.« Mitgefühl nistet sich in meiner Brust ein und ich muss an eine jüngere, ängstlichere Version von Tanja denken, der ziemlich übel mitgespielt wurde.

»Okay, also sie ist weg aus Frankfurt und hat angefangen in Hamburg zu studieren. Lehramt. Natürlich hat sie keine Unterstützung von ihren Eltern erhalten und deshalb einen Job als Haushälterin angenommen. Wenn sie nicht in der Uni war, hat sie bei einer Bonzenfamilie geputzt, die Wäsche gemacht, eingekauft und alles.«

»Eine Bonzenfamilie wie meine?«

»Von außen ja, innen nein«, erklärt Nick und langsam beginnen sich die Puzzlestücke zusammenzusetzen. »Sie hat also bei diesem Ehepaar gearbeitet und nebenbei studiert. Irgendwann hat der Mann seinen Job verloren und war einige Wochen zu Hause. Ich versuche das Ganze jetzt mal abzukürzen. Er war Mitte dreißig und meine Mutter achtzehn. Sie hat sich in ihn verliebt. Für ihn war das Ganze vermutlich *nice to have*. Sex mit einer unerfahrenen Angestellten ist ja auch viel besser, als sich mit der Arbeitslosigkeit auseinandersetzen zu müssen. Der Anfang einer Affäre. Das Ende war das Bemerken meiner Existenz.«

»Dieser Bonzenkerl ist also dein Vater?« Nick hat nur einmal in einem Nebensatz erwähnt, dass er seinen Vater nicht kennt.

»Jap. Leider fand er das nicht so berauschend und hat meiner Mutter gekündigt und ihr mit irgendwas gedroht, was ihr ziemliche Angst eingejagt hat.«

Nicks Abscheu gegen mich und meine Welt wird immer verständlicher. »Sie hat dich also allein großgezogen? Mit achtzehn?«

»Das war ihr Plan. Sie wollte das alles schaffen und hat sich den Arsch aufgerissen. Irgendwie hat sie weiterstudiert und angefangen zu kellnern, obwohl ihr Bauch immer dicker und sie immer müder wurde.«

»Krass.«

»Ja, sie ist krass. Irgendwann hat sie in dem Restaurant, in dem sie gearbeitet hat, einen Mann bedient. Er war charmant, gut aussehend und …«

»Lass mich raten: sehr reich.« Allmählich glaube ich zu wissen, wo diese Geschichte hinführt, und gleichzeitig sind da noch tausend Fragezeichen.

»Ganz genau. Er hat sie gefragt, warum sie als Kellnerin arbeitet, obwohl sie hochschwanger ist. Sie sind ins Gespräch gekommen. Und, auch hier versuche ich das Ganze abzukürzen, er hat sie bei sich aufgenommen. Ich weiß nicht, warum meine Mutter einfach so bei ihm eingezogen ist. Vielleicht hat sie gemerkt, dass ihre Kräfte langsam schwinden und sie nicht mehr weiß, wie sie die Miete bezahlen soll. Vielleicht war Theo, so hieß der Typ, auch einfach nett zu ihr.«

»Also entweder hat dieser Kerl gewaltig 'ne Schraube locker oder ist einfach zu gut für diese Welt.« Ich versuche mir vorzustellen, wie Tanja mit Babybauch und beladen mit Tellern zwischen vollen Tischen umhergewankt ist. Wie ihr der Rücken und die Füße wehgetan und was für Sorgen sie täglich geplagt haben müssen. Theo muss ihre einzige Hoffnung gewesen sein.

»Er war ein krankes Arschloch. Also später. Am Anfang war alles wie im Märchen. Er hat sie zu nichts gedrängt, sondern ihr einfach nur geholfen. Geburtsvorbereitungskurse, Kinderzimmer … Es gab sogar einen angestellten Koch.«

»Waren sie …?«

»Ein Paar?«

Ich nicke.

»Nein. Mama sagt, er kam ihr damals wie eine ziemlich einsame Seele vor, die nach Sinnstiftung gesucht hat. Sie haben sich gut verstanden, viel Zeit miteinander verbracht, viel geredet. Sie waren wie Freunde. Doch dann kam der Tag meiner Geburt und alles änderte sich.« Seine Gesichtszüge verkrampfen sich und sein Blick wird eine Spur dunkler. »Ich war nicht mal eine Woche alt, da hat er angefangen eine Rückzahlung zu verlangen. Seine Worte. Er habe schließlich so viel für sie getan. Jetzt sei sie an der Reihe …«

»Er wollte Sex?«, frage ich nach, obwohl ich die Antwort eigentlich kenne.

»Auf die ekelhafteste Weise. Einzelheiten kenne ich nicht, aber ich weiß, dass er ziemlich darauf stand, wenn es blutete.«

Übelkeit breitet sich in rasend schneller Geschwindigkeit in mir aus, denn ich weiß sofort, dass Nick nicht auf eine normale Regelblutung anspielt. Nein, dieser Mann stand auf Gewalt. *Piep, piep, piep, piep, piep*, macht der Monitor, weil mein Herz vor Wut zu rasen beginnt. Am liebsten will ich mir die Ohren zuhalten und nichts mehr hören, doch irgendwie schaffe ich es, meine Gefühle beiseitezudrängen, die ein verwirrender Cocktail aus Abscheu, Hass, Mitgefühl und immer noch Misstrauen sind.

»Sie ist trotzdem bei ihm geblieben. Er hat es klug gemacht. Sie war vollkommen abhängig von ihm und wusste keinen anderen Ausweg, als sich Nacht für Nacht von ihm …«

»O Gott« ist alles, was ich hervorbringen kann, und ich versuche, was ich nicht sagen kann, in meine Augen zu legen. Mein Verständnis wächst. Mein Misstrauen schrumpft, auch wenn es nicht gänzlich erlischt.

»Das Ganze ging so weiter, bis ich vier Jahre alt war. Bis dahin habe ich geglaubt, dass Theo mein Vater ist. Ich habe ihn auch so genannt, *Papa*. Zu mir war er immer … nett, irgendwie. Bis er es irgendwann nicht mehr war. Ziemlich genau bis zu meinem fünften Geburtstag.« Etwas an seiner Körperhaltung verändert sich. Sie wirkt zusammengefallener, gekrümmter.

An meinem fünften Geburtstag. Justice for five, erinnere ich mich an sein Tattoo am Oberarm und die Narbe, über die es gestochen wurde. Ein weiteres Puzzleteil rückt an die richtige Stelle. Ich kann sehen, dass es ihm schwerfällt, über das zu sprechen, was jetzt kommt. Sein Blick wird dunkler und die Adern seiner Hände treten noch deutlicher hervor.

»Hey.« Ich suche seinen Blick, schaue ihn so intensiv, so liebevoll an, dass die schwarze Traurigkeit in seinen Iriden einen Hauch heller wird.

»Irgendwas ist an diesem Tag gehörig schiefgegangen in seiner Firma. Irgendein Vertragsabschluss hat nicht geklappt, irgendwelches unbedeutendes Geld hat er nicht bekommen und er war wütend.« Nicks Hand beginnt zu zittern und sein Blick gleitet in die Ferne. »Er kam nach Hause. Ich habe mich auf ihn gefreut, weil ich ihm meinen Feuerwehrmann-Sam-Pulli zeigen wollte, den ich zum Geburtstag geschenkt bekommen hatte. Anscheinend habe ich ihn genervt. Auf jeden Fall ist er völlig ausgerastet.«

In dieser Sekunde fällt mir auf, dass auch meine Hand zittert. Noch immer sind wir auf diese ganz bestimmte, schwer greifbare Weise verbunden. Auch wenn ich das in den letzten Tagen nicht wahrhaben wollte.

»Er hat sie vergewaltigt. Vor meinen Augen.«

»Oh, Nick. Das ist …« Ich finde kein Wort, das das, was gerade in mir vorgeht, und dieses Grauen auch nur annähernd beschreibt. Erst als ich Salz schmecke, bemerke ich, dass ich weine.

Nick fährt fort. Seine Stimme ist ruhig, aber seltsam abgespalten. Als würde nicht er davon berichten, sondern jemand anderes und wir würden nur zuhören. »Er hat sie vergewaltigt und geschlagen. Ich habe geschrien, weil meine Mutter geschrien hat. Das hat ihn anscheinend wieder genervt. Er hat gesagt, dass ich aufhören soll zu brüllen, aber ich konnte nicht. Ich war in Panik, weißt du? Ich hatte keine Kontrolle. Also kam er auf mich zu. Er nahm sich ein Küchenmesser und schnitt mir in den Arm. *Wenn du noch mal so rumkrakeelst, mache ich weiter,* sagte er. Danach war ich stumm.«

Ich bleibe ebenfalls stumm, weil es in meinem Hirn nichts halbwegs Sinnvolles gibt, was dem Gesagten auch nur annähernd den Schrecken nehmen würde.

»Danach hat er sich entschuldigt. Viele, viele Male, bis tief in die Nacht. Meine Mutter hat meine Wunde versorgt und gesagt, dass sie ihm vergibt. Dass sie weiß, dass er einen harten Tag hatte.«

»Was?« Mir ist bewusst, dass das alles achtzehn Jahre zurückliegt, und doch will ich in dieser Sekunde meinen Finger in einen Chronografen stecken, in der Zeit zurückreisen und Tanja und Nick aus den Fängen dieses Monsters befreien.

»Nur als Vorwand«, beschwichtigt Nick mich. »Als er am nächsten Tag zur Arbeit aufgebrochen ist, hat sie ihm einen Abschiedskuss gegeben, als wäre nichts. Dann hat sie so viel in zwei Sporttaschen gepackt, wie reingepasst hat. Außerdem haben wir den Tresor leer geräumt und circa zwanzigtausend Euro mitgehen lassen. Dann sind wir geflohen und haben bis heute nicht damit aufgehört. Wir mussten einige Nächte auf der Straße verbringen, weil die Frauenhäuser überfüllt waren.«

»Die Fotos, unser Projekt«, fällt es mir in dieser Sekunde ein und ich glaube, jetzt fast das gesamte Bild vor mir zu sehen.

»Genau.« Wir lächeln beide und suchen Halt in den Blicken des anderen. »Natürlich hat er uns irgendwann gefunden. Er hat uns gedroht und leider ist Theo Weinbach ein wirklich sehr, sehr mächtiger Mann.«

»Warum hat sie ihn nicht angezeigt?«

»Sie hatte Angst. Er ist so was wie der Alexander Hohenburg von Hamburg. Er hätte überall seine Finger im Spiel gehabt. Außerdem hat sie Geld von ihm geklaut, um uns irgendwie über die Runden zu bringen. Also sind wir aus Hamburg abgehauen und wollten ein neues Leben beginnen.«

»Deswegen die verschiedenen Identitäten.«

»Ganz genau. Der Typ ist völlig krank und besessen von ihr. Er hat immer wieder versucht uns aufzuspüren. Wir mussten immer fliehen. Neue Pässe, neue Stadt, versteckte Konten.«

Meine Augen weiten sich. Das allerletzte Puzzlestück rutscht an seinen Platz. »Das Bankkonto.«

»Was meinst du?«

»Ihr habt regelmäßige Zahlungen von einem Schweizer Bankkonto erhalten.«

Er nickt und fragt mich nicht, woher ich das weiß. »Da haben wir das Weinbach-Geld versteckt.«

Und plötzlich liegt sie vor mir. Die lückenlose Geschichte von Nicolas Steiner oder ...

»Dein richtiger Name ist also ...?«

»In meiner echten Geburtsurkunde steht Raphael Ketterbrink. Aber bitte nenn mich nicht so. Ich habe zwar erst vor zwei Jahren den Namen Nick Steiner angenommen, aber fühle mich zum ersten Mal seit sehr langer Zeit wie ich selbst.«

»Okay. *Nick*.«

»Es tut mir leid, dass ich nicht vorher mit dir geredet habe. Dass ich dich glauben ließ, dass ich dich belogen habe und dass du mir nichts bedeutest. Aber es zu tun, darüber zu reden, am Telefon auf diesem Ball, vor all diesen Menschen, ohne Vorbereitung und in die Ecke gedrängt ... ging einfach nicht.«

»Das verstehe ich. Mir tut es leid. Es tut mir so unglaublich leid, Nick.« Schluchzer wollen aus meinem Herzen emporsteigen und lassen sich nicht aufhalten. Ich weine und weine und weiß nicht, wie ich jemals damit aufhören soll.

Ich weine, weil ich den Schattenmonstern geglaubt habe.

Ich weine um Nick und seine Kindheit, die keine war.

Und ich weine, weil ich vielleicht doch stark sein kann, wenn ich das Starksein noch ein bisschen übe, und weil der Horizont am Ende meiner schwarzen Zukunftswelt hell, hell strahlt.

»Liv?«

»Ja?«

»Darf ich dich berühren?«

»Ja.« Ich weine noch heftiger, als Nick aufsteht und mir die Tränen von den Wangen wischt.

»Darf ich dich auch küssen?«

»Ja«, wispere ich wieder und spüre nur einen Herzschlag später seine hungrigen Lippen auf meinen. Er schmeckt nach zu Hause, nach *Alles ist gut* und nach dem Salz meiner starken Tränen.

52. KAPITEL

BIBLIOTHEKSBEDEUTUNG

Mein Herz beginnt zu heilen. Es ist weit davon entfernt, gesund zu sein, dafür waren die Wunden zu tief. Aber dass ich überhaupt daran arbeite, es zu heilen, ist ein Anfang.

Ich bleibe noch drei Tage im Krankhaus. Dr. Niederthal schaut jeden Tag vorbei und sagt jedes Mal, wenn sie sich meine Blutwerte anschaut: »Sie hatten Glück, Frau Hohenburg. Sie hatten verdammtes Glück.« Und dann durchbohrt sie mich mit ihrem Blick, als würde sie mir höchstpersönlich den Hals umdrehen, sollte ich noch mal so dumm sein – was ich jedoch nicht vorhabe.

Vic und Bennet kommen zu Besuch. Sie halten meine Hand, als ich vom Tod meiner Mutter erzähle, und versprechen mir, dass wir eine Gedenkfeier auf die Beine stellen, damit ich Abschied nehmen kann. Bis es zu einer richtigen Beerdigung kommt, wird es noch dauern. Die Leiche meiner Mutter wird noch immer untersucht, da die Umstände ihres Todes so unklar sind. Ich verdränge den Gedanken daran, so gut ich kann, und schaue in die Gesichter meiner Freunde. Vic sieht blass aus. Ihr Haar wirkt stumpf, als ich nachfrage, winkt sie jedoch nur ab.

»Nur ein bisschen viel in letzter Zeit. Erst mal musst du gesund werden.« Sie lächelt mich warm an und ich nehme mir fest vor, dass ich in Zukunft mehr auf sie achten will.

Bennet erzählt mir verrückte Geschichten aus dem *Sapphire* und ich muss einmal so sehr lachen, dass Dr. Niederthal, die in dem Moment ins Zimmer kommt, mir einen warnenden Blick zuwirft.

Leander kommt nicht ins Krankenhaus. Er schickt mir nur eine Nachricht, in der er mir gute Besserung wünscht. Ein ungutes Gefühl wächst in meinem Magen heran und ich nehme mir auch hier vor, mit ihm zu reden. Denn seine Seele wird ebenso von Schattenmonstern heimgesucht.

Papa, Tanja und Nora kommen jeden Tag. Wir spielen Karten und schauen auf dem kleinen Fernseher an der Wand jeden Barbie-Film, den es gibt. Und das sind mehr, als ich geahnt habe.

»Warum bist du hier, Livi?« Nora kuschelt sich an mich und wendet den Blick von den zwölf tanzenden Prinzessinnen ab.

»Weil ich eine große Dummheit gemacht habe«, versuche ich ihr meinen Zustand irgendwie zu erklären. »Ich dachte, es wäre der richtige Weg, blöde Gefühle einfach auszuschalten.«

»Geht das denn?« Sie guckt mich mit großen Augen an.

»Nein. Nicht wirklich. Sie kommen immer mit doppelter Stärke zurück.« Ich gebe ihr einen Kuss aufs Haar. »Aber so was Dummes mache ich nie wieder. Versprochen.«

»Das ist gut zu hören«, meldet sich Papa zu Wort, der gerade beladen mit *Ben & Jerry's* das Zimmer betritt. Nick und Tanja folgen ihm. Mein Herz macht einen kleinen Hüpfer.

Tanja lächelt. Ich glaube, dass sie und Papa wissen, dass Nick und ich alles andere als ein geschwisterliches Verhältnis haben. Zumindest glaube ich, es in den Blicken zu sehen, die sie tauschen, wenn Nicks Hand meine streift, wir uns eine Sekunde zu lange ansehen oder ich nicht anders kann, als zu lächeln, sobald er den Raum betritt.

Ein anderes Mal kommen Papa und Tanja allein und wir reden über die Vergangenheit. Über unsere und ihre. Wir wollen uns professionelle Hilfe holen, um das Chaos, das in jedem unserer

Herzen wohnt, zu ordnen. Und wir reden über unsere Zukunft. Papa verspricht ihnen, dass sie nun nicht mehr auf der Flucht sein müssen, sondern in Wien ein Zuhause haben.

Ein Zuhause. Ein hoffnungsstures Wort und eine zukunftshelle Vorstellung.

Ich merke, wie sich schon wieder ein dämliches Grinsen auf meine Lippen schleicht, als ich daran denke, während ich meine Tasche packe. Heute werde ich entlassen und kann endlich zurück nach Hause. Verrückt.

»Livia!«

»Gott.« Ich zucke zusammen und wirble zur Tür, die laut scheppernd aufgestoßen wurde. »Müsst ihr mich so erschrecken?«

»Wir feiern Hochzeit!« Nora hopst in mein Zimmer und dreht einige Pirouetten. Sie steckt in einem rosa Tüllkleid und hat einen Blumenkranz auf dem Kopf.

»Ähm, was?« Verwirrt schaue ich zu Papa und Tanja, die Nora folgend durch die Tür kommen und tatsächlich Anzug und Kleid tragen. Kein richtiges Hochzeitskleid, sondern ein schlichtes weißes Sommerkleid, das ihr bis zu den Knien reicht.

»Den Fummel willst du zu der Hochzeit deines eigenen Vaters anziehen? Da hätte ich mehr erwartet, Hohenburg.« Nick – ebenfalls in Anzug und Schlips – taucht hinter Papa auf und deutet grinsend auf mein oversized Universität-Wien-T-Shirt.

»Kann mir bitte jemand erklären, was hier los ist?«

»Machen wir auf dem Weg.« Papa blickt ernster drein, als man es auf einer Hochzeit tun sollte. »Tanja hat dir ein Kleid mitgebracht, aber ist eigentlich auch egal, was du trägst. Es muss schnell gehen.«

In zügigen Schritten eilen wir durch die Klinik und springen in die Limousine, die draußen auf dem Parkplatz auf uns wartet.

»Hey, Claus! Schön, dich zu sehen.«

Der Chauffeur tippt sich mit zwei Fingern an die Stirn. »Geht mir genauso.«

»Bring uns bitte zum Standesamt, Claus.« Auf Papas Aufforderung hin startet Claus den Motor.

»Okay, was machen wir hier?« Langsam werde ich noch wahnsinnig, weil mir hier niemand etwas sagt.

Papa stößt einen tiefen Seufzer aus. »Es wurde ein Ermittlungsverfahren eingeleitet und sollte ich als Geschäftsführer wirklich verhaftet werden, wären wir vom einen auf den anderen Tag handlungsunfähig.«

»Ist das denn wahrscheinlich?« Ein *Hast du es wirklich getan?* schwebt über der Frage.

»Dass ich in den Knast gehe? Ich habe diese Gelder nicht veruntreut. Das schwöre ich dir. Aber in letzter Zeit sind einige merkwürde Dinge passiert.«

Ich nehme mir vor mir zu einem späteren Zeitpunkt genauer erklären zu lassen, was es mit diesen *merkwürdigen Dingen* auf sich hat, höre ihm aber jetzt nur weiter zu.

»Ich muss nun Vorkehrungen treffen. Wenn ich Tanja heirate, zeige ich dem Vorstand, dass sie nicht nur irgendjemand ist, sondern eine zu hundert Prozent vertrauenswürdige Person.«

Ein Stich bohrt sich in meinen Magen, weil ich dieses Vertrauen nicht genieße.

»Es wäre nur eine Vorsichtsmaßnahme. Sie bekommt die Anteile übertragen, aber nur so lange, bis die Ermittlungen wieder eingestellt werden.«

»Hm«, mache ich unschlüssig. »Und das kann niemand deiner Berater übernehmen?«

»Da ist niemand, dem ich meine Firma anvertrauen würde.« Mir offenbar auch nicht. Ich kann nicht anders. Der Gedanke kommt und vergiftet das Zuhause-Gefühl, das ich eigentlich nicht mehr loslassen wollte. »Der Vorstand fordert, dass ich meine Anteile abgebe, bis sich der Skandal gelegt hat, und ich glaube auch, dass das die vernünftigere Option wäre. Genauso will ich, dass die Firma in der Familie bleibt. Ich würde auch dir alles anvertrauen.« An der Stelle horche ich auf. »Ich befürchte jedoch, dass eine Übertragung an meine zwanzigjährige Tochter, die gerade wegen einer Überdosis im Krankenhaus lag, die Aktionäre eher weniger beruhigen würde.«

Meine Wangen werden heiß. Scham und Schuld wachsen in meinem Bauch, aber ich schaffe es, verständnisvoll zu nicken. »Und für die Übertragung müsst ihr heiraten. Nur warum jetzt sofort?«

»Nicht zwingend. Es war die Idee meiner Berater. Es wird eine schnelle förmliche Hochzeit. Nur zwei Unterschriften. Nur ein Zeichen an den Vorstand. Eine große Feier holen wir nach, wenn alles etwas ruhiger ist.« Er schluckt und nimmt Tanjas Hand, die ihn verständnisvoll ansieht. Dann blickt er wieder zu mir. »Ist das okay für dich, Liv?«

Meine Augen beginnen zu brennen, weil mein Vater mich so ansieht, als wäre ihm wirklich wichtig, was ich denke. Als wären die Zeiten, in denen er Dinge einfach tut und ich nur eine stille Zuschauerin bin, endlich vorbei.

Ich schaue zu Nick, zu Tanja und schließlich zu Nora, die strahlt, strahlt, strahlt. Ich denke an unser Zuhause und an die Geborgenheit, die dort endlich wieder eingekehrt ist.

»Ja, ist okay.« Ich muss schlucken. Papa auch.

»Würdest du mir die Ehre erweisen und meine Trauzeugin sein? Zu deinem Glück haben wir für einen ausgiebigen Junggesellenabschied eh keine Zeit mehr. Es geht also nur um deine Unterschrift.«

»Ja.« Es ist ein schlichtes Wort. Nur zwei Buchstaben, und doch beinhalten sie für mich mehr, als ganze Bibliotheken es könnten.

Ich sage Ja.

Ja zu diesem neuen Leben.

Ja zu einer hellen Zukunft.

Ja zu einer Familie.

53. KAPITEL

WAHRHEITSFETZEN

NICK

Ich wusste nie, wie sich ein Zuhause anfühlt. Als ich das Gebäude in der Wiener Innenstadt betrete, Heinz mich wie selbstverständlich grüßt und ich geradewegs in den Aufzug springe, kommt es meiner Vorstellung jedoch ziemlich nahe.

Der Aufzug setzt sich ruckelnd in Bewegung und ich ziehe mein Handy aus der Hosentasche. Offenbar bin ich genau wie jeder andere Mensch meiner Generation nicht mehr in der Lage, Langeweile mehr als drei Sekunden auszuhalten.

Fünfundvierzig Nachrichten im Hohenburg-Steiner-Familienchat. Wir haben den Namen der Gruppe nicht geändert, obwohl ich seit gestern der Einzige bin, der nicht den Namen Hohenburg trägt. Es sind Fotos, die wir alle zwischendurch geschossen haben. Alexander und meine Mutter beim Jawort. Livia, die unterschreibt und dabei so glücklich aussieht, wie ich sie die ganzen Monate davor nicht gesehen habe. Sie sieht echt aus. Nicht, als würde sie eine Rolle spielen. Nicht, als würde sie irgendetwas faken.

Ein Säbel bohrt sich in meinen Magen, weil mir in dieser Sekunde einfällt, dass ich ihr all das wieder nehmen werde.

Als wüsste sie, dass ich gerade an sie denke, ploppt in dieser Sekunde eine Nachricht von ihr auf.

Livia: Uni ist wieder todlangweilig.
Vermisse dich ♥

Aus einem Säbel werden Hunderte.

Gib ihnen immer nur einen lächerlichen Fetzen der Wahrheit und behalte das große Ganze für dich. Livias Mutter hat dies stets zu ihr gesagt. Sie hat mir davon erzählt, zwischen süßen Küssen und salzigen Tränen. Dabei wusste sie nicht, dass die Worte auch auf mich zutreffen, denn auch ich habe immer nur Fetzen der Wahrheit preisgegeben und ihr nie alles gesagt.

Wie Livia wohl reagieren würde, wenn sie wüsste, dass ich nie wirklich studiert habe? Dass das alles zum Spiel gehörte? Würde sie ihr Strahlen wieder verlieren?

Die Aufzugtüren öffnen sich und das, was ich sehe, genügt, damit mich die Erkenntnis wie ein Schlag trifft. Meine Mutter steht im Flur. Neben ihr zwei Koffer und einige Taschen.

Es endet hier und heute.

»Schatz, da bist du ja.« In der Hand hält sie eine schwarze Mappe, die sie umklammert, als wäre es der Heilige Gral.

»Was ist los?«

»Wir haben es geschafft. Alexander hat mir soeben die Geschäftsführung und alle Anteile an der *Hohenburg Immogroup* übertragen.« Strahlend hält sie die Mappe in die Höhe. Die Säbel schneiden tiefer.

»Wo ist er?«

»Er verkündet die Nachricht gerade dem Vorstand und Livia ist in der Uni. Also ist jetzt der perfekte Zeitpunkt, um zu verschwinden.« Sie reicht mir meine Sporttasche. »In wenigen Stunden werden wir unseren Auftrag erfüllt haben und ordentlich abkassieren. Wir haben es tatsächlich geschafft. Du hast deine Rolle großartig gespielt. Kurz dachte ich, Livia wäre uns auf die Schliche gekommen, aber du hast sie überzeugt.«

»Ja, das habe ich wohl.« Was für eine Leistung.

»Jetzt guck nicht so. Du weißt, dass sie es verdient haben. Wie sie es alle verdient haben, Raphael.«

Ich schaffe es nur zu nicken und schultere meine Tasche. Nick Steiner ist tot. Er ist in diesem Augenblick gestorben. Wie alle seine Brüder vor ihm.

Wir verlassen die Wohnung und das Leben der Hohenburgs. Das Spiel ist vorbei. Wir haben sie besiegt, ohne dass sie wussten, dass wir überhaupt spielen.

So tun wir es immer.

FORTSETZUNG FOLGT ...

DANKSAGUNG

Zack. So schnell gehts. Zum dritten Mal habe ich ein Buch beendet, auch wenn es sich anfühlt, als wäre es das erste Mal gewesen. Livias und Nicks Geschichte hat mir unendlich viel Spaß gemacht. Mit ihnen gemeinsam nach Wien, in die Abgründe der High Society, zu reisen, hat mein Herz bei jedem Wort hüpfen lassen.

Das alles möglich gemacht hat das wunderbare Carlsen-Team. Ich danke euch von ganzem Herzen, dass ihr an mich glaubt, mich unterstützt und mich wachsen lasst. Allen voran Kerstin, die jede Mail voller Fragen geduldig beantwortet hat und mit der ich mich stundenlang bei Kaffee und Kuchen in der Geschichte verloren habe.

Außerdem danke ich meiner Lektorin Larissa. Du bist eine Künstlerin und eine *Ja-stimmt-genau-so*-Momente-Kreiererin. Mit dir würde ich noch hundertmal in meine Geschichten eintauchen und sie besser machen!

Anne-Katrin! Ich wüsste nicht, wo ich ohne dich als meine Agentin wäre. Danke, dass du an meiner Seite stehst, mir den Rücken freihältst und immer die richtigen Worte zur richtigen Zeit findest. Es kommt mir vor, als wären gerade mal drei Tage vergangen, seit wir auf der Buchmesse auf den Vienna-Vertrag angestoßen haben. Ich hoffe auf viele weitere Sekt-und-Freudentränen-Momente!

Schließlich danke ich meinen lieben Testleserinnen Lena und Anna-Lena, die Livia vor allen anderen kennengelernt und sie durch ihr Feedback noch greifbarer gemacht haben.

In der Buchwelt geht es manchmal ganz schön zur Sache. Man steht unter Druck, vergleicht sich zu viel und hat ständig Angst zu versagen. Umso dankbarer bin ich, dass ich Buch-Freundinnen habe, die immer ein offenes Ohr haben, mich in jeder Hinsicht unterstützen, die kritischsten Testleserinnen sind und ohne die ich niemals so weit gekommen wäre. Also danke, Jenny, Toni, Hannah, Elle, Jannik und Johanna! Danke, dass es euch gibt und dass ihr seid, wie ihr seid.

Enya. Manchmal weiß ich gar nicht, wie mein Leben vor dir war. Wahrscheinlich nicht so cool wie heute. Eigentlich braucht jeder eine Enya in seinem Leben. Eine Person, die bedingungslos supportet, mit der man gleichzeitig die tiefsten Gespräche führen und den heftigsten Lachflash haben kann. Danke, dass du in meinem Leben bist. Danke für Aperol-Momente, für Ich-muss-mal-kurz-cholern-Momente, für Late-night-ice-cream-Spaziergänge und für ein Du-bist-mir-nie-zu-viel-Gefühl. Hab dich lieb.

Danke an meine wundervolle Familie. Danke an Mama, Papa, Phil und Maris. Unser Leben ist intensiv. Wir sind intensiv. Und das finde ich großartig. Ruhig kann ja jeder. Ich mag unser Chaos-Team, gerade für intensives Lachen, intensives Mutigsein, intensive Emotionen und ganz viel intensives Liebhaben.

Simon. Ich glaube, wenn ich alles aufschreiben würde, was ich für dich empfinde, könnte man ein weiteres Buch füllen. Ich liebe es, dass du immer der Erste bist, dem ich meine Kapitel vorlese. Ich liebe es, mir mit dir Geschichten auszudenken. Ich liebe es, deine Frau zu sein. Ich liebe dich.

Und zum Schluss danke ich euch. Meinen Leser:innen. Ohne euch würde dieses Buch nicht existieren. Ich hoffe, dass ihr mich nach diesem fiesen Cliffhanger noch mögt. Bis bald!

INHALTSWARNUNG

Diese Geschichte enthält folgende sensitive Themen:

Alkohol- und Drogenmissbrauch
Beschreibungen von häuslicher Gewalt
Tod, Verlust und Trauer

NUR EIN SPIEL ODER ECHTE GEFÜHLE?

Kate Corell
NEVER BE MY DATE
Klappenbroschur
416 Seiten
ISBN 978-3-551-58502-8
Auch als E-Book erhältlich

ALS DER VERSCHULDETE CAMERON auf einer High-Society-Gala seinen Doppelgänger trifft, kann er es kaum fassen. Jasper Anderson, Sohn des größten Immobilien-Moguls des Landes, ist ihm wie aus dem Gesicht geschnitten – und macht ihm ein unwiderstehliches Angebot: Rollentausch für ein Semester im Gegenzug für ein schuldenfreies Leben. Scheinbar reibungslos schafft Cameron es, sich unter falschem Namen im elitären Waterbury College einzuschleusen und als Jasper durchzugehen – bis ein Dating-Spiel die Runde macht und er mit der scharfsinnigen Millionärstochter Aspen gematcht wird …

WWW.CARLSEN.DE

CARLSEN

Wir produzieren nachhaltig

- Klimaneutrales Produkt
- Papiere aus nachhaltigen und kontrollierten Quellen
- Hergestellt in Europa

FSC
www.fsc.org
MIX
Papier | Fördert gute Waldnutzung
FSC® C083411

Lektorat: Larissa Bendl
Umschlaggestaltung: ZERO Werbeagentur, München
Umschlag- und Innenabbildungen: Collage unter Verwendung von Motiven von Shutterstock / © letovsegda / © KatyArtDesign
Illustration Stadtplan: Steffen Meier, Hamburg
Satz: Pinkuin Satz und Datentechnik, Berlin
Produktionsmanagement: Gunta Lauck
Litho: Margit Dittes Media, Hamburg
ISBN 978-3-551-58539-4